「5 · 12」汶川大地震十周年祭

烛润如歌

"5.12"汶川大地震中的教师群像

（修订版）

萧斌臣　袁　亮/著

新华出版社

图书在版编目（CIP）数据

烛泪如歌 ： “5·12” 汶川地震中的教师群像 / 萧斌臣， 袁亮著. -- 北京 ： 新华出版社， 2018.4
ISBN 978-7-5166-4024-1

Ⅰ. ①烛… Ⅱ. ①萧… ②袁… Ⅲ. ①报告文学－作品集－中国－当代 Ⅳ. ① I25

中国版本图书馆 CIP 数据核字（2018）第 074286 号

烛泪如歌——“5·12”汶川地震中的教师群像
作者：萧斌臣　袁亮

出版策划：李虹　杨凌云　　**责任编辑：**王婷
摄　　影：翟自强　　**美术设计：**李忠华

出版发行：新华出版社
地　　址：北京石景山区京原路 8 号　**邮编：**100040
网　　址：http://xinhuapub.com
经　　销：新华书店、新华出版社天猫旗舰店、京东旗舰店及各大网店
购书热线：010-63077122　**中国新闻书店购书热线：**010-63072012

印　　刷：廊坊市国彩印刷有限公司
开　　本：710 毫米 * 1000 毫米　1/16　**印　　张：**19.75
字　　数：219 千字　**版　　次：**2018 年 4 月第 1 版
印　　次：2018 年 4 月第 1 次印刷

书　　号：ISBN 978-7-5166-4024-1
定　　价：58.00 元

作者简介

■　本书作者萧斌臣（左）、袁亮（右）在汶川地震灾区采访（2008.6）

萧斌臣：

1958年出生、湖北省洪湖市人。第一职业为重点中学语文老师和班主任，曾多年在中央媒体工作，著名报告文学作家。2008年到汶川地震灾区采访后，转行到北京大学开展家长教育研究，先后任北京大学教育与人力资本研究所副所长、家长教育中心主任、“家长教育与人才成长”课题组组长、三宽家长教育科学研究院总院长等。是“三宽”家长教育理念首倡者，著名家长教育专家。

主要著作有：《牧歌与陷阱——中国失业问题报告》、《鼎锅效应——中国粮食问题报告》、《神州真假大厮杀——中国打假问题报告》《求索——来自中国民办大学的报告》、《烛泪如歌——“5.12汶川大地震中的教师群像”》、《寻找失落的钥匙——中国个性化教育全景报告》、《读懂孩子——破解中国家庭教育的80个怎么办？》、《教育唯真——黄敏与武汉外小的“真教育”》、《三宽家长大讲堂》、主编《三宽家长教程》（上、中、下卷）。

袁亮：

1974年11月出生。四川省巴中市人，资深媒体人、作家。先后在《教育导报》、《今日四川》、《明日周刊》等媒体工作，历任记者、编辑、主任、总监、总编辑助理、常务副总编辑等职，曾任《中国改革报》、《改革内参》四川记者站站长八年。发表文学作品数百篇，多篇新闻作品获得国家、省、市新闻奖。

512汶川地震后，第一时间冒着生命危险奔赴灾区展开救援，并和萧斌臣老师深入极重灾区采访，公开发表了大量灾区通讯报道，后在众多题材中确定光荣的人民教师在地震中的形象，合作撰写长篇报告文学《烛泪如歌——“512”汶川大地震中的教师群像》。

现任四川省青少年文学艺术联合会执行主席、四川大和公众教育评估研究院院长。

目 录

不屈的脊梁
——《烛泪如歌》初版序 /001

“天命”召唤，莫如归来
——《烛泪如歌》（修订版）自序 /003

序章 龙门山像一个正在午眠的婴儿 /005
儿子问方杰：“青蛙长大了，为什么没有尾巴了呢？” / 007
李剑第一次知道，领奖还要走台啊？ / 011
汤鸿假装生气说：“莲儿，莲儿你怎么就是不会喊妈妈呢？” / 014
秦波贴着李娟老师隆起的肚子：“哈哈，我听到你儿子在叫你呢！” / 017
5月12日中午，龙门山脉像一个正在午眠的婴儿 / 020

第一章 山崩地裂的瞬间 /022
谭国强瘫坐在地上喊：“我的学生！我的孩子们啊！”/ 024
冉宏发现了“救命稻草”：一根红色的消防栓 / 027
刘亚春从食堂跑出来，整个人傻了一半，“这是我的北

川中学吗？”/ 030
李剑老师的“十佳团干”颁奖会成了她一生难忘的噩梦回忆 / 032
张德强一路跑，一路喊:“快去小学救娃娃们哪！”/ 035
谭瑛哭着喊“汤鸿肯定出事了，你快去看看吧”! / 039
黄生华抓过一件校服，甩向旗杆“快！快从这里滑下去！”/ 041
5月12日这个黑色的午后，咆哮的龙门山让全世界瞠目结舌 / 045

第二章　绝地救援 /050
董雪峰他们抬出黄思雨时，发现这个爱跳舞的漂亮女生的左大腿不见了 / 052
李军说：“北川中学这回遭惨了！我们挖了三天两夜，现在我站着也能睡得着”/ 056
肖兰老师的身体随着脚下的地板往下垮，没有想到救她的竟是自己的学生 / 061
杨惠老师从外面拦来一辆吊车，这一天，温总理来到了聚源中学 / 064
郑金成冒死闯出陈家坝，江油搬兵，没有人记得他是个功臣 / 067
周汝兰抓起两个娃儿就往外跑，她说她从来没想过当英雄 / 072

第三章　烛光照亮的生命空间 /076
每个人发一块饼干，一个班一瓶矿泉水，云碧琼想到了《上甘岭》/ 078
张舜华说：“二台山的山崩了，渔子溪的水干了，但是，守护学生的篝火不能灭”/ 082
吉庆云在黑暗的废墟里对着孩子说：“别睡觉，

别消耗体力，我们一定能活着出去的” / 086
唐永忠再次看见了双腿被压在废墟里的张春梅，她说，“老师，我睡醒了！”“老师，我的头发很乱吗？” / 090
黑暗中，罗莉通宵握着杨姗的手说：“有老师在，别怕哦！” / 093
张德强高擎着火把，驱赶着成群结队的野狗，他要守住这 31 个幼小灵魂的最后尊严 / 097

第四章 爱之天平 **/102**
钟思平几乎看见了妻子和岳母随着宿舍楼垮塌而倒下的身影，但是，他只能拔腿往小学方向跑 / 104
一边是向我呼救的学生，一边是等我去救援的女儿，刘勇说，这个选择太残忍了 / 107
苏成刚紧贴着废墟，他真的听到妻子手机那段熟悉的闹钟铃声 / 111
高攀利说，去年秋天我们还庆祝终于结束了分居，今年春天却要送她远行 / 116
周德祥现在唯一的安慰是她们娘儿俩可以一起上路，天国的路途上，不会孤单 / 120
爱的天平抛出了一道残忍的选择题，几乎所有的答题者都做出了同样的选择 / 124

第五章 飞过绝望的隐形翅膀 **/129**
穿过死亡山谷，肖晓川对 71 个娃娃说：快走！绵阳有好多糖等着你们啊！ / 131
刘应琼找到“失踪了”的那批学生时，刚吃饱了蛋炒饭的娃儿们围上来说“老师，我们好久没吃这么香的米饭了啊！” / 135
钟期勇：高山密林中“两人学校”校长，下山的路为什么这样难？ / 140

黄承敏：我看见温总理了，总理来了！飞机来了！我们真的有了飞过绝望的翅膀 / 146
张舜华说：这些学生都是我们的孩子，我们要给每个孩子一双隐形翅膀 / 151

第六章　烛泪如歌　/159

谭千秋：你从来没想过当英雄，但生死一瞬间，你做了该做的 / 161
王超军：你像超人一样在楼上楼下飞奔，你说："我是超人老师，我不怕" / 166
向倩：也许你本来就是个下派的天使，你只是回到了你该去的地方 / 170
袁文婷：我们应该为你塑一尊铜像，但绝不仅是因为你美丽的容颜 / 174
张米亚：你可以松开手歇歇了，你最心疼的娃儿们真的没事了 / 178
苟晓超：你给我们的结婚喜糖还来不及吃啊，你怎么能够不辞而别呢 / 184
烛泪成河，一条缓缓流动的哀伤的河，烛泪如歌，一首悲壮的激励我们前进的歌 / 188

第七章　身后事　/192

杜正香：我知道你一直释怀不下的遗憾，你在天堂一定能收到正式老师的聘书 / 194
陈思说，我从来没想到王周明会跑不脱，他那么利索的人。我只想有份工作，把他的娃儿养大 / 198
汤鸿，汤鸿，你听见了吗？你的莲儿在叫你妈啊 / 203
何智霞啊，我现在宁愿相信女儿的话，"妈妈会变成一片云朵，永远跟着我" / 207
刘林秀啊刘林秀，你一个人要承受那么大的重负，为什

么不跟我们说呢 / 211

第八章　悲壮一跪 /216

杨勇的衣服被扯得稀烂，多少人酿的这杯苦酒啊，轮到你，就得把它喝下去 / 218

谷胜聪跪在倒塌的教学大楼前，“如果我跪着能够挽回 260 多个生命，我愿长跪不起，如果不能，就让我起来工作” / 223

周德祥说，今年东汽中学准备隆重庆祝 40 年校庆，现在校友回来，只能凭吊危墙和废墟 / 227

有板子没屁股打，这也是一种悲哀。但不管打谁，也不该打到学校和老师身上 / 231

第九章　浴火凤凰 /236

刘亚春说，是孩子们的坚强告诉了我，就算折断了双翼，北川中学也要重新飞起来 / 238

周德祥说，我把自己变成了一个陀螺，一鞭子接一鞭子地抽打，如果我停下来，我自己垮了，这个学校也就没有明天了 / 243

肖兰：漩口中学这是第四次大迁徙了，就是拄着双拐，我也得跟他们去山西啊 / 247

谷胜聪说：若干年后，当伤痛淡去，灾难沉淀给我们的就是一笔巨大的财富 / 252

第十章　“蜡烛成灰”的古义新释 /256

唐朝诗人李商隐的这首《无题》据说有 36 种解释，可是多少年来人们总习惯把“春蚕”“蜡烛”用来比喻老师 / 258

不少人反感“蜡烛”这个比喻但没有说出来，有一个人说出来了，他因此成为“名人”，这个人叫“范跑跑” / 261

“蜡烛精神”既是一种职业精神，也是我们的民族精神，更是一种闪耀着人性光芒的普世价值观 / 267

尾声　天佑“烛光” /270

桑枣中学现象：一个“化缘校长”给我们的感动和震动 / 272

周汝兰是最幸运的抗震英雄。与其说是周汝兰让彭州感动了中国，不如说是“彭州模式”成全了平凡的周汝兰 / 277

保护“烛光”就是保护孩子，就是保护我们的明天，就是保护我们五千年灿烂文明赖以薪火相传的种子，愿天佑“烛光” / 281

初版后记 /286

附录：萧斌臣访谈录 /291

不屈的脊梁

——《烛泪如歌》初版序

黑色的五月渐行渐远，岁暮的记忆愈来愈清。

天有不测风云。在2008年5月突如其来的汶川大地震中，一个个鲜活的生命幻化为沉默的魂灵，一张张天真的童颜定格在记忆的镜框。山河为之震撼动摇，草木因之动容失色，众生由之长嘶而哭，此乃民之殇，国之殇，中华之殇。正是在这危难时刻，一群群普通的华夏赤子挺起了坚硬的脊梁，扶大厦之将倾，挽狂风之既倒，或于山崩地坼中奔走呼救，或于断壁残垣中徒手勘掘，或舍己为人，或舍生取义，谱写了一曲慷慨悲壮、气贯长虹的浩然之歌，书写了一部风雨同舟、刚健不挠的民族精神史诗。

在众多坚硬的脊梁中，灾区的中小学教师是一个特别值得书写和记念的群体。他们常年默默躬耕于三尺讲台，独守无言的清贫，以星微烛光传道授业、哺育英才。在灾难降临之际，他们挺身而出，现场组织孩子们安全转移，并一次又一次地跑进正在坍塌的校舍，为孩子们敞开一扇扇生的大门，义无反顾地舍弃了一己之躯。他们用滚烫的生命为孩子们撑起了一片成长与飞翔的天空，用无声的行动在天地之间大写了一个光辉的“人”字，用良知和信念践行着当代知识分子为天地立心、为生民立命的誓言。他们无愧为中华民族不屈的脊梁。

摆在读者面前的这部《烛泪如歌》，以报告文学的视角和艺术审美的想象，真实、真迹地记录了灾区中小学教师在5·12地震中临危不惧、舍己救人的感人故事，并以“烛光”这一核心意象，全景式地塑造了忠诚敬业、坚强勇敢、勤于奉献、甘于牺牲的当代中小学教师灵魂群像。它不仅通过对抗震救灾中呈现出的若干重要现实问题的敏锐思索，表现出深刻的问题意识和猎猎的理性力量，还在字里行间折射出多难兴邦、自强不息的民族精神之光。

本书作者之一的萧斌臣先生多年来以文立言，以笔经世，尤擅报告文学创作。山崩撕裂人心，地光即是命令。在灾难发生后不久，他火速与袁亮等同仁分别从北京和成都出发，自费奔赴灾区，冒着震颤不止的余震，在数十天的辗转跋涉中，走访了众多受灾的学校，采访了不少罹难的教师家属和相关当事人，搜集了许多鲜为人知的新线索和新资料。由于身临其境，作家们常受现场气氛的感染而情不自禁，不能自已，并开始深入思考罹难的教师们抛妻别子的身后事，热切关注他们的家人所面临的现实困境和未来之路。回京后，他们闭门深居，日以继夜地潜心写作，将整部悲情岁月的报告一气呵成。同时，他们还计划联合中国红十字基金会，发起一场旨在关心罹难的教师遗属的“烛光行动”慈善活动。我相信，透过这些凝结着血与泪的文字，以及凝聚着真与爱的活动，读者诸君定能感受到作家浓厚的热忱与虔诚，定能更真切地敬畏和热爱生命。

星微温煦的烛光，在五月的黑夜中不仅点亮了孩子们的希望和未来，也将照亮着一个民族在历史性长征中的雄健履痕。

是为序。

杨匡汉

2008 年岁暮

“天命”召唤，莫如归来

——《烛泪如歌》（修订版）自序

2008 年 2 月，我年满 50 岁。

在家人和朋友为我举行的小小的生日宴上，我忽然从心里生出一种莫名的惶恐。不是为自己的青春远逝，华发早生。而是因为突然想起了孔老夫子的提醒："五十而知天命"。何谓"天命"？就是你的人生使命。造物主把每一个人派遣到这个蓝色星球上，据说都是有所委托，有所期冀的。只是人往往不自知，要活到五十，才能知晓自己的"天命"！

如今，我已经五十了，可我依然在彷徨中徘徊，不知道我的"天命"究竟是什么？

这一年 5 月，一场突如其来的大灾难向正在欢天喜地筹办奥运会、满怀激情迎接改革开放 30 周年的中国人袭来。

5 月 12 日下午 2 点 28 分，汶川大地震爆发！顷刻间，山崩地裂，房倒屋塌，成千上万的生命尤其是大批刚刚走进教室准备上课的孩子们的生命在瞬间化为沉默的灵魂。举国上下，众生长嘶而哭……

面对从天而降的灾难，我和袁亮先生做出了一个共同的选择，想尽一切办法，自费到灾区去做志愿者、去采访，我们觉得，这是一个媒体人和作家在此时此刻唯一应该做出的正确选择。

我们终于如愿到了灾区，不是以记者和作家的身份，而是化身为四川红十字会的志愿者。采访结束后，我们完成了这本 30 万字的长篇报告文学——《烛泪如歌——"5.12"汶川大地震中的教师群像》，并将书稿交由东方出版社（人民出版社副牌）出版。

作为职业媒体人和作家，此前，我们有无数次采访和写作的经历。从一个区域到另一个区域，从一个行业跨到另一个行业，虽然也常常为采访对方对象的故事所牵引，或喜或悲，或愤或叹……但总体上也能做到"拿得起，放得下，走得出"。

唯独这次汶川之行，却让我们久久不能"自拔"。

"5.12"汶川大地震制造了一场惨绝人寰的生命大毁灭的悲剧，每个鲜活的生命陨灭留给活着的人的都是一堂生命教育课程，引发我们再一次对生命的价值做深入思考：生命是伟大的；生命又是短暂而脆弱的。我们应该扪心自问：我们为什么来到这个世界？我们的人生使命（天命）是什么？我们应该怎样做才能在上天赋予我们的有限时间里去完成自己的使命？

回顾我五十岁之前的人生，第一职业——八年的中学教师经历为我的生命涂抹了厚实的底色，虽然后来离开三尺讲台，职业生涯兜兜转转，但和教育的情缘从未中断，包括做教育记者，办教育杂志和周刊，撰写出版教育题材的报告文学，我只是换了一个个平台和身份在关注教育，研究教育。尤其是在撰写和出版《寻找失落的钥匙——中国个性化教育全景报告》和《教育唯真——黄敏和武汉外小的“真教育”》两部长篇报告文学后，我洞察到中国教育存在着一个巨大的“黑洞”——家长教育长期严重缺失，我突然明白了这就是我的“天命”——在家长教育领域里去做一个拓荒者、一个布道者，一个推手，这就是我五十岁之后的最后一件大事！

2009 年，我走进北京大学的殿堂，向北大相关院所的领导和师长们讲述我的“天命”，讲述我的“三宽”理念，讲述我的让中国家长“持证上岗”的“白日梦”……感谢北大“兼容并包”的博大胸怀，三宽家长教育梦想的种子很幸运地落到了未名湖畔丰厚的沃土里。

近十年来，我们的团队一直在中国家长教育的荒原上耕耘播种，无问西东。我们发起全国城乡家庭教育现状问卷调查，发布《白皮书》；我们跋涉在中国的 29 个省市自治区，通过近 7000 场公益讲座，向千百万家庭传播宽厚、宽容、宽松的“三宽”教育理念；我们向先贤学习，蹲下身子做教育，历时六年，先后在山东郓城、滨州做“家校社共育”示范区建设，用细火慢炖的功夫，静待地方教育生态发生深刻巨变；我们创意举办“中国家长节”，唤醒中国千家万户学会爱，常回家；我们研发基于互联网直播方式的《三宽家长学校》，给当代家长教育插上互联网翅膀……

在写作《烛泪如歌》时，面对那些用生命选择了“坚守”的老师们，面对他们在清贫中的坚守，在平凡中的坚守，在寂寞中的坚守，在大难来临时的坚守，我的内心曾经经受过严厉的拷问。因为，我也曾经是他们中的一员，但面对清贫，面对寂寞，面对平凡，我选择了离开。

但是，从我转行开始做家长教育的研究与传播后，我的内心渐渐释然。我庆幸我终于响应“天命”的召唤，选择了“归来”！

从汶川灾区回来后的十年里，我时时刻刻都有一种“回去看看”的冲动。

一转眼，十年真的到了。我知道，这一次，我们不能再等了！“汶川”在召唤，不管能为她做点什么，这个“5.12”，我们都不会缺席。

萧斌臣

2018 年 03 月 25 日于北京

序章　龙门山像一个正在午眠的婴儿

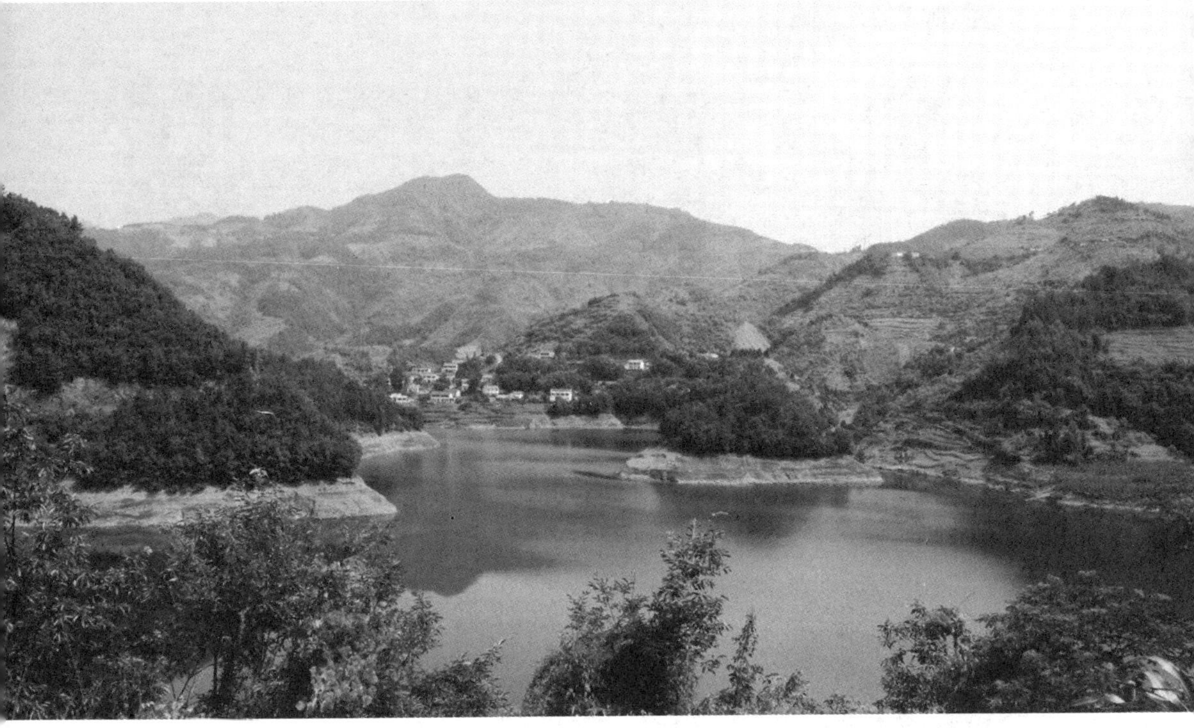

“5·12”汶川地震之前的龙门山脉

地震前的映秀镇

地震前的都江堰聚源中学

地震前的北川县城

儿子问方杰：“青蛙长大了，为什么没有尾巴了呢？”

历史老师冉宏今天上午没有课。

但她还是一如往常地留在办公室里忙碌着：备课、改作业、改作业、备课……这些事她已经重复了10年。从1998年四川师大历史系毕业，分到这所叫“漩口中学”的学校，到现在已经成为一个六岁男孩的妈妈，她就一直这样忙碌着，重复着……

直到同在一所学校教书的丈夫方杰探头招呼她，她才知道，又到了中午下班的时候了。

方杰告诉她，他要到河对岸的小学去接儿子。

冉宏说：“他都是个小大人了，让他自己回呗！”

方杰笑了笑：“没事，我去接他，不就比你早几分钟看到他吗？”

冉宏心里一热，她知道儿子在丈夫心目中的位置，也知道这一大一小两个男人平日里亲热着呢，亲热得连她这个当妻子当妈妈的女人都忍不住嫉妒……

目送丈夫走下楼，向校园外的小镇上走去，冉宏赶紧收拾好桌上的书本，三步并作两步往家里赶。她要赶快去张罗一家三口的午餐。下午两点二十分，儿子要到小学的学前班上课，丈夫要去实验楼上微机课，而她自己是连着三个班的历史课呢。

快步走到家门口，她突然想起冰箱里储存的肉、菜已经在刚刚过完的周末用完了。她只好掉转头，从自家所在的最后一排家属楼走出来，经过下午方杰将要上课的实验楼和教学楼边的过道，向校门外的小镇上走去。

这是一座有着诗情画意般名字的小镇——映秀。

映秀镇座落在因风景秀丽而闻名于世的龙门山脉的腹地，隶属于一个至少在这天中午前还几乎没有知名度的县份——汶川。汶川的上级是阿坝藏族自治州，阿坝的上级那就是名声显赫有“天府之国”称谓的四川省。虽然说，从行政隶属上绕了很大一个圈，其实映秀镇离四川省会成都的距离（公路距离）很短，才92公里。

老实说，冉宏还真的不太了解她现在正生活的这个小镇，她和她所在的漩口中学是在2006年岁末刚刚整体搬迁到这里，搬迁的原因很简单——为在漩口修建的紫坪铺水库让路。

她知道这是一座很漂亮很秀气的小镇，和它的名字很像。四面群山环抱，山不高但植被却很丰富，差不多一年四季都是郁郁葱葱。小镇不大，却有两条河穿流而过，一条是学校门前那片开阔地背后的大河——岷江，一条是位于漩口中学东侧的蜿蜒流淌的小河——鱼子溪，据说，鱼子溪的上游就是卧龙，全世界小朋友都喜爱的大熊猫就是喝着鱼子溪的水，啃着鱼子溪水养育的箭竹长大的。

鱼子溪流至映秀，正好一头撞进岷江的怀抱。在两江汇合处，有一座水泥结构的桥。儿子方哲正所在的映秀小学就在鱼子溪的对岸。丈夫方杰去接送儿子，那座桥是必经之地。

漩口曾经是阿坝州的门户。漩口沉入一片汪洋之后，阿坝藏族自治州政府决意要把映秀打造成阿坝州连接省会和外部世界的门户。所以，这个宁静的小镇的宁静迅速被打破，人口由几千人立马上升到了一万多人。校门口前那片开阔地，也因此成为黄金宝地，听说还有来自北京的投资商要在哪里盖高尚住宅呢！

只是这一切，对眼前这个快步走向菜市场的年轻女教师无关紧要，她用最快的速度在摊位上买了些鸡蛋、猪肉和儿子最爱吃的四季豆、丝瓜便匆匆往回赶。

当她把炒好的四季豆端上餐桌时，冉宏听到了儿子方哲正像喜鹊一样“喳喳”的叫声，接着就听到了钥匙扭动门锁的声音。

门开了，冉宏人生中最重要的两个男人进来了。

看到了餐桌上绿油油的四季豆，儿子伸手就去抓，被冉宏一把逮住：“看你个馋猫，快去洗手。”

午餐照例是做得很简单，除了清炒四季豆外，冉宏还做了一道丝瓜蛋汤，碧绿的丝瓜漂浮在金灿灿的蛋花中，既清爽又诱人食欲，加上昨天吃剩下的回锅肉，都是两个男人的最爱。看儿子狼吞虎咽，丈夫吃得很香，饭量很小的冉宏也似乎受到了感染。她笑着对方杰说：“看你们爷俩吃饭的样子，我好像都可以多吃一碗了。”

收拾好碗筷，墙上的挂钟噹的敲了一下，时针指向下午一点。儿子在金鱼缸边喂他最心爱的蝌蚪，那是前天（星期六）冉宏和方杰带着他在旁边的鱼子溪里捉来的，为了便于儿子在水边玩耍，冉宏还特意给他买了双绿色的深筒胶鞋。儿子穿着胶鞋在浅水处大摇大摆、吆五喝六的样子，让冉宏现在想起来还忍俊不禁。

丈夫方杰靠在沙发上看他的考研课本，客厅最大的一面墙上，挂着一幅画，一副没有完工的山水画，画的就是映秀的风景。这幅画的作者就是这个和冉宏朝夕相处了八、九年的男人——方杰。

看到这幅画，冉宏的心里就有些发酸。

从 1999 年在漩口中学认识这个学美术的男人以来，她就知道这个男人的心里有个梦，一个做画家的梦。但是命运没有安排他当画家，他被分配到中学教书，于是他希望当一个合格的美术老师，能够做一个人梯，让学生踩着自己的肩膀走进艺术的殿堂，也是另一种形式的“圆梦”吧。可是在方杰调入漩口中学之前，学校已经有了两个美术老师。美术是副课，中考、高考都不考，开到初二就停了。而且学校发现方杰简直就是一个全科老师：历史、地理、生物、政治、计算机他都拿得起放得下。这样的老师安排去教无关大局的“美术”课，岂不是浪费人才了吗？

现在方杰又成了学校的计算机课的教师。

方杰的“画家梦”只能在夜深人静和周末休息的时候自己去圆。

他们只有一个小的两室一厅，一间是夫妇俩的卧室兼书房，一间是儿子的“童话世界”，方杰做梦都想有一间画室，这个梦只是在漩口的时候圆过一阵。当时他们租了同事的一间伙房改造成画室，虽然简陋得不得了，方杰还是高兴得抱起冉宏大呼小叫“我有画室了！”“我有画室了！”可是随着学校的搬迁，那间画室自然也沉入到紫坪铺水库的水底了。

方杰就只能把客厅变成临时画室，平日里冉宏装饭装菜的大碗小碟也被方杰派上了新的用场，装上了红黄绿橙的颜料。

那个周末冉宏正在厨房忙碌着，听见方杰大呼小叫：“冉宏你快来看，你快来看！”

冉宏冲出门时，看到方杰高举这一张纸片：“快来看，我们儿子的画！”

冉宏接过纸片，看到的是一堆莫名其妙的线条和五颜六色的色彩，“这是画的什么啊？”

方杰说：“儿子，快告诉你妈妈你画的是什么？”

儿子说：“我画的是‘机器人斗怪兽。’”

冉宏又看了看，还是一头雾水。

方杰说：“你是画盲，不懂的！儿童的思维方式和成年人不一样，我看得出来，儿子有天分，将来一定能成为优秀的画家，至少比他老子强！”

……

冉宏把视线从墙上的画上收回来，看到儿子拿着纸和笔跑过来：“爸爸教我画蝌蚪，我要画蝌蚪。”

冉宏说：“马上要上课呢！晚上回来画嘛！”

儿子还是缠着爸爸“不嘛，不嘛，我现在就画！”

方杰放下书，抬头看了看时间，站起身来说：“好，我们来画蝌蚪，画青蛙。”

冉宏摇了摇头，说，“看你们这爷俩个。”

一会儿，她听到儿子在问：“爸爸，爸爸，为什么青蛙长大了就没有尾巴呢？”

方杰回答说：“因为青蛙长大了，所以就没尾巴了。”

冉宏扑哧笑出声来：“有你这么教儿子的吗？”

儿子又问：“爸爸，爸爸，我也是小时候，为什么我没有尾巴呢？”

方杰愣了一下，呶呶嘴，对儿子说：“去问你妈妈，你妈肯定能回答你的‘十万个为什么’。”

冉宏瞪了方杰一眼，笑了。“你是个滑头的爸爸。”

墙上的闹钟“当当”敲了两下，冉宏催促儿子背起了书包，问“还要爸爸送吗？”

儿子挺了挺肩膀：“我是小男子汉，我自己去。”

冉宏拉开门，看儿子一蹦一跳的下了楼，在楼梯拐角处还回头向她做了个怪像，冉宏说：“路上小心。”

下午两点十分，冉宏拎着包准备出门，看方杰还坐在沙发上看书，“你不是下午有初二（五）班的微机课吗？”

方杰抬了抬头说：“李瑛老师正准备着呢，我一会就去。”

冉宏说：“那我先走了。”关上门之前，冉宏还补充了一句：“下午还是你去接儿子吧！”

冉宏走下楼梯，穿过实验楼边上的通道，向办公室走去。

她抬头看了看，映秀上空的天很蓝，远处的山很绿，风吹在脸上，很轻。

校园里，早开的橘子栀子花散发出浓郁的花香……

这一天，是 2008 年 5 月 12 日，慵懒的周末后的第一个工作日。

李剑第一次知道，领奖还要走台啊？

陈家坝中学的李剑老师现在正走在北川县城的街道上。

这是 2008 年 5 月 12 日的中午。

北川县城不是李剑的工作地，她所在的陈家坝中学隶属于北川县，位于县城东边几十公里外的陈家坝乡，那是一个在当地山民看来很热闹的乡镇，每逢“赶场日”，四里八乡的背着背篓的山民们涌下山，那条狭小的街道也会摆满腊肉、烟草、洋芋和琳琅满目的山货，但“场”一散，或者不逢“场”，陈家坝就显得有些沉寂和落寞。

李剑算了算，好像今天，就是陈家坝的逢“场”日。

而北川县城却不一样，这是一座城市。一座有山有水的美丽山城，尽管四面环山的自然条件限制了它的发展空间，但山里人有山里人规划城市的办法。一寸土地有一寸土地的价值，一个平坝有一个平坝的用场，还有那些坡坡沟沟坎坎，稍加整治装扮，不仅伸展了空间，还形成了别致的景观呢！

环抱县城的群山自然也成了这座山城美丽的背景。

学文科的李剑知道，北川的山也是龙门山脉的一部分，而且是低山到中山部分，海拔不算太高，但山势雄伟，峻峭，因为雨量充沛，所以山上的植被很好，像这样春夏交替的五月，正是花团锦簇的季节，即使到了冬季，北川的山上，远眺也是绿茵茵的景象。

北川，是中国第一个（也是唯一一个）羌族自治县，所以北川的建筑渗入了许多羌族元素。县城的大街上，也时常有穿着羌族服装的山民匆匆而过，但在李剑看来，北川更是一座正在迅速融入外部文明世界的城市，大量的投资人和中外游人的涌入，不仅给这个小城带来了财富，带来了商机，也使山里人的心变得活泛，变得迷离。经常在周末带着女儿逛商场的李剑说：“过去某一款时装在成都兴起，再传到绵阳，再传到北川，少说也要三个月或者半年，现在可能就是一两天，有时候，甚至北川还会赶到绵阳和成都前面去呢！”

李剑从内心里喜欢北川这个城市，觉得它虽小但不逼仄，虽偏但不闭塞，虽静却不寂寞。总之看着漂亮，住着舒服，行着方便，吃得巴适安逸！

李剑之所以喜欢北川县城，还有一个最重要的原因，县城是她实际上的家。尽管她在陈家坝上班，但是她的家却在县城，他的老公白东在县技术监督局上班，她4岁的女儿在县幼儿园上学。还有她的公公婆婆、小叔子一大家人都在县城里。

丈夫白东几次劝她，“你充啥子英雄好汉嘛，调回来吵！”

李剑并不是不动心，老实说，她也不喜欢陈家坝夜晚的黑暗与寂寞，但临到真要下决心走了，她又总是不舍，舍不得那些淳朴可爱的娃娃，也舍不得那些朝夕相伴的同事……

徜徉在北川县城的街道上，李剑此刻的心情很好，上星期五，快放学的时候，校长刘应琼喊住了她，“李剑，恭喜你哦！”

李剑一头雾水：“喜从何来啊？”

刘校长说：“今天县教育局来电话了，你当选为‘十佳团干’了，12号下午在县礼堂开颁奖典礼，这不是喜事啊？”

李剑愣了一下，望着校长笑了。

校长说：“看把你乐的，这可是双喜临门啰！”

李剑：“哪来双喜啊？”

校长点了一下李剑的额头“你装傻（哈）呀，一喜是领奖，二喜是和老公重逢呀！”

李剑的脸唰的红到脖子：“我回家是看女儿！”

校长笑了：“看女儿那是另外一喜。”

李剑回县城领奖的消息迅速在陈家坝中学校园里不胫而走，爱凑热闹的老师们围着李剑，要她请客，不答应，不放她走。

李剑笑着说：“请客可以，但也得等我回来吵！”

男老师们起哄：“不行，不行，我们现在肚子在唱《空城计》呢！等你回来，我们都快饿死了。”

最后还是云碧琼老师解了围，“别闹了，再闹一会，就没有回县城的车子了，耽搁了人家鹊桥相会，你们的罪过就大了。”

……

想到这儿，李剑笑了，心里升起一股暖意，这也是她舍不得离开陈家坝的原因之一吧。

突然，李剑的手机铃声响了，接起来一听，是女儿稚嫩的声音“妈妈，妈妈！”

李剑心里一惊，平时这个时候，正是女儿在幼儿园午眠的时间，怎么现在会打电话？李剑着急地喊“宝贝！你现在在哪啊？”

女儿在电话里说：“我们在上学的路上！”

李剑有点傻了，“这么晚了怎么还在路上啊？”

停了一会，一个苍老的声音传过来，是李剑的公公，女儿的爷爷，“哎呀！都怪我，老糊涂了，我看电视，看过时候了，娃娃该迟到了！”

李剑有些哭笑不得，嘴里却安慰说，“那就跟老师解释一下。别着急，路上小心！”

合上手机翻盖时，李剑看了看显示屏上的时间：“2:10”，离颁奖典礼开始的时间还差20分钟，李剑有意加快了脚步。

接近县委礼堂时，李剑听到了悦耳的鼓乐声，远远望去，礼堂外面张灯结彩，一群少先队员，在起劲的演奏《我们是共产主义接班人》。吹号的是一个胖墩墩的男娃娃，鼓着腮帮子吹，脸涨的通红。礼堂外的空场上围着很多看热闹的市民和背着背篓，头上缠着帕子的山民。

刚到礼堂门口，李剑就遇到了教育局团委的干事，看见她，干事抹了一把头上的汗水：“哎呀！李剑呀李剑，急死我们了，你咋个才来唷？”

李剑说：“不是下午两点半吗？”

干事说：“那是正式颁奖，颁奖前不是还要走台吗？”

李剑嘴张得有鸡蛋大，她还是第一次听说颁奖还要走台啊？

跟着干事挤进礼堂，李剑看到了这个北川人用来聚会的大礼堂已经座无虚席，为了便于上台领奖，她和另外九位“十佳团干”被荣幸的安排到第一排就座。和他们同座一排的还有十个打扮得很漂亮的少男少女，每个人手上都捧着一束鲜花。那是一会儿要上台向获奖者献花的花童，中间第三排有一条空出来的座位，李剑想，那大概是给县里领导留的位置吧？除此之外，坐在前面和中间的大都是各学校的学生，而在后面的则是些成年人，应该是县城各单位的团员青年了。

在会场两侧的走道上和入口处，还有一些戴大沿帽穿警服的警察，李剑想，这大概说明县里对这次活动是足够重视的。

接下来便是走台。

走台就是县里领导站一排，获奖的“十佳团干”站一排，彼此要知道正式颁奖时，谁站在什么位置，谁给谁颁奖，谁从谁手里领奖，然后是手捧鲜花的少男少女上来，一对一模拟给获奖者献花，敬礼，握手。

好多的领导李剑都不认识，但她认得准备给她颁奖的是北川县县长经大忠，因为在电视上总看见他。

然后是鱼贯而下的退场，回原位。等待着正式颁奖活动的开始。

回到台下等了一会，李剑的耳朵里满是娃娃们兴奋的“喳喳”声。

这时候，一个漂亮的女主持人走近立在台前的麦克风，轻轻拍了两下，又“喂喂”地喊了两声。

李剑知道大会马上就要开始了，她的心突然“咚咚”的跳了两下。

她下意识的翻开手机，显示屏上显示的时间是2008年5月12日下午2:27。

汤鸿假装生气说：“莲儿，莲儿你怎么就是不会喊妈妈呢？”

什邡市红白镇小学的退休教师谭瑛看了看墙上的挂钟，对丈夫说，“两点都过了，汤鸿怎么还不把莲儿送回来呢？”

丈夫刚卷好一根叶子烟，并把它插在白色的烟锅里，划一根火柴点燃，又“吧唧吧唧”抽了一口，问，“她下午有课吗？”

“说是要帮忙排节目呢！”

“排啥子节目哦？”

“这不马上要过‘六一儿童节’了吗？学校又要搞汇演。”

丈夫“哦”了一声，自顾抽烟，不再言语。

谭瑛站起来，跑到阳台边，向学校方向张望，谭瑛的家新盖的小楼，与小学只隔着一条铁路，站在阳台上望过去，学校的一切尽收眼底。但是她没有看到汤鸿的影子。

她回到沙发上坐下来，身子静下来，心却没法静下来。

谭瑛的一家，算得上是红白镇上的教育世家。现在已经80多岁高龄和他们住在一起的父亲（汤鸿的外公）是第一代，这个饱览诗书、博学多才的老教师，是红白镇小学的创办人和第一任校长。正是从老父亲嘴里谭瑛知道了她们所在的红白镇是个有千百年历史的古镇。“红白”二字表达了先人们对给万物以温暖的太阳的崇拜。谭瑛还因此知道，红白镇四周起伏的群山，都是龙门山脉的一部分，而龙门山是治水英雄大禹的故乡，又是世界第三极青藏高原到成都平原的缓冲地区。小时候，父亲就告诉她，翻过面前的这座山，那一面就是汶川，那里是阿坝州的地界。

老父亲在红白镇上办了一辈子教育，镇上的人几乎都是他的徒子徒孙，也许是出于对父亲和他职业的敬仰吧，谭瑛后来也选择了当教师，而且就在父亲亲手创办的红白小学，而且也是一干就是一辈子。

今年春天，执教了30多年的谭瑛终于从教学一线退下来，虽然她的心里还是放不下学校，每天都要站在窗口望着学校方向出神，但渐渐地，她也感到坦然，她知道，这是生命的规律，就像这屋后山上的树，一批大树伐走了，又一批新树又成长起来了。

这不，自己的女儿汤鸿不也当上了老师吗？而且也在她外公创办的她母亲奉献了一生的这所学校——红白镇小学。

汤鸿正式上班那一天，汤鸿的外公很兴奋，连声说：“后继有人，后继有人啊！”

谭瑛说：“老爸啊，我们是三代同堂的教育世家啊！”

后来汤鸿生了女儿莲儿，再说起“三代同堂”，汤鸿就说：“还有我们莲儿呢！我们莲儿长大了也当老师，那可是四代同堂的教育世家了！”

外公那天特别高兴，还破例喝了点酒。他端起酒杯，有点感慨的说，“我是看不到了，但我相信，这就叫薪火相传哪！”

让谭瑛感到欣慰的是，汤鸿真的继承了外公和她的很多优点：敬业、爱学生、工作责任心强、而且能歌善舞、多才多艺，她本来的专业是语文老师，可是因为舞蹈跳的好，所以每年学校“五一”、“六一”、“十一”、“元旦”演出，或是红白镇、什邡市需要搞教师节目汇演，汤鸿都理所当然的是学校的总编导，而且她编的节目还总是能够获奖。

谭瑛知道，女儿这次帮学校排的这个节目是大型舞蹈《喝彩，北京》，既是为了庆“六一”，也是为了迎接8月份在北京召开的奥运会，她辅导的那个班，是她倾注了四年心血的老班，所以学生对她感情很深，只要一看见她，学生们就粘着她不让走……

谭瑛觉得，自从生了莲儿后，25 岁的汤鸿好像一夜之间长大了许多。她告诉谭瑛，有了莲儿，她突然明白了做母亲的不易，也突然明白了那些家长的不易。她说，她现在接手的这个班，大多数都是父母在外打工的“留守儿童”。学生基础差，也很自卑，好些娃儿已经几年没看见他们的父母了，汤鸿说，她过去总是埋怨那些家长心太狠，不负责任。有了莲儿后，她才明白，没得家长不心疼自己娃儿的，他们实在是没得办法啊！正是为了让自己的娃儿们少吃苦，不辍学，他们才会背井离乡含辛茹苦在外头去打工啊！

汤鸿说：“她现在想做的就是多花一些时间，花些精力，帮那些娃儿们补一补课，多和他们在一起生活，唱歌，做游戏。等那些打工的家长从千里之外回来，看到自己的娃儿有长进，健康，活蹦乱跳，那该多好啊！”

谭瑛说：“鸿儿，你做得对，妈支持你，莲儿交给我，你放心，不仅白天可以交给我，晚上我也可以给你带，这样你才有足够的睡眠，有充足的精力去教那些娃儿！”

汤鸿说：“白天您帮我带就够了，晚上必须我自己带！”

谭瑛问：“为什么？”

汤鸿说：“我现在对她这么好，她还不喊我妈妈呢，晚上再不带她，她更不喊我了！”

谭瑛笑了：“弄了半天，你还在吃这醋呢？”

笑归笑，但谭瑛还是很纳闷，莲儿快满九个月了，这个孩子早慧，会喊“爸爸、奶奶、爷爷”，就是不会喊“妈妈”，无论汤鸿怎么逗她，就是不开口，汤鸿为这事，干醋不知道吃了多少呢！

突然，“咚咚咚”响起了敲门声，谭瑛听到了汤鸿急促的叫声：“妈妈快开门，来不及了！”

谭瑛打开门，汤鸿一阵风冲过来，把莲儿往母亲手里一递，“我要走了，我的时间不够了！”

谭瑛看了看火急火燎的女儿，心疼地说“这么急，你先搞啥子去了嘛！”

汤鸿从卫生间里出来，抓起包向门外冲去，走到门口，又突然折回来，看了看躺在母亲怀里的莲儿：“莲儿，来，给妈妈再见，莲儿，莲儿，快叫妈妈！”

莲儿躺在外婆的臂弯里，圆睁这一双乌溜溜的眼睛，不吭声。

汤鸿假装生气地说：“莲儿，莲儿，你怎么就不会喊妈妈呢？”

谭瑛笑着：“你又吃干醋了，时候不早了，快走吧！”

汤鸿向谭瑛挥挥手，拉开门，出去了。

门被叩响的那一刹那，谭瑛抬头看了看墙上的挂钟，正是下午 2:20。

这一天，是 2008 年 5 月 12 日，离汤鸿和孩子们期待的“六一”儿童节还有 19 天，离他们为之喝彩的北京奥运会开幕的日子还有 88 天。

秦波贴着李娟老师隆起的肚子：“哈哈，我听到你儿子在叫你呢！”

星期一中午上班前，秦波老师的情绪有些低落。

在她任教的绵竹市汉旺学校小学部的门口，秦波碰到了她的“死党”李娟老师。已经怀孕 5 个月的李娟捂着肚子，在校门口的水果摊前买枇杷。

看见秦波，李娟说：“快过来尝尝，多甜的枇杷啊！”

秦波说：“我可不像你，像个馋猫，一会儿买樱桃，一会儿买西瓜，一会儿又买枇杷！”

李娟朗声大笑：“哈哈，我可不是为自己，我是为我儿子才吃的！”

秦波也被感染了：“呵呵，好堂皇的理由，你知道你怀的是儿子吗？”

李娟摇摇头“不知道，其实我想要个女娃，女娃多好，小时候好打扮，大了又贴心，啥事也跟娘讲。不像男娃儿淘气，操不尽的心，可是小罗想生个男娃，这家伙重男轻女呗！”

看看离上课的时间还早，两个人决定回她们曾经的寝室耍一会儿。

在绵竹市汉旺中学小学部，几乎所有的老师都知道秦波和李娟是彼此的影子，老师们要找其中的一个，便问：“秦波，你的影子呢？”或者问“李娟，你的影子呢？”

这两个学中文的女娃儿是同一天进的汉旺学校小学部。因为同学科，所以又分在同一个办公室，学校给老师安排午休的寝室，两人又被分到一间屋子。屋子里原本有两张床，两个女孩偏要挤在一张床上，冬天里索性就钻进一个被窝……

这间寝室已经有日子没用过了。

原因是李娟怀孕了，秦波怕自己睡着了，不小心踢了李娟的肚子，再说，她也在今年元月 13 号结了婚。老公敬强就是隔壁东风汽轮机厂的职工，两个人还在甜蜜的蜜月里没走出来呢！

可是昨天，敬强却要奉命去成都出差，时间是一个星期，这是秦波和老公结婚四个月来的第一次分离，也是甜蜜相识几年来第一次长时间的分离，到车站送别时，秦波眼泪迷离，甚至想起了柳永的那首著名的词“执手相顾眼泪，竟无语凝咽”。敬强一走，秦波就在日记上写道“天哪！这周该怎么过啊？”

李娟是火眼金睛，看出了秦波的变化：“怎么哪？像掉了魂似的？”

秦波不语。

李娟说：“哦！让我猜猜，是敬强出差了吧？”

秦波点头。

李娟问“心里很难受是吧？”

秦波点点头，眼泪都快出来了。

李娟突然仰面大笑起来，“哈哈！哈哈！曾记否？想当年我和小罗刚结婚，小罗出差了，我说好想他，你们笑我肉麻，笑我发酸，笑我……如今怎么样！这叫报应！报应！哈哈哈！”

秦波说：“你知不知道，你的笑声多吓人呐，可以用一个词来形容的。”

李娟想了想，说：“你是说‘余音绕梁，三日不绝’？”

秦波说：“美的你啊！ 你还以为你的笑声像唱歌啊？”

李娟笑了笑，“那我倒要看你狗嘴里能吐出什么象牙来了？”

秦波说：“说你分贝高呗，有一个词叫‘声震屋瓦’。”

李娟大度地笑了笑：“不错，倒是个好词，亏你想得出来。”

两人开始吃枇杷，很难得地安静了一会儿。

秦波问：“李娟，怀孕很幸福吗？”

李娟认真想了想，“怀孕本身应该是一件很难受的事，尤其是那些翻江倒海的日子，真是度日如年！不过，对于做母亲的向往，真的是女人的幸福，你想想，一颗生命的种子，就这样植进了你的土地，然后在你的呵护下，一点点，一点点，慢慢成长，然后在阵痛中离开母体，来到这世界上，从呱呱落地，到咿呀学语，到蹒跚学步，到背着书包上学，到长成一个顶天立地的人，独自到这个世界上去打拼，而这一切都是在母亲的培养下，呵护下，注视下，这是一个多么神奇的事，多么辉煌的事啊！”

秦波问：“你读过武汉作家池莉的《太阳出世》吗？”

李娟说：“读过，没怀孕前读《太阳出世》，我觉得这个比喻太夸张了，生孩子怎么能比成“太阳出世”呢？现在再读，我会感动得热泪盈眶。”

秦波说：“李娟，我觉得你变了，像变成了另外一个人。”

李娟点点头，“不错，从感知到这个生命到来的那一天起，我就完全变成了另外一个人。过去我做事，思考问题，脑子里只有我自己一个人，结婚后，也会想起另一半，现在我的世界里只有孩子，我吃水果是为了孩子，希望他皮肤好，至少长的比我们白；我布置房间是为了孩子，我想为他的到来，营造一个最美好最温馨的环境；我努力工作也是为孩子，我想攒很多很多的钱，让他受最好的教育；我想让他快快长大，尽管我知道他长大了，我自己就老了。我想让他长大后去成都、去北京，去看外面精彩的世界，尽管我知道，他走得越远，我思念的路越长……”

秦波望着还在喃喃自语的李娟，看到她那张并不是很白的圆脸上仿佛蒙上了一层圣洁的光辉，她甚至不敢相信，这就是那个三年来和她朝夕相处的好友李娟吗？

李娟说：“我现在常常想起我的母亲，我过去还不理解母亲为什么会对我们那么好，为了我们吃了那么多苦，她也从无怨言。现在我明白了这就是母爱，母爱的付出是无条件的，是不讲回报的，我觉得我也能做到。为了儿子，我可以割我身上的肉，需要的时候，我还可以拿我的命去护住她的命……”

秦波觉得李娟今天陷得太深，说话也很出格了，连忙用手去捂住她的嘴，却发现李娟早已是泪流满面。

秦波想把李娟的情绪引导出来。于是换了个话题，“学校老师都说你怀孕五个月，肚子就这么大，会不会是双胞胎啊？”

李娟破涕为笑：“看过大夫了，不会的。”

“那你儿子常常会踢你吗？”

“他还小，还不会呢！”

“我不信，让我听听”，秦波说着，向李娟走过去。

李娟安静地撩起上衣，露出已经悄然隆起的肚皮。“听吧，听吧，谁让你是我儿子的干妈呢？”

秦波轻轻地走到李娟的身边，弯下腰，让自己呈马步站稳，然后偏着头，右耳小心地贴到了李娟的肚皮上。她屏住声息地听着，努力捕捉那个神奇的新生命的信号，终于，她听到在李娟的强有力的心跳之外，一个微弱的但却十分清晰的心音。

李娟一脸幸福地问："你听到了吗？听到了吗？"

秦波站起来大声说："哈哈，我听到了！听到了你儿子在叫你哦！"

……

这时，汉旺街头钟楼里的钟"噹噹"敲了两响。

秦波说："哎哟，我第一节有课呢，我要回办公室准备一下，你好像没课吧？"

李娟说："没有课，但我还要备课呢，我们一起走吧。"

秦波挽着李娟的手向学校办公楼兼教学楼走去。

一路上，还能听到自己学校以及东侧的四川东汽中学和西侧的东汽技校的操场人声鼎沸，因为离正式上课还有20几分钟。并排而列的三家学校都还沉浸在喧闹的氛围中。

远远的，秦波望见屹立在教学楼前的旗杆，旗杆顶端鲜艳的五星红旗正在风中飘扬。

这一天是2008年5月12日，下午。位于龙门山脉中南部的绵竹市汉旺镇，天有些阴，从东汽厂区远眺环绕汉旺的紫岩山和曙光山，略显迷离。

5月12日中午，龙门山脉像一个正在午眠的婴儿

公元2008年5月12日，星期一，阴历四月初八，佛诞日，黄历记载，当天宜沐浴，扫舍，忌开市，嫁娶，做灶。

下午两点，午后的斜阳沐浴着因为"凿龙门，铸九鼎，治水患"而被视为中国文明先祖的大禹的故乡——龙门山脉。普照着巍峨的青藏高原与坦荡的成都平原之间这片气象万千的缓冲地带。普照着这个正引起中国人、亚洲人、以及整个地球人关注的的"天府之国"的"后花园"。风卷云舒，花香蝶舞，好一派安逸祥和的暮春景象。

在映秀通往卧龙的山路旁，熊猫自然保护区，慵懒的"国宝"们吃饱了鲜嫩的箭竹，喝足了山泉水，正在春日的阳光里酣然入梦。

映秀通往九寨沟的路途边，一个十几户村民的小山坳里，有一户人家正在筹办婚礼，四里八乡的亲朋好友们聚在一起，高朋满座，喝茶，嗑瓜子，打麻将，摆龙门阵，火炮儿缠在长长的竹竿上，高高举起，只等待迎娶新娘的队伍进村的那一刻；

在汶川县城，全县招生工作会议正在一家宾馆举行，漩口中学的副校长诸育林正准备登台发表讲话；

在北川，距离县城3公里的北川中学，刘亚春校长正在学校食堂主持召开一个特殊主题的会议，研究在中考、高考到来之前如何改善接近3000师生的伙食；

在龙门山脉深处的银厂沟，开农家乐的老板娘钟欣上午刚刚还完了银行的40万元贷款。无债一身轻的老板娘正和老公筹划着，怎么在已经到来的这个旅游旺季，把生意作出点“感觉”来。

在汉旺，在龙门山脚下这块冲积平原上，与秦波所在的汉旺学校小学部仅一墙之隔的东汽中学，校长周德祥刚和她上高三的宝贝女儿挥手告别，再过20几天，女儿文超就要参加高考，女儿是绵竹公认的才女，她的目标是要问鼎北大或者清华……

与此同时，周德祥的同事，政治特级教师谭千秋已经提前走进了课堂。

在都江堰，跑旅游的小老板张杰，正带着他刚接的一个加拿大旅游团，在供奉着李冰父子的“二王庙”参观。与他毗邻的都江堰聚源中学，漂亮的何智霞老师告诉她的徒弟刘婷婷，下午她要去她的班上随堂听课……

在彭州市红岩镇中心小学，被临时抽调到幼儿园帮忙的周汝兰老师一边准备着娃娃们起床后的午后餐点，一边守护着正在睡午眠的孩子们。午后的斜阳透过幼儿园的纱窗，照在那一张张天使般宁静的脸上，让人禁不住生出无尽爱意。

2008年5月12日下午2:28分前，整个龙门山脉像一个正在午眠的婴儿。

暮春的风吹拂着它的高峰、台地、丘陵、河谷，吹拂着它山脚下的城镇和半山腰里的村寨，吹拂着它宽大怀抱里的有生命或者没生命的万物。

连绵500公里的龙门山脉恬静、平和，看不出一丝的不安与躁动。

第一章　山崩地裂的瞬间

什邡县莹华镇地震后的残垣景象

地震后的漩口中学

地震后的北川中学

地震后的绵竹市汉旺镇

谭国强瘫坐在地上喊：“我的学生！我的孩子们啊！”

灾难的降临几乎没有任何的先兆。

苏成刚是映秀小学四（1）班的班主任。这个30岁的帅气小伙子，是一年前刚从外地调入映秀小学的。他的爱人程晓庆则在附近的幼儿园上班。

5月12日下午，第一节课的预备铃响过后，喧闹的校园突然变得安静下来。苏成刚从办公室取了一份文件，回到宿舍楼，他的家在一楼，下午第一节没有课，他想把这份文件输入到他宿舍的电脑里。

刚进门，苏成刚突然感到房子上下抖动了两下，接着便开始晃动起来，天花板上的吊灯“哐啷”一声落在地上，一个念头在脑海里闪过：“不好，地震！”

苏成刚的第一反应是夺门而逃！可当他伸手拉门时，发现门已经变形，打不开了。情急之中，苏成刚飞起一脚，门开了，冲出门去，刚跑了两步，却被一股巨大的气浪甩到了宿舍楼外的花坛边。

苏成刚扶着花坛站起来时，看到花坛已经破裂了，随后他听到了一声轰响，刚才险些困住他的那栋宿舍楼整体垮塌，巨大的烟尘腾空而起，呛得他不停的咳嗽。

他用右手捂住鼻子和嘴巴，奋力向操场上跑，跑几步，摔一跤，爬起来，再往前跑……漫天扬尘的操场上只有两个体育老师，还有因为上体育课而留在室外的学生们在高声尖叫。

苏成刚声嘶力竭地朝着惊慌失措的学生们喊“趴下、快趴下！”

这时候，他看到校长谭国强、教科室主任董雪峰、后勤办主任董劲飞一路狂奔着，从综合楼跑到了操场。唐校长一边跑一边高声喊：“地震了！快跑！快跑啊！”

又一声“轰响”盖过了谭校长的声音，老师们平时办公的综合楼也垮塌了。

苏成刚朝教学楼望去，滚滚烟尘中，教学楼像一个娃儿搭建的积木被一只恶作剧的手使劲摇晃着，摇晃着。无数个孩子哭喊着跑在教学楼的走道上，老师们跟在学生后面，像牧羊人赶着羊群，但仅仅几秒钟之后，教学楼也轰然垮塌，所有声音都在一瞬间突然消失了……

一股更巨大的烟尘腾空而起，遮天蔽日……

苏成刚望见谭国强瘫坐在操场上，像个孩子一样嚎啕大哭："我的学生！我的娃儿们啊！"

5 月 12 日这个黑色的午后，一只看不见的魔爪把辛勤园丁苦心经营了几十年的映秀小学，顷刻间碾为粉末。学校的全部主建筑——一栋教学楼、一栋宿舍楼、一栋综合楼被夷为平地，470 多名学生，除了上体育课的两个班 100 多人幸免于难，加上十几个或跳楼或跑得快的孩子，其余的 300 多人，全部压在废墟里。47 名在岗教职工只有 27 人幸存，其中男教师 9 人，女教师 18 人。

"快来救孩子！"这是谭国强冷静下来的第一句话。然后他掏出手机，不断的拨号"110"、"120"、"镇教委"、"镇政府"，所有的电话都无一例外是忙音。谭国强这才意识到遭难的怕不只是映秀小学了。他喊苏成刚，"苏老师！你赶快去镇政府报信！请他们派人来救人！"

一出映秀小学的大门，苏成刚就惊呆了！

这是他生活了一年多的那个秀美的小镇吗？

那些他熟悉得像自己的手指一样的街道啊，楼房啊，商店啊，学校门口刚开张 3 个月的"好再来"餐馆，他和程晓庆偶尔光顾的刨冰店、安德蹄花店，以及那家因为卖勾魂面而引起他们夫妇俩关注的鲜美轩面馆怎么顷刻间都变得面目全非？是谁在一眨眼的功夫里，从哪里搬来了这么多的断墙残垣？那些店主人呢？那些忙碌着的端茶上菜的服务小姐呢？还有那些吆五喝六的快乐的食客们呢？他们上哪儿了？刚才还是鲜活的生命，怎么顷刻间被谁带上了狰狞的"面具"，甚至变成了残缺不全的肢体？

沿路都是垮塌的房子，倒地的电线杆子，还有被砸成稀烂的轿车，司机的头耷拉在方向盘上，血喷到挡风玻璃上，像一朵恶俗的花……

邮电大楼垮了！

映秀宾馆塌了！

二台山上的发电厂变成了面目狰狞的废墟---

苏成刚抬头向渔子溪对岸的中学望去，曾经是映秀镇一道亮丽风景的漩口中学的花园式校区，两栋最大的主建筑也倒了，像一个偏瘫的病人倒在路途上，竭力想挣扎着站起来，却又那么力不从心。

满街都是丢弃的鞋子、手提包、手机、背篓……

到处都是伤员和被埋在废墟里的人。有人的头和身子都埋在瓦砾堆里，一只手却还留在外面，有的人整个身体都被埋了，但还活着，还能用微弱的声音向外面呼救……

满眼都是尸体，完整的，残缺不全的，或者就是一条腿，一只胳膊……

也有从死神的魔掌下逃出来的幸运者，人人的脸上都蒙着灰尘，衣衫褴褛，好像从战火堆里跑出来的，张大着嘴，不会哭，也不会喊……

苏成刚流着泪继续往前走。

大地还在筛糠一样抖动，四周的群山在轰鸣声中不断地垮塌。

远远地，他看见了前面废墟上有一片红色，在黑压压的残檐断壁中显得格外耀眼。待他看到那是一部红色的滑梯时，他的双脚发软，险些一屁股坐在地上。

他明白；那里是映秀幼儿园。

他的妻子程晓庆就在那里上班。

他太熟悉幼儿园的布局了，两层砖木结构的房子，上下各两间大教室有 100 多个孩子。小班和小小班的孩子在一楼，中班和大班的孩子在二楼，每个孩子都有一张兰色的小木床。

他的妻子就是小班的老师。

苏成刚明白，那部红色的滑梯是在楼房背后的，正常情况下，从这个角度是不可能看见滑梯的，这只能说明，那栋两层楼已经垮塌了。而在一楼的妻子肯定是凶多吉少了。

一些灰头土脸的人——男人、女人、老人，经过苏成刚身边发疯一般的向幼儿园方向跑，一路跑，一路喊，“娃娃呢？娃娃在哪？”有人说“幼儿园没有了，全塌了！”

在最初的一刹那，苏成刚产生了强烈的冲动，他要冲到那片废墟上去，找到他的爱妻。他要从死神手里把妻子夺回来。

但到最后，他还是选择了继续前行，他知道，他肩上的责任——那是映秀小学被压在废墟下的 300 多个娃娃的生命啊！

在同样也被砸得七零八落的映秀电厂拐弯处，苏成刚见到了满身都是灰尘的镇长蒋青林，像娃儿见了娘，苏成刚拉着镇长的手放声大哭“镇长，我们映秀小学全完了，300 多娃儿啊！”

眼泪从镇长的眼窝里溢出来，流到脸上，变成了两条清晰的泥沟。

从镇长嘴里，苏成刚知道，映秀的首脑机关——镇政府大院被垮塌的山体埋了，所有公务员只有 5 个人逃出，其中 3 人生还，2 人重伤。镇委书记双腿被砸断，现在只能躺在担架上指挥救灾。所幸的是阿坝藏族自治州政府的杜副秘书长和汶川县张副县长正在映秀视察工作，还没来得及离开，就遭遇了大地震。如今这 3 个不同级别的官员，便成了大难临头的映秀的主心骨。

镇长说：“灾难来得太突然了，损失太大了，外面的联系全都断了，但是苏老师你放心，我们一定要全力以赴救娃娃，救老师！”

苏成刚突然想起了镇上的派出所，他问镇长：“派出所有卫星电话吗？这个时候只有卫星电话管用啊！”

蒋青林镇长痛苦的摇了摇头：“没得，没得！而且派出所也遭惨了！伤亡惨重啊。”

两个男人无言的相视着，他们明白，现在的映秀是电断、水断，通信中断，估计外面通往映秀的路也会被垮塌的山石阻断。一张纸也送不出去，一只鸟也飞不进来啊！

万山之中的映秀已然成为一座与世隔绝的孤岛。

冉宏发现了“救命稻草”：一根红色的消防栓

在鱼子溪的对岸，与映秀小学一河之隔的漩口中学。冉宏做梦也没有想到会有灾难突然降临，也没有想到她能成为这么大灾难的幸存者。

这天下午第一节课，她的课排在初二（1）班。在教学楼的二楼，刚准备上课，教室就晃动起来。

刚开始，冉宏还叫学生别慌，这两年，映秀的建设力度加大，不大的映秀镇像一个繁忙的建筑工地，打桩机“哐铛哐铛”地砸响或者载重卡车从校门口经过时，学校的教室都会发生晃动，冉宏说，起先他们都很恼火，但日子长了，也就习以为常了。

可是很快她听到天花板上的日光灯吊绳在“嘎嘎”作响，她想，这次怕是遭大了，连忙挥手让孩子们“快跑”。

一阵桌椅“乒乓”的撞击之后，教室里已经空无一人。

目瞪口呆的冉宏居然还站在黑板前，目睹着顶上的日光灯像下雹子一样往下掉，黑板对面的墙上裂开了巨大的缝隙，紧接着，石灰块和砖块像豆腐渣一样往下垮……

冉宏这才回过神来，转身向教室门外的走道上冲去，脚刚刚站在走道上，便听到地动山摇的一声巨响，教室垮塌了！

好在走道没有垮塌。

但是，没有垮塌的走道却还在剧烈的晃动，穿着高跟鞋的冉宏像飓风中的一片叶子，无依无靠，一会儿被推到左边，一会被推到右边……

终于，她发现了一根救命“稻草”——一根红色的消防栓。

冉宏顺势扑了过去，死死的抱住不放。

尽管最后这跟铸铁的柱子也被震断。汹涌而出的水，把瘦小的冉宏变成了一只落汤鸡，但这已经无关紧要，因为，最剧烈的晃动终于停下来了。

惊魂未定的冉宏，扶着那没有完全倒塌的楼梯，摸到一楼时，发现 2006 年底才交付使用的花园式学校——漩口中学已经一片狼藉。教学楼整体向校门方向垮塌，方杰下午上课的实验楼也严重垮塌，其他建筑物也在不断袭来的余震中摇摇欲坠。

整个操场上烟雾弥漫，刚从教师里跑出来的学生，女生在哭，男生在叫。没有完全倒塌的教学楼还有一个班的学生老师在里面东突西撞，冉宏想起来了，这是学校的多媒体教室。教室的门肯定是打不开了。

冉宏看见王福春、高攀利带着好几个老师往上冲，有人大声喊“拿锤子来。快，砸开玻璃，让他们从窗子出来！”

办公室背后，校医黄承敏飞快地跑在前面，后面跟着抬担架的两个老师，一个中年女人躺在上面，冉宏认出来了，那是学校财务室的张旭老师。有人问“她怎么了？”黄医生上气不接下气地说，“她从阳台上被揎下来了”。

多媒体教室的玻璃被砸破了，50 几个被困学生还有他们的老师被接到地面，操场上响起了欢呼声。

校长张舜华站在教学楼前的废墟下喊：“下面还压着好多孩子啊，快来救人！”

人群又纷纷向这边跑来。张舜华朝废墟里大声喊：“同学们——你们一定要坚持住！我们一定会把你们救出来！”

食堂前的那栋旧宿舍楼传来一个苍老男人的哭声，刚从那栋楼里被解救出来的高一年级老师林夕蔚惊魂未定的跑过来，对张舜华说：“惨了，惨了，孟阳一家遭惨了！”

张舜华说：“到底怎么了？慢慢说。”

林夕蔚结结巴巴说了半天，在场的人才听清楚：因为怀孕在家休息的英语老师孟阳被埋进了垮塌的宿舍楼，正好来学校看她的妹妹和母亲也同时被埋，而她的妹妹也已经有了几个月的身孕，现在他们家活着的只有孟阳的爸爸，老人是因为出门泼水才稀里糊涂捡了一条命啊……

张舜华听了，惊得目瞪口呆。所有的人都倒吸了一口气。天哪！老天不睁眼啊，一家三口，五条人命啊！

张舜华抹了一把泪，站起来，安排身边的一位老师赶快去看看孟阳的父亲。然后叫所有在场的女老师集合学生，清点人数，把学生用最快的速度带出校门，转移到校门对面的平坝上去。全体男老师留在现场救人，转运伤员。

集合清点后，冉宏得到了第一个让她欣慰的消息，她下午所在的那个初二（1）班，几十个学生都已经跑出来了，这得益于与初二（1）班相邻，离楼梯最近的初二（2）班下午第一节课是体育课，教室里空无一人，所以冉宏带的初二（1）班实际上成了离那侧楼梯最近的班。

而且万幸的是这个楼梯间居然没有垮塌。

但是整个学校的情况依然十分严峻。1500多学生，至少有上百人现在还压在废墟中，生死不明。

好像直到这个时候，冉宏才有时间想起丈夫方杰。

他开始在人群中寻找方杰，可是熙熙攘攘的人堆里，没有发现那个她最熟悉的身影。

她向每个老师打听，得到的答复都不一样。

有人说：“看见方杰了，他可能去小学找娃儿了！”

有人说：“方杰被校长派出去报信了！”

虽然说法不一样，但众人传递给冉宏的信息都是一致的——方杰出来了。

冉宏的心又放下了一半，她也相信方杰没事，连自己这么个弱女子也能跑出来，方杰那么灵醒的一个男人能够跑不脱吗？再说，他班上的四十几个学生，不是听说都跑出来了吗？

冉宏现在最揪心的是儿子方哲正，那毕竟是个只有六岁的娃儿啊！

同事们说："冉宏！去吧，去吧，去找娃儿吧！这里有我们呢！"

冉宏深一脚，浅一脚的走向灾后的映秀大街。

她想，也许走不了多远，她就能遇到去小学找儿子的方杰，就能听到儿子喜鹊一样"喳喳"的叫声了……

刘亚春从食堂跑出来，整个人傻了一半，"这是我的北川中学吗？"

这天中午，在北川中学本部，距离县城三公里的任家坪主校区，北川中学校长刘亚春正在召开一个特殊主题的会议，地点在学校的食堂，主题当然与食堂有关。

参加会议的人除了学校领导，管后勤总务的负责人，还有就是厨房里的 20 多个大师傅。

北川中学有 2700 多学生，近 300 名教职员工。刘亚春常说：他是一个家大口阔的大家庭的家长，所以，吃饭的问题，也常常是一个大问题。

今天的话题就是，马上就要中考、高考了，为了让娃儿们吃得好，能精力充沛参加考试，伙食团的大师傅们能不能再想点办法，增加两个菜品？

刘亚春对着面有难色的师傅们拱手说："我也知道各位师傅已经很辛苦了，你们人手少，起早贪黑，也不容易，但为了娃儿们，我还是拜托各位……"

突然，刘亚春感觉到他坐的椅子晃了一下，紧接着整个食堂开始晃动起来，一片水泥渣块"啪"地掉到了刘亚春的脚下，刘亚春意识到"不好了"，"地震了"他站起来，大声喊"地震了，快跑，往操场上跑！"

刘亚春带着人迎着巨大的气浪从食堂里冲出来，向操场跑去。

操场上已经烟雾弥漫，刺鼻的烟尘呛得人几乎喘不过气来，他赶快叮嘱身边的人和已经在操场上的学生。"捂住嘴和鼻子，趴下，趴下！"

在滚滚烟尘中，刘亚春听到了两声巨响。

他没有见过原子弹爆炸，但他坚信，原子弹爆炸的声音也不过如此。轰响过后是更大的烟尘扬起。眼前顿时一片漆黑，是那种密不透气的黑，仿佛天和地已经完全重合在一起，世界又回到了混沌初开前的荒洪时代。而且声音也突然间消失了；轰鸣声、哭声、骂声、尖叫声，全部消失了，刘亚春想，这大概就是人们常说的“死一样的寂静”吧？

当一线亮光重新出现在刘亚春面前时，声音也回来了，那是满耳的惨叫声和凄厉的哭声，刘亚春从地上爬起来的时候，他发现自己已经成了一个彻头彻尾的灰人。

眼前的景象让刘亚春傻了一半：“天哪！这还是我的北川中学吗？”

学校两栋五层的教学楼垮了，那栋旧楼是彻底地变成了一堆瓦砾，那栋新楼三楼变成了一楼，而原有的一楼二楼则在顷刻间被砸成粉碎……刘亚春突然明白刚才那两声巨响的来历。

那栋没有完全垮塌的楼房里，惊恐万状的学生们正四散奔逃，有的赤着脚，有的只穿一只鞋，有的甚至还抱着书包，有的脸上、头上到处是血……

大地还在不断的震动，那些断檐残壁像池塘里的残荷，在风中瑟瑟发抖。

刘亚春快步跑上前去，指挥着逃出来的学生往建好还没有启用的大操场上跑，往最安全的地方跑……

没有孩子认出这个满脸满身都是灰的中年人，就是他们平日里最敬仰的校长。

刘亚春一路往倒塌的教学楼冲去，他看到到处是孩子们的尸体，有的挂在窗户上，有的压在砖缝中，有的被甩到了外面的路上，有的甚至残缺不全，或者身首异处，有的就只有一只胳膊或者一条腿……

在花坛边上，刘亚春看到一个男生，两条胳膊都不翼而飞了，他的眼睛还睁着，身子还在一下一下的抖动……

刘亚春的心受到巨大的震撼，这都是他的学生啊！这都是如花似朵的花季少年啊！

他“扑通”一声跪在废墟前，巨大的悲痛像一座山压在他的胸口，他想大哭一场，可是却发不出一点声音来……

突然，他听到一个声音，从废墟中传来，“救救我——”

刘亚春像战士听到了号声，一个激灵爬起来，他突然明白，大灾当前，作为一个指挥员，他甚至没有悲伤的权利，他只能回到他的位置上指挥战斗。

在对操场上的幸存者进行了清点之后，刘亚春知道了灾难比他想象的更残酷，损失更严重。

全校 2700 名学生，除了高三年级（因为在新楼的三楼、四楼、五楼）和操场上上体育课的少数班级得以幸免外，在旧楼上课的高一、高二年级的学生（包括刘亚春的儿子）以及新楼 1 至 2 层的学生，几乎全部埋在废墟里。

还有至少 40 名教师也生死不明。

到现在他还不知道，北川中学的另一部分——位于县城内的新校区，那栋两层的教学楼情况怎样，那里还有六个班的学生啊！

刘亚春用最短的时间做了战前动员，全体女教师负责保护幸存的学生和伤员，把他们组织到刚建成但还没来得及启用的运动场上（因为那里是高地）；后勤的老师和员工想办法找水，找粮食，找搭建临时帐篷的材料，要千方百计保护这些劫后余生的孩子，不要再遭受任何危险！

全体男教师分成若干组，带领一部分高三学生参加救人！哪里有呼救，就在哪里救。优先抢救活着的人！要不惜一切代价，把更多的人救出来！

布置完任务，刘亚春才想起要快给县城打电话询问“新校区”的情况，向县里汇报学校遭遇的劫难，请他们赶快组织人员、设备前来救援。

他掏出手机，拨号：新校区，不通，110，不通，120，不通，县教育局、县长、书记……没有一个电话能够接通。刘亚春这才意识到，他们和县城的联系已经中断了。

刘亚春当即决定，派出两路人马到县城去，一路回“新校区”、一路到县里局里报信。

此刻，刘亚春还不知道，他的“新校区”以及山下的县城遭受了比北川中学更残酷的灭顶之灾……

李剑老师的“十佳团干”颁奖会成了她一生难忘的噩梦回忆

李剑老师那天在县委礼堂的第一排，等候颁奖，她不知道和她同坐一排的有一位老师湛会，是“优秀团干奖”和“优秀创业人员”奖的获得者，他是北川中学的团委干部，跟他一起到会场的还有从北川中学新校区来的两个班110名学生和学校团委书记蹇绍奇以及两名班主任老师：刘宁和陈宏。

那位漂亮的女主持人的开场白还没有说完，地震了。先是身下的椅子瑟瑟发抖，紧接着礼堂的灯灭了，黑暗中传出孩子们的尖叫声和哭声。

李剑下意识的抱着头，靠着椅背蹲下来，突然，她看到那个捧着一束鲜花的小女孩呆若木鸡地坐在位置上面，面对突如其来的变故不知所措，李剑快步冲过去，拖过那个女孩，把她护在身下。

突然“轰隆”一声巨响，礼堂靠近主席台的屋顶垮塌，天花板、灯管等“哗啦啦”砸下来，李剑和坐在前面几排的人顷刻间被埋了进去……

不知道过了多长时间，她觉得有人在抬压在她们身上的东西，睁开眼，她看到了几个穿制服戴国徽的男人，她和那个小女孩被扶起来，拍打身上的灰，扭一扭胳膊和腿，还好，没有受伤，看那个女孩也没有痛苦的表情，“十佳团干”李剑冒出来一句话竟是 “真是老天保佑啊！”

李剑一直护着那个捧着鲜花的陌生女孩，顺着人流，撤到了礼堂之外，她原来以为撤出礼堂灾难就过去了，噩梦就会醒来，待她来到大街上时，发现进入了一个更加恐怖的噩梦。

刚才还花团锦簇的北川县城现在已经变得面目全非。

房子倒了、路裂了，黄色的烟尘笼罩着整个县城，堆满瓦砾的街道上，灰头土脸的人们，惊恐万分的人们在狂奔，满地都是鞋子，皮鞋、凉鞋、布鞋...还有女人的拎包，娃儿的书包和山民的背篓，路中央一部粉红色的手机已经被无数奔逃的人踩成了碎片。

到处是倒在地上的伤员和死难者的尸体；

到处都是凄厉的哭声和号叫声……

放眼望去，一片片原来熟悉的社区，一栋栋高大的建筑不见了，像冥冥中有一只巨大的手，不耐烦的一抹，不见了，全不见了。

县城四周的山，那些曾经如诗如画的山，如今都露出了狰狞的面目，在“轰隆隆”“轰隆隆”响声中，成片成片的崩塌，大量的土石飞流而下，把山脚下那些掩映在绿树翠竹中的房子顷刻埋葬。

李剑胆战心惊地想，这就是人们常说的“包饺子”啊？那么多活鲜鲜的生命，那么多充满生机的房子，甚至整个一座城市都成了这“饺子”中的“肉馅”？

李剑过了若干天之后才知道和她坐在同一排椅子上的湛会所在的北川中学

新校区也成“包饺子”的牺牲品，一栋两层教学楼整体被埋，除了他带出来的110名学生和一个上体育课的班外，另外正在教室上课的三个班150多人全部遇难，无一生还。

李剑随着人流，流到大禹广场上，她看到了北川人引以为自豪的大禹铜像，仰面倒在一片废墟中，这个传说中的治水英雄，在这突如其来的地震灾害面前，原来也只能束手无策，仰天长叹啊！

李剑开始拼命联系她的家人、同事，可是没有一个电话能打通，无助的李剑，坐在被灾难变得面目狰狞的广场上，欲哭无泪。

下午六点，李剑居然与正在参加大救援的丈夫白东不期而遇，两人抱头痛哭，白东告诉李剑，他整个下午都在曲山小学参加救援，还亲自救出11个孩子，有一个孩子被水泥预制板压住了双腿，预制板上，还堆着许多横梁，他们听见孩子的呼救，是个女孩，女孩子说“叔叔，救救我，我好痛”，可是他们没有大型设备，根本抬不起那些横梁和板，几个小伙子只能抱着头在那里哭……

白东说，他们还看见四个一年级的小女孩，手牵着手，往前跑。可是一根房梁倒下来，一个小女孩被当场砸死，其它三个娃娃，又手牵着手往前跑……

白东讲了许多别人的孩子，唯独不提自家女儿，李剑急了，“你有我们娃儿的消息吗？”

白东摇了摇头：“你要做最坏的准备，我已经去过幼儿园了，那里遭惨了，整个幼儿园都被垮下来的山石埋了！”

李剑扑到白东的肩上哭出声来，白东说：“你一定要坚强啊！这不是我们一家的灾难，这是我们一个城市的劫难啊！”

让李剑和白东都没有料到的奇迹是在这天晚上出现的，在那场震后的暴雨到来之前，李剑突然听到了一个稚嫩的声音在远处叫“妈妈”。

李剑对白东说：“白东、白东！我听到我们娃儿的声音了，她在叫妈妈呢！”

白东认为李剑是出现幻觉了，心痛的把她揽在怀里。“想开点老婆！你可不能有个三长两短哦！”

可是李剑分明又听到一声叫唤，那么熟悉那么真切，她猛然回过头，真的看见衣衫褴褛的公公正抱着女儿向她们走来，她甚至看到女儿的小脸上还有一处殷红的擦痕……

劫后重逢，一家四口人抱在一起，三个大人痛哭出声，女儿却没有哭，她的头发蓬乱，表情古怪，既不像哭，又不像笑，李剑想，这娃儿定是吓瓜（傻）了。

地震过后一个多月，重返岗位后带着学生逃出绝地的李剑老师在绵阳九州体育馆的灾民安置点与我们邂逅。她告诉我们：女儿所以能够脱险，完全是因为公公那天的失误，因为动身晚了，爷孙俩是在去幼儿园的路上遭遇地震的，虽然也吃了很多苦，但毕竟躲过一劫。而女儿的那些同学，因为还在集体午眠中，地震后来不及跑出来，几乎全部遇难。

李剑说，北川遭惨了，后来她们才知道地震造成城区西面的王家岩从300米高空垮塌，200万立方米的土石奔流而下，覆盖了多半个老城。城区东面的景家山，3公里多宽的陡岩上垮塌下300多万立方米的土石，其中最重的石块有几十吨重。北川县委办公楼、县人民医院、司法局、地税局、财政局、教育局、文化馆、曲山幼儿园、曲山小学、茅坝中学、曲山小学东区、北川中学新区被整体掩埋。整个北川医院只有4个医生跑脱了，李剑她们的上级单位——县教育局只有一个副局长因为在外面检查工作，逃过一劫，整个班子几乎全军覆没，好多人家成了绝户……

李剑说："尽管老公一家有8个人遇难，尽管我们的房子也塌了，尽管已经一贫如洗，但我们还是觉得我们是北川那座苦难城市里最幸福的一家。李剑说，我们已经够幸福了，所以，我们要去救更多的人，帮更多的人脱离苦海。我和白东约定，他继续去当志愿者，我千方百计回到了陈家坝，回到我的学生身边去。"

张德强一路跑，一路喊：“快去小学救娃娃们哪！”

什邡市最边远的红白镇镇上原来有两所学校，一所小学，一所中学。这两年被整编成一个学校，叫红白镇学校。虽说是一个学校，却还是互不相连的两块，一块小学部，一块中学部。分布在红白镇的两头，像一根扁担（公路，也是镇上唯一的街道）挑起的两个箩筐，这跟扁担的长度大约在2公里左右。

张德强是红白学校的副校长，和另一个副校长钟思平一起负责小学部的工作。

星期一是红白学校的行政例会，时间是下午2:30，地点在中学部。

草草地吃过午饭，张德强在办公室看了看，又到教室巡视了一圈，看看时候不早了，他起身往中学走，钟校长的家住在中学，而且上个星期他就听说他的岳母骨折了，刚从医院里接到他家疗养。张德强笑着对他说：“你是该行点孝了，星期一上午你就别过来了，这边有我盯着呢！”

张德强是土生土长的红白人。30年前从师范学校毕业又回到红白来教书，从此就没有挪过窝，所以，几乎镇上的大人小孩都认识他，前往中学去的路上，总有人跟他打招呼，喊他“张老师”的，肯定是过去的学生；喊他“张校长”的大多是娃儿们的家长。张德强是个淳朴的人，个子不高，皮肤黝黑，头发有些谢顶，虽说教了30年书，但身上看不出一点“书生”的儒雅，走在路上和那些在包谷地里劳作的人，和那些钻洞子采矿的人别无二致。

张德强一路上和人招呼——

“吃了吗？”

“打牌呀？少点炮哦！”

“发财哦，生意好撒？”

这是一个阳光明媚的下午，也是一个普通平常的下午，因为有采矿和旅游这两大支柱产业，红白镇人这几年日子过得很滋润，很安逸。据政府的公报，2007年全镇的GDP达到了16279万元，人均收入达到了5096元。据说，已经达到了小康水平，当然这一切和张德强的关系并不密切，他只是个教书的人，国家给的工资是个死数字，别人采矿也好，办农家乐也好，发再大的财，跟他是没有多少关系的。

快到学校门口的路边有一个小卖店，张德强掏出5块钱，买了一包湖南生产的“白沙”烟。老板娘笑着说“又开会啊？”递给他烟，又忙着招呼别人。

张德强抬手看了看表2:27，他加快了脚步。

刚走到中学的操场，突然平地一声轰响，一股巨大的气浪把他掀翻在地上，他有点懵了，试着站起来，却发现脚下的坝子剧烈的抖动起来，他知道“不好，地震了！”

他想趴在地上，但地在筛糠一样抖动，一种前所未闻的声音从地下冒出来，“呜呜呜”的轰响，大地仿佛要张开大口将他一口吞下去。

他想站起来，可是像个醉汉一样，被折腾得东倒西歪，怎么也站不踏实。

突然，一股黄色的烟尘在中学教学楼的上空升起，他一惊。“天哪，房子要垮了！”他立马想起了他的小学，那栋80年代修建的砖混结构的教学楼，这会儿怕是要“遭”了，那个楼里面有几百个正在上课的娃儿啊！

他摇摇晃晃的站起来，掉头朝小学方向冲去！

才一两秒钟的功夫，红白镇已经变得无法相认。

刚才路边上买烟的那个小店已经无影无踪；

几分钟前和他打招呼的打麻将的人和看牌的人都已不知去向，绿色的麻将散了一地；

街两边的房已经开始垮塌，轰响过后扬起的灰尘弥漫在街道的上空，灰尘迷住了他的眼睛，堵住他的鼻子和嘴，呛得他喘不过气来；

地上坚实的水泥路面突然断裂成两半，右边的那一半，又深深陷下去，和原来的那一半形成了巨大的落差；

路左侧的山在惊天动地的轰鸣中倒塌，飞起的石头把停在路边的一辆轿车砸扁了。

满街都是尖叫着、抱头鼠窜的人，男人，女人，老人还有瘸着腿的残疾人。

一些人从快要垮塌的房子里冲出来，跑到路边的包谷地里趴下来，再惊慌失措地往回看，看自己赖以生存的家园被一只看不见的巨手扯得七零八落，支离破碎……

张德强裹在奔逃的人群中，往小学方向冲，跌倒了，再爬起来，爬起来，再跌倒，左手臂被尖锐的石子划破了，殷红的鲜血顺着手往下淌，他浑然不知。

他知道，小学肯定是“遭惨了”，他要赶回去救娃儿们，救老师，他知道他自己身单力薄，他应该喊很多人一起去救。

他于是一路跑，一路摔，一路喊：“快去小学救娃儿们！快去小学救娃儿们哪！”

他一直不停的喊，始终没顾上回头。快到小学门前那道跨越铁道的吊桥时，看到的景象还是把他惊呆了。

那栋装着几百个活生生的生命的教学楼，变成了一堆残砖断瓦，凄厉的哭声和喊叫声从里面传出来。

教师们备课、批改作业的办公室屋顶被掀翻了，断裂的横梁和破碎的预制板堆满了老师们的办公桌。

那个曾经张贴着学生们鲜花般笑脸的橱窗也不见了。

整个学校只有门口的牌坊和操场上一副篮球架还完整的立着，仿佛在证明这个有几十年历史的小学曾经的存在。

操场上站满了因为上体育课或者跑得快而得以幸免的学生和灰头土脸、惊慌失措的老师。

泪水顿时模糊了张德强的双眼，可是他没有时间悲伤，他大声喊：“快救人哪！”

第一个被发现的居然是语文老师王周明，他被甩到操场上的一堆瓦砾上，后脑勺被削了一半，脑浆溅了一地，抬他时，张德强的手和脚都在不停的发抖，眼泪止不住往外流，他架起王老师的臂膀时，抬头看见了抬着王周明双脚的正是他的搭档副校长钟思平，这个人高马大的汉子，早已哭成了一个泪人……

守着王周明老师的遗体，几个蓬乱头发的女生嚎啕大哭，“王老师，你是为救我们才死的呀！”一个女娃比划着说：“地震来时，王老师抵着门把我们一个一个的往外推，他自己却没能跑得脱……”

放下王周明的遗体，张德强和钟思平对老师们做了布置：女老师负责看护幸存的学生，保护伤员，所有伤员一律转移到中学的空坝上，等待救治。发现学生的遗体，先放在小学的操场上，派人守护，等着家人来认领。

安排好一切，张德强蹲在废墟边，挽起双袖开始搬那些垮下去的沉沉的预制板，用双手去刨那些尖利的砖石，他和那些跟着一起跑来的群众一样，没有任何工具，只有一双手！

时间在一分一秒地过去。

忽然，他在砖石丛中看见了一只小手。那只手还在动，张德强惊奇的发现，那只挥动的小手竟然是在捡砖头，“这里有娃儿活着：快，快！”张德强一头扑过去，小心地刨开层层碎砖，一边刨，一边喊：“娃儿，我是张校长，你能听到我的声音吗？”“娃儿你别怕，我们来救你！”

终于，一个头部流着血的男娃儿出现了，张德强和老师们一起搬开卡住这个学生的预制板，刨开了压在他脚上的砖石，把这个大难不死的男娃儿抱出来，孩子出来时十分清醒，他告诉张校长，他叫杜伟，他说“王洁莹还在下边呢！刚才，我们还说过话呢！”

张德强于是对着废墟喊：“王洁莹，你在哪？”

一个微弱的声音从砖石的深处传来，：“老师！我在这儿！”

张德强带着人奔过去，这时，他的十个手指都已经受伤，血肉模糊，血水还在不断的渗着，他已经顾不得了，他把他血肉之躯的手指当成了铁锹，铁镐，甚至是撬棍，挖、刨、搬、撬，在杜伟被救几个小时后，又有王洁莹、雍定奇、陈诗艺、唐秋被张德强和伙伴们相继救出。

这天下午，在张德强和钟思平的指挥下，幸存教师和救援群众一起从小学垮塌的教学楼里救出了几十条鲜活的生命。

但同时，他们也从废墟里抬出了上百具冰冷的尸体。

这都是些年龄在 6 至 15 岁的儿童少年啊！含苞待放的花蕾，还没有等到生命灿烂绽放的时刻，就在突如其来的灾难中凋零了！

下午六点左右，从废墟里救出来一位女同学告诉张校长、钟校长：汤鸿老师还压在下面，几分钟前还跟她们说话，要她们“别说话，要做深呼吸，要等到外面来救援……

谭瑛哭着喊
“汤鸿肯定出事了，你快去看看吧”

地震来临前夕，汤鸿的妈妈谭瑛老师刚给外孙女莲儿喂过奶粉，正坐在沙发上给莲儿把尿，同样住在一起的父亲（汤鸿的外公）在他的房间里看书，在穿心店一家工厂上班的女婿（汤鸿的丈夫）李继星因为倒夜班，正在二楼上网，丈夫（汤鸿的父亲）汤少军刚刚出了门。

突如其来的上下震动，把沙发上的祖孙俩震到了地上，谭瑛惊恐地看到自家这栋去年 8 月才竣工的钢筋混凝土结构的两层小楼，像打摆子样左右晃动，电视机、电冰箱、音响、台灯连同刚刚喂外孙时用过的茶杯都在激烈的晃动中发出“乒乒乓乓”的声响……

突然“咣当”一声，音响倒下来砸到谭瑛的膝盖上。

谭瑛的心一紧，“糟糕！地震了！”她一面用身体护住莲儿，一面试图扶着沙发站起来，可是她的双脚像煮熟的面条一样软，根本站不起来，她只好用屁股挪动着，向卫生间移过去，她记得她曾经给孩子们讲地震知识时讲过，“卫生间、厨房因为空间上跨度小，是躲避地震的首选。”

“老天保佑啊！”谭瑛说，所幸这栋小楼并没有垮塌，当女婿李继星从已经损坏的楼梯上跳下来，在卫生间里找到她们时，谭瑛的身体还在瑟瑟发抖，低着头看怀里的莲儿时，这个才九个月的精灵还睁着一双乌溜溜的眼睛望着她，谭瑛这才想起来，整个过程中，她就没有听到莲儿哭。

待女婿冲进外公的房间，扶起倒在衣柜后面的外公时，谭瑛发现紧挨着她家小楼的一栋六层的宿舍楼已经成了一座呲牙咧嘴的危楼，随时有倒塌的危险，谭瑛说，“这栋楼什么时候砸下来，我们一家老小可是连喘气的机会也没有啊！”

她当即决定必须赶快离开这个曾经认为可以庇佑他们的“家”。

在已经满目疮痍的红白镇的街道上，谭瑛碰到了跌跌撞撞跑回来的丈夫汤少军。

谭瑛说：“小学已经垮楼了，好多人都在往那里跑，你和继星快去找找汤鸿吧。”

从汤鸿家的小楼到小学，中间要经过幼儿园，汤少军走到幼儿园门口时，看到幼儿园的楼也塌了，许多家长哭着喊着向园内冲去，幼儿园的张老师，一个30多岁漂亮的女人，现在蓬头垢面，涕泪四流跪在地上，逢人就喊：“求求你们，救救孩子吧！”看到汤少军迎面过来，张老师拉着他的裤管哀求道“汤哥，救救娃儿吧！园里遭惨了，娃儿们都在午眠啊！房垮得太快了！”

汤少军的眼泪立马涌出来了，二话没说，带着李继星就往幼儿园里冲……

谭瑛说：“我们老汤是个菩萨心啊，一生见不得娃儿遭罪，见不得女人流泪，他这一头扎进去就是三个小时啊！”

谭瑛说：一个下午，她的心都在油锅里煎，她看到越来越多的人往小学里跑，也不时看到有人用门板抬着的受伤的娃儿，穿过铁路上空的吊桥往公路这边跑。谭瑛逢人就问：“看见我家汤鸿了吗？看见我家汤鸿了吗？”

人们摇摇头，甩下一句话，继续往前跑；“遭惨了遭惨了，死了一大片啊！”

太阳快要落到龙门山背后去了，今天的太阳也像蒙了厚厚灰垢的铜镜，暗淡无光。谭瑛的心一阵一阵的抽紧，突然，她听到怀中的莲儿好像在叫唤，一声接一声的叫唤，起先她听不真确，现在她终于听明白了。

莲儿在喊“妈妈——”

这个刚刚九个月，一直不会喊“妈妈”的娃儿，居然在这个时候开口喊“妈妈”，而且一声接一声的呼喊，谭瑛突然想到了一个说法——“母子连心”，她明白汤鸿应该是凶多吉少了。

谭瑛觉得大脑里有些发飘，双腿发软，跪在地上，不顾一切的高喊：“汤少军，汤鸿肯定出事了，你们快去学校看看吧！”

谭瑛见到汤鸿时，天已经快黑了，她看到丈夫和女婿一前一后抬着一块门板从悬在铁路上空的吊桥上快步跑过来，女儿汤鸿躺在门板上，头发上，脸上满是灰尘，眼睛睁着，望着天空，脚上的鞋只剩下一只。

谭瑛问：“怎么呐，怎么呐？汤鸿怎么呐？”

汤少军不说话，继续往前跑，一直跑到红白镇医院。

医院也垮了，医院门前的平坝上到处是从四面八方抬来的伤员。

一个医生走过来，摸了摸汤鸿的鼻子，看了看她的眼睛，冷冷的说：“人已经走了，料理后事吧！”

绝望的谭瑛扑过去，抱着莲儿跪在医生的脚下，大声哀求“医生，救救我女儿吧。我刚才摸过，她的胸口还有热气啊！”

医生无奈地摇摇头，走了。

谭瑛扑在女儿身上，嚎啕大哭。

几天之后，谭瑛才从丈夫和学校老师嘴里知道，他们在像山一样高的废墟上，打了一个两三米深的洞子，找到汤鸿时，汤鸿的怀里还护着三个那天和她在一起排练舞蹈的女学生。

其中，黎尧、赵荣馨生还；冯丹遇难。

幸存的学生说：“汤老师被救出来前半个小时，还和我们说过话，告诉她们，要深呼吸……”

谭瑛疯狂地扑打着丈夫，“你这个老不死的！你要早一点去，女儿就不会遭难啊！”

唐少军既不避让，也不争辩，他卷起一支叶子烟，并把它插到白色的烟锅里，然后，掏出火柴点火，可是他的手一直在不停地抖动，连划了五根火柴，烟始终没点着。

黄生华抓过一件校服，甩向旗杆
“快！快从这里滑下去！”

汉旺学校小学部与同在汉旺镇上的中学部的直线距离其实很远，即使是开车，也要走十几分钟。中学部设在镇子的入口处，而小学部实际上是深入到了国家大型企业——东风汽轮机厂的家属区。

东汽家属区里一共有三所学校，从西至东依次是：东汽技校、汉旺学校小学部、四川省重点学校——东汽中学。

小学部的面积不大，只有一栋四层楼，之所以不直接叫教学楼，是因为老师的办公室也穿插在这栋楼上。

校园呈扁平状，院子进深太浅，每天用于举行升旗仪式的不锈钢材质的旗杆，远看几乎贴着楼房外面的走道，但细看，也至少有一米左右的距离。

秦波是五（4）班的班主任兼语文老师，所以她的办公室也就设在与教室同一层的四楼（这是这栋楼的顶楼）。办公室与五（4）班的教室分别在楼梯的两端，中间隔着“五（2）班、五（3）班。”

下午第一节课的预备铃响过后，秦波夹着课本刚走出办公室，突然一声巨响，楼房上下抖动了两下，紧接着便是剧烈的左右摇晃，秦波被重重地摔在了走道上，这时候，她听到满耳都是尖叫声，哭喊声，有人高喊：“地震了，快跑！”

秦波事后说，其实她和老师们当时就在西侧的楼梯口附近，但她爬起来后，却径直往东侧冲过去，因为她带的五（4）班是在东侧楼梯附近，她必须去保护她的学生。

秦波说：那一天，她才明白什么叫“寸步难行”，什么叫“天旋地转”。站起来、摔下去、爬起来、又摔下去……不知过了多长时间，不知道摔了多少跤，她发现自己还在离办公室最近的五（2）班门口，远望着自己班上的学生尖叫着从教室里冲出来，向东侧的楼梯口奔过去，她张大着嘴，却发不出声音来。

突然，她看到在前面有一个男生摔倒了，连忙扑了过去，把他拉过来，护在自己的身下。（事后才知道，这个男孩叫白琳鑫，是五（2）班的学生）

学生们还在尖叫着往外涌……

“轰隆隆！轰隆隆”几声巨响，秦波看到自己那个班所在的教室垮了，东侧的楼梯也垮了，紧接着，紧靠办公室的西侧的楼梯也垮了，刚才还充斥于耳的各种声音：叫声、哭声、骂声顷刻间全消失了……

秦波明白：那些跑到楼梯口的学生肯定遭惨了！

随到烟尘渐渐散去，哭声，叫声，呻吟声再回到耳边时，秦波看到的一副惊心动魄的场面：

一个男孩仰面倒在地上，额头上砸了一个大洞，鲜血还在咕咕地往外冒，但人已经死了。（秦波认出来这是自己班上的学生）

一个女孩，呈半跪姿势，头朝里，屁股翘起，头发却被一块预制板压住，从那一头长发，秦波认出来了，这也是她班上的学生，叫穆映宇。

在穆映宇旁边还埋着三个学生，被同一块预制板压着，依次是曾雪、肖磊、饶红玲……

四个女孩都活着，穆映宇一直在拼命挣扎，想把头发从重压下拖出来，秦波高喊："穆映宇，别乱动，等老师来救你！"因为秦波看到穆映宇的身后已经没有任何依托，如果用力过猛挣断头发，失重的穆映宇极有可能掉到楼下去。

另外三个女孩子，望着自己的老师，不哭不叫，只是不停地说："老师，我的脚好痛啊！""老师，我好想给我妈打个电话。"

秦波忍着泪，一边安慰这四个孩子，一边安慰那些挤到走道上，失魂落魄、呆若木鸡的娃儿们，一边在楼道里高喊"谁有剪刀？谁有剪刀？！"

秦波说，因为她一直在专注救自己班上的那些孩子，她甚至忽略了对周边环境的关注。

这栋楼的两侧，从一楼到四楼全部垮塌，那里不仅埋压了许多学生和老师，也阻断了幸存人员回到地面的通道。四楼上，三个教室剩余的一百多号人——学生和老师全部挤在狭窄的走道上……

余震不断，残楼像一个受了巨大惊吓的娃儿，瑟瑟发抖。

秦波不知道，三楼二楼的人用什么方式逃生，但她知道，四楼危在旦夕，如果楼道突然垮塌，那么后果不堪设想。

这期间她看见从中学部那边赶过来的何仁贵校长正焦急地在楼下大喊大叫。

在其它老师和同学的帮助下，秦波已经把穆映宇、曾雪、肖磊、饶红琳解救出来，其中饶红琳居然是靠自己的力量把压在预制板下的双腿拖出来了。

但是，她不知道应该怎么把这些娃们安全地送到地面。

地震过去一个月后，在汉旺学校中学部空院坝上的蓝色帐篷里，秦波告诉我们，小学部四楼上一百多师生的脱险，得益于一个叫黄生华的老师，也得益于立在教学楼前的不锈钢旗杆。

黄生华那天也被困在四楼，情急之中，他想到了那根旗杆。他说，如果人能够抱住那根旗杆，应该可以滑到地面上去，可是问题那根远看紧靠着走道的旗杆，实际上离走道还有一米左右的距离，不可能指望每一个人都能够准确跳过去，抱住那根杆子，何况还都是些才十多岁的娃儿，还有伤员，还有女老师，弄不好和跳楼没什么两样。

有人提醒黄老师"应该把它扯过来，固定在走道栏杆上，这就像个滑滑梯了！"

但是谁有那么长的手能够够住旗杆啊？

黄生华几次爬到走道的栏杆上，几个男老师把他的脚抱住，身体凌空，做飞翔状，可是还是够不着。

最后一次，黄生华停在半空高声喊：“给我一件衣服，给我一件衣服！”

一个男学生脱下身上的校服递过去，黄生华一只手提着校服的衣袖，使劲的朝旗杆甩过去，连续几次之后，居然兜住了旗杆，两只手抓着衣服用力往怀里拉，终于把旗杆斜拉过来，固定到了走道的栏杆上。

一个奇特的生命滑梯诞生了！

为了确保安全，一个男老师先做试验，并且成功着陆。

然后是依次撤离，撤离的顺序是：伤员→女生→男生→女老师→男老师。

何校长带着其它老师同学在下面接应。

秦波最后一拨回到地面，这时候她知道了更多信息：

一楼的学生在最短的时间跑到了操场上。

二楼的学生是从楼房背后垮塌的豁口跳下来的。下面有男老师在接应，面对那些胆小的娃儿，老师们喊：“勇敢点！往老师身上跳！”

三楼的学生是吊在一条红色的横幅标语上，一个一个荡下来的。

两侧的楼道成了学校的重灾区，所有没来的及跑到操场上的娃儿都被埋在里面，刚开始时哭声震天，现在已经听不到多少声音了。校长正组织男老师和家长徒手救援。所有的伤员全部抬到了隔壁东汽中学的平坝上。

小学部与东汽中学原来是有院墙相隔的，地震中，院墙垮了，两个院子等于合成了一个院子。

秦波后来听说，东汽中学也遭惨了，比小学部惨多了，那是一个远近闻名的学校啊，省重点，每年都有人考上清华、北大。近千名学生，有几百人被埋在下面，所有的楼都差不多垮光了。

秦波看到，在他们学校的西侧，东汽技校的房子也垮塌了。

整个东汽宿舍区都遭惨了。

到处是残砖烂瓦，那些垮了一半没有完全塌下来的房子更恐怖，有的阳台断裂了，靠一两根钢筋连着，吊在半空中，有的房子塌了一半，卧室不见了，半边客厅还在，甚至还能看到红色的沙发和砸碎了的玻璃茶几。

到处是尸体，完整的，残缺的，倒挂在墙上的，摔在地上的……

汉旺街头钟楼上的钟在地震到来的那一刻停摆了，指针永远定格在下午 2：28……

汉旺镇——这个因为东方汽轮机厂的存在而发展得异常繁荣的 6 万多人的大镇在地震中惨遭重创，房垮屋塌，成千上万的人——正在上班的工人，正在上课的学生，还有商店里的店员和正在购物的顾客，东汽宿舍区里的老人、妇女、孩子都被埋在山一样高的砖块和混凝土的废墟中。出了这么大的事，却听不到多少救护车的声音，因为医院也在地震的打击中接近瘫痪……

满地是灾难的气息，满地是死亡的气息……

还有一个更贴近秦波的恐怖信息给这个刚从劫难中逃出来的女教师致命的一击，她的女友，她的死党，她形影不离的“影子”——李娟老师已经确认遇难。当然，连同她腹中才孕育了五个月的胎儿。

听到这个消息，在劫难中一直强忍泪水的秦波放声大哭。

5 月 12 日这个黑色的午后，咆哮的龙门山让全世界瞠目结舌

公元 2008 年 5 月 12 日下午 2:28，平静的龙门山突然间咆哮起来，一场巨大的地震灾害骤然间降临“天府之国”的后花园。

刹那间，风云变色，江河鸣咽，山崩地裂。强大的地震波像一匹脱缰的野马在整个龙门山脉纵横驰骋，两分钟时间，就撕开了一条 200 多公里长的破裂带。

汶川、茂县、理县、北川、青川、江油、绵竹、什邡、安县、平武、通江、崇州、彭州、绵阳、德阳、都江堰……

甚至甘肃、陕西的部分县市，都无一幸免的遭遇了这次历史罕见的大地震引起的“多米诺骨牌效应”，震波所及之处，山崩地裂，房毁人亡，水断、电断、路断、通信中断……

在卧龙，国宝熊猫的家园遭到破坏，包括准备送给台湾人民的大熊猫“圆圆”在内的多只大熊猫失踪；

地震引发的泥石流把一些山坳里的村庄，顷刻间变成没有生命气息的坟墓，映秀附近那户正在举行婚礼的家庭，热闹的婚礼眨眼间变成了全家人、全村人甚至全体宾客的葬礼；

映秀，北川……一些万人以上的乡镇、县城被夷为平地。数千人甚至上万人被埋在废墟的瓦砾之中；

强烈的大地震几乎摧毁了震区里的大部分公路，桥梁，以及全部供水、供电设施和电信、联通、移动的通信网络。整个龙门山脉变成了一个个与世隔绝的孤岛……

由于地震发生的时间在下午2:30左右，震区内几乎所有的学校都正在或即将上课，学校、幼儿园因此成为受伤最惨烈的部门，千百万幼儿、学生和教师的生命安全遭遇到前所未有的威胁。

在汶川映秀，小学的全部主建筑物倒塌，470多学生，有300多人被埋在废墟中；47名教师中有20名被埋或失踪；中学的教学楼、实验楼垮塌，35名学生和5名教师当场遇难，幼儿园主建筑全部垮塌，100多师生被埋……

在北川，仅北川中学就有两栋教学楼垮塌，另一栋被垮塌的山体掩埋。其它的建筑全成危楼，2700名学生有一半以上被埋在废墟中，北川的其它中学、小学、幼儿园也遭受到毁灭性的重创。

在什邡红白镇、蓥华镇、湔氐镇、洛水镇、八角镇到处有校舍垮塌，数百名学生遇难或失踪；

在绵竹，汉旺镇、遵道镇、金花镇……学校都成了地震中的重灾区，其中紧贴在龙门上脚下的汉旺镇，首当其冲。仅四川省重点中学——东汽中学，除了所有建筑倒塌毁损外，有200多学生和教师被深埋在重重的瓦砾之中；

在都江堰，市区内从事残疾儿童教育的新建小学，楼房垮塌，学生被埋。郊区学校聚源中学，两栋教学楼垮塌，200余名学生和6名教师遭遇不测，向峨乡中学的六层教学楼，除两侧的楼梯外，中间部分全部垮塌，24个班级的学生大部分被埋进废墟；

在平武县南坝镇，中心小学两栋楼房垮塌，142名学生死亡，13人失踪；

在青川木鱼镇，中学的教学楼、宿舍楼垮塌，400多名学生生死不明；

在茂县、理县、江油、崇州、通江学校建筑都受到不同程度的损毁，师生生命安全受到严重威胁……

而这一切，都发生在短短的两分钟内。

下午2:30，地震波传到了包括成都市在内的整个成都平原，成都震感强烈，大地颤抖，房屋摇晃，几乎所有的成都市民都以最快的速度从机关、单位、学校、医院、宿舍、茶楼……跑到了大街上、公园里和一切远离高层建筑的地方，“天府之国”的蓉城一时间花容失色，惊恐万状；

下午 2:34。1500 公里外的首都北京开始感到晃动，高层写字楼上的上班族在惊叫声中被紧急疏散；

下午 2:38，中国境内除新疆、黑龙江、吉林之外的所有省份都有不同程度的震感。境外震感甚至远及泰国、越南；

下午 2:40，中国地震局根据地震仪记录到的数据，把这次地震定为“汶川大地震”，震级为里氏 7.8 级，（仅六天后修订为里氏 8.0 级。）最大烈度为 11 度，根据中国地震局事后发布的数据：“汶川大地震”的震中在北纬 31°，东经 103° 24’，即汶川县境内的映秀镇附近，这里离中国的西部特大城市、四川省省会——成都市的公路距离仅 92 公里，离举世闻名的都江堰公路距离仅 42 公里。

5 月 12 日这个黑色的午后，咆哮的龙门山让全世界为之瞠目结舌。

5 月 12 日这个连太阳也在滴血的下午，破碎的龙门山让全中国和全世界都为之伤心，垂泪……

龙门山，曾经是四川人的骄傲，它绵延逶迤于四川盆地和川西高原之间，千百年来，以她宽广的胸怀和丰富的物产养育了栖息在她怀抱里的子民百姓和万物，但却在这个黑色的午后，以猝不及防的速度和暴虐无情的手段，变本加厉的收回了她曾经慷慨的赠予。

人们仰天长叹：“这是为什么？这是为什么？”

这确实是一场毫无预兆的灾难，是龙门山对他足下的子民和万物的不宣而战！

但这也是一场蓄谋已久的爆发，这种黑色的能量也许聚集了几百年，几千年，甚至上万年。

让我们来听听地震专家的解读：

由岩石构成的地层是一种具有弹性的物体，在力的作用下会变形，断裂。

地球的岩石圈漂流在半液体的软流圈（地幔的下层）上，因对流作用产生运动，在不同的岩石圈（板块）之间便会产生挤压，碰撞，在这些力的作用下发生断裂的面，被称为断层，断层发生的部位就是震源，断裂及反弹释放的能量，就表现为地震。

在中国大陆的西部，造成今天我们见到的地质构造的主要力量来自印度板块的冲撞。印度大陆过去曾经位于南半球，因为板块运动而从古大陆断裂游离出来，它从南半球一路往北冲，最后在距今5000万年到5500万年前，撞上了欧亚板块，撞击所造成的挤压变形，形成了被称为地球第三极的青藏高原。

在青藏高原的东南边缘，这股挤压之力作用到了古老的四川盆地下强硬的岩石圈，它顽强地抵抗着青藏高原的挤压，在这场高原扩张和盆地反扩张的前沿阵地，夹缝中的龙门山脉系被挤压隆起，在周围形成了宽大、活跃的地震带。

龙门山主要由三条断裂带（地震带）组成。由西向东分别为：汶川——茂县断裂，北川——映秀断裂，安县——灌县（都江堰）断裂。这三条断裂带自新生代以来，都表现出逆冲断层，并伴随向右滑动的特征，这次汶川大地震发生在映秀——北川断裂带上，也表现出相同特征，龙门山向东逆冲，并伴有向北的滑移，致使余震明显向东北方向扩展，使茂县、绵竹、北川、青川等县市甚至陕西、甘肃等地都遭重创。

我们伤心，我们痛哭，我们哀悼。但是我们无法抱怨。大自然按它自身的规律在运转，人间的生死苦难、悲欢离合都不在它关注的范围之内。

面对突如其来的灾难，我们只能靠我们人类自己。

5月12日下午2:40，中国国家通讯社——新华社向全世界播发通稿：中国四川汶川县境内发生里氏7.8级大地震；

几分钟后，中央电视台新闻频道、综合频道中断正常节目，前所未有地全天侯滚动直播与“汶川大地震”相关的新闻；

下午3:30，中共中央总书记胡锦涛作出“全力抢救伤员，保证灾区人民生命财产安全”的重要批示；

下午4:30，国务院总理温家宝登上了飞赴灾区的飞机，并在飞机上紧急部署抗震救灾；

下午2:42，离震区最近的一支解放军部队，在地震发生后14分钟内完成集结，向灾区挺进。紧接着在中央军委的统一部署下，解放军海陆空三军、武警官兵、二炮部队、公安干警、民兵预备役官兵，以最快速度集结。向正在经受血与火考验的龙门山脉开进。

全国各地的医护人员紧急动员起来，组成医疗队，奔赴灾区，救死扶伤。

公路铁路建设者，电力、电信系统的工程技术人员，全国各地自发行动起来的“志愿者”大军，从四面八方，星夜兼程向灾区挺进。

中国台北，日本，俄罗斯，新加坡，也向地震灾区派出了训练有素的救援队伍……

然而，地震引发的山体滑坡、泥石流阻断了这场“生命保卫战”的“生命通道，”阻断了救援大军前进的脚步，由于通信网络遭到毁灭性破坏，5月12日下午，大部分灾区与外界的联系完全中断。

在这个大地颤抖不已，余震多达400余次的血色午后，在随即而来的无情的“黑雨之夜”，孤岛之中的人们只能依靠自己的双手，与强大而无情的大自然抗争，进行一场悲壮惨烈的自我救援！

5月12日下午22时，心急火燎期望迅速赶往震中的温家宝总理的脚步被挡在了离成都50公里离震中映秀42公里的都江堰。

在聚源中学和新建小学倒塌的教学楼前，在摆放在校园广场的学生和老师的遗体前，悲痛欲绝的66岁的共和国总理深深地三鞠躬；他说：“现在第一位的工作是救人，争取多一分一秒时间，就可能多抢救一个被困者。”

第二章　绝地救援

地震后的救援现场

绵阳九州体育馆震后成为灾民救难所

地震后的救援部队

作者在九州体育馆采访北川陈家坝中学老师

董雪峰他们抬出黄思雨时，发现这个爱跳舞的漂亮女生的左大腿不见了。

5月12日下午，映秀小学的操场上。

黄色的烟尘还低低地徘徊在上空，大地还在不时的剧烈颤抖。

谭国强从地上爬起来，这个刚刚还在绝望中拍着大腿痛哭的47岁的男人现在像换了一个人，变得冷静、刚毅。在弥漫着战火硝烟的前沿阵地上，他开始清点他剩下的将士。

两个上体育课的班，平安无事。

加上那些跳楼或是跑的快的学生，全场只有156人。

470名学生的学校，有310多人还埋在废墟里；

47名教师，现在也只剩下，他自己，张春东（副校长）、董劲飞（后勤主任）、董雪峰（教科室主任）、刘忠能（体育老师）、苏成刚（四年级一班班主任）、李永强（语文老师）、唐永忠（数学老师）、阮长俊（管理住校生的生活老师）。

还有10名女老师，她们是余琴、龚汝、李懋、贾正秋、卿兰香、毛芳琴、龚冬梅、李文仙、叶少敏、刘艳。

这些老师幸存的原因仅仅是因为他们下午第一节没有课。

所有在教室上课的老师，只有三个人脱险，其中有两个人是在拉开教室大门时被巨大的气浪摔到了楼下，虽然逃过了被埋的命运，却身受重伤。

谭国强安排10名女教师，在沙坑边的草地上安顿幸存的学生，救护伤员，包括他自己在内的9名男老师分成几个小组，率领那些赶来的群众、家长，还有与学校一墙之隔的阿坝州烟草局映秀配送中心的十几名志愿救援者，开始了悲壮惨烈的生死救援。

教学楼门厅的柱子还没有彻底断裂，形成了一个斜面支撑着部分坍塌的大梁和预制板，里面不时传出孩子们的哭声和求救声。老师们找来一根木棒支撑门厅，谭国强冲在最前面，往废墟里钻，被董雪峰一把拖住：“危险！让我来！”

没有任何工具，他们只能用双手刨碎砖，搬混凝土，在这个门厅里救出了四名学生。

第一个被救出的是苏成钢所带的四（一）班的男生陶艺，这个灰头土脸的男孩说的第一句话竟是：“晕！怎么映秀会有这么大的地震啊！”

第一个被救出来的女生是董雪峰所带的五（一）班的黄思雨，董雪峰对她印象很深，这是个漂亮乖巧的女孩，皮肤很白，眼睛很大，能歌善舞，还是学校舞蹈队的，因为被埋的太深，救黄思雨花了很长时间，把她抬出来时，董雪峰惊讶地发现这个 12 岁爱跳舞的漂亮女生的左腿从大腿处不见了……

黄思雨被放在沙坑边的草地上，她的妹妹黄思瑶在旁边哭，黄思雨说：“你哭，哭什么？不就是一条腿吗？还有那么多同学压在下面呢！”

救援工作在艰难的推进。

陆续赶来的家长带来了钢丝绳、麻绳、钳子等工具，用钢丝绳和捡来的电缆绑在断裂的预制板、横梁上，几个人合起来往外拖。

一些孩子的上面，梁压着板，板压着梁。必须支起最底下的板，才能凿开哪怕最小的一个通道，把困在里面的孩子掏出来。

有人说：“要是有千斤顶就好了！”

谭国强一回头，看见了到镇上报信回来，正在拖预制板的苏成刚，大喊“苏老师，你去想办法搞几个千斤顶来！”

苏成刚又攀爬着废墟，往外面街道上跑，看见有汽车停在那儿就找司机要千斤顶。苏成刚说“大灾大难的时候，好人还是多啊！一开口，那些司机还真给！除了千斤顶，苏成钢还找来了撬杠。”苏成刚说：“这些东西在后来的救援中还真解决了不少难题！”

这是争分夺秒的生死之战啊！

这些平常拿粉笔的书生，这些没有任何救援经验的教师，每个人的双手都是血肉模糊，冒着不断的余震，他们一次又一次钻进随时会垮塌的废墟中。

一个个鲜活的生命被被从死神手里夺回来了。

一具具血肉模糊的尸体被抬出来了……

沙坑边的草地上分成了两个世界，一边是生，一边是死，原来生和死的距离竟然是这样近在咫尺!

下午四点三十分。刚从废墟下抬出一具学生尸体的董雪峰老师无意中一回头，看到又一个孩子被抬出来，一身黑色的运动服是那么熟悉，他扑过去一看，正是自己的儿子，一个在镇上开诊所的私人医生上前看了看，告诉董雪峰，“没救了，人已经走了！”董雪峰含着泪，抱起自己的儿子，把他放在沙坑边的草地上，转身又冲进了废墟。

这天下午，与董雪峰同在一个学校的妻子汤朝香也被埋在综合楼的废墟中，还有许多老师的亲人，包括谭校长的夫人和岳母也埋在综合楼或者宿舍楼底下。但没有人在那儿去动一块砖，一片瓦。

虽然说“血浓于水”，虽然说“所有的生命都是平等的”，但在这些老师的心里，学生的生命永远是第一位的。

天渐渐黑了，救援工作越来越艰难，可是没有一个老师愿意离去。

晚上，映秀下起了瓢泼大雨（事后他们才知道这就是地震后必然会下的那种“震后黑雨”），雨伴着寒冷的风在扯天扯地的垂落。四面的山在大雨中大面积的崩塌，轰隆隆的雷声、雨声、风声和塌山发出的巨响，混成一片，让劫后的人们——那些只穿着单衣单裤，在废墟中拼搏了一个下午的人们蜷缩成一团，瑟瑟发抖。

大雨来临之前，幸存的学生、伤员，女老师以及遇难学生的遗体都被转移到了位于二台山的映秀电厂前的篮球场上。

但是这些男老师都不愿意走，他们要留在这里，给废墟下的孩子们壮胆。

董劲飞、刘忠能不知道从哪里找到了两支手电筒，9 个男老师打着手电，迎着风雨，轮流上去，贴着废墟向里面喊话：

“同学们你们一定要坚强啊！”

“同学们你们一定要挺住啊！”

“老师没有离开你们，我们和你们在一起！”

“明天早晨，我们还会来救你们的！”

“解放军已经向我们这里开进！你们一定会得救的！”

“同学们……”

肆虐的风雨把他们的喊声撕成了碎片，他们的嗓子哑了，但是还在不停的叫喊。

晚上，镇政府和派出所的值班人员专程来到废墟上，通知他们，因为岷江和渔子溪的水突然消失，镇抗震救灾指挥部判断上游一定出现了堰塞湖，为了防止堰塞湖突然垮塌形成的洪灾，指挥部命令他们必须撤离。

谭国强望着高耸的废墟说：“这下面，还有没救出来的娃儿啊！”

镇里的人铁青着脸说：“这是命令，不让一个幸存者出问题，这是死命令啊！”

临走前，他们商议在废墟前安全的空地上点一堆火，虽然按规定，地震废墟上是不能点火的。

谭国强说“有这团亮，至少给娃儿们一个指望。知道老师们还没有丢下他们啊！”

2008年6月下旬，在地震发生1个多月后，苏成刚在位于成都金沙车站对面的西南财大灾民安置点接受我们采访时，再次回忆起那个著名的“黑雨之夜”。苏成刚说：那是个终生不能忘记的夜晚，那是他一生中从来不曾经历过的最黑暗、最恐怖、最寒冷、最饥饿、最困倦、最伤心、最绝望、最不堪回首的夜晚。

苏成刚一连用了8个“最”，他说，“我们9个从废墟上撤下来的男人，几乎是在暴雨中坐到天亮，因为学校在电厂废墟前搭建的那个棚棚太小了，最里面安置的是伤员，围着伤员的是没有家长接的学生娃儿，外面是护着他们的女老师，再外面才是9个男老师，只能是头放在棚子里，大半个身子就泡在雨中。好冷！好冷啊！刘忠能老师不知道从哪里捡来一个砸烂的汽车坐垫，把它披在身上，样子十分滑稽，可是后来看到一个瘸腿的残疾人在风雨中冻得缩成一团，刘忠能咬咬牙，把坐垫给了他。本来我们几个人下面是垫了一块油布的，因为伤员那边的棚子漏雨，油布也拿出去了，我们后来实际上是坐在水里。”

“还有饿！地震发生后，乡政府组织人从废墟里抢出来了一点干粮，也给小学送了一点，但那得留给伤员和学生娃儿，老师们一点也没沾，后来女老师不知道从哪里变出一包 “康师傅”方便面，我们九个男人，一人分了一小坨，不吃时太饿，吃了又后悔，更饿……”

苏成刚说，整个晚上，谭校长一直没有说话，他始终陷入在深深的自责中，觉得自己没有保护好自己的学生。47岁的男人，头发在一下午几乎全白了，那个时候，他也不知道这次地震的来历，更不知道这次8级地震震中竟然就在映秀，就在我们脚下。地震摧毁映秀小学的全部建筑才用了12秒钟。苏成刚不住地摇头，“才12秒啊！就是刘翔在，怕是也跑不脱，何况都是些娃娃！”

这一天晚上，苏成刚还得到一个确切的消息，他在幼儿园工作的妻子程晓庆在地震来临时因为正在护理幼儿，没能跑脱，幼儿园园长托人给他送来了一个包，正是妻子的包。这个包还是他自己在成都出差时，转了好几条街给她买的，苏成刚说，如果说下午去镇上报信，路过幼儿园时，他还怀有某种侥幸心理的话，看到这个包，他确实绝望了。他现在唯一的念想，是要知道她到底埋在什么地方，好歹他要见她最后一面。

苏成刚拉开妻子的包，在里面翻找，没有看见她那部粉红色的手机。妻子是有把手机揣在裤子荷包里的习惯，苏成刚记得，妻子在手机上定了一个音乐闹钟，时间是每天早晨七点，那是他们起床的时间，苏成刚说，他决定第二天一大早在新的救援还没开始前，去幼儿园废墟上寻找妻子……

说到这里，一直很平静的苏成刚眼里含满了泪水。

苏成刚说：映秀小学的自我救援一直持续到5月14日傍晚，在家长、志愿者和镇上群众的配合下，硬是从废墟里救出50多条幼小的生命。

5月14日下午，成都军区某集团军军长许勇率领的30余人的先遣队徒步进入映秀后，大批的救援部队和设备陆续开进了映秀，并在傍晚进入映秀小学，以教师、群众为主体的救援队奉命撤到了二线。

李军说：“北川中学这回遭惨了！我们挖了三天两夜，现在我站着也能睡得着”

李军老师是北川中学高三（一）班班主任，数学老师，同时还兼高三（五）班的课。

5月12日下午，李军在任家坪校本部新教学楼四楼给高三（五）班上课。

突然，讲台和教室晃动起来，李军意识到“地震了！”按照平常积累的常识，他要求学生“别慌！快趴到桌子底下去。”

这时，教室突然下沉，教室的门被震坏了，“哐当”一声倒在地上，房屋开始左右摇摆，四面的墙壁也裂开了口子……

李军连忙组织学生往外跑，为了不让学生在楼梯口出现拥挤和踩踏，李军把住门口，指挥学生一个一个往下跑。

不一会，他听到学生在三楼大呼小叫，李军跑下去一看“我的天哪！”三楼竟然变成了一楼，楼梯没有了出口，李军只好帮助学生从走廊上直接跳下去……

待李军自己也跳出去后，看到的景象让他倒吸了一口气：他所在的这栋新教学楼，五楼变成了三楼，二楼一楼全部垮塌。

在另一测，一栋五层的旧楼全部垮塌，李军知道那栋楼上少说也有800名学生啊！

刘亚春校长作了最简短的救灾部署，所有的男老师都分成若干小组，带着刚逃离出来的高三学生去救压在废墟下面的学生，主要集中在旧教学楼和新教学楼的底层，那里埋的人多，哭声震天。

李军说："开始被救出的都是一些被摔在外面的，或者埋在表浅的瓦砾中的，要相对容易一些，越往后走，越难，人埋的太深了。像山一样高的瓦砾堆下是几吨重的水泥板，横梁，而且我们的工具只有铁锹，锄头，还有早已经血肉模糊的双手。

天眼看黑了，刘亚春校长不知道从哪里找来两台推土机，用推土机的照明灯照到废墟上，营救工作终于可以再持续下去了。

这时候，李军听到了废墟的缝隙里传来了微弱的呼救声，可是没有专业重型设备，那些庞然大物的板和梁，他们根本抬不动，他和家长不约而同的想到了挖地道。从下面深入进去，也许是个办法？

这条地道，李军和几个家长挖了整整一夜，只挖了一个小洞口，从这个洞口里，李军得知里面还有七八个学生活着，洞太小，一时还不能把人从里面掏出来，但给了里面的娃儿们一个可以呼吸的窗口，也给了他们坚持下去的信心……

后来，这个废墟里的八个孩子全部坚持到被救出地面。

李军后来感叹说："北川中学这回遭惨了，埋了太多人。有的娃儿我们也晓得他们埋在哪里，也知道他们当时活着，有的还对过话，我们告诉他们要坚持，一定能够获救的，可是最终，我们也没能全部把他们救出来。"

李军说："我使这把铁锹挖了两天三夜，锹都挖卷刃了，前两夜一点睡意也没有，第三夜，站着就能睡着。"

刘亚春是北川中学这场生死救援最早的现场指挥，但是，事后，他也无法完整地描述这场"生命争夺战"的全貌。

5月12日这个黑色的下午，太多太多的东西像梦魇一样，压在刘亚春的心头挥之不去……

起先是任家坪校本部的两栋教学楼垮塌，千余名师生被压在废墟下；

紧接着，派往县城的两路人马无功而返，刘亚春得知通向县城的路已被拧成了麻花状，路面落差高达四五米。山体滑坡已经将整个道路封死，县城也在地震中遭受重创，这个时候，他还不知道，实际上已是“毁灭性的灭顶之灾。”

下午五点之后，有更恐怖的噩耗传来，北川中学在县城内的“新校区”——一栋两层的教学楼，被四周垮塌的山体“包饺子”，整体被掩埋。除去两个班因为去县委礼堂参加“十佳团干”表彰大会，一个班在操场上上体育课幸免于难外，另外三个班150多学生和正在讲课的教师连同教学楼一起被埋……

带回这个消息的是校团委书记骞绍奇和去参加颁奖活动的老师湛会。

为了及时回到校本部报信，骞绍奇和湛会他们在已经被地震彻底摧毁的道路上，冒着余震和山体滑坡、滚石翻飞的危险，手脚并用，用了2个小时才算到达，而这条路的实际距离才三公里，平时开车只要几分钟时间。

雪上加霜的消息，让正在废墟上刨学生的刘亚春目瞪口呆。

这个下午，还有一个让刘亚春没想到的事情是：刚刚逃出死亡境地的北川县委书记宋明和县长经大忠一起赶到了任家坪的北川中学本部。

当两位熟悉的父母官向他走近时，刘亚春甚至没有认出来，他们头上脸上身上全是灰，衣服破了，裤子也破了，县长的手臂上还有血痕，当三双从生死劫难中逃出来的手紧握在一起时，每一个人的眼里都盛满了泪水……

刘亚春说：“书记、县长，北川中学……”

宋明书记说：“亚春，别说了，我们都知道了！灾难来得太突然了，县城里也遭惨了”

正是从两个领导人口里，刘亚春了解到，北川的县城老区包括县委大院在内的80%以上的建筑全部垮塌，或者被塌方的山石和泥石流掩埋，县城新区60%的房屋垮塌，其余的也都成了摇摇欲坠的危楼。常住人口只有18000人的北川县城，至少有上万人被埋或者死亡或者失踪。各级干部牺牲也非常大，北川中学的顶头上司——县教育局整个班子成员里只剩下一位副局长，这位副局长所以能活下来，是因为他当时正在下面检查工作。

书记说，现在还不清楚各乡镇的情况呢！

刘亚春还听说，县长一家这天下午有六个亲人遇难或者失踪。

经大忠县长说：“北川现在成了死亡之城啊！但是，房子垮了，我们的信念不能垮，红旗不能倒啊！”

书记和县长告诉刘亚春，县里已经作了决定，就在北川中学的操场上成立全县抗震救灾指挥部，经大忠苦笑着说，“一来是给老刘你撑腰，二来也只有你这个地方相对安全些了。”

地震，使得北川中学遭受重创，成为受灾最严重，牺牲最惨烈的学校。

灾难，也使得北川中学成为一个特别能吃苦，特别能战斗的团队，一个英雄辈出的团队。

但是，当全国各地乃至世界各地的媒体，纷纷把采访机、话筒和镜头对准刘亚春时，他反而不知道从何说起。他只能说，灾难在毁灭人的同时也在冶炼人，造化人，他看到了太多的怯弱变化为坚强，平凡升华为崇高的人和故事。

比方说，张家春老师，这是一个普普通通的物理老师。

地震发生时，他就在讲台上，离逃离的大门只有一步之遥，但是他怕门被震得变形了，打不开，挡住学生们逃生的路，便一直顶着门，把一个一个学生往外推，那个教室在旧楼的一楼，是受打击最剧烈的地方，但他的班上居然跑出来了40多个学生，张老师为保护学生英勇牺牲。

比方说，付秀银老师，他自己在地震中负了伤，脸上一直在流血，但他连包扎一下都顾不上，一直坚持在一线，埋着头用双手刨砖头，救活着的人，背遗体。

比方说，廖光明老师的母亲在北川小学被围墙砸死了，还有他的女儿的腿也压断了，生命垂危，一直都是孝子和慈父的廖老师都没能去看一眼。老师们催他去，他也不肯走。他说老人已经去了，还是救活人要紧……

刘亚春说，这样的人，这样的事比比皆是，要说灾难中的北川中学遍地英雄也不为过，不仅包括老师，还包括那些学生，那些刚刚从劫难中逃出来，捡了一条命的学生。

刘亚春说：“一开始，我也不主张这些学生参加营救工作，怎么说，他们还是些孩子，应该是被保护的对象，何况，他们刚刚经历了一场死里逃生的劫难。但那些学生们说什么也不肯离开废墟，一定要跟着老师救人。”

刘亚春说，这个时候，我想到了一个成语：“一夕百年”，地震瞬间把百年老校北川中学毁于一旦，但正是这场灾难，一夜间让我们看到一代新人的崛起。现在在学校上学的这批孩子几乎全部都是“90后”出生的。我们的一些教育学家、社会学家。曾经忧心忡忡，担心这些在网络时代长大的，在蜜罐里长大的“小皇帝”，这些眼里只有“自我”的一代人无法传承我们的民族薪火，甚至有人担心他们会是“垮掉的一代”。

刘亚春说，至少北川中学的学生的回答是，这些担心纯粹是杞人忧天。

日后因为被评为“抗震救灾英雄少年”并被保送上清华、北大而引起全国关注的北川中学高三年级学生王家明、申龙说，他们当时做梦也没有想到过当“英雄”，被“保送”。只是因为同学的血点燃了他们男儿的血性。还有那些压在废墟里的生命的呼唤，让他们在一刹那间明白了什么叫“责任”。至于如何从怯弱到勇敢，身边的老师就是最好的榜样。

王家明说，当时他们听到废墟下有人呼救，可是那是一栋摇摇欲坠的危楼，而且余震不断，危楼随时有垮塌的可能。大家都不敢往前跑，这时候，他们看见一个小个子老师拔腿就往里冲，他们认得这个老师，他平时胆子也很小，看到操场上有篮球向他飞来，也会吓得抱头就跑的……

王家明说，我们后来就跟着这个老师往前跑，哪里有呼救，我们就往哪里跑，挖废墟，抬伤员，送遗体，一直坚持到深夜，坚持到救援部队上来。

申龙说，最不容易的是那些女同学，以前我们都嫌她们娇气，看见老鼠和虫子也大喊大叫，手指头破点皮，也会哇哇大哭，可是在5.12这天下午，她们都成了英雄，男生把伤员抬出来，就交给女生救护，从校医务室挖出来的止血棉和绷带不够用了，他们就撕自己的衣袖，解自己的鞋带为伤员包扎，有一个女生听说用头发可以扎住伤员流血的伤口，想都未想“咔嚓”一剪刀剪了自己留了多少年的长发。

……

北川中学的自我救援一直坚持到第二天凌晨，直到绵阳市领导带着由武警官兵组成的救援部队赶到现场。

因为师生协力，因为抓住了最有利的救援时机，他们硬是用双手和最简陋最原始的工具，在救援部队到达之前，从死神手中抢回了200多条生命。

部队接管救援后，刘亚春还一直坚持在废墟现场，每看到一个学生被救出来，他就冲上前去安慰鼓励学生“一定要坚强”；每看到一具遗体被抬出来，他就默默地上前，替学生擦去脸上的土灰，用双手轻轻地抚合上学生的双眼。

在5.12这一天，刘亚春有两个至爱亲人遇难，一个是他的爱妻，一个是他的儿子，儿子就在北川中学高一年级学习，就埋在彻底垮塌的那栋旧教学楼里。

没有人看见刘亚春流泪，他的泪都变成了血，流在自己的心里。

肖兰老师的身体随着脚下的地板往下垮，没有想到救她的竟是自己的学生

“5.12”那天下午，漩口中学历史老师肖兰的第一节课是在初三（二）班。

37 岁的肖兰毕业于阿坝师专美术系，是同校老师方杰的师姐，除了教历史，她还带一个年级的美术课。

初三（二）班是她新接手的一个班，才带了两个月，因为不是班主任，好多学生只是面熟，叫不出名字来。

但这并不妨碍学生们喜欢肖兰。“因为她的课讲得生动，幽默”、“因为她没有老师的架子”、“因为她像个男人一样，很哥们！很爽！”这是学生给她的评语。

这堂课开场的气氛就很活跃，肖兰一站上讲台就说：“同学们，现在是需要你们把脚趾头用上的时候了！”

大家一愣：“为什么呢？”

肖兰说：“因为马上就要中考了啊！”

大家还是不明白“为什么呢？”

肖兰笑了：“因为时间太紧，你们的双手已经不够用了哇！”

一个相声包袱就这样甩响了，同学们哄堂大笑。

谁也没料到这时候教室突然剧烈地抖动了两下，像建筑工地上打地桩，只是要剧烈得多。

肖兰愣了一下，一抬头，看到天花板上的日光灯在不停的晃动。

“地震了，快跑！”肖兰大声喊。

后面的门是开着的，后排的学生站起来就跑。

而前面的门不知什么时候被风关拢了，肖兰一个箭步冲上前去，使劲拉开门，一只手撑着门，一只手用力往门外推学生。

肖兰后来回忆说，她当时满耳都是学生的惊叫声，自己班上的，隔壁班上的，楼上的，楼下的，至于地震的声音，她反而没有印象。

还有七八个孩子吓呆了，不敢跑，其中有四个女生，索性围着肖兰，或者拉着她的手：“肖老师，我们好怕啊！”

肖兰铁青着脸，使劲往外推他们。

突然，一声巨响，她脚底下的地板裂开了，肖兰和七个学生随着坍塌的地板往下掉，在最后还算清醒的一刹那，她看见靠门的那堵墙倒了，迎面向她们砸过来，她下意识地用手护住离她最近的两个女娃，心里说："原来死是这么简单啊！"

然后她就什么也不知道了。

不知道过了多久，意识渐渐回到了肖兰身上，知道自己至少现在还没有死，她开始在黑暗中寻找那几个孩子。

"喂——"

没有人回答，肖兰又喊："娃儿们睡醒了吗？"到这个时候了，她还没有忘记幽默。

还是没有人答应。

肖兰继续喊："我是肖兰老师，听到我声音的请回答！"

她终于听到了回声，起先是一个，"肖老师，我在这儿。"

接着是两个、三个、四个……还有呜咽的哭声，从声音里肖兰辨出来七个人都在。

女孩子还在哭："肖老师我好怕，肖老师我们怎么办啊？"

肖兰说："活着就有办法，只要我们能坚持就会有人来救我们的。"

黑暗中的时间概念是模糊的，她们不知道在废墟中呆了多久，但肖兰说她从来没有绝望，因为她是老师，她没有权利绝望，在黑暗中肖兰领着学生唱歌、讲故事，给她们讲自己在大学时的趣事。肖兰说，学生最喜欢听这个……

她相信救兵一定会来！

救兵果然来了，让肖兰没有想到的是，救兵居然是她的学生——那些刚逃出死亡陷阱的学生，又不顾一切冲回来了，来救他们的老师和同学。

肖兰后来说，带头来救她们的是初三（五）班的大王超，所以记得住他的名字，因为初三（五）班有两个王超，大个子的就叫大王超，小个子的就叫小王超。而其它的学生，她还只是面熟，在这个班上，她才上了两个月的课。

肖兰他们是被爬上垮塌的废墟的大王超和其它的同学用一根拖把一个一个拖出去的。先出去的是那七个学生，最后才是肖兰，王富春和高攀利等老师在下面接应。

后来媒体把这次学生救老师描绘成"猴子捞月亮"。肖兰说更形象的说法应该是"拔萝卜"，大王超站在最前面抓住那根平常用来做清洁的拖把，废墟里面的人抓住拖把的另一端。其他学生跟在大王超后面，一个拉一个，一起使力，像小时候读过的老爷爷老奶奶阿狗阿猫拔萝卜的童话。

一共是 8 只“萝卜”，她自己就是最大最重的那只。

肖兰说，现在说起来好像特别轻松，甚至还有点浪漫，其实当时的情况是每一到两分钟就有一次余震，危楼随时有垮塌的可能。这些才十四、五岁的娃儿是在冒着被压被埋的风险来救自己的老师和同学的啊！

直至被接到地上，肖兰才发现她的下半身疼痛难忍，校医黄承敏检查后告诉她，是盆骨骨折，很麻烦的伤，必须送医院治疗。

那些天，肖兰就一直躺在一个用倒下来的铁栅栏改成的“担架”上，身上盖着学生的衣服。

之后，有几次转移，5.12 号下午，被救出来后，抬到学校门前岷江边上的平坝上；

5.12 傍晚，为避堰塞湖的风险，又被抬到鱼子溪村的高坡上；

5.14 日，再抬到原先的那片空地上，等候直升飞机。

每一次抬担架的人却都是那些稚嫩的肩膀，只是换成了她并不认识的高年级学生了，每次她身后都跟着初三（5）班那群劫后余生的男娃女娃……

肖兰 5.15 日傍晚被空军的军用直升飞机运送到成都天回镇的军区总医院，之后又被转送至济南军区医院接受治疗。六月下旬回成都，寄居在友人家中养病，她在映秀的家已经危如累卵，而且映秀除了军人和志愿者外，几乎是一座空城。

在成都天府广场附近的一个社区，肖兰的朋友家中，接受我们采访的肖兰说：她回来后才知道，她是漩口中学被压在废墟后又得以生还的唯一一个老师。她的好友和“死党”——学校财务室的老师张旭被地震波直接从自家阳台上甩下来，在那个“黑雨之夜”不治身亡；

年轻的英语女教师孟阳，怀孕五个月，正好也怀孕的妹妹来看她，还有姐妹俩的母亲也来看她，却在地震时被埋进了宿舍一楼。三个人五条命，甚至连遗体都没找到；

还有她的阿坝师专的校友兼同事方杰，还有与方杰在同一教室上课的李瑛老师……都因为保护学生不幸遇难。

只有她，死里逃生。

而救她的居然就是她的学生，那些才十四五岁的娃娃。

肖兰说，几乎就在几分钟之后，感觉这些孩子都长大了，以前我们总担心这一代人太自私，太懂不珍惜，不懂感恩。其实并不是这样。

现在还拄着双拐的肖兰说：“尽管老师的付出是不图回报的。但是，你耕耘了，还是会有收获。种瓜得瓜，种豆得豆。”

杨惠老师从外面拦来一辆吊车，这一天，温总理来到了聚源中学

都江堰，一个举世闻名的地标。

它首先是一座古老的水利工程。始建于公元前256年。距今已经有2000多年的历史。

是全世界迄今为之，年代最久远，唯一留存，以无堰引水为特征的宏大水利工程。

都江堰工程因为科学地解决了江水自动分流，自动排沙，控制洪水流量等问题，消除了水患，使川西平原成为水旱从人的“天府之国”。

都江堰工程所在地原名灌县，后改名为都江堰市（县级市），隶属于省会成都市。

聚源镇是都江堰市下属的一个乡镇，距市区仅8公里。

聚源近期成为举世瞩目的焦点，是因为受“汶川大地震”影响，聚源中学两栋教学楼在地震来临时瞬间垮塌。18个班正在上课的初中学生被压进了废墟中。

6月21日上午，在地震灾害发生40天后，聚源中学校长谷胜聪在小学操场上搭建的帐篷接受了我们长达5个小时的采访。他穿着一件黑色的T恤，深色的裤子，震前有“帅哥校长”之称的谷胜聪，现在面容疲惫憔悴。他的搭档张林说：“和5.12”之前比谷校长至少老了十岁。”

“15秒！”谷胜聪说：“从地震开始到教学楼垮塌，全部时间就是15秒！”

谷胜聪是我们在整个震区见到的最儒雅，思维最开阔，也最慎密的校长之一。两年前，他从另一个乡的普通老师的位置，直接被提拔为这个有1100在校生、21个教学班、100余名教师职工的聚源中学当校长。也就是这两年时间，谷胜聪在聚中打出了一片天下，他提出的“人性、人情、人格、人才”的八字校训和与之相匹配的教育理念，已经成为全校师生的共识。聚中在生源条件上不太好（被市区重点层层拔尖之后）的前提下，教学质量不断提高，有些学科的考试成绩，

甚至直逼条件优越的城区重点示范校，不仅聚源镇，周边的一些家长也会托关系找渠道，把学生往聚源中学送。

当然，这都是“5.12”之前的事。

“5.12”这个黑色的下午，那一声地动山摇的巨响之后，这一切都被彻底颠覆了。

谷胜聪说：“最揪心的是天塌地陷时死一样的寂静，所有的声音，哭声、尖叫声、甚至地震来临时那种让人心惊肉跳的轰鸣声，在一刹那间都没有了，你人虽然活着，意识却消失了，停顿了。眼睛空洞地看着前面，口张得大大的，真正的目瞪口呆！”

意识恢复之后，谷胜聪看到了震后的惨状。学校那栋建于上世纪80年代后期（1988年）的三层教学楼只有一座楼梯还突兀地立在半空中，其余部分全部垮塌，楼上的21个班，除了两个正在上体育课的班，一个在另一栋楼上上微机课的班级，另外18个班近900人全部埋在废墟中。

清醒过来的谷胜聪第一个意识就是救人。在他的带领之下。刚刚侥幸逃出困境的幸存教师冒着漫天的灰沙往废墟里冲，在最初的徒手救援中，老师们把那些被甩在外面，或被埋得比较浅的学生拖出了险境。

之后，杨惠老师从外面拦住一辆路过的吊车。

半小时后，聚源镇政府带了由10多台吊车组成的救援队，开进了学校。后面还跟着蜂涌而至的家长、居民……

聚源中学的现场救援工作迅速铺开。

事后通过电视、报纸了解到其它灾区的信息后，谷胜聪说，聚源中学是不幸的，但和映秀、北川、红白镇那些龙门山深处的受灾学校比，聚源中学又算是幸运的。

因为地处平原，离都江堰市区只有8公里，离成都也只有40公里。而且这一带的公路也没有出现严重毁坏。聚源中学成了前期救援最及时的学校。不仅伤员能够及时送出，得到救治，死亡学生的遗体也能迅速送到殡仪馆，使逝者的最后尊严能够得到保障。

聚源中学还是解放军、武警官兵和专业救援队伍到得最早、最多的受灾学校。

离得最近的一支救援队伍12日下午就到达了救援现场，因为前往其它灾区的道路一时间尚无法打通，聚集在成都的各路救援大军几乎都涌到了都江堰。聚源中学现场最多时救援队伍达到20多支。

晚上九点半左右，谷胜聪得到消息，刚刚抵达成都的国务院总理温家宝一行，正在赶往聚源中学的途中。

半个小时后，临时警戒线拉起来了，车队开进了聚源中学操场，谷胜聪看见温总理走下车，径直向废墟走去，他神色凝重、戚然，和电视上看到的相比，憔悴了许多，苍老了许多。谷胜聪的泪水淌出了眼眶。和很多中国百姓一样，谷胜聪喜爱这样亲民的总理，人民冷暖总在他心里记着，哪里有灾有难，他总是第一个出现在哪里，现在聚源中学的事，也要让日理万机的总理操心了……

温总理在废墟前站住了，听说学校有几百人被压在废墟下，总理说："我知道后，第一时间就赶来了，人命关天，我的心情和大家一样难过，只要有一线希望，我们就要尽全力救人，废墟下哪怕还有一个人，我们都要抢救到底。"

总理还大声的告诉群众，专业化的中国国际救援队已经到了四川，正在向灾区赶来。

这时候，学校门前的操场上，聚集了越来越多的受灾群众，温总理走上前去，向大家表示慰问。

然后，总理回转身，向摆放在学校门口广场上的学生遗体走去。

这之间，他弯下腰捡起一只学生的书包，低着头，半天不松手，远处的谷胜聪虽然看不见总理低下的头和脸，但他的心感觉得到总理哭了，这时的他已经不是那个在电视上谈笑风生的总理，他是一个家长，一个爷爷，这么多陨灭的生命，都是他的孩子啊！

总理驻足在遗体前，沉痛地三鞠躬，这个66岁老人的脊梁一次又一次再一次，深深的弯下去，弯下去，弯下去……

谷胜聪说，总理的到来，让他和聚中人感到更加巨大的动力和压力，他们只能绷紧每一根神经，把每一天的事情做好。才能对得起总理的关怀，对得起家长的嘱托，对得起那些深埋在地下的亡灵。

因为专业队伍的到来，聚中的老师被规定不能上废墟直接参与救人，但在整个救援阶段，所有的老师员工都坚守在现场（包括那些有子女亲人在灾难中遇难的老师员工和负了轻伤的员工）。

他们的岗位是接待安抚家长；

引导家长认领伤员或者遗体；

陪同家长到医院护送伤员；

陪同学生家长护送遗体到殡仪馆……

那是一段泪水浸泡的日子。每抬出一个学生的遗体，家长嚎啕大哭，老师们也伤心大哭，在现场哭，在送往殡仪馆的路上哭，他们的泪水都哭干了。

因为受灾面积大，遗体火化成了巨大压力，为了维护遇难者最后的尊严，也为了防止大灾之后的疫情，都江堰殡仪馆不得不把接受的遗体分散到包括成都在内的八个殡仪馆处理。

这一来，原来非常简单的问题，就变得复杂了。为了让遇难学生家长都能在最后一刻与自己的孩子见上一面，全校的老师来回在这 8 个殡仪馆奔跑，寻找核对……

每个老师手里都有一份名册，找到了，核准了，就打一个“勾”。

一位叫仰燕的女老师说，“打勾”是老师做得最多的事，早晨点名，学生答“到”，我们打个勾，学生答题答对了，我们打个勾。那个“勾”里包含的是肯定和喜悦。而这次“打勾”，都是黑色的“勾”，死亡的“勾”。每一笔勾下去，就意味着一朵鲜花的凋零，一个活鲜鲜的生命陨灭啊！

仰燕说，比这个稍微轻松一点的事，是到医院去核对伤员，毕竟，这些生命还活着，因为救援队伍太多，而且也为了及时抢救更多的生命，伤员一抬出来，送上 120 就直接就拉走，寻找伤员，登记造册，联络家长，也成了一个难度很大的事，那一段日子，聚中的有一部分老师，就整天在都江堰成都的各大医院跑，硬是把每个伤员的状况和哪所医院都摸得一清二楚。

由于全社会齐心协力，聚源中学灾后的救援卓有成效，被埋的 18 个教学班 900 来人最后确认有 279 人遇难，4 人失踪（其中教师子女 4 人）。教师有 6 人遇难（其中女教师 3 人），其余人都得以逃生或被救援人员救出。

郑金成冒死闯出陈家坝，江油搬兵，没有人记得他是个功臣

“5.12”那个黑色的午后，距离北川几十公里的陈家坝乡也是遭受重创的地方。

6 月中旬，在位于绵阳的西南财大天府学院的灾民安置点，陈家坝中学的郑金成老师向我们描述地震来临时的景象——

“我把着门向对面望，约200米远处的一座山正在崩塌，气浪如海潮般翻涌，瞬间，第一波地震过去了，半匹山也消失了。”

大地震给陈家坝中学带来了巨大的伤痛，因为正在改造危楼，学校临时借用乡政府一栋旧楼作教室，在这里安排了一个教学班，偏偏这栋旧楼在地震中垮塌了。11名学生遇难，30多人受伤，母凯贤老师本来已经逃出了教室，因为站在院坝里指挥学生撤离，被背后倒塌的院墙埋住，当场遇难；另一位叫王文翠的老师在组织学生撤离时被砸成重伤。

这一天，陈家坝乡逢场，乡镇狭窄的街道上，挤满了赶场的山民、镇上的百姓和盛满熏腊肉、烟草、山货的背篓，地震来临时，街道两边的房子往中间倒，满街的人，跑，跑不脱，躲，没地方躲。残砖碎瓦像下雨样往人身上砸，遍地都是缺胳膊断腿的伤员和遇难者的遗体……

郑金成摇着头说：“那已经不是人间景象。是地狱，活的地狱啊！”

和所有灾区一样，陈家坝断电、断水、通信全部中断，成了一个与世隔绝的孤岛。

这个下午，郑金成一直在参加救援和转移学生，到了晚上六点，他获悉乡政府要学校派一个人和乡政府的一个年轻人一起外出报信，55岁的郑金成一激动，说：“让我去吧？”

校长刘应琼连想也没想说：“行，就你去！”

上路后，郑金成才明白，这是一段怎样的死亡之旅。

陈家坝隶属北川县，但凭直觉，他估计北川恐怕也是“泥菩萨过河——自身难保”（事后证明，这是何等英明的判断！）仔细分析了一下，离陈家坝最近的城市只有江油市（县级市）。但江油与陈家坝没有任何隶属关系。郑金成说：“顾不得那么多了，反正它也是四川的，中国的！”

乡领导同意他们去江油，但怎么去，由他们自己想办法，乡政府的人说：“没车！车都埋进去了，估计有车你们也开不出去了。”

起初是徒步。

郑金成说，说徒步也不算，应该是手脚并用，路上到处是垮下来的山石，有些路段被埋得严严实实，只能连滚带爬地爬过去，这样走太慢。郑金成说：“我们算了算路程，就算石头不把我们砸死，泥石流不把我们埋了，到江油最早也得明天下午，可我们的任务是送信！是搬救兵啊！不是去旅游，也不是串亲戚。陈家坝倒了那么多房子，房子下面埋了那么多人，还有那么多伤员等着救治。现在连止血的绷带，也是紧缺物资啊！”

他们商议的结果是必须拦车。

这个时候，天还没完全黑，尽管垮塌的公路上，山崖边不时可以看见被砸坏的小汽车、摩托车，还有一辆被砸碎了挡风玻璃的长途客车（已经空无一人）。但往江油市方向还是有汽车、摩托车在跑（应该说是逃，逃出死亡地带）。

两人站在路边，见了车就招手，费了九牛二虎之力，也只拦到一辆摩托车。司机是个青年人，听说是去江油报信搬救兵，小伙子很爽快："救人是大事，上来吧！"

于是三个人骑一辆摩托车，在已经伤痕累累、危机四伏的山路上，向黑夜深处挺进。

半途中，天上下起大雨，大雨中，远处近处的山一片一片垮塌，"轰隆隆"的崩山声和"轰隆隆"的雷声，形成了天地应和。

透过摩托车灯的光亮，郑金成不时看见路中间有被飞石砸死的路人的尸体……

在一个转弯处，一辆长安面包车急促地鸣着喇叭，从摩托车左侧超过去，在面包车超过他们的一瞬间，郑金成甚至看清了那辆微型车里至少挤了10多个人，有大人，还有小孩。之后几分钟内，那辆微型面包一直在距他们几十米的前方奔跑着……

突然，郑金成他们看到了惊心动魄的一幕：前面塌山了，随着一声轰响，凌空而下的土石不偏不倚正砸在行进中的微型面包上。

摩托车上的三个男人不约而同地发出尖叫声。

前方的公路因为刚才的塌山又形成了一处新的梗塞，公路上像突然间长出了一座新坟，但是除了他们，没有人知道那坟墓里埋了一辆车，还有十几条曾经鲜活的生命。

郑金成说，实际上是那辆长安面包和车上的十几人替我们三个人死了。如果那辆车不超上前，按照我们当时的车速，被埋的就一定会是我们。

命是保住了，但车却坐不成了，绕过那段塌山之后，摩托车司机说："哥们，对不起，我不能再搭你们，我腿肚子都软了，吓瓜了，再骑下去，就把你们一起送沟里了！"

郑金成说："人家说的是大实话。"

谢了人家，他们又开始在黑暗中徒步。

一边是山，一边是悬崖，又要躲避滚石，又要防止掉到万丈深渊里去。郑金成说，一切只能凭感觉，反正豁出去了，是死是活都无所谓了。关键是走得太慢了，还是想办法拦车吧。菩萨保佑，都快绝望的时候，一辆大卡车在他们身边停下来了，还正是去江油方向的车……

晚上10点左右，在江油市刚刚成立的抗震救灾指挥部（郑金成这回才明白这个地震是闹大了，原来江油也遭了！）的帐篷里，两个来自陈家坝的报信人见到了邻市的宋市长。

宋市长是个爽快人，他说："江油也遭了灾，我只能帮你们两个忙，一个是把情况报告给绵阳市（江油和北川的共同上级）政府，二是支援你们一批药品，救人要紧。"

晚上11点，在江油市药监局长带领下，他们拿到了一批药品，一批救命的药品。

在等待发药的过程中，郑金成惊讶地发现，一个陪着办事的干部的小灵通还能使用，连忙央求他帮忙拨绵阳市长热线"12345"。那个人连拨了十几次，谢天谢地居然拨通了！郑金成说，他和乡政府那个年轻人用最短的语言报告了陈家坝的灾情，生怕多说两句，电话信号又突然没了。

因为宋市长有交代，所以江油市交警派警车护送了他们一段路。车上交警给郑金成和他的同伴每人一瓶水，这是郑金成灾后第一次喝到水，一口水倒进嘴里，眼泪忍不住也流出来了。

这瓶水，他只喝了一口，便一直把它捧在手里，他想，回到陈家坝，这瓶水说不定能救几条命呢！

13日凌晨1点，送他们的警车到了北川甘溪乡，警车要返回江油执行任务，他们只好把药品搬到地面。

在甘溪乡，他们找到了一个个体汽车司机，这个司机在下午的地震中脚也砸伤了，走路一瘸一拐的，听说是送救命的药品，二话不说，弯下腰帮着装车。"走，我送你们！"

车到桂溪中学，前面的路断了，一车药又被卸到了路上。黑暗中两人无言相对，一片茫然……

郑金成说，正在他们茫然失措时，却遇到了救星，绵阳市政府邱副市长带着人马准备去平武县救灾，正好经过桂溪乡。

像娃儿见了娘，郑金成他们带着哭腔向顶头的父母官汇报了灾情，郑金成说："陈家坝遭惨了，邱市长快救救陈家坝啊！"

邱副市长握着二人的手说：“你们受苦了，你们报告的情况很重要，市里会马上安排的，中央已经知道了四川的灾难，胡总书记已经做了重要批示，温总理已经到了四川，解放军已经在向灾区开进，全省、全国都动员起来了，一切都会好起来的……”

在邱副市长的安排下，桂溪乡政府派人用摩托车把他们送到陈家坝。

凌晨三点，在陈家坝乡政府救灾指挥部的帐篷里，乡党委书记认真听取了郑金成他们的汇报，可是还没待他开口，两人却先后倒在帐篷里的泥地上。

书记大惊失色，以为他们出事了，待要喊人来救时，却听到如雷的鼾声……

第二天上午十点，绵阳电视台、绵阳日报的记者与遂宁市的武警官兵组成的救援队抵达陈家坝开始救援。

但这些，郑金成都不知道，他已经回到学校，校长陈应琼给他安排了新任务：守护伤员。

事后我们从各个方面得到的材料证实，绵阳媒体的记者是在凌晨三点接到邱副市长的电话的。而遂宁武警是在执勤时接到四川省抗震救灾指挥中心的指令后连夜结集开赴陈家坝的。

无论从哪个意义上讲，冒死闯出陈家坝，到江油送信搬兵的郑金成和那位乡政府的年轻人，都是当之无愧的功臣。

正是因为他们的及时报信，陈家坝成了除都江堰聚源镇外，所有重灾区中救援部队到达得最早的乡镇。

还有他们从江油辗转运回的那批药品、绷带和器材，也成了及时的救命药，与此同时，在其它一些重灾区，因为缺医少药，一些从废墟中被救出的生命又重被死神夺走的惨剧，每时每刻都在发生着……

但是没有人觉得郑金成是个功臣，他自己也不觉得自己是功臣，他说，他只是做了他应该做的事。

之后，他一直坚持着完成守护伤员的任务。直到13日晚上7点把最后一名伤员送上车。

5月14日他开始撤离陈家坝，历尽千辛万苦追赶在前一天就撤离了的陈家坝中学的大部队。

照例又是徒步翻山越岭，拦便车，搭摩托，沿途在废墟中找水，找一切可以充饥的东西……

15日凌晨，到达绵阳市七星楼。

15日早晨，一路打听，找到了位于成都的西南财大天府学院，与临时安置在这里的师生汇合。郑金成说：出现在同事和学生们面前时，他衣衫褴褛，满头满脸都是灰土，像一个十足的叫花子。

6月中旬，地震过后一个多月，我们在西南财大天府学院的一栋教学楼一楼的走道上看到了一排地铺，这里就是陈家坝中学老师学生临时的“家”。

矮小敦实，像农人一样朴实的郑金成还在忙碌着，在地铺附近角落点蚊香，背着喷雾器在地铺前面的草地上喷药。

他现在成了学校管理生活的老师。

我们曾经在百度、谷歌等网站搜索郑金成的名字，那里有很多条“郑金成”。但是没有一条与北川陈家坝中学的郑金成老师有关。

他成了名副其实的“无名”英雄。

周汝兰抓起两个娃儿就往外跑，她说她从来没想过当英雄

在2008年5月12日之前，周汝兰在四川省彭州以外的地方，肯定是个默默无闻的人物，这个34岁有着15年教龄的山村教师，和中国一千多万中小学教师一样，十五年如一日，过着从家庭到学校，从办公室到教室的单调而又朴素的生活。

她从来也没想过会成为英雄。

可是“5.12”一场突如其来的生死考验，却把这个平凡的山村教师造就成了英雄，造就成了一个万众瞩目的公众人物。

这天下午，本是彭州红岩镇中心小学四（二）班班主任的周汝兰，按学校的安排到设在学校的幼儿园大班给孩子们上语言课。2:28地震袭来，幼儿园的教室像孩子们的摇床一样剧烈晃动，玻璃窗“哐哐”作响，屋顶上的瓦片“哗啦啦”往下掉……

情急之中，周汝兰抓起两个娃儿就往外跑，一边跑一边喊那些吓瓜（四川方言“傻”的意思）了的娃儿们“孩子们，地震了，跟着老师快跑哇！”

为了叙述准确，也为了传神，请允许我们抄一段周汝兰成为抗震英模之后的报告原文：

教室好像从地上跳了起来，传出砖石挤压的怪叫声，一米长的日光灯从天花板上垂掉下来，悬在半空猛烈地甩来甩去。短短十几秒钟，整个学校被四起的浓烟笼罩得模糊不清。看到十几个孩子已经跑到操场上，我放下手里的两个孩子，大声对他们说："蹲在地上别动！"转身又跑回了教室。这时，地板裂开了，墙壁也裂开了，整个教学楼似乎就要垮塌。透过弥漫的灰烟，我看到孩子们都拥挤在教室门口，立刻跑去拉开后门让他们逃生。我抱起一个跌倒在地上的孩子，又抓起一个坐在凳子上的孩子，在摇摇晃晃的过道里跌跌撞撞地奔跑，心里只有一个想法：不能让一个孩子出事！等我放下孩子时，大地摇晃得更厉害了，我站立不稳一下子摔倒在地。眼前的情景让我惊恐：教学楼外墙上出现了一道道裂痕。在轰隆隆的震动声中，孩子们的一阵阵哭喊揪着我的心。我猛地站起来，第二次冲进教室。

……

周汝兰事迹的感人之处在于：一是她是连续四次，冒着房倒屋塌的危险冲进幼儿园救孩子，二是她班上的52个孩子居然无一伤亡。

周汝兰的事迹被媒体披露后，感动了很多人，也感动了中央领导。

6月上旬，中共中央政治局委员、国务委员刘延东在中南海接见抗震救灾先进教师，四个人中就有周汝兰。刘延东握着周汝兰的手说："我知道你，你四次冲进幼儿园救孩子，很了不起！"

在这四个被接见的人中，周汝兰是最幸运的一个，刘亚春当英雄，是因为北川中学房倒屋塌，一千多名师生埋在废墟下，刘亚春第一时间组织师生展开自救，在废墟里刨出了200多人，而他的妻子儿子同天遇难；董雪峰的经历与刘亚春相似，他们在地震中都是家破人亡。王敏则是自己在抢救学生时身负重伤，只有周汝兰最幸运，自己和家人均无一伤亡，所在班的孩子也都毫发无损……

在周汝兰的报告感动全国的同时，在她的家乡却有人对周汝兰这样的英雄提出质疑。有人甚至在网上发帖，认为这个"典型"至少是"不典型"。如果周汝兰是英雄，那么"5.12"那个下午，灾区的学校遍地都是英雄。

比如说，德阳的孝泉中学，全校老师只用了不到两分钟时间，把一千多学生疏散到学校操场，虽然教学楼垮了，但师生无一伤亡；

比方说，安县桑枣中学，因为校长平时注意了危楼的加固和改造，又勤抓紧急状况下的疏散演练，1000 多学生的学校也是实现了“零伤亡”；

还比方说，北川中学紧隔壁的任家坪希望小学，这所由中科院青年科学家捐建的学校，在地震来临后，救援秩序井然，人员毫无伤亡……

还比方说，成都师范学院附属小学在互联网上发布了他们学校地震来临时疏散学生时的监控录像，所有的老师都在他们应该坚守的位置上，保护学生有序撤离，其中一个红衣男子，一直在逆向地往上冲，一边跑，一边呼喊，跑了一层又上一层……他做了和周汝兰同样的事，虽然我们到现在也不知道这个男子的姓名和身份。

这样的比方还可以举出很多，很多……

因为汶川大地震发生在星期一下午的上课时间，地震波涉及的所有地区的学校都曾经受了惊心动魄的生死考验，都曾组织了积极有效的生死救援，每所学校、幼儿园都有可圈可点的故事，都有可歌可泣英雄。

从这个意义上讲，我们同意这些网民的观点中的一半：在“5.12”地震来临之时，无论是重灾、轻灾区、震感区，无论是付出了或重或轻的代价，所有坚守岗位，在那惊心动魄一刻，尽忠职守，保护了学生和幼儿生命的老师们，个个都是英雄。

但我们同时认为，周汝兰更是当之无愧的“英雄”。如果说她第一次冲进危楼救学生是出于本能，第二次冲进去是忠于职守，那么连续三次、四次地往里冲。而且愈往后，房倒人亡的危险愈大，时间愈紧迫，这个时候再往里冲，这就是真正的义无反顾，视死如归，英雄本色！

成都市教育行政部门一位官员说：“周汝兰能够成为‘英雄’和‘典型’，这是我们社会的一个进步，或者说是一种新的导向。我们的社会应该倡导英雄精神，但我们希望英雄不要总与鲜血、生命、悲伤、眼泪相连。（我想刘亚春、董雪峰他们也绝对不希望当这样的英雄）英雄不能等于烈士。我们在歌颂那些为了理想捐躯了的烈士的同时，也应该欢迎像周汝兰这样皆大欢喜的欢乐英雄。”

6 月 25 日下午，我们到了周汝兰工作的学校——距离彭州市仅十多公里的红岩小学，尽管从彭州市教育局陪同我们的干部陈萍女士那里知道，周汝兰还在抗震救灾英模报告团没有回来，但我们还是执意要去看一看。

这个下午，我们了解到更多被公众忽略了的周汝兰故事之后的故事，背景之后的背景。

在前台，是英雄周汝兰，让社会了解了彭州，让彭州感动了中国；

而在幕后，正是无数人的的辛劳创造的“彭州模式”成全了平凡的周汝兰。我们因此对更多的台后英雄的奉献肃然起敬！

第三章　烛光照亮的生命空间

■ 地震后红白镇搭建的临时住宿帐篷

蓥华中学救援现场

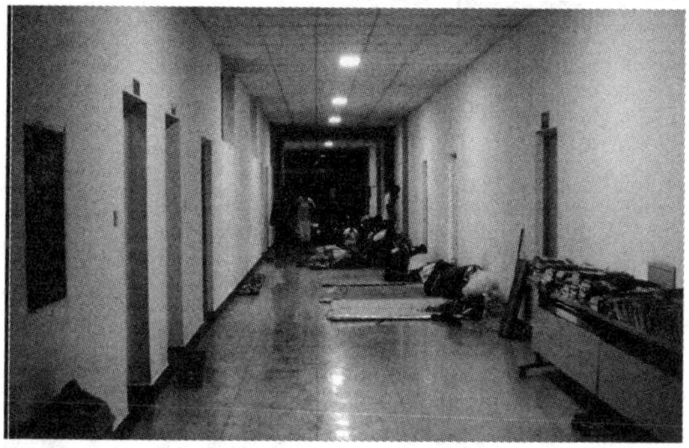

寄居在某大学楼道中的陈家坝灾民

映秀飞来石下：救援工作持续未停

每个人发一块饼干，一个班一瓶矿泉水，云碧琼想到了《上甘岭》

“5·12”晚上，恐怖的“黑雨之夜”。

所有经历过“汶川大地震”的人，都不会忘记那个血色午后之后的“黑雨之夜”。

这一夜，整个地震灾区普降大雨。雨，扯天扯地的垂落，无边无际，无休无止，仿佛一个屠夫，刚刚亲手制造了一起惊天血案，现在又急于要遮掩罪恶，它端起满盆的水，满桶的水，甚至满天的水，泼向那片满是血腥的大地，完全不顾及那地底下、残垣断壁中还有因为它的作恶，还在苟延残喘的生命……

在企图洗刷罪证的同时，它又在制造新的罪恶，它把一片片青山撕烂，推垮，揉碎，再抓起满山的泥沙、巨石，砸向山脚下的城镇、村寨，并在无数生灵的哀鸣中“轰隆隆”大笑……

刚刚经历了“地陷山崩”的人们，现在仿佛看到，他们头上的天也漏了，塌了。

“好大，好大的雨啊！”

北川陈家坝中学的云碧琼老师带着她班上的学生，蜷缩在乡医院后面的一块菜地里。

地里是农民种的牛皮菜。

地震发生后，校长刘应琼和男老师们都冲到乡政府旧楼去救人，那里有陈家坝中学一个班的学生在过渡借读，偏偏就是那个教师力量最薄弱的地方，楼垮了，11 个学生遇难，30 多人受伤，两个在那边教课的老师，一个被倒塌的院墙当场砸死，一个重伤……

整个一个下午，学校的注意力都放在救人上，校长只能安排女老师把孩子带出学校，带到安全地方去。

于是，她们就带着全校幸存的娃儿们（那些没有家长来接的娃儿们）转移到了这片菜地里。选择这里是因为这是一块平地，周围没有太高的建筑，可是，对面就是山啊，到处是垮山的轰响，天知道，他们面前的山会不会也在一瞬间崩塌，把这些娃儿连同她自己也一起包进那个巨大的“饺子”里去？

脚下的地也一直在抖动，那地上的牛皮菜也在不停的抖，云碧琼最担心的是，这块地会突然间张开血盆大口，把她们一齐吞进那无边的黑暗里去……

这绝对不是妄想，今天下午跑地震时她就看见前面不远处，大地裂开了一条缝，把一头惊慌失措的猪吞了下去，过一会，那条缝又张开了，然后又再次合拢……

雨越下越大，学校里来不及为这些幸存的娃儿们搭个遮雨的棚子，乡里给她们每个班发了一块塑料布——并不很厚的白色塑料布，起先他们把塑料布折着，铺在地上，让娃儿们坐在上面，好歹隔隔潮，下雨了，她们又把塑料布拿出来，顶在头上遮雨，没有支撑点，男老师们就用手扯起雨布，四个人，一个人顶一个角，高举着，一只手举酸了，再换另一只手。

塑料布太小，为了把有限的空间留给伤员和孩子，男老师们的身体完全暴露在雨中。这其中，有云老师的丈夫，学校的工会主席蒋科，丈夫的个子不高，所以，他一直努力踮起脚尖，尽量让手举起来，再举起来，雨水浇在他的脸上，浇得他连眼睛也睁不开……

云碧琼心疼得流泪了。

这时候，她听到学生喊饿，一个学生喊，所有的学生一齐喊。

她知道学生们确实饿了。

地震过后，学校的伙食团也砸了，锅碗盆瓢，柴米油盐，什么也没拿出来，天黑前，乡政府派人给他们送来几袋饼干，还有一点瓶装水，并告诉他们，这是乡里干部冒着生命危险从倒塌的废墟里抢出来的，东西太少了，只好全送给了学校，中学、小学、幼儿园一家一点点，乡干部自己什么也没有留。

刘应琼校长说：“这是救命的粮食啊！一定要控制好，现在还不知道什么时候能够再有水，再有粮，也不知道什么时候能够有人来救我们。”

就那么几包饼干，十几瓶水，反复算来算去，还是不够分，只好决定先给每个孩子发一块饼干，每个班发一瓶水。

云老师把这块饼干分发到学生手里时发现，后面的孩子还没领到手，先领到的孩子已经“吧唧吧唧”吃完了，看孩子们匝巴的嘴唇意犹未尽地望着她，云碧琼的泪水又满出了眼眶。

最难分的是这瓶水，孩子们太渴了，她自己也渴啊！嗓子火烧火燎像猫爪抓一样难受，但是全班40多个学生，只有这一瓶水，如果前面的孩子“咕咚咕咚”都喝光了怎么办？

云碧琼想起了上甘岭，想起了全班吃一个苹果的故事，那是她戴红领巾的时候看过的电影，她做梦也没想到，电影里的故事会在自己的生活中再现。

于是，她把这个故事讲给这些躲在塑料布下的孩子们听。

“这是些多么乖巧、懂事的孩子啊！”

云碧琼说，讲完故事，她把水递给身边的第一个孩子，于是每个人喝一口，再往后传，40几个人都传遍了，这瓶水回到她手里时，云碧琼惊讶地看到，它只是蚀了不到三分之一，她看到有个女孩子，那是她们班的班长，只是把瓶子放在下巴上贴了一下，连嘴也没张开，就又递给了下一个……

这瓶水，一直坚持第二天早晨，新的一瓶水发下时，还剩小半瓶。

“老师，我饿！”

云碧琼艰难地咽了一口水，她没有喝水，也没有吃饼干，刘校长发饼干时是有规定的，每个老师也有一块，要保存体力，如果老师倒下了，这些娃儿就更惨了，但云碧琼没舍得吃，她想，这块饼干，也许在最关键的时候会排上用场的。

其实，她也很饿，云碧琼有低血糖病，每次饿了就浑身冒汗，腿发软，但只要喝一杯糖水或者吃两块饼干，就可以缓过劲来，所以，她的包包里总是要带这些小零碎的，可是她的包包下午地震时全砸在了办公室里……

她现在胃里倒海翻江一样难受，腿软得像棉花，浑身冒冷汗。

但是她不能倒，为了这些娃儿们，她必须挺住。

她还必须想着办法来哄孩子们，转移孩子们的注意力，她的法宝是给孩子们讲故事，孩子们都爱听故事，虽然都已经是初中生了。像红军长征爬雪山、过草地、吃皮带、啃草根……，她都讲了无数遍了，孩子们每次还是听得津津有味。

现在她又得给孩子们讲了。

这一回，孩子们倒是不喊饿了，可是一个男孩问：“云老师，解放军叔叔怎么还不来救我们啊？”

整个一个下午，在孩子们情绪最波动的时候，云碧琼都要提高嗓门喊：“同学们别担心，解放军叔叔很快就会来救我们的！”

云老师说，孩子们经常从电视上看到解放军叔叔在这儿救人在那儿救人，他们心里最信任解放军。

但是云碧琼明白，地震过后，她的手机就打不通了，因为她的儿子在绵阳上高中，她想给儿子打个电话，哪怕发条短信，报个平安也好，她一个下午都在拔号，但一直没通。

她知道，地震后的陈家坝肯定成了一个信息孤岛。

她也知道，学校的郑金成老师下午和乡政府的人去江油送信，但是，那么难走的路，他们能把这消息送出去吗？即使送到，谁能知道解放军什么时候能够赶来呢？

但是，她还必须回答学生的提问，语气还必须十分肯定，她说："解放军叔叔很快就会来了！"

那个男生还不依不饶"为什么还不来呢？"

云碧琼笑着说："你想，解放军叔叔听到地震的消息后，他们要排队吧？要集合吧？还要准备救援工具吧？还要给你们带压缩饼干，矿泉水吧？还要走路吧？"

"应该是开汽车！"

"应该是坐火车！"

"应该是开飞机！"

云碧琼说，孩子们的想象力比她丰富，果然，在这次救灾中，孩子们的话都变成了现实。

这一个晚上，云碧琼和陈家坝中学的老师们都在变着法子和学生交流，讲故事，老师讲，同学们讲，讲完了还搞评比，还有猜谜语，唱歌……总之，不让学生们睡着了，怕他们在这个黑雨之夜受凉、感冒……

又累又饿的云碧琼困极了，毕竟她也是45岁的人啊，而且还有老寒腿的风湿病。

天亮之前，她觉得自己有些摇摇欲坠，有些恍恍惚惚，在这个风声、雨声、垮山声轰鸣成一片的凌晨，她觉得自己快坚持不下去。

最后，她还是一个激灵醒过来，掐掐自己的胳膊，伸伸已经僵硬的腿，艰难地站起来，她不断地提醒自己，一定要坚持，坚持……

为了这些孩子。

张舜华说：“二台山的山崩了，渔子溪的水干了，但是，守护学生的篝火不能灭”。

漩口中学的女校长张舜华说：5·12 地震之后，最难渡过的还是那个下“黑雨”的晚上。

惨烈的地震让刚刚迁到映秀才一年多的漩口中学遭到重创，曾经是映秀镇上最亮丽的风景线的这所花园式学校，曾经承载了几代漩中人希望、梦想和欢乐的这所学校，现在成了一片废墟，成了 35 个青春生命和六个同事的坟墓，成了所有漩中人不堪回首的伤心地。

但是，作为一校之长，作为这个有 1500 名学生、100 多名教师的大家庭的主心骨，她没有权利悲伤，她只能挺起脊梁，换一副坚毅的面孔，面对这场旷世灾难。

“5·12”一个下午，除了在废墟里救人，漩口中学师生，经历了两次转够。

第一次是地震过后不久，为了防止余震造成校舍继续垮塌，张舜华号召全体幸存的教师把学生、伤员还有没被领走的遇难者的遗体，全部转移到校门口紧靠岷江的那片空地上去。

可是到了下午六点，镇抗震救灾指挥部通知他们，刚才发现流经映秀的两条江——岷江和渔子溪突然断流，指挥部判断这两条江的上游可能出现了因垮山和泥石流形成的堰塞湖，为了防止堰塞湖倒塌发生洪灾，（这是地震之后常见的次生灾害之一），指挥部决定镇上的两所学校都要转移，小学转移到位于二台山的映电篮球场，中学转移到学校背后，渔子溪村前的高地上。

那里是农民的洋芋地。（洋芋，四川人对土豆的称谓）

这是一次艰难的转移。那么多的伤员和学生的遗体啊，连块门板也难找到，张舜华记得，抬受伤的肖兰老师的“担架”就是一个在地震中倒下来的铁栅栏，它自身的重量就是几十斤，上面还要抬两个伤员（肖兰和一个受伤的女学生）！男老师的人手有限，最后连高三、高二年级的学生也发动起来了，只要个子高点，看着像小伙子的就参与……

指挥部已经通知，今天晚上到明天都有大到暴雨，张舜华说，这是地震的规律，大震之后肯定有大雨，叫“震后黑雨”，所以上山后，第一紧急的事是搭棚子，每个班要搭一个，还要给伤员搭，还要搭一个保护遇难者遗体，没有木料就找山上的农民借，因为他们房子也震塌了，房子的梁和柱都垮下来了，没有塑料雨布，就去山下街上的废墟里找，或者找那些店主人还没跑的人家借……

张舜华说：“山里的农民都是糍粑心啊，自家的房倒了，屋塌了，棚棚还没搭好了，晚上住哪儿也不晓得，听说学校要，二话不说，让去搬，去拿，有些还自己动手搬，帮忙送过来。”

棚棚搭好了，学校作了布置，最优先安排伤员，然后是学生，学生中女生在里面，男生围在外面，再外面是女老师，最外面，棚口的边边上才是男老师和学校领导，虽说搭了几十个棚棚，但顶不住人多啊，也就只能背对背，脚抵脚地坐着，想把脚伸直一点都不可能。

棚棚搭好，吃的又成问题，镇上倒是送了些饼干和方便面，但太少，只能优先考虑伤员，有老师提醒说，这片山上有洋芋呢，我们挖洋芋吧！

张舜华说：这是农民的地啊，也是农民一年的指望，要挖也得征求他们的同意啊！

张舜华亲自带几个人去找渔子溪村的农民，那些农民面有难色地说“洋芋还没长好呢，才这么一丁点儿。”说着，还用手作了比划。

张舜华说“老人家，我们也是没办法啊，1500多口人啊，还都是些娃娃。”

老人家一挥手：“挖吧挖吧，救命是大事！”

张舜华说：“以后我们一定给您补偿的！”

老人家再挥挥手：“补个啥子哟，命都是捡来的！”

于是所有的学生，老师能够动的都动员起来挖洋芋（洋芋确实很小，我们六月中旬曾经到这片已经栽上包谷苗的地，从偶尔发现了几个幸存的洋芋看，也就只有算盘珠子大小）

这时候，天已经开始下雨，张舜华让每个班，想办法点一堆篝火（柴禾也是挖洋芋时顺手捡来的）火有两个作用，一是可以烤土豆，或者煮土豆；二是可以取暖，防止学生感冒。

张舜华说“火也是一种希望，给经历了大劫难的娃们一点温暖，二台山的山可以崩，岷江、渔子溪的水可以干，但是，守护学生的篝火不能灭！”

土豆虽然挖了一大堆，但是要让一千多号人吃饱也不可能，何况还不知道这种苦难的日子会有多长。所以张舜华又立了一条铁规矩，分土豆的次序，依然是先分给伤员，再分给女生，再分给男生，然后是女老师，老教师，然后是男老师，最后才是校领导。

先每人发一个，最后如果还有，再发第二轮，但是一顿最多只能发两个。

张舜华说，在最困难的第一天、第二天，每个学生一天最多也就吃了四个小土豆。一些老师说什么也不吃，说“留给娃儿们吧！留给娃儿们吧！”张舜华就让学生送过去，哪个班的老师就让哪个班的学生送，要看着他们吃下去，不吃就不离开。

张舜华每说到这儿就抹泪，“在这种大灾大难的时候，老师就是这棚棚的梁，是这黑夜里的光啊，他们要是都饿倒了，累倒了，那咋个得了？”

说到老师，张舜华就想起冉宏。那天，她看到冉宏矮小的身影一直在这个棚棚，那个棚棚之间忙碌，一会儿接雨水洗洋芋，一会儿又去校医黄承敏那儿帮忙弄伤员——但是，张舜华知道这个温柔的女老师心里的苦：那么乖巧可爱的儿子没了！下午从坝子上转移到山上之后，冉宏来找她说要去二台山找儿子（小学都转移到二台山上了）张舜华怕她受不住，会出事，暗地里派两个高三年级的学生跟着，果然一到二台山，小学的张副校长告诉他，她儿子方哲正所在的学前班，61 个娃儿，只跑出来了 3 个，其余的都塌在里头了，下午挖人，也没挖出来，冉宏一听，当场就昏过去了，大家手忙脚乱掐人中，把她救过来，两个学生还有小学的老师，把她一路上架回来……

冉宏现在还不知道丈夫方杰的下落，地震过后，张舜华就从初二（5）班逃出来的学生那里知道方杰没了，被埋在倒塌的实验楼里了。地震来时，方杰老师怕门被关上打不开，拉开门，用身体顶住门，把一个一个学生往外面推，最后一个学生跑出来时回头一看，房塌了，一根横梁压下，方杰被压在了瓦砾中。

张舜华知道冉宏对方杰对儿子的爱有多深，一天失去两个亲人啊，这个瘦小的女人，能够承受得了吗？所以，她传下话去，一定要封锁方杰遇难的消息，至少在今天晚上不能告诉她，虽然，对一个伤心的女人说谎是一件很残酷的事，但让一个弱小的女人接受一天失去两个亲人的打击，不是更残酷吗？

和冉宏有同样遭遇的还有高攀利老师，夫妻分居十几年啊，做梦都想有个团圆的日子，去年秋季好不容易把老婆从高山上的教学点调到映秀小学来，一家人欢天喜地，今天下午，爱人也走了，遗体挖出来的时候，高老师都顾不上去看一眼。这边救人，也是十万火急啊！

还有王福春老师，也是妻子、女儿同一天遇难，女儿的遗体找到了，妻子的还没找到，晚上，忙了一天的王老师才去小学那边把孩子的遗体抬过来，张舜华说：“娃儿呢？娃儿呢？让我去看一眼。”

王福春说“我怕学生们看见害怕，把她放在半山腰里了！”

张舜华大发雷霆：“你咋能把娃儿孤零零放在一边呢？抬上来！抬上来！怕个啥子哟！学生娃们今天一天看见的死人还少吗？”

吼过了王福春，张舜华又后悔“这都是些多好的老师啊！都到这个份上了，心里想的还是学生！”

到了下半夜，校医黄承敏悄悄过来了，还没开口，张舜华便问，“张旭老师怎么样了？”

黄承敏摇摇头：“怕是不行了，已经开始说胡话了。”

张舜华连忙跟着黄医生，往安置伤员的棚棚里走，“不是看不出伤吗？”

黄医生说：“内脏出血了，人也运不出去啊！”

张舜华说：“不晓得明天部队能不能进来？”

这天晚上，在地震中从三楼阳台上被气浪掀到地上的校财务室老师，还差十几天满 40 岁的张旭不治身亡，在她弥留之际，另外两个女人一直握着她的手，目送她渐行渐远……

张舜华对黄医生说：“明天一定要派人下山去搞药，哪怕去偷！去抢！也不能让老师和学生这样不明不白地走了！”

雨，越下越大了，远处的山，近处的山都在“轰隆隆”地垮塌。

一直在外表上装坚强的这个中年女人，突然感到心慌气短，双脚发虚，她努力稳住脚跟，不让自己摔倒在泥水里，直到这个时候，她才想起来，她怕学生饿，怕老师饿，而她自己已经有十几小时水米未进了啊！

冒着雨，在一个棚棚到另一个棚棚间巡查的张舜华，看到了最让她欣慰的一幕：

棚棚被风吹垮了，女学生们在风雨中惊叫，几个男学生跑出来，每个人抓住塑料布的一只角，举着，高高地举着，一直举着……

张舜华会心一笑，娃儿们在一夜间长大了！

为了这些可爱的娃儿们，老师们所做的一切，值啊！

吉庆云在黑暗的废墟里对着孩子说：“别睡觉，别消耗体力，我们一定能活着出去的”

吉庆云是秦波的同事，绵竹汉汪学校小学部的老师。

“5·12”那天下午，吉庆云第一节有课，预备铃响过后，他离开办公室向教室走去，办公室离他要上课的这间教室很近，也就几步之遥，但就在这几步之间，地震了！

吉庆云快步冲到教室门口，看见学生已经骚动起来，尖叫着，哭喊着，准备夺门而逃，吉庆云大声喊：“不要拥挤，要有序下楼梯。”

话音未落，一块砖头从头上掉下来，隔壁电教室的防盗门也“咣噹”一声倒下来，结实的金属门居然被扭成了“S”状。

为了不和学生挤占楼道的空间，吉庆云扶住墙，站稳脚根，退到了过道的角落处，这时，他看到一名男生从楼上冲下来，停在楼梯口喘息着，惊慌失措，不知接下来往哪里跑……

吉庆云跨出一步，伸手把这个男孩拉过来，并用手抱紧男孩的头部，不到一秒钟，教学楼垮塌了，吉庆云和男孩一起被埋入了无边的黑暗中……

吉庆云后来说，连他自己也很奇怪，自始至终，他的意识一直很清醒，他知道有一块砖头重重压在他头部，四周的砖头挤过来，把他和那个男孩紧紧困住，他还能感到剧然的摇晃，听得见外面砖头砸在楼板上的声音，墙壁（或楼板）垮塌的轰响声，甚至还能听到外面孩子们的尖叫和哭喊声……

但是太黑暗，什么也看不见。

那个男孩在他身边不远处吓得不停地哭。

吉庆云感到胸口很闷，满嘴都是灰沙，他使劲吐了几口，艰难地说：“别哭，要保持精力，保存体力。”

男孩问：“老师，我们能够出去吗？

吉庆云说：“能！肯定能！一定会有人来救我们的，”其实，他也不知道能不能，他从来没经历过这种事啊，但对孩子，他说的很坚定，很斩钉截铁。

男孩不哭了，也不再问话，黑暗中变得安静下来。

吉庆云像一个被绳索捆绑得很严实的人，除了意识还在，脚和手都不能动弹，他奋力挣扎着，像小时候企图摆脱恐怖的梦魇，但每动一下，浑身都会钻心一样疼痛，四周的砖石又会往下掉，往里挤，把他身边的每一个缝隙都填得满满当当……

男孩又开始哭起来，不仅恐惧，而且烦躁：“老师，我们会死在里面吗？”

吉庆云说：“不会，一定会有人来救我们的。”

男孩哭喊着：“没人来救我们！没有！没有！到现在也没有！”

吉庆云也不知道他们在黑暗里呆了多久，但他还是告诉孩子，这种时候一定要冷静，要坚强，坚持得越久，活的机会就越大。

像所有经历过地震被埋在废墟里的人一样，吉庆云也不知道，他们到底在黑暗中坚持了多久，黑暗中没有太阳，没有月亮，没有顽皮地眨巴着眼睛的星星，也没有教室里散发着柔和亮光的日光灯。当然，也没有白天和黑夜的区分，没有分和秒的概念，黑暗里只有黑暗，无边无际的黑暗……

他很累，很困，很想舒舒服服睡一觉，就像躺在自家宽大舒适的席梦思上……

他的双眼有些迷离，意识有些恍惚，他觉得有两个声音在他耳边吵架，一个说：“你可不能睡觉，睡着了你会醒不来的！”一个说：“睡吧，睡吧，累了就好好睡吧”……

渐渐地他觉得他的意识有些出窍，身子变得轻盈起来，像在天上飞，下面是层层叠叠的山峦，是他们学校后的龙门山，啊！满山的花，但不知道为什么，那花和树都是一个颜色，不是红的，也不是绿的，是灰不溜丢的，突然，山变得狰狞起来，变成了一个张着血盆大口的狮子，朝他扑过来、扑过来……

“咣啷”一声，是重物砸下来落在水泥板上的声音。

吉庆云被惊醒了，再次回到无边的黑暗中，他知道自己刚才是睡着了，按照他储备在大脑里的有限的地震知识，陷在废墟中的人是不能睡觉的，因为人入睡后，体温会急剧下降，心跳会变慢，很多人睡着了就不会再醒来……

想到这儿，吉庆云突然一激灵，他已经好久没听到旁边那个男生的声音了，是不是这孩子也睡着了啊！

他连忙朝着孩子的方向喊：“喂！喂！你睡着了吗？快醒醒！快醒醒！”

终于，他听到了男孩的回应，那声音显然是刚从梦中醒来。

“睡着了吗？做梦了吗？”

男孩“唔”了一声。

“梦见什么了？”吉庆云其实并不关心小男孩梦见了什么。但他必须不断地和他说话，让他完全清醒过来。

“我梦见担担面了，我妈做的担担面，放了好多辣子，几香啊！”

吉庆云知道孩子是饿了。“吃到了吗？”

男孩丧气地说：“还没咧，刚端上桌子，就被你吓醒了！”

吉庆云抱歉地笑了，好像他真的耽误了孩子吃面似的，他说：“别着急，等我们出去，我请你吃担担面！”

小男孩说：“下馆子啊？”

吉庆云说：“下馆子有啥子意思嘛！老师我亲自给你整！”

小男孩惊讶地说（吉庆云看不见，但他能够感觉到男孩的眼睛此刻一定睁得很亮很亮）“真的，老师你也会整担担面啊？”

吉庆云说：“担担面算个啥子嘛！是四川人就会整，我还会整回锅肉呢！”

“那你会整夫妻肺片吗？”

“会，当然会！”

“会整龙抄手（四川小吃，类似于北京的馄饨）不？”

“会！”

“会整水煮鱼不？”

“会！”

“会整油炸呵欠不？”

“会！”

男孩突然大笑起来，“老师，没得这个菜，这是我们细娃们瞎摆的！”

吉庆云这才明白，自己是被这个小机灵鬼给耍了，“油炸呵欠”这个菜咋个整啰？不过，他的目的达到了，小男孩彻底清醒了，不会再睡觉了。

只过了一会儿，小男孩的情绪又有些烦躁起来“老师，你说他们咋个还不来救我们？我们啥时候才能出去嘛？”

吉庆云说，“快了！快了！”

这时候吉庆云隐约听到上面传来人的声音，侧耳细听，是的，是人的声音，“快！这里有一个！”“小心点，危险！”

吉庆云告诉男孩，“你快听，有人来救我们了”。

男孩竖着耳朵，听了一会，高兴地说：“是的！我听见了！我听见了！”

然而，这种激动是短暂的，过了一阵子，这些声音又消失了，四周又是一片寂静。

男孩叹了一口气，不言语了。

吉庆云冷静地作了一会推理，上面的人来了又走了，显然是发现了别人，并没发现他们。但是从能够听到外面的声音来看，他们俩埋得并不深，他们现在必须先自救，至少要能够让外面的人知道他们在哪儿，才有希望被救。

他把这个想法告诉小男孩，男孩说：“老师，我听你的，你说咋个整嘛？”

吉庆云说：“你的手能动吗？”

男孩说：“能。”

吉庆云说“那就好，我也先想办法把手抽出来，我们先用手把身边的砖头块块拣开，看看能不能找到缝隙。”

费了好大的劲，吉庆云才把一双手从砖缝里抽出来，砖的锐角把这双拿粉笔的手划得鲜血淋漓，但吉庆云甚至感觉不到痛，他不断地把身边的砖头和水泥块往一边捡，给自己的身子一点一点松绑，然后又往上捡、掏……

不知过了多久，他发现左眼角处有一线亮光，吉庆云兴奋极了，他告诉那个男孩，他看见外面的亮了！这证明他们离阳光世界已经不远了。

顺着那线亮光，再使劲地挖呀掏呀；光亮渐渐大起来，吉庆云试着往上一顶，没想到，头居然钻出了废墟！

一阵欣喜之后，吉庆云看清了外面的情况，一块预制板砸在他背靠的墙上，另一块预制板刚好砸了在离他胸口一厘米的地方，四周全是砖堆和预制板。

吉庆云告诉孩子：“我的头伸出来了，我们一定能活着出去！”

男孩很高兴，“那你说话要作数啰？”

吉庆云问：“啥子话嘛？”

男孩说：“担担面，回锅肉，还有油炸呵欠！”

吉庆云笑了：“要得，要得；一定作数！”过后想了想，大约还是真作不了数，他还不知道他们家的厨房和饭锅被地震砸成咋样了呢！

并没有人马上跑来救他们，人们都在远处的废墟上奔忙着，喊了，也听不见，吉庆云告诉男孩，我们先自救。

吉庆云让男孩把压着他们的砖头抽出来递给他，他再甩出去。

干了一会，男孩说：“老师，我困了，我想睡一会儿！”

吉庆云也打了一个哈欠，也很困，但是，他马上振作起来，大声对还在黑暗中的男孩说："千万不能睡，一定要坚持，如果天黑之前我们还出不去，赶上余震和大雨我们就惨了！"

一大一小两个男人又强打精神，一块一块地把压住他们身体的砖抽出来，递出来，甩到远处去……

两个爬上废墟的救援者看到一堆瓦砾上的一颗人头，紧张得尖叫起来，再看看头下的一只手还在往外面扔砖头，立马高喊着奔过来，"快！快！这里有活人！这里有活人！"

那个手拿铁锤的人将压在吉庆云胸前的预制板一点一点地敲去。

吉庆云说："师傅，你小心点，下面还有个娃儿呢，别砸着他。"一面又用一只手罩住男孩的头。

预制板被敲去大半，吉庆云的头和部分胸部露了出来，突然废墟又开始剧烈的晃动，吉庆云对那位师傅说："好危险！大哥，你赶紧下去吧！"没想到那人只咧嘴一笑："没事，老师，我这人想得开，那么多人都死了，我的命也没那么金贵！"

吉庆云很感动，他用一只手取掉压在自己身上的砖头，另一只手护住男孩的头部，把取掉的砖块再递给那位大哥，一点一点扩大身体活动的空间……

天黑之前，吉庆云和男孩双双被救出废墟。

参与救他们的除了那位拿锤子的师傅（后来弄清他姓肖）外，还有东风电机厂的救援人员，当然，还有他们自己。

唐永忠再次看见了双腿被压在废墟里的张春梅，她说，"老师，我睡醒了！"<br>"老师，我的头发很乱吗？"

在"百度"上输入"映秀小学张春梅"几个字，会看到关于张春梅被救的各种版本的新闻，有一个基本事实是一致的，这个 11 岁的漂亮的女孩，是映秀小学四（1）班的学生，她从"5·12"下午被地震埋进废墟，到被解放军成功救出，在废墟下整整坚持了68个小时。

6月27日上午，在成都西南财大灾民安置点，苏成刚告诉我们，他和唐永忠等老师发现张春梅被困并还活着是5月13日中午。

张春梅是苏成刚班上的学生，一个漂亮、懂事、乖巧的女孩子。

张春梅被压的地点在教学楼楼道附近，她是地震发生时反应最敏捷的一批孩子中的一个，但是，她们的脚步还是没有快过地震的摩掌，在她们快要冲出楼道时，楼垮了，她们被压进了钢筋混凝土的废墟中……

几块横七竖八断裂的预制板和横梁构成了一个十分狭小的空间，她的上半身在老师们帮忙刨去了一些破碎的砖渣后，稍微可以转动，但她的双脚被圈梁死死压住无法动弹。

在她身边还有几个孩子，是春梅的同学，他们没有春梅幸运，已经在地震第一时间被砸得血肉模糊。

只是这一些，张春梅当时并不知道。

发现张春梅的消息，让幸存的映小老师们感到很振奋，纷纷跑上去，看她，陪她说话。

张春东副校长蹲下身子贴近废墟说："春梅，你好乖，我们一定会把你救出去的……"

政教主任吴老师说："很快你就会被救出来的"一边说话还一边给她喂水，春梅用舌头舔了舔水，笑了，说："水好甜！"

春梅抬眼看见班主任苏成刚了，苏老师的眼里含着泪水，嘴唇翕动着，说不出一句话，春梅说："老师莫哭，我出来了，你还要教我啰！"

苏成刚强忍着泪水，不住地点头。

女老师周平过来了，张春梅说"老师，我的头发好乱哦！出来后你帮我梳梳吧！"周平老师说："没得问题，还有，你的头花也掉了，到时候我们一起去买更好看的。"

……

拯救张春梅的难度远远超出了预想。

唐永忠、苏成刚以及镇上的一位农民志愿者组成的救援组从中午一直干到天黑，搬出了好多砖头水泥块，张春梅的大部身体都露出来了，她上身那件白底蓝色横条的T恤衫都清晰地显现出来了，但是她的双脚还是被一根断裂的圈梁死死地压着，圈梁上面是预制板，再上面又是小山一样的废墟。

这一天，是震后第二天，映秀连日大雨，解放军和其它救援大军的脚步还被挡在行进的途中。

眼看天快黑了，没有亮光，救援更加困难。

谭国强校长突然说：“苏老师，去把我的车砸了！”

苏成刚不明白，为什么要去砸车？

谭国强说“去把电瓶取出来，接到车灯上，我们就可以接着干啊！”

苏成刚知道，谭校长就那么一辆小面包。出门办事全靠它代步，砸了以后咋办？

谭国强一跺脚：“你咋个像个婆娘！车砸了以后再修吵，救人要紧！”

灯亮了之后，他们又接着干。

到了深夜，那根压住张春梅双腿的圈梁还是纹丝不动。

雨越下越大，浑身湿透了的谭国强、唐永忠、苏成刚在雨中抖成一团。

镇上的指挥部派出的巡查组到了各救援现场，要他们必须立即徹离，理由还是防止堰塞湖倒塌。

唐永忠问那个还在埋头搬砖块的农民志愿者“你看搬得动不？”

农民摇了摇说：“今晚怕搞不定”。

这时候，春梅开口了：“老师，你们回去吧，你们都忙了一天一夜了。”

最后，谭国强决定暂时徹离，他把身上的一件衣服脱下来，盖在春梅身上，唐永忠又从废墟中找了个沙发垫子，垫在小姑娘身下，苏成刚把他们几个人省下来的半瓶水，几块饼干放在春梅身边。然后蹲下身子，想安慰孩子几句，还没开口自己先哭了……

春梅说：“老师莫哭，春梅不怕。”

苏成刚语无伦次地说：“一定要积蓄精力，一定要坚持，一定要等我们明天来救你哦！”过一会又说“千万别睡着了啊！”

……

苏成刚说：13号一个晚上在二台山的棚棚里，他的心一直堵得慌，唐永忠知道他还惦记着春梅，说：“这娃儿太乖了，太懂事了。”

苏成刚说“我就担心这娃儿能不能挺过今天晚上，她才11岁啊！”

唐永忠说：“不会的。明天一大早，我们再去。”

第二天一大早，苏成刚、唐永忠他们又来到了小学教学楼的废墟前，让他们惊讶不已的是，张春梅已经醒过来了，还在用手理她头上满是灰屑的头发。

看见老师走过来，张春梅仰起脸说："老师早！""老师，我已经睡醒了！""老师，我的头发还是很乱吗？"

苏成刚和唐永忠几乎同时说："不乱不乱，春梅的头发很漂亮的。"

苏成刚说，大地震夺去了那么多人的生命，让他感觉到生命原来是这样脆弱，脆弱得不堪一击！而张春梅，这个11岁的女孩却让看他到了生命本质的另一面——坚强，坚强得让人感动，让人心痛！

5月14日下午，专业的救援大军终于抵达映秀小学。

在第一时间里，苏成刚，唐永忠领着救援人员来到了张春梅被压的废墟下。

即使是动用了专业设备和人员，抢救张春梅的工作还是又持续了20多个小时。

5月15日下午三点，张春梅获救，被当即用空军的直升飞机送往重庆救治。

非常凑巧的是，当我们回到北京开始这本书的写作时，我在广州的朋友——中国青年报的女记者麦子打电话告诉我，她在重庆的医院见到了已经截肢的张春梅，而且非常喜欢这个漂亮又勇敢的女孩子，决定收春梅做她的干女儿，麦子说，春梅告诉她，她所以能在废墟中坚持68个小时，完全是因为她们老师给她的勇气，在最黑暗的夜晚，在废墟中，老师都是照亮她生命的光。

我听后，激动不已，感慨不已。

黑暗中，罗莉通宵握着杨姗的手说："有老师在，别怕哦！"

这是一个非常凄美，也非常让人感动的故事。

这个故事发生在北川中学，"5·12"大地震当天下午和晚上。

北川中学在突如其来的地震灾难中变成了血流成河的人间地狱。

男老师和高三的学生都去救人了。

女老师们坚守在刚建成还来不及开放使用的运动场上照看那些高三以外的幸存学生，并带着女学生一起包扎伤员。

一瞬间的变故，让平时有晕血毛病的罗莉老师的灵魂受到巨大震撼，她的眼泪哭干了。

送来的伤员让人惨不忍睹，有的手断了，有的脚折了，有的头被打破了，有的浑身看不到伤，但脸色紫胀，血从鼻子口腔里淌出来，还有学生甚至头皮都撕裂了，连着头发，搭在半边脸上……

第一次给伤员包扎，罗莉老师的手一直在不住地发抖，而是全身发抖，像打摆子一样完全控制不住自己，她努力支撑着才没有晕倒过去。

但包扎第二个伤员时，她的身子不抖了。

包扎第三个时，她镇定了，只有眼泪控制不住"哗哗"地往外流，"这些孩子都是我们的学生啊！却遭了这样的劫难！"

洗纱布的水已经变得殷红，成了十足的血水，她拎着桶，想去下面换一桶清水，可是转了一大圈，能找到的水龙头里都流不出一滴水。

不知不觉中，她转到了垮塌的教学楼下，原来五层的教学楼现在变成三层了。

忽然，她隐隐约约听到一个声音，在喧嚣的操场上，这声音像游丝一样，似有似无……

她收住脚步，侧耳细听，这一回她听到了！是一个女孩子的声音，就三个字"救救我——"

顺着这声，罗莉走近废墟，在一片瓦砾中寻找，终于，她确定了声音就是从前面的一个废墟里传出来的，她快步走过去，朝着废墟里喊："同学！我是罗莉老师，你能听见我的声音吗？"

很快，有了回应："罗老师！我在这儿！我在这儿！"

罗莉趋步向前，离废墟里的人更近了："告诉我，你叫什么名字？是哪个年级的？"

废墟里的声音传出来："我叫杨姗，高二年级的。"

"你好像压得不深，身体能动吗？

"我的身上全是砖块，双脚都被压住了"

罗莉说："你挺住，很快就有人来救你的！"

可是过了很久，也没有人过来，罗莉抬头四处看，远处到处是废墟，一些废墟上有很多人排着队在往外传砖头和破碎的预制板，要救的人太多了……

罗莉对废墟里说："杨姗同学你一定要坚持啊，你在里面能看得见我吗？"

杨姗说：“我看得见，看得见，您离我很近的，我把手伸出来，就可以抓住您的手了。”

罗莉一回头，果然看见废墟中伸出一只手，连忙伸出手一把握住。

天快黑了，一阵赶一阵的余震不断地袭来，大地发抖，已经塌了两层的主教学楼也在余震中摇摇晃晃。

杨姗吓哭了：“老师，你别走，我怕！”

罗莉的心一阵颤抖，眼睛被泪水迷住了，她使劲握着杨姗从废墟缝隙中伸出的那只手，说：“我不走，老师陪着你。”

天越来越黑了。往日里灯火通明的北川中学校园，今夜一团漆黑，只有两台堆土机的车灯，打在废墟上，照着小山一样，一堆一堆的残砖断梁，照着那些在废墟上忙碌的人们。

“老师，我困了，我想睡一会儿”，杨珊在废墟里说。

罗莉一惊，连忙说：“不行，千万别睡觉，再坚持一下就有人过来救你了。”

罗莉听说过，埋在地震废墟里的人是千万不能睡觉的，因为人一睡着，体温就会下降，心跳就会减慢，血压也会下降，很多人就这样在废墟上一睡不起。”

没有听到杨姗的回答，罗莉急了，她使劲朝废墟里喊：“杨姗，杨姗！听到我叫你了吗？”

终于，她又听到了杨姗的回应：“老师，我听你的，我不睡。”

罗莉说：“杨姗乖，要坚持住，活着出来，去见你爸爸妈妈，明年，你们就要参加高考了，你爸妈培养你到这么大，不容易的，如果就这么睡过去了，那不是冤死了吗？”

杨姗说：“老师你说得对，我爸我妈为了给我攒学费，一直在外打工，很辛苦的”。

罗莉说：“所以，你一定要活着出来参加高考”。

说到上大学，杨姗显然是兴奋了，她问：“老师你是哪个大学毕业的哦？”

罗莉说了她母校的名字，杨姗说：“那么好的学校哦！”

罗莉终于找到了一个可以吸引杨姗的话题，她于是滔滔不绝地讲她母校的环境，讲她们上大学的趣事，讲大学同学的故事，有好些故事，罗莉毕业后就从来没有再回忆过，原以为早就忘记了，没想到面对埋在废墟里的女娃，她记忆的闸门居然打开了……

杨姗显然听得很专注，不时插话：“你们学校好漂亮哦？”“你们的大学生活好有意思哦！”

最后，杨姗说：“老师，我明年也考你们那所学校。”

罗莉说：“那好哇！那你就是我的小校友，小师妹啰！”

杨姗说：“那不把辈份搞乱了？你是老师呢！”

罗莉说：“没得关系的，叫师妹多好哦，多亲切哦！”

杨姗说：“就是不晓得考得上，考不上。”

罗莉说：“小师妹要有信心，肯定能考上的。”

这个话题之后，罗莉又开始给杨姗讲故事。

罗莉记忆里有很多故事，比如说《白雪公主》、《小红帽》、《阿里巴巴》……但这都是她给孩子讲的故事，她不知道给一个高二的女孩，应该讲什么故事，情急之中，她就把大学里看过的中外名著《黑与红》、《罗密欧与朱丽叶》、《巴黎圣母院》、《青春之歌》、《红日》、《林海雪原》——现编已改，当成故事讲给废墟里的女孩听。

一边结结巴巴地讲，还要一边问“杨姗，好听吗？”“杨姗，你在听吗？”

罗莉说，那哪是啥子故事嘛，东扯西拉，东拼西凑，她只有一个目的，不能让杨姗睡着了。

下半夜下大雨了，这就是那场著名的震后黑雨，完全暴露在大雨中的罗莉被冻得浑身发抖，雨水也顺着废墟的缝隙灌进了杨姗存身的那个狭小空间。

罗莉大声地打着喷嚏，杨姗听出来了，对罗莉说：“雨下大了，罗老师你去避避雨吧”

罗莉说:“这个时候我更不能走，下雨后气温更低，你再睡着就真的醒不来了”

停了一会，罗莉说“我给你唱歌吧！”

杨姗使劲往外推罗莉，声音里带着哭腔：“老师，你会冻病的，你走吧，我不害怕了，我也不睡觉的。”

罗莉没有松开杨姗的手，她开始唱歌，唱《小白杨》、《说句心里话》、《我不知道你是谁》，又唱《从草原来到天安门广场》、《北京的金山上》、《我们的队伍向太阳》、《我们走在大路上》，再唱到《两只蝴蝶》、《桃花朵朵开》，甚至还有《心太软》、《无言的结局》、《看海》、《哭砂》……

杨姗显然是听呆了，说：“老师，你咋个会唱这么多的歌哟？”“老师，你的歌唱得好好听哟！”

天渐渐放亮了，罗莉的两眼快睁不开了，意识也有些模糊，她感觉自己变成了一支在风雨中燃烧的蜡烛，那点亮光一直在飘忽着，摇曳着，快要撑不住了……

突然，她睁开眼睛，看到了一抹橄榄绿色，在雨中向她所在的方向奔来——是一队拿着工具的武警官兵，罗莉激动得站起来，对着废墟大喊：

“杨姗！杨姗！解放军叔叔来救你了！”

5月13日下午3点，北川中学高二学生杨姗获救。

张德强高擎着火把，驱赶着成群结队的野狗，他要守住这31个幼小灵魂的最后尊严

“5·12”晚上，天已经完全黑下来后，什邡市红白学校小学部的救援工作只能暂时停下来。

情况比张德强想象的更糟糕，更可怕。

小学这边349名学生，除了逃出来的和下午被救出来的200多人，有100多娃儿遭了殃，中学那边，学生公寓和礼堂还在，虽然震裂了，但没有倒，礼堂门口的红旗还在飘扬，但紧挨着学生公寓的教学楼大半部分整体坍塌，只剩下不多的残体斜倒在地基上。

中学那边，也有100多个花一样的生命，被埋在水泥预制板和砖石之下。

两边加起来，有不少于300孩子，300朵还没有绽放的花蕾，在顷刻间凋谢了。

在下午的救援中，幸运被救出来的孩子，那些负了伤的孩子现在又面临着第二次生死考验。

红白镇的医院也垮塌了，医院的废墟前挤满了镇上和附近农村、矿上送来的伤员，幸存的那些医护人员，即使24小时不吃、不喝、不眨眼睛，也只能用从废墟里挖出来的纱布、绷带为伤员作一些最简单的处理，最好的待遇，也就是能挂一瓶生理盐水……

伤员必须送出去，送到什邡、德阳、甚至成都去！

可是，红白镇通往什邡、德阳的唯一的一条路，一条盘山公路，早已在地震

以及地震引发的塌山、泥石流中变成了无法贯通的一截截，一段段……

更加雪上加霜的是距离红白镇20公里的莹华镇的化工厂也在地震中遭受重创。“液氨泄漏”的传闻不胫而走，沸沸扬扬，刚刚从地震的死亡魔爪中逃离出来的莹华镇、红白镇以及附近矿山、农村的百姓们胆战心惊，闻风丧胆，所有的人都在谈论一个话题，所有家庭都只有一个目标，怎么逃出这片“死亡绝地。”

这是一个风雨交加的夜晚；

这是一个连空气中都弥漫着恐怖与死亡气息的夜晚。

张德强却作了一个决定：他哪里也不去！他就留在这个已经成为废墟的学校，他要守住摆在操场上的31个还没被家长领走的学生的遗体。

这也是他和另一位副校长钟思平的一个约定，“你管活的，我管死的！”

幸存下来的学生和从废墟下救出来的负伤的学生，都运到中学那边去了，老钟他们担子也不轻啊，在哪里去弄那么多吃的，管住几百张大人小孩的嘴？还有遮雨的棚棚，靠什么搭起来？最揪心的是那些伤员，头被砸破的，缺胳膊断腿的，内脏出血的，想什么办法把他们送出去啊？

张德强开始忙活起来，他要抢在天空完全看不见之前，为这31个娃娃搭一个棚棚，万一下雨怎么办？不能让娃娃们淋着，还有出太阳怎么办？也不能让娃娃们在太阳下暴晒啊！

材料是有的，垮塌的伙食团就有木料，还有花椒塑料布（条纹塑料布）。只是没有人搭把手，老师们都跟着老钟去中学了，毕竟管理活人更难，需要人手多，要是往常遇到难事，镇上的乡亲们早有人上来搭帮一把了，可是今天却没有人来，张德强不怪别人，大难临头啊！哪一个不都有个一家一口的？

他一个人，忙了这头忙那头，忙了那头忙这头，终于给娃们搭了一个简简单单的棚棚，他再把娃们一个一个归整好，像早晨集合站队一样，让他们站整齐，操场上还有一大堆书包，是下午从废墟里救人时挖出来的，他把这些书包一个一个拎过来，他不晓得哪个书包是哪个娃儿的，只能估摸着一个人面前放一个，把那些色彩鲜艳的放女娃身边，把那些蓝色的黑色的放在男娃身边……

张德强想，娃们的书还没读完，到那边还是要接着读的，读书的娃儿，咋能够没得书包呢？

忙完这些，张德强蹲下来，抽一颗烟，浑身上下的摸，还好，烟还在裤子荷包里，“白沙烟”，一整盒，还没有拆开，他这才记起，这是地震前，他在学校门口的小卖店里买的，还没来得及拆开，地震就来了，他忽然又想起来，奇怪，那个代销店咋个一眨眼就不见了呢？

点燃烟，他又想这些娃娃，这些没爹娘来领的娃娃啊！

其实，下午从废墟里找出来不止这些个娃娃，但一些家在镇上的，地震后没被砸着的娃娃家长，地震一过就哭着喊着跑到学校，娃们被挖出来后，又哭天恨天地抱回家去了。

只有这 31 个娃儿到了天黑也没来人领。

张德强明白，这些娃儿的家长，要么是在地震中“遭了”，要么是在山里面的洞子里挖煤、采矿，现在是生是死还不晓得呢！要么，他们就是去了很远的地方——广东、浙江、福建去打工。这会儿，肯定还不晓得自己娃儿遭难的消息。

张德强在红白镇上教了 30 几年的书，他了解这些娃儿的家长，就像了解自家的亲戚朋友一样，无论是在包谷地、洋芋地里下力刨地，还是冒死到洞子下去挖煤、采矿，还是离乡背井，到遥远的天边地头打工，都是一个目的，为娃儿，为娃儿们攒学费！虽说国家已经免了九年义务教育的学费，可是买书，买纸，买笔要钱吧？吃喝要钱吧？还有哪个家长不想自家娃儿成龙成凤，有出息，读高中，上大学？可这都要钱，而且是大把大把的钱啊！

张德强知道一些娃儿已经三、四年没看到父母了。上学时，跟老师、同学一起过，放假了，跟爷爷奶奶、外公外婆过。一些娃儿想父母想得哭，性格也孤僻了，成天脸上没得笑脸。张德强有一次逮住了一个从外地打工回来的家长，正是他原来的学生，劈头盖脸把他一顿训斥：“你们整年就晓得在外头赚钱，发财！钱就是你们的命啊！也不管管你们娃娃现在是啥样了，没了娃儿，你赚钱有个啥子用嘛？”那位家长被骂得低下头眼泪刷刷地往下淌，待他发完火，才开口说话：“张老师，你骂得好！骂得对！我们对娃儿关心是太少了！我这次回来，娃儿已经不认我了，可是我们也没办法啊！在外头打工苦啊累啊都不说，赚不到钱啊！一年作死作活弄不到一万块钱，除掉吃住花销也就落个三千两千，可是千远万远回来一趟，就是买个站票来回也是几百千把块，哪年才能攒够娃儿上高中、上大学的学费啊！老师啊，我们都有五年没回来过了，娃儿他妈，想娃儿想疯了，天天哭。可是这次家里有老人走了，非回来不可，为了省车票，也只让我一个人回来了……”

张德强听了哑口无言，他拍拍那位家长的肩说：“老师错怪你们了，你们也不容易啊！没事，你们放心在外面闯吧，娃儿就交给我们，我们会让他们成器的！”

可是，现在这些娃儿们都这么没了。

张德强知道：有多少个家庭的“天”塌了，多少个父母的心死了啊！

他用那双满是灰尘的手抹了一把满脸的泪水，站起身来，要去捡些烂木头块块来，点一堆火，让娃儿们看到一点光亮，也为了吓唬吓唬地震后满街乱窜的狗。

火点燃后不久，天下起大雨，过一会儿，儿子找上来了。

儿子告诉他，满街都传疯了，莹华镇上的化工厂贮存液氨的罐子震破了，氨气漏出来了，谁闻了谁死，而且说，这一两天里又有七级以上的余震，红白镇上家家户户都在准备逃难。

儿子说：“我们都准备好了，要逃到什邡去找亲戚。

张德强说：“也好，你们走吧，照顾好你妈还有娃儿！”

儿子说：“那你呢！你也必须跟我们走！我们不能把你一个人丢在这里！”

张德强说：“我不走，我哪也不去，我要守着这群娃儿。”

儿子说：“你留在这里也是等死啊！”

张德强说：“等死我也不能走，这是我的岗位，我的职责。”

儿子急了：“岗位？职责？你就那么在乎这个五斗米的孩子王的职业？”

儿子甩手走了，张德强气呼呼地坐在火堆边，连吸了三根烟，心情才渐渐平静下来。

儿子的话太刺伤他的，但儿子的话也没有说错。他就是一个每个月只有“五斗米”的“孩子王。”他 1978 年参加工作，先是在山村当民办老师，后来上师范成了国家正式编制的老师，在红白镇上，他教过中学、小学，山里的学校老师都得是“万金油”，缺什么老师你就得带什么课，这 30 年里，他教过初中的化学、生物、语文、数学、体育，教过小学的自然、美术，张德强经常自嘲地说，除了“两英（音）”，中学小学的课他几乎全都教过了。

别人问他哪“两英”？张德强笑着说，一是英语，“那 26 个蝌蚪，它认得我，我不认得它”，二是音乐，除了不认得简谱外，张德强说自己是那种“五音不全”，“别人唱歌要钱，自己唱歌要命”的人。

张德强承认自己是个没什么能耐的人，在家里地位也不高，尤其是这几年，红白镇上发财的人多了，有的人挖煤，采矿，当了大老板，有的人在“银厂沟”“欢乐谷”开农家乐，赚了大钱，开上了小轿车，回到镇上盖了洋楼，有些还到什邡、德阳去买了楼。张德强还是像他老婆说的“不起不跌，一块死铁”，一个月就那么一千来块钱的“死工资”，千辛万苦攒了点钱，在镇上做了三间房子，没想到在“5·12”这天，也变成了一堆烂砖头……

但是，张德强说，他从不后悔，他喜欢老师这个职业，看着一茬接一茬的娃儿们从蒙昧无知，到知书达礼，到长大成人，有些还飞到了山外的世界去做大事，他觉得这就是对一个做老师的最好的报答。

他也从来没想过离开红白镇，离开这个学校，他觉得自己就像校门口的那棵老树一样，根根须须已经扎在了这块土地上，甚至长成了这个学校的一部分。

他心里有一个愿望，希望再过几年后，他退休了，学校能够返聘他当一个门卫，让他能够每天看着娃儿们欢蹦乱跳地进进出出，他就觉得这一生已经十分圆满了。

他做梦也没想到学校的“天”，就在今天下午塌了，这些娃儿们，这些上午还活蹦乱跳的娃儿们，现在竟然躺在了雨中的冰冷的地上。

突然，一阵狗吠声，把张德强惊醒，他调过身，看到夜幕深处，一群狗：大狗小狗，甚至还有高大凶猛的藏獒正朝小学方向冲过来，这些狗都曾经是红白镇许多家庭的宠物，现在也在灾难中失去主人或者被逃难的主人遗弃，成了无主的“野狗”。

张德强警觉地跳起来，顺手抓起一根正在燃烧的木头，向那群“汪汪”狂叫的狗群走去。

张德强的心里只有一个信念：“一定要保护好这些娃儿，保护好这 31 个幼小灵魂的最后尊严。”

第四章 爱之天平

地震后映秀镇漩口中学一片狼藉

地震后的绵阳医院

地震后的安县桑枣中学

地震后红白镇丧失家园的流浪狗

钟思平几乎看见了妻子和岳母随着宿舍楼垮塌而倒下的身影，但是，他只能拔腿往小学方向跑

前些年，社会上流行过这样一个选择题，“如果有两个人落水，一个是你母亲，一个是你老婆，你先救谁？”钟思平说：“5·12 地震，给许许多多的老师出了一个类似的题目，如果地震时，你的学生和你的家人，同时埋进了废墟里，你先救谁？”

2008 年 6 月 18 日晚上 10 点，大雨。在什邡市教育局的一个走道里，从山上的学校赶到市里开会的红白镇学校副校长钟思平接受我们采访。他的身后跟着他的儿子——一个十几岁的少年，一个在一个多月前的地震中失去了母亲的少年。

钟思平说，如果说那个关于母亲与老婆同时落水的问题还带有十足的游戏成份的话，那么，“5·12”地震给老师们抛出的这个问题却非常现实，也非常急迫，你甚至想都来不及细想，就必须立即回答，爱的天平往哪边倾斜？这是个严酷的考题。

钟思平是红白镇中小学合并后的副校长兼工会主席，虽然与张德强副校长一起分管小学，但因为之前他在中学工作，所以，他的家还安在中学。

不久前，他在乡下的岳母不慎摔了一跤，骨折，在医院住了两个月，眼看可以出院了，钟思平对妻子说：“把妈接到我们这儿住吧，毕竟我们比你弟弟他们条件好一些，在镇上，上趟医院，取个药什么的也比乡下方便。”

妻子很感激地看了丈夫一眼说：“那就依你的吧！”

上个星期六，岳母就被从医院接来了，钟思平还专门跑到菜市场买了一大堆猪棒骨，让妻子给岳母炖汤，钟思平说：“老人的骨头里缺钙，多喝骨头汤，补补，好得快一些。”

星期一上午，钟思平给张德强副校长打了个电话，说他岳母来了上午就不过小学了，反正下午过中学开行政例会，散了会再一起过去，张德强说：好，你就好好行行孝吧，这边有我盯着呢！

但是下午的会还没开始，地震就来了。

钟思平说，他们从会议室里跑到楼下又被摔在地上时，他仰头朝宿舍楼看了一眼，他的家就在面对操场的二楼，他是亲眼看到自家的那栋楼在一声轰响后突然坍塌，他甚至透过窗户看见了妻子和岳母倒下去的身影。岳母当时坐在客厅的沙发上，妻子坐在一旁，递给岳母一块西瓜，可是只一眨眼功夫，便什么也没有了，只有房屋倒塌后腾起的白烟……

钟思平说，如果在那会儿，他能够冲上去施救，他坚信妻子和岳母应该可以得救。可是他没有，他从地上爬起来后，调身往相反的方向——小学部跑去。

他知道小学的房子比中学建得早，早十多年，中学的房都倒了，小学肯定要出事，那边有 349 名学生，还有几十名老师啊，群龙无首，怎么得了！

地震过后，钟思平一直陷在救援和善后的事务中，在废墟里救人，疏散幸存学生，转送伤员，掩埋遇难学生遗体，送别遇难老师——每一件都是伤心事，每一件都是无法逃避的事啊！

直到别人告诉他，他的妻子和岳母的遗体挖出来了，他想上去看一眼，陪在妻子和岳母身边坐一会，诉说一下自己内心的负疚，但是，他被负责防疫的官兵挡住了，因为震后大雨，雨后气温骤升，死难者的遗体已经变得惨不忍睹，当时，红白街上已经满是戴白口罩的人群。

钟思平只能看着妻子和岳母的遗体被军车运走，那一刻，这个一直在灾难中告诫自己“不要哭”的男人，再也控制不住自己的泪水，他伸出手去，一把接一把地想抹去脸上的泪水，但怎么抹，也抹不干，他说，到这个时候，他才明白什么叫“以泪洗脸”。

钟思平说，最艰难的是他不知道该如何去面对儿子。儿子在什邡上学，震后一个星期，他回什邡开会，中间抽空去看儿子，他费了很大的劲，把妻子和岳母的死讯告诉他，原以为他会嚎啕大哭，或者跳起来骂他一顿，骂他在生死关头见死不救！可是儿子没有哭，也没有叫，甚至没有流一滴泪水，他只是一言不发，整整一个晚上儿子一句话也不说，直到他第二天早晨离开儿子，重新回到山上的学校。

钟思平说，我不知道这娃儿咋个就这样了？是瓜了吗？（四川方言“瓜”表示“傻”的意思）还是在心里恨我？恨我我不怕，你就说出来，骂出来，我也好受些啊！

这天晚上，钟思平喝了点酒，这是他地震后一个多月第一次喝酒，他师范时候的一帮同学听说他的家毁了，老婆也没了，聚在一起，要安慰一下他们的老班长（他当了那个师范班三年的班长）大家还给他凑了点钱，说要帮他渡过难关，钟思平开始执意不要，可后来也接受了，“权当是借兄弟们的吧。”地震之后，钟思平真正是一贫如洗了，不仅房子垮了，家里的电器家具一应财物全没了，地震当天，身上穿的那身衣服，因为挖死人，救活人，已经成了“血衣”，没法穿了，现在身上穿的，也都是朋友送的，钟思平说，兄弟们面前，他就不装这个面子了。

钟思平说，当年毕业的时候，他是有机会留到城里，甚至留到母校的。但他立志要当一个献身山区教育事业的“山村教师”，所以，他又回到了故乡红白镇。钟思平这样做，并不完全是因为年少狂热，而是因为有亲身感受，他的家在红白镇下面的柿子坪村，是个交通不便的小山村，小时候，做梦都盼望有个好老师来教他们，有一次，他们很喜欢的一个青年老师，耐不住山里的贫穷与寂寞要回城里去，所有的孩子哭求都不顶事，老师走后，钟思平说他一个星期泪都没干过。他说从那个时候起，他就下了决心，长大了要当个好的山村教师，一辈子都不离开山里的娃儿们！

钟思平说，这个愿望是实现了，但这些年，坚守在山村确实很难啊！清贫、艰苦、默默无闻，而且是年复一年，日复一日，没有尽头。这些年，山外的世界变得越来越精彩，就是山里的世界也都在天天发生变化，到处都是美丽的诱惑。

他原来的班主任老师，现在是什邡市教育局的领导了，说“思平，你在山区也坚守这么多年了，回城里吧，论资格也该把你调回来了”。

他原来师范的同学，好些人下了海，发了财，小轿车也坐上了，女秘书也带上了，山脚下的别墅也买了，他们说“老班长，下山吧，委屈你跟我们当个副总，人生难得几回搏，你还准备守到山上退休啊？”

还有他原来的学生，因为挖煤，发了财，又在银厂沟投资开了宾馆，几次上门来说：“老师，别在这儿熬着了，到我那宾馆当总经理去，年薪30万，给您股份，还给您配辆奥迪车……”

钟思平说，他不是不动心，每次面对这些诱惑，他都心潮澎湃，想自己这个年龄，正是年富力强的时候，出去见见世面，闯一闯，别说赚多少钱，发多大的财，这人生至少也丰满些，精彩些吧？但一回到山上，一回到学校，一看到那些朴实的学生，一看到那些在山乡扑腾了大半辈子的老师，他的心就软了。他知道，山里老师的水平，对山里教育质量的影响有多大，有好老师，就能留得住生源，就能给山里家长和娃儿们一些指望啊！

说到这里，钟思平说，这些天，当渐渐平静下来后，他才发现他会经常想念他的妻子，妻子在的时候，他并不觉得，结婚十几年的老夫老妻了，不像少年夫妻那么热烈浪漫，有时候下山开会，出差，一个礼拜，上十天也不记得给妻子打个电话，妻子埋怨他说：“你的电话就那么金贵啊？”他还笑妻子“老夫老妻了，没得事打啥子电话嘛！”现在妻子走了，才晓得那种已经转化成亲情的感情是多么珍贵。

钟思平说：他所以能在山乡坚持这么久，还得感谢他妻子的理解，那些朋友游说他时，妻子多数时候在场，他也看得出来妻子听到那些诱人的条件，看看那些昔日朋友、同学、学生如今的排场，她也是动心的。夫荣妻贵，这是中国的传统，没有哪个女人在荣华富贵面前不动心的，这是人之常情。可是，他每次放弃时，问妻子，她总是一句话：“你坚守总有你坚守的理由，只要你心里舒坦就行。”

钟思平告诉我们，妻子和岳母就埋在中学对面的山上。没有坟墓，也没有墓碑，和红白镇上所有在地震中遇难的人一样，只在坟前立了一块砖头，砖头上写着一个编号，一个活生生的生命，就这么变成了一个冰冷的编号。钟思平是参加了镇上遗体处理事项的少数亲历者之一。他知道这么处理也是没得办法的事，当时通往外面的路断了，光是把伤员送出去，他们就在穿心店的桥上守了几天几夜，根本不可能把那么多遗体运到什邡去火化，而且，大震过后是大雨，大雨过后是高温，再不处理怕疫情蔓延啊，为了活着的人，就只好委屈这些走了的人……

他叹了口气说，等学校的事忙妥贴了，他要去给妻子和岳母立个墓碑。

对于很多人问到那个问题，关键时刻选择先救学生而放弃家人，后不后悔？钟思平想也没想就说：“这是没得办法的事，你是老师啊！是校长啊！能看着娃儿遭了罪不管？”过了一会儿，他说：“我妻子一生都理解我，相信她这一次也能理解我”。说这句时，他的声音很低，像是在喃喃自语……

一边是向我呼救的学生，一边是等我去救援的女儿，刘勇说，这个选择太残忍了

“5·12”大地震过去一个多月后，绵竹汉旺学校武都小学的刘勇老师，一

直陷在深深的痛苦和自责中，他拒绝接受任何媒体的采访，不愿意回忆他想刻意尘封却又宛在昨天的一幕幕……，他说，每回忆一次都有被重新揭开伤疤时的剧痛，都是一次心灵的折磨，都是一次灵魂的煎熬……。

这个血色午后，40 岁的山村教师刘勇失去了数以百计的学生，失去了好些朝夕相处的同事，也失去了自己最心爱的女儿刘韵婕。

在刘勇的记忆里，“5·12”下午，是一个晴朗的下午，武都小学午眠结束，正准备上课，突然灾难从天而降，房屋剧烈晃动，“地震了！”所有的老师们边呼叫边组织学生朝教学楼下冲，向周边空地上疏散。只听“轰隆”一声巨响，一至四年级所在的教学楼伴随着地震横波完全坍塌下来，五六年级和幼儿园学生所在的教学楼也摇摇欲坠……

刘勇的女儿刘韵婕就在这栋摇摇欲坠的楼上。

刘勇的心“咯噔”地抖了一下，他还真怕女儿有个闪失。

但是，当时的情势使他根本顾不得多想，他必须去忙着疏散学生，把那些惊恐万分跑到校园背后人工湖堤上的学生撤到相对安全的梨园里，帮助在残楼上大呼小叫的一批学生攀着电线撤回到地面，然后，钻进废墟去扒砖块，抬预制板块，救人……

下午 3 点左右，女儿所在的五（2）班班主任喊住刘勇说，“五（2）班的学生都跑下楼了，没有找到刘韵婕，可能是埋在里面了！”

刘勇听了，拔腿就朝女儿所在的那栋楼跑，老远地，他看见那栋楼虽然整体没有垮塌，但两侧的楼梯已经塌陷，楼梯的护栏也全没了，刘勇判断，女儿可能是冲下楼梯时被砸进去了。

刘勇一边喊着女儿的名字，一边向那栋危楼冲去。

这时，他突然听到一个男孩的声音，“老师，救救我”，刘勇下意识收住脚步，寻声望去，发现声音是在附近的一个瓦砾堆里传出来的，刘勇想也没想，便冲过去，他大喊：“我是刘勇老师，告诉我，你在哪里？”

瓦砾缝里的回答，帮助刘勇确定了方位，他向远处的人群喊：“快来人，这里有活人！”

几个老师和志愿人员跑过来，刘勇一马当先，抢在最前面刨砖渣，和众人一起抬那些沉重的预制板，用了一个多小时，终于把这个四年级的男孩抬出了废墟，男孩还活着，于是满场欢呼！

刘勇从欢呼的人群里跑出来，向女儿所在的那栋危楼冲去，刘勇在两侧倒塌的楼梯口，大声呼喊女儿的名字“刘韵婕！你在哪里？刘韵婕——”可是没有女儿的回答，满耳只有救援人员的脚步声和呼喊声，还有刚刚进场的挖掘机、吊车的轰鸣声……

一会儿，刘勇的弟弟、妻子、妻妹都来了，妻子问：“娃儿呢？娃儿在哪里？

刘勇低着头说：“压在下面了，还没找到。”

妻子放声大哭：“你在做啥子？你咋个不去救我们娃儿？”

刘勇头埋到了胸前，无法面对妻子愤怒的脸……

德阳的救援人员赶过来了，刘勇和弟弟，跟在后面小心爬上废墟，几乎是贴着废墟，呼叫，倾听，妻子和妻妹在楼梯垮塌处大声呼喊……

终于，他们听到了一个细微的回应，刘勇欣喜若狂，是女儿的声音！女儿还活着！

在确定了具体方位后，刘勇一家人在德阳救援人员协助下，在刚才发出声音的地方不停地搬、挖、刨……

可是一块楼板把他们的视线和女儿隔开了，他们甚至听得见女儿娇气的声音：“你们轻点嘛！你们轻点嘛！”

这时候，又有十多个救援人员爬上来，近二十人齐心协力，这块板才被抬开了。

刘勇终于看到了女儿，小韵婕头压在膝盖上，整个身体裹成一团，她的右腿已经被压扁了，血肉模糊……一个救援队员抱起孩子，递给刘勇。

刘勇把孩子小心翼翼地抱下废墟，一家人拔腿就往外冲，在校门口的公路上，他们拦了一辆志愿者的车子，用最快的速度往德阳赶。

路上，小韵婕说：“我口干，我想吃冰糕！”

刘勇说：“好，韵婕乖，坚持一会儿，到了医院门口爸给你买！”

刘勇说：从找到女儿的那刻起，他们一家都转悲为喜，以为宝贝女儿可以失而复得。但做梦也没想到，车刚到孝泉时，就再也听不到女儿的声音了，任凭他们怎么哭天怆地的呼喊，女儿都不再回答，一家人临时决定，把女儿送到最近的孝德医院抢救……

虽然医生尽了最大的努力，但小韵婕还是因为失血太多，永远闭上了她那双美丽的眼睛，医生说：“哪怕早半个小时，也有救，流血太多了……”

医生的话像鞭子一样抽打着刘勇早已破碎的心，半小时啊，如果他在女儿的班主任告诉她女儿出事后，他不花那一个多小时，去救废墟下那个男孩，女儿就不会离开他们啊！

震后好多天，刘勇经常一个人坐着发呆，他一直在不断拷问自己："我错了吗？是我错了吗？"

每到这时，他的眼前还时常浮现出那个下午的情景：

50多岁的幼儿园园长韩英和那些平常看到老鼠也吓得尖叫的女老师们，在砖石像下雨一样滑落的废墟上，组成一条人链，把一个一个手足无措的儿童传到安全的地面；

程世蓉主任赤着脚在满是建碴和玻璃碎片的现场，左手夹一个孩子，右手抱一个孩子一路飞奔；

张安平老师在那千钧一发的时刻，把几个吓瓜了的学生连推带送，几个学生跑脱了，他却没有跑出来，被水泥块砸死在教室里；

朱小虹老师，当人们把他从废墟中刨出来的时候，他怀里还紧紧抱着两个学生，这个为救学生被砸得面目全非的老师，今年才20岁，如花的生命才刚刚展开啊；

还有李勇老师，被抬出废墟时，怀里也抱着一个孩子；

还有附近村里的一些农民，自家的房子塌了也不管不顾，跑到学校来救娃儿，那个叫马正军的农民兄弟，自家的房子倒了，自家也没娃儿在学校读书，却在学校守了半天一夜，一声不响地从废墟里掏出了30多个学生……

刘勇说，在那种情况下，你一个老师，一个有20多年教龄的老师，能够放着那么多学生的安危不管不顾，只去满地里寻找自己的娃儿吗？

地震过后，刘勇有时候会爬到山上去，在女儿的小坟前坐一会儿，女儿坟头上还只有一堆黄土，没有青草，没有鲜花，也没有蜂飞蝶舞，但是明年春上就都会有的，刘勇想。

每次去，他都会给女儿带一支冰糕，插在女儿的坟前，看太阳光把冰糕一点一点晒化，就像看到女儿的小嘴含着冰糕幸福地"呱哒呱哒"的样子。

刘勇常常自言自语，那是他在和女儿对话，他要把自己没能及时救出她的自责、内疚、痛苦都告诉女儿。

刘勇对女儿说：大地震给老爸出了好难好难的一道题啊，一边是向我呼救的学生，一边是你——等着我去救援的心爱的女儿，这个选择题对老爸来说实在是太残酷了哇！

刘勇对女儿说："娃儿，如果我那天在第一时间里就赶到你的身边，不！不，只要你们班主任告诉我你的消息后，我就跑过来，如果我不去救那个在废墟下向我呼救的男娃，宝贝，你是不会离开我们的呀！”

“可是，可是，”刘勇对女儿说：“老爸我不仅是一个父亲，我还是个老师啊，我不可能眼睁睁看着学生向自己呼救而不去施救啊！如果老爸真作了那样的选择，女儿，我晓得你也会在心里瞧不起老爸，鄙视老爸的，是吧！”

山上起风了，风吹动着树枝飕飕地响。

刘勇说，这是女儿的回应，父女连心，虽然已经天人相隔，但刘勇依然能感觉得到女儿的心声。

苏成刚紧贴着废墟，他真的听到妻子手机那段熟悉的闹钟铃声

苏成刚到现在还能记得 5 月 13 号那天早晨。

在二台山上，映秀电厂的篮球场上，学校搭的棚棚边上，坐了一夜的苏成刚像数秒一样，期待着天亮……

寒冷，让他无法入眠。

萦绕在他心里的一个愿望，也使他时时刻刻在提醒自己，千万不能睡着了。

他要赶在早晨七点钟之前，去幼儿园倒塌的废墟上找他的妻子程晓庆。

天终于放亮了。

苏成刚艰难地从湿地上站起来，跺了跺那已经麻木的双腿，又把一双冻僵的手伸到嘴边，使劲地哈了一口气，然后走下二台山，冒着大雨向幼儿园方向走去。

这是震后映秀的第一个早晨。

一个寒冷无比的早晨；

一个凄凉无比的早晨；

一个寂静无比的早晨。

映秀曾经充满生机的街巷，要是在昨天，或者昨天以前，这个时间应该是非常美丽温馨的，晨练的人们，穿着背心短裤在街上从容地跑步，打太极拳的老人们在花前树下抒情一般伸展着胳膊，安德蹄花，213 酒家，富贵荣华超市的门，

当然还没打开，但鲜美轩面馆和家人饭店因为要提供早餐，师傅们这时候早就起床了，开店门，点火，煮面——都在为了第一批吃早餐的客人光临而忙碌。

每天的这个时候，是映秀最温柔的时候，最恬静的时候，像一个人虽然还睡眼惺忪，但他已经醒来了，一面打着哈欠，一面伸着懒腰……

可是，今天早晨一切都变了。

干净的街面没了，整洁的店面没了，晨练的人们也不见了，鲜美轩面馆房倒屋塌，连招牌也被甩到几丈远之外的马路边上，富贵荣华超市门口的蓝色的店旗还在风雨中飘扬，但店门已经塌了，里面的物品，也在昨天下午被灾后的人们搬运一空。

5.13日早晨，震后的映秀街上，阒无人迹，只有几条已经沦丧了家园的狗在废墟前嗅来嗅去。

苏成刚踩着雨水深一脚浅一脚地往前走。

终于，他看到了幼儿园那部幸存的红色滑梯，一夜的雨水把昨天蒙在滑梯上的灰土冲刷得干干净净，在四周黑色、灰色、突兀的嶙峋的残墙断壁的反衬下，那鲜艳的红色显得越发的耀眼。

——这里，曾经是映秀的娃儿们最快乐的地方啊！

苏成刚彷佛看到了自己的妻子程晓庆，看到了她身边围绕着的那些花朵一样漂亮的孩子，看到了娃儿们争先恐后地从红色滑梯的背后攀上去，又夸张地尖叫着从上面滑下来……

他用手抹了一下脸上的水，不知道是雨水还是泪水，于是，一切的亮丽，一切的欢声笑语顿时消失了。

只有废墟，

只有雨声。

正是因为有了这部红色滑梯作坐标，苏成刚寻找妻子原来工作的那间教室才变得有点依据，他反复的目测，并且用脚步丈量，待他确定了方位后，他开始努力爬上那片由砖块，水泥块，水泥预制板和裸露着褐黄色的钢筋条的横梁，圈梁组成的废墟。

他掏出自己的手机（这个现在只能看时间，发不出短信，打不出电话的玩意儿）看了看，正是6：55分，离他所期盼的时间还差5分钟。

他在等待一个铃声，等待妻子身上那部手机设置的闹钟铃声。

这个闹钟铃声是程晓庆在一个多月前定的，之前并没有告诉苏成刚，那天早晨，苏成刚突然在梦中听到公鸡的打鸣声：“喔喔——喔喔——”一声接一声的叫唤，一声比一声高亢，苏成刚猛地从床上坐起来，揉着双眼说：“怎么我们家有公鸡的叫声啊？”

程晓庆哈哈大笑，说“没有哇！哪来的公鸡、母鸡的，你看看，鸡毛都没得一根呢！”

苏成刚跳下床，趿拉着鞋，满屋子找，确实没有，“可是，我明明听见了公鸡叫声呢。”

程晓庆笑得腰都直不起来，最后，她才亮出了那款苏成刚给她买的红色的滑盖手机，“哈哈，瓜娃子，公鸡在这儿呢！”

之后，程晓庆才告诉他，这是她新设置的闹钟，叫“闻鸡起舞”，程晓庆说：“你不是总说怕迟到吗？以后每天早晨七点鸡子一叫，你就起来跳舞吧，保证你迟到不了。”

这之后，他们两口子就每天“闻鸡起舞”了，直到昨天——“5·12”的早晨。

而现在，他的妻子，那个活泼可爱，常常会给苏成刚来点小恶作剧的漂亮的幼儿园老师，却躺在了这堆瓦砾中，躺在了这个凄风苦雨的映秀的早晨里。

还差最后一分钟的时候，苏成刚的身体完全趴在了废墟上，他右耳侧着，对着瓦砾堆的缝隙，屏神静气地等待着，等待着……

老实说，苏成刚并没有足够的把握，如果妻子的手机没有带在身上，而是扔在别的地方呢？如果手机被砸坏，或者被雨水泡坏了呢？如果他确定的方位不准确呢？

他顾不了那么多。

这是他与埋在地下的妻子唯一可能联络的“信号”。

让他期盼的事实终于出现了，它真的听到了废墟缝隙里传出的第一声鸡鸣，刚开始很微弱，渐渐地变得清晰起来，高亢起来！“喔喔——喔喔——”

苏成刚激动得浑身发抖。

他知道他的爱妻现在与他近在咫尺！

他发誓要把她找到！

他开始用手捡那些废墟上的砖头，水泥块，然后不断地刨，不断地刨，尽管他的双手十指在昨天下午和晚上的救援中，已经血肉模糊，每刨一下，都会钻心一样疼痛，但他不管不顾，他要一直刨下去……

苏成刚首先看到的是程晓庆的一头长发，这头乌黑的长发是程晓庆的骄傲，也是苏成刚踏进威州民族师范学校（设在汶川）第一次见到她的女同学程晓庆时，最为之怦然心动的地方，苏成刚说，他从青春萌动的少年时候，就坚信他未来的妻子应该是个长发飘飘的美女……

可是现在程晓庆的这一头长发，已经满是泥灰和水泥屑。

接下来，苏成刚看到了妻子的脸，这是一张虽然熟悉却已经不敢再认的脸，肿胀发紫，不仅看不到一点昔日美丽的影子，而且，甚至有点狰狞，有点惨不忍睹……

苏成刚的眼睛再一次模糊了，心尖子都在颤抖和抽搐。

如果说，在听到那一声鸡啼的时候，苏成刚对妻子的死与活还抱有一点幻想的话，那么，现在他彻底清醒了，他的爱妻程晓庆——这个和他在汶川相识又一起从漩口辗转到映秀的女人，虽然和他近在咫尺，实际上已经天人相隔，那些曾经的挚爱，曾经的温馨，曾经的万般柔情，都已经灰飞烟灭……

苏成刚扑在妻子的身上嚎啕大哭。

这哭声里，有悲，有痛，有不舍，但更有无穷的愧疚和悔恨。

他想起昨天下午，他送信路经幼儿园，那时候，大地震刚刚才过去十几分钟，如果他不顾一切冲过去，寻找程晓庆，他觉得，他应该有可能把妻子救出来，那么多人不是在被压几个小时，甚至十几个小时后，被他们从废墟下救出来了吗？

但是，他居然见死不救……

现在，面对她的妻子，他觉得，他简直是一个十恶不赦的罪人，一个无信无义的伪君子啊！

哭过之后，他觉得应该把妻子刨出来，背到二台山上去，让妻子的灵魂有一个归宿。

可是，有了昨天下午和晚上救援经验的苏成刚知道，这简直不可能！程晓庆的头部虽然埋得不深，但她的身体胸和胸以下部位都被预制板和横梁压得太严实，挖出她，至少不是苏成刚个人的力量能够做到的，况且，再过一会，他还必须回到小学的救援现场上……

苏成刚想在妻子身边留一点记号，他在废墟中寻了很久，终于找了一块破碎的木板，然后掏出笔，在木板光洁的那一面，一笔一划地写上：

程晓庆，女，映秀幼儿园老师。

丈夫：苏成刚，映秀小学老师，联系电话：138……

苏成刚事后说，他是希望救援队伍挖出妻子的遗体时，能够打这个电话通知他。

他把这块木板盖在了妻子头上。

那款红色的滑盖手机，他也留在了妻子身边，虽然，雄鸡的啼鸣再也唤不醒妻子，但苏成刚说，妻子是个勤快人，到了那边，她也会“闻鸡起舞”的。

这个早晨，离开了幼儿园废墟的苏成刚又回到了小学的废墟上。

就是在这天中午，他们在废墟下发现了还活着的本班女生张春梅。

2008 年 6 月 27 日，苏成刚在成都金沙车站对面的西南财大灾民安置点告诉我们，他最终也未能再见到他爱妻程晓庆一面，当他留在木板上的那个电话响起时，他已经奉命带领映秀小学幸存的学生转移到了成都这个灾民安置点，并在这里组织学生异地复课。

程晓庆和所有映秀遇难的老师、学生、居民一起被埋在了渔子溪边的那片高地上，当然，也包括她曾经教过，并希望用生命去保护却终于没能救出的那一部分幼儿……

至于说到“先救学生还是先救家人”这个残酷的选择题，苏成刚没有作太多解释，只是给我们提供了一份映秀小学幸存老师亲人遇难受伤的名单：

谭国强：妻子，岳母遇难；

刘忠能：妻子孔丽，儿子刘旭斯宇遇难；

唐永忠：妻子在都江堰遇难；

董雪峰：妻子，儿子遇难，母亲在都江堰遇难；

董雪飞：妻子卿兰春获救，重伤；

苏成刚：妻子程晓庆在幼儿园工作，遇难；

刘艳：女儿遇难；

张龙允：女儿遇难；

董晓红：儿子在校外负伤；

李永强、龚汝夫妇：儿子遇难；

余琴：丈夫周伦举在本校遇难，女儿周玉烨重伤，截肢；

李懋：丈夫在镇政府工作遇难；

李贵凤（身患癌症）：母亲遇难；

李顺兰：儿子遇难；

……

苏成刚说，地震前，他在映秀小学有四个同校同届的同学，都是威州民族师范学校（位于汶川）98届毕业的，包括他的妻子程晓庆，还有张米亚、邓霞夫妇，学校少先队大队辅导员冯静莎，震后，只剩下苏成刚自己……

面对学生与家人同时遭难，先救谁？几乎所有的老师们都作了同样的选择，正是因为这样，在震后第一时间，在映秀沦为孤岛的50多个小时里，映秀小学的老师们用自己亲人的生命换回了近60个学生的生命，这其中还不包括后来被解放军和专业救援人员救出的张春梅等七个同学。

如果这是一场考试，苏成刚说，这就是映秀小学老师们的答卷。

高攀利说，去年秋天我们还庆祝终于结束了分居，今年春天却要送她远行

漩口中学教师高攀利的妻子——映秀小学教师樊晓霞也是在“5·12”大地震中的遇难者之一。

“5·12”这天下午，高攀利一直是漩口中学救援现场最活跃的骨干；

他是校长张舜华现场组建的“共产党员敢死队”的一员；

在情急之中，他靠口哨声指挥那些吓懵了的学生快速转移；

他爬上危楼砸开倾倒的教学楼窗户，帮助80多名困在多媒体教室的学生、老师脱险；

他钻进废墟一趟又一趟往外面背伤员，背死难者遗体；

他在高地上组织老师、学生搭棚子，挖土豆——

当有人提醒他，映秀小学“遭得很惨”，建议他去那边找找他爱人晓晓（高攀利和两个学校老师对范晓霞的昵称）时，他背着一个伤员刚从废墟下出来 ，满脸都是灰都是血，他说：“你看看，这唧个走得脱嘛！

放下伤员后，他找到了也在这个学校读书的侄子，让他赶快去小学找找他婶婶，自己转身又钻进了废墟；

侄子过了一会儿回来了，脸都吓白了，跑得上气不接下气，一个劲儿说，“遭惨了遭惨了，楼全垮了，好多的死人啊！”

高攀利急了，问：“你到底找到了没有啊？”

侄子摇摇头说：“都找了，没有，小学的老师们说：婶婶第一节是有课的，肯定是埋到里头了！”

高攀利的头“嗡”地一响，人都险些站不稳了。

这时候，王福春老师在远处喊：“高老师，肖兰老师找到了，你快来搭把手！”

高攀利对侄子说了句：“你再去找找，！”调头就朝王福春那边跑去了。

震后第一次见到妻子范晓霞是在天黑以后，正在地高地上搭棚棚的高攀利听到有人告诉他们家“晓晓”找到了的消息，来的人没有说“找到了”是“死”还是“活”，但从报信人的口气和表情上，高攀利知道妻子已经“遭了”。

校长张舜华正在旁边，对高攀利说：“快过去看看，这里人多呢！不缺你一个！”

妻子的遗体就放在小学的花台边上，（花台也被震裂了）头上有一个窟窿，额头上有一大片干涸的血迹，显然，是被掉下来的东西砸伤，流血太多致死的。

高攀利说：下半夜他把妻子的遗体抬到中学的临时安置点，和刚刚去世的张旭老师放在一起，她们生前就要好，黄医生说，就把她们埋在一起吧，路上也有个伴。

5 月 13 号一天大雨，高攀利又带着学生老师下山去找粮食，找药，山上的洋芋（土豆）吃完了，不能让 1500 号学生断炊啊，纱布，止血棉，药品都没了，也不能让伤员在那儿等死吧？

13 号晚上，高攀利在初一（1）班的棚棚里把在这个班上读书的女儿高雨喊来，不敢说她妈走了，只说要她学会坚强，女儿马上明白了，上牙齿咬着小嘴唇，没让自己哭出声，但大颗大颗的泪珠却控制不住，直往下掉。高攀利把孩子抱在怀里说：“娃儿，你想哭，你就放声大哭吧！别憋在心里难受！”

高雨还是没哭，只说：“让我去看看我妈。”

14 号下午，樊晓霞下葬，就在这片高地西边的一片包谷地里，地是附近农民的，农民兄弟很通情达理，说“该咋咋吧，人都死了，还不让有堆土盖住啊！”

和妻子埋在一起的有张旭老师，王福春老师的女儿（王的妻子也遇难了，但遗体没找到）还有两个重伤不治身亡的学生。

高攀利说，棺木是没有的，12 号从小学抬妻子时，小学的副校长张春东说他有一床棉絮，是旧棉絮，刚刚翻弹过，还没用过呢，送给了高攀利，张校长说："好歹给范老师隔隔潮气。"

掩埋了妻子后，高攀利让妻弟（娃儿她舅）把高雨和也在这里读书的侄儿带到水墨乡去了，他让众人都回去了，他说，他想在妻子身边再坐一会儿。

那天高攀利在妻子的坟边——那五个黄土堆边——坐了两个小时，抽了半包烟，许多已经尘封了好久的往事，有些以为早已忘却了的往事，都一一涌上心头……

高攀利说，他和妻子是1993年认识的，当时他在水墨乡中学教书，介绍他与妻子认识的居然是本班的学生，是樊晓霞的妹妹，从认识到结婚，到95年有女儿，一直到07年秋季，14年时间他们夫妻一直分居，妻子一直在高山的教学点上教书，是那种与世隔绝的高山二人学校，条件比作家刘醒龙的小说《凤凰琴》描写的还要艰苦。高攀利说妻子是读过《凤凰琴》的，读时也伤心落泪，但她说，和我们相比，小说里的处境还要强点，好歹他们还有几个老师啊！不至于像我们那样寂寞，无奈。

这14年高攀利除了在成都师大学习两年外，其它12年也一直在调动和迁徙之中，先是从水墨中学调到离都江堰近一点的漩口中学，又赶上漩口修紫坪埔水库，学校天天闹搬迁，人心惶惶，教室漏雨，只能打伞遮着，窗子玻璃没了，只能找块塑料布钉上，一折腾多少年过去了，然后又迁到汶川过渡，光是在汶川他们又搬了两次家，那时候想夫妻俩调到一块简直是做梦啊！

高攀利说，他这一生最亏欠的是妻子，最难最苦的时候，他这个丈夫都不在妻子身边，妻子怀女儿时，因为个儿小，胎位高，被送到都江堰医院做剖腹产，高攀利不在妻子身边，赶到时女儿已经躺在她妈怀里了。高攀利一脸愧疚，妻子说："你这不是来了嘛！等着你给女儿起名字呢！"高攀利听说女儿出生时，窗外正下着大雨，说"就叫高雨吧！"

每年寒假夫妻有短暂的相聚，夫妻见面时哭，分手时候也哭，高攀利说，这使他经常想起唐朝诗人李商隐的著名的《无题》诗，"相见时难别亦难"，每当妻子拉着他的胳膊不松手，问他："我们这一家人啥子时候有个团圆的日子"时，他总是像哄小孩一样，说"别急！别急！快了！快了！"

好不容易熬到2006年底，新的漩口中学在映秀落成，高攀利还分到了一套崭新的两室一厅的房子，夫妻二人终于看到了团圆的希望，但是，即使如此，把妻子从高山教学点上调到山下映秀小学来，高攀利还是用了一个学期的时间，腿子都跑蚀了，嘴皮子都磨破了，连张舜华校长也帮着跑，帮着找关系——

终于在07年秋季，在他们结婚14年后圆了团圆梦，一家人高兴不说，所有的熟人同事都替他们高兴："这下好了，不再当牛郎织女了，""恭喜啊！恭喜……"

高攀利说，这是他们一家人最安定，最幸福，最和谐的一年。

妻子是个很懂得感恩的人，晚上躺在床上，妻子说："我现在没得任何遗憾了，我就想全身心地把娃儿们教好，那么多人帮了我们，我们得对得起人家啊！"

高攀利说："你放心工作，我全力支持你！"

樊晓霞是个好老师，她对每个学生都像对自家娃儿一样亲，这可能也是在高山教学点上形成的习惯，在那里她一直是又当爹，又当妈，又当老师，又当家长。高攀利说，妻子到小学只有一年，就深得学生的喜爱，班上有一个女娃儿非要认范老师做妈，起先都以为是说着玩呢，没在意。没想到上个周末，这个女娃儿和他的爸妈专程从山上下来，到家里来说，范老师待她娃儿太亲了，娃儿有个心愿，一定要认樊老师这个妈！

那天樊晓霞红着脸，望着丈夫，不知所措，高攀利笑着说："这是好事啊！老师能当到这个份上，老婆，这是你的光荣啊！我们就认了这个女儿，还要整个仪式，整就整得隆重一点，像样一点——"

高攀利说，这是5月10号的事，他上街去买了很多菜，鸡鱼肉鸭，一大篓子，是用妻子在高山上带下来的背篓背回来的，那一天两家人聚在一起，欢天喜地，妻子还破例喝了点酒，喝了酒的妻子脸若桃花，好像逝去的青春年华又回到了她身上，晚上，妻子伏在高攀利肩上说："我已经满足了，该有的老天都给我了，死了也值得啊！"

从5月10号到12号，中间只隔了一个星期日。

灾难从天而降，高攀利一家来之不易的团圆的日子永远结束了。

这是真正的家破人亡啊！高攀利长叹一声，去年秋天，我们还在庆贺终于结束了分居，今年春天却要送她远行……

高攀利从妻子坟边的地上站起来，喃喃地说：晓晓，有些话是不能随口说的，你咋个能说，你满足了呢？死也值得呢！你这一说不打紧，菩萨信以为真，真把你收回去了，你走了倒是快乐了，可是苦了我和娃儿。我们又要夫妻分居了，这回是天地分居啊！

周德祥现在唯一的安慰是她们娘儿俩可以一起上路，天国的路途上，不会孤单

“5·12”这个黑色恐怖的午后，位于龙门山脚下的汉旺镇上，四川省重点中学——东汽中学也遭受到惨烈的打击。

学校两栋教学楼顷刻间垮塌，近900人的学校，有300多人被埋进废墟之中。

左边一栋始建于70年代的楼先垮，粉碎性的垮；

右边一栋建于90年代的楼后垮，三层、四层垮塌，两侧的楼梯间垮塌。

东汽中学主持工作的副校长，（也是唯一校级负责人）周德祥的宝贝女儿，高三(1)班学生周文超也被压在后垮的那栋楼里，她所在的班级在那栋楼的四楼，正是垮塌最严重的地方。

在东汽中学两边，隔着汉旺学校小学部的一个院子，另一所以“东汽”命名的学校——东汽技校的楼也垮了，包括周德祥的妻子王蜀妮在内的部分老师、学生也被埋进了废墟。

从东汽中学到东汽技校，即使平常散步，也就5—8分钟的路程。

5月12号下午，上苍给周德祥这个45岁的男人出了一道天大的难题，逼着他在瞬间作出非此即彼的残忍选择。

东汽中学曾经是大型国企东方轮机厂的子弟学校，2006后被从企业剥离，转交给所在地的绵竹市教育局主管，从行政隶属关系上讲，东汽中学现在已经不是东汽的“子弟”了。

让周德祥万分感动的是，地震过后十分钟，东汽的党委书记兼董事长带着救援人员和吊车、铲车开进了学校，而这个时候，东汽的车间、宿舍和嫡系的学校也到处是房倒屋塌，好多人哭着喊着，等着有人去救援啊！

看见救援的挖掘机、吊车、铲车开进来，守在学校门口的家长立即出现大乱，有人“指挥”往左边去，有人拉着东汽救援人员的衣服，甚至跪在设备前，逼着车辆往右边开，人们撕心裂肺地喊：“往那边！往那边！我的娃儿埋在那里了啊！”

周德祥皱着眉头，冷静地指挥救援设备先从左边开始，这栋楼垮的厉害，埋的人多啊！

这时，周德祥身后响起了一片骂声，甚至有人捡起地上的碎砖和水泥块，向周德祥砸过来，他知道，这些肯定是有娃儿在右边楼上上课的家长。

周德祥镇定地回过头，平静地说："大家不要乱，救人要有分个轻重缓急，不然，谁也救不出来！"

已经急红了眼的家长大声骂道："哪来的混仗校长？你是站着说话不嫌腰疼，要是你的娃儿被埋在那里了，你会这样安排吗？"

周德祥急了，用手指了指右边那栋楼："大家别吵了！我理解每位家长的心情，我的女儿也埋在那里，她叫周文超，高三（1）的，不信你们可以打听！人心都是肉长的，我也是个家长啊！"

场上渐渐安静下来，周德祥说："大家不要急。大批的救援队伍很快就会赶到！所有的孩子都是我们的学生，手心手背都是肉，我们一定会尽全力抢救的！"

周德祥说，作出这样的选择时，他心里也一阵绞痛，他知道这个时候，时间和生命是一种什么关系，先救和后救是个什么效果。

至于妻子那边，周德祥说，那就更没办法了，当时东汽中学这边，场面很乱，废墟里到处是被埋的学生的哭叫声，满院子都是因为着急快要失去理智的家长，刚开进来学校的东汽救援队，对学校方位、楼房结构一无所知，急需人引导，还有刚从死亡线上逃出来的惊慌失措的学生和同样惊慌失措的老师，还有挖出来的伤员的现场救治，转运，遗体的登记辨认……

多少事，烦心事，难办的事，痛彻心肺的事啊！但件件都必须去面对，不容回避，人都恨不得变成三头六臂。周德祥说，在这种大难临头的时候，我怎么可能置学校不顾，跑到另外一个地方去挖我的妻子呢？

周德祥说，从"5·12"下午2时28分"开始，到5月16号下午，整整四天时间，他只睡过45分钟，是在13号晚上，在总务室，本来是在等着和主任们商量点什么事，但不知不觉就倒在地上睡着了，冻醒之后，看了看表，居然睡了45分钟。

"5·12"大地震让东汽中学损失惨重，不仅两栋教学楼垮塌，其它建筑物也都成危楼，无法使用，虽然各地来的专业救援队伍和解放军官兵倾力救援，从死神手里夺回了上百条生命，但还是有230名学生死亡和失踪，（这其中包括周德祥的女儿，高三(1)班学生，全校甚至是全绵竹市公认的文科尖子生——周文超）还有14名教师在岗位上遇难，其中包括因为用身躯护住四个学生而壮烈牺牲的英雄教师，东汽中学唯一的特级教师——谭千秋！

在与东汽中学近在咫尺的另一所学校，周德祥的妻子王蜀妮也被确认遇难。

王蜀妮的遗体是5月16日凌晨发现的。

周文超的遗体是5月16日下午从右侧教学楼垮塌楼的梯间的废墟里被发现。

周德祥说：女儿出来那天，他就守在现场，因为废墟堆得很高，女儿的遗体是放在一只吊篮里被缓缓吊下来的，这已经是震后第5天，女儿的面容已经变形，只是从衣服和鞋子上能准确地判断，这个蜷屈在吊篮中的冰冷的躯体就是寄托着自己和妻子多少梦想的聪明乖巧小鸟依人的女儿。

因为要等待殡仪馆的车，因为车比预定的时间晚到了2个小时，周德祥得以在校门口的花台前陪着女儿坐了两个小时。

这两个小时，这个同时丧女丧妻的中年男人目光空洞，面无表情，他好像在想什么，又好像什么也没想，经过他面前的人向他投来同情的目光，给他打招呼，安慰他，他都充耳不闻。一个女家长从他身边走过后，又回头看了他一眼，惋惜地说："这是周校长啊！咋个魂都不见了，就剩下壳壳了。"

周德祥说：在等候殡仪馆来车的那2个小时，他确实头脑一片空洞，像一个没有灵魂的行尸走肉，真正开始恢复记忆，巴心巴肝地想妻子，想女儿，那已经地震过去半个多月之后。

当他像个抽紧的陀螺一样，从汉旺到德阳，从高三复课的帐蓬学校到正在建设的板房教学点，马不停蹄地忙过之后，偶尔有空回到岳父母家中，面对因为失去爱女和外孙女而在一夜间变得苍老不堪的两位老人时，他的记忆开始恢复，包括那些尘封许久甚至以为早就失落了的记忆，都扑面而来，越来越清晰，越来越鲜活……

他看到年轻漂亮的王蜀妮向他走来，甩着那个年代很时兴的长辫子，用标准的普通话招呼他，（这个在北方部队大院里长大的南方妮子，即使回到家乡二十多年，还是不会一句"川音"）

他看到蹒跚学步的女儿向他走来，头上一只红蝴蝶结扑闪扑闪的像要飞起来……

他看到满面幸福的王蜀妮向他走来，手里拎着菜兜，老远就冲他喊："德祥，今天晚上咱家吃什么呀？"

他看到亭亭玉立的女儿向他走来，搂着他的脖子说："周老师，我想竞选校学生会主席，你会支持吗？"

他看到人到中年的王蜀妮向他走来，挎着他的胳膊说："德祥，你都好久没陪我到曙光山（学校背后的山）去爬山了，今天去吧！"

他看见背着书包的女儿向他走来，调皮地向他眨眨眼睛；"周校长，我们北大见哦！"

……

周德祥记得，最后这一幕就出现在“5·12”那天下午2：20，吃过午饭后，女儿像往常一样挽着他的手，从宿舍楼走出来到了办公楼楼下，周德祥对她说：“宝贝儿，还有二十多天就要高考了，不要掉以轻心啰！”女儿当时就是这样，调皮地向他眨眨眼，笑着说：“周校长，我们北大见哦！”然后挥手与他再见，向右边那栋教学楼走去。

周德祥说，女儿从小品学兼优，她从幼儿园开始得到的各种奖状，证书，她外婆都替她收藏着，这次清理出来，居然有整整一牛皮袋子。

女儿是全校公认的尖子生，在整个绵竹的文科考生中，排名也是前3名以内，教导主任谭千秋也是女儿的政治老师，常常对他说：“老周，你女儿文超可是比你还优秀啊！”每到这个时候，周德祥的脸上就笑开了花，“是啊，青出于蓝而胜于蓝，这是自然规律嘛！”

最后的一次模考，女儿的得分比模拟一本录取线高出了大几十分，她的目标是北大法律专业，她说她以后要做个匡扶正义、除暴安良的法律工作者。

说到这儿，周德祥摘下眼镜，抬手轻轻擦了下眼睛，又重把眼镜戴上。

他说：好多的媒体朋友说我坚强，其实，人心都是肉长的，问题是我没有时间悲伤，我也不能在我的老师、学生面前显示悲伤，更不能在大众媒体面前涕泪泗流。地震夺去了那么多老师、学生的生命，还有那么多老师也和我一样失去了亲人，但是更多的人还活着，生活还要继续，学校还要办下去，不仅要办，还要办得更好，我们才能告慰那些永远埋在了黑暗中的人们……

周德祥说：东汽中学今年是准备隆重纪念校庆40周年的，现在归零到一无所有，一切要重头再来，所以，我和我的老师们、同学们都必须在悲伤中挺起脊梁。

说到那个艰难的选择，周德祥说，这是容不得你细想的事，是没得选择的选择，至于是不是崇高，是不是伟大，我当时没想过，之后也没想过，那是后来媒体和社会总结的事，我们只是做了在当时那种情势下，认为该做的选择。

周德祥说，妻子和女儿的遗体虽然不是同一时间找到的，但最后在殡仪馆还是把她们找到了一起，是紧挨着前后火化的。这是我和岳父母唯一的安慰：她们娘俩儿是一起上路的，往天国的路上，不会孤单。

爱的天平抛出了一道残忍的选择题，几乎所有的答题者都做出了同样的选择

6月中下旬，我们一直奔波在整个地震灾区，从一个城市到另一个城市，从一个乡镇到另一个乡镇，从一所学校到另一所学校……看到在大灾来临之时，在一面是亲人，一面是学生都埋在废墟中，等待施救，要作出先救谁后救谁的选择时，几乎所有的被迫答题的人，都作了同样的选择，先救学生，再救家人。

但在那种分分秒秒都决定着生死的时刻，其实是没有先救后救之说的，结果往往是“先救”意味着可能会生还，而“后救”基本上等于放弃。

离开北京动身去四川之前，我们还按以往的采访习惯，在报纸电视和互联网上搜集一些人物线索，期望按图索骥，到了灾区才发现这一切都是多余的。

那些伟大的人，那些感人的事，那些让我们在电视机前流不完泪水的故事，在灾区的学校俯拾皆是。

在绵竹，教育局的抗震棚里，领导忙得团团转，临时抓了个男老师带我们去汉旺，这是个瘦瘦的话语不多的老师，上车一聊，他告诉我们，他的父亲在地震中没了，父亲住的离他们并不算远，如果赶回去，也可能救得活，但是，他得跟着局里的人一起到各学校去救人啊！地震半个多月后回去，父亲已经被乡亲们埋了，连最后一面也顾不上见……

在什邡去红白镇的路上，有一个当地的老师自告奋勇给我们带路，他说，去那边山上的路太险，哪里有断桥，哪里有垮山，哪里要慢走，看清了再走，哪里会飞石头，要快速通过，他都知道，了如指掌，因为送伤员和转移学生时，他跑了无数趟。一路上他给我们摆地震当天的情况，介绍王周明、汤鸿、张辉兵等老师牺牲的经过，摆他们平时的为人，神情自若，脸上已看不到一丝戚然和悲伤。后来，陪同我们去的什邡教育局的干部杨涛告诉我们，这个老师的娃儿也在地震中没了，才四岁，因为老婆在外地打工，没人带，放到学校学前班“混着”，房塌得太快，娃儿太小，没跑得脱。杨涛说，俩口子哭得死去活来，但是那天他也在救援现场，跟着其它老师，救别人家的娃儿。这个朴实的老师的名字叫方全军，是红白镇学校小学部的教师。

在去东汽中学板房学校采访的前一夜，我们在下塌的宾馆里看到四川电视台介绍一位东汽中学的英雄老师，他今年正读高二的女儿在地震中遇难，但他却一直在现场最危险的地方救别人的孩子，他腰里拴一根绳子，几次三番地钻进在废

墟上挖出来的洞子去背人，背了受伤还活着的人，也背已经遇难的人的遗体，这之前，她女儿的遗体已经找到了，在救援现场，他一连干了几天，当电视台记者把镜头和话筒对准他时，他立马会用手挡住脸，或者回转身。

第二天下午，当我们来到位于德阳旌阳开发区东汽中学的板房教学点，走进周德祥那块挂着四块牌子的小办公室时，一个正在高低铺上躺着的高大男人立马从床上爬了起来，和我们打招呼，我们向周校长问起昨晚在电视上见过的那位英雄老师，没想到，刚从床上爬起来的那位老师走过来，和我们握手，他说："我是唐祖贵，我就是你们说的那个老师，但我不是英雄。我知道失去女儿的痛苦是什么滋味。所以，我想如果能多救一个人，就少一个家庭像我们一样承受失子失女之痛"只说了这几句，这个高大的男人就和我们告别，说他还要与一家餐馆交涉，他们给学生老师送的盒饭量少了，肉也太少，所以失陪了……

从周德祥校长的介绍中，我们知道唐祖贵是英语教师，高一（1）班班主任，还兼学校工会主席，他教的那个班 52 个学生，有 51 个脱险，只有一个请病假在家，但不幸遇难，他的女儿唐佳琪上高二，遇难，周德祥说："佳琪和我们家文超都是好友，也常到我们家串门，非常乖巧的孩子啊！"

6 月 25 日，我们去映秀采访，和我们同行的有漩口中学两位老师，一位是已经采访过的校医黄承敏，是一位年过 50 的大姐；另一位女老师大约 30 岁左右，第一次见面，上车后才知道女老师叫林夕蔚，她的儿子在映秀小学上一年级，地震那天也被砸在教室里，而这个时间，当班主任的林夕蔚还在中学这边组织学生疏散，转移伤员，一直到 5 月 16 日和其它老师带着漩口中学的几百名学生冒着飞石和泥石流的危险徒步逃离映秀，她也没能见到儿子一面，这次回来是听说儿子后来被救援人员挖出来了，她要回来寻找儿子的墓地。

林夕蔚在已成废墟的漩口中学校园采了一把白色的栀子花，这是她这天为儿子准备的唯一祭品，儿子据说被埋在漩口中学师生离开映秀前一直坚守的那片高地上，高地上的洋芋曾经帮助她们渡过了震后最黑暗的前两天。

我们陪着林夕蔚顺着陡峭的羊肠道，攀上高坡，那里是一片平地，让我们震惊的是山上只有四个大土包，映秀镇上最后被找到的上千具遗体都埋在这四个土包之下，（包括林夕蔚的儿子）甚至没有我们想象的哪怕像红白镇那样，一具遗体，一个小土堆，一小堆土前，立一块砖，一块砖上有一个编号……

林夕蔚流着泪，茫然失措，她不知道该把那把白栀子花搁在哪一个土堆上，最后还是黄医生指着最近的一个土堆说，就放在这里吧。然后，搂着林夕蔚的肩膀说："别伤心啊，娃儿们都在一起，老师也在，闹热（四川人发音习惯，即热闹）在那边还有人教他们啊！”

在被爆破后的映秀小学的遗址上，陪同我们的老师向我们描述，哪儿是曾经的教学楼，哪儿是综合楼，哪儿是教工宿舍楼，地震之后，老师中正在办公没来得及跑脱的就埋在作办公室的综合楼里，老师的家人，有些就埋在宿舍楼下，三栋楼之间距离都不过上十米，十几米，可是，映秀小学第一时间的救援都是集中在教学楼展开的，没有人去综合楼和宿舍楼动一砖一瓦……

聚源中学校长谷胜聪给我们讲了学校一个校工张明富的故事，50多岁的张明富是学校的门卫，地震发生后，他和学校老师们一起钻进废墟救人，背伤员，背死难者遗体，跑医院转运伤员，到殡仪馆帮助家长办手续……他的80多岁的老母亲是刚从老家接到都江堰的，来的第二天就赶上了地震，张明富两天过后才抽空回去，开门一看，房子垮了，屋里一片狼藉，母亲也不见踪影，后来才知道，母亲那天是抱着一床被子钻在床下，才侥幸捡了一条命，但被那场“震后黑雨”淋了一夜，又饿了一天一夜，直到张明富的姐姐从千里之外的云南赶来，把母亲接走，走时，姐姐没有给张明富打招呼，后来带话过来说，她要和这个“不孝之子”的弟弟断绝姐弟关系……

国家教育部一位司长从地震灾区考察回来后说：灾区教师在地震中的表现可谓感天动地，不仅那些在生死关头舍生忘死，保护了学生生命的老师是英雄，那些在救援过程中，舍弃同样需要救助的父母妻儿，坚守岗位，救助学生的老师，也同样是英雄，都应该令我们所有的人肃然起敬！

让我们列一份并不完整的名单，名单中这些人都是四川省各级教育主管部门表彰的抗震救灾先进人物，但在英雄的背后，都是流血流泪的牺牲，都是失去至爱亲人的痛苦：

北川中学：陈亚春校长，妻子、儿子遇难；刘宁老师：女儿遇难；骞绍奇（团委书记）女儿遇难；李军老师：女儿遇难……

北川陈家坝中学：刘应琼校长：母亲遇难；韩世军老师：母亲，妻子等4个亲人遇难；王文翠老师：本人受伤，儿子遇难，母亲遇难；陈定培老师：除自已和妻子外，父母，儿子及其它家人全部遇难；朱贤俊老师：儿子遇难，丈夫遇难；付红梅老师：父亲遇难；张礼军老师：岳母遇；焦明芳老师：妹妹和侄子遇难……

映秀漩口中学：王福春老师：妻子，女儿遇难；钱民老师：妻子遇难；高攀利老师：妻子遇难；冉宏老师：丈夫遇难，儿子失踪；林夕蔚老师：儿子遇难……

映秀小学：（前文提过，此处略）

都江堰聚源中学：杨帮全老师：妻子遇难；马德华老师：母亲遇；余明明、高华群夫妇：儿子遇难……

都江堰徐渡八角学校：周清泉校长：母亲遇难（值得一提的是，在全校老师的努力下，全校2000多名师生，实现零伤亡）

都江堰青城山学校：杨庆华老师：妹妹遇难；程伟老师：母亲被埋，失踪……

绵竹市教育局：彭波（副局长）父母，妹妹均被埋在废墟中；谢德蓉（局后勤服务中心主任）：二哥遇难，全家人生死不明……

绵竹东汽中学：周德祥（副校长）妻子遇难，女儿遇难；李开胜老师：17岁儿子遇难；唐祖贵老师：女儿遇难……

绵竹汉旺学校：潘华勤老师：父亲，妹妹遇难，弟弟失踪；吴伟老师：母亲遇难；李英俊老师：妻子遇难；王平老师：妻子遇难；刘勇老师：女儿遇难……

什邡红白学校：孟明福（校长）妻子遇，孙子遇难；钟思平（副校长）妻子遇难，岳母遇难；方全军老师：儿子遇难；方全民老师：儿子遇难……

什邡民主中心学校：罗万福老师：上高中的儿子在10公里外的洛水中学遇难……

……

罗列这一串名字时，我们的心也在滴血。但和实际情况比，这个名单还只能是挂一漏万。

北京的一位社会学家说：中国是一个重视血缘亲情的国家，“血浓于水”这是全民族的共识，“尊老爱幼”是整个中华民族的传统，不要说生死关头，即使是平常，一个人对父母是否孝顺，对家庭是否尽忠尽责，对子女是否钟爱有加，都是全社会用来臧否这个人道德水准的基本原则，从一般意义上讲，当突如其来的灾害降临时，人们在保护自己的同时，优先考虑从与自己关系最密切的人开始施救，这是人之常情，是无可指责的，即使按照西方的“生命平等”的理念，老师自己，老师的父母妻儿的生命权利也同样应该受到尊重，从这个意义上讲，如果在大难临头时，有老师先跑去救父母，救妻儿，这也属于人之常情，虽然不崇高，但至少是应该得到社会谅解的。

让全社会为之感动的是，在灾难来临的那一刻，灾区的绝大部分教师几乎是不约而同地作了另外一个选择，坚守岗位，救护学生，抚慰家长，维护学校的正常运转，维护社会的安宁稳定。

虽然，明知这样的选择带给他们的将是妻离子散，家破人亡的噩梦，今生今世都无法释怀的噩梦！

这更是一种爱。

一种超越了血缘亲情的爱。

一种升华到了崇高层面的爱。

一种令我们每个普通人肃然起敬的爱。

这就是我们通常所说的：大爱。

这位学者说，灾难是一面镜子。曾几何时，因为高考“指挥棒”，因为收费补课，因为教育不公平，因为择校费，因为“贵族学校”，因为招生中的市场行为——教育这片“静地”不静，“净土”不净。“教师”这个职业也遭到了许多诟病，引发了许多忧思。但是“5·12”汶川大地震中，灾区教师，尤其是那些在清贫的环境中坚守在一线的山乡教师，那些把职业的责任置于亲情和生命之上的平凡的教师们所流的血，所流的泪，所流的汗，对于我们所有人的灵魂都是一次淋漓的冲刷和洗礼。

是他们让我们相信——

在中国，教育依然是一个神圣的职业。

在中国，人民教师仍然是一个可以让我们信赖和尊敬的群体。

第五章　飞过绝望的隐形翅膀

温家宝总理在地震灾区亲自指挥救援工作

东汽中学校长（中）在临时板房学校接受采访

山摇地动

穿过死亡山谷，肖晓川对71个娃娃说：快走！绵阳有好多糖等着你们啊

在“5·12”之前，肖晓川还是一个不为人知的普通老师。

他是北川县邓家希望小学的教导主任。

这天下午，肖晓川第一节课“空堂”（没课），正坐在办公室看书，突然发现书晃得拿不稳，紧接着房子开始晃动，正在教学楼上巡视的副校长史少先老师扯着嗓子大吼：“快到操场集合！”

“糟糕，地震了！”这是肖晓川最初的反应。他扔下书，快速跑出办公室，向操场冲去。让他们感到欣慰的是，学校的所有建筑物在剧烈晃动结束后，居然还站立着，连玻璃幕墙也没有掉下一块。

清点人数后，发现全校483名学生一个也不少，包括那位与台湾大歌星同名的患小儿麻痹症的女娃儿——邓丽君。

但是，眼前的情景让大家触目惊心：学校四周的民宅在劈劈啪啪地倒架，远处近处的山轰然垮塌，飞石像下雨一样垂落，白烟滚滚，泥石流裹着被折断的树干，摧枯拉朽，顺山而下，把远处山坳下的村庄端平，平得像抹了水泥一样……

“要活命就要往高处转移。”正是按照这样一个最简单的原则，邓少先和肖晓川他们决定把学生转移到学校外边的一个地势较高的山坡上，等待救援。

站在高处往下看，下面黑沉沉一片，除了自己学校那栋白色的教学楼外，再看不到任何完整的建筑，四处只有轰隆隆的响声。

年纪小点的娃儿，吓得嗷嗷哭，大点的孩子不哭，但只是张大着口，说不出一句话。用娃儿们后来自己打趣自己的话说：全都震傻（音“哈”）了，吓瓜了！

再清点一次人数：483 人，一个不少。

晚上，学校决定在山上宿营，肖晓川和其它老师上山砍竹子，搭棚棚，遮盖物是捡来的废塑料布、编织袋，还有附近正在修房的一户农民（也是学生家长），送来了一大块油布。

棚棚搭得也不算小，但483人装进去后，就成了沙丁鱼罐头，只能背靠背坐着。

晚饭每人只发了一块饼干，让喝一口水，饼干和水都是老师们冒死下山，从废墟里找来的，太少，所以只能发一块，肖晓川说："这叫吊命，有这一口，虽然饿得难受，但人还不至于死"。

这一夜，大雨滂沱，垮山声此起彼伏。老师们彻夜未眠。

第二天早晨，200 多个家长爬上来，把自家毫发无损的娃儿领下山，但到了下午，还有 71 个娃儿没人领，学校领导决定，由包括肖晓川在内的 9 名老师带着这 71 个没人领的娃儿徒步翻山越岭，走出死亡绝谷。

作出这个大胆决定的原因，是因为他们已经逐步知道了大地震后北川县城的惨状，那里需要救援的人太多了，根本顾不到他们头上，呆在这儿，不被震死，也会饿死，困死。

另一个促成他们逃离的原因，是脚下这片看似安全的平地，下面原来是个煤矿，肖晓川听人说过，里面全挖空了。如果这里塌了，那个废弃的煤矿就会成为 71 个学生和这 9 个老师的坟墓。

逃生的路线是连着翻越三座山：水洞子→景家山→杨柳坪。一座山比一座山高。

逃生路上的敌人是：余震，泥石流，飞石，暴雨，高海拔出现的高山反应，还要穿越一片原始森林。

而这支逃难大军中，学生最大的 13 岁，最小的一个只有 5 岁（是学前班的男娃），还有一个因患小儿麻痹症行动不便的女娃邓丽君。

老师也并非都是身强力壮的小伙子，有一位叫罗明艳的女老师，本身就患有气喘病。后来的事实证明，高山缺氧形成的反应，让这位老师脸色发紫，气都喘不过来，差点送了命，所幸她也挺过来了，支撑她的信念是："就是死，也不能死在这里啊！"

肖晓川说，山太高了，路太难走了！即使是没有大地震这样的大背景，没有余震，没有泥石流，没有飞石，没有倾盆而下的大暴雨，就算这是一次在风和日丽的春日里的旅游、远足，也绝对不是一件轻松愉快的活儿。

一直在往高处爬。

一直在泥泞中跋涉。

一直都要眼观六路，耳听八方，提醒娃儿们躲避滚石、倒树还有脚下的蛇虫。

因为道路泥泞，好多娃儿的鞋丢了，老师又要折转身好远去找鞋子，这个娃儿的鞋找到了，那边又有人喊丢了，有时候实在找不到了，路过山上的村子时，老师就去附近的农民家“偷鞋”，白面书生第一次做了“偷鞋贼”，那种心里打鼓，脚杆子发抖的感觉，肖晓川说，他还是第一次体验到呢！

大娃儿牵着小娃儿跑，肖晓川在前面带路，探险，邓少先殿后，还有人在边边上护着，防止娃儿们一脚不慎掉到下面的万丈悬崖里去，娃儿们实在走不动了，老师还得把他们抱一段或者背一段……

最让人困惑的是大地震把山搞变了形，本来应该往上走的路，结果变成了往下，本来往下走的，结果又变成了往上，如果判断不准就会滚到崖下去。

肖晓川回忆说，最恐怖的是穿越那片原始森林，他说这也是他第一次过原始森林，林子里好大好大的树，还有厚厚的落叶堆积而成的松软的腐植质，人踩在上面就像踩在棉花上，也会担心陷下去，大白天里也看不见光亮，成了真正的黑森林，黑森林里经常会有浓得化不开的迷雾，两米之外看不见对面的人，而且，阴冷阴冷，冷到骨头缝里去了，听到娃儿们因为恐惧发出的尖叫声，老师们的心就一阵接一阵抽搐。

小时候，听到山里当挑夫的老人们说，原始森林里的那种浓雾是鬼布的迷魂阵，人要不小心掉进这阵里，魂就被勾走了。

肖晓川说，虽然我们当老师的，接受的都是唯物主义的教育，不相信世界上真有鬼魂，但这种阵势下，我们还是带领学生大声喊叫，喊彼此的名字，互相应答，于是在那片黑森林，响起了 80 个生命的呼唤：

“史少先！你在哪儿？”

“哎！肖晓川——我在这儿——”

“邓丽君！你在哪儿？”

“哎！王丽娜——我在这儿——

80 个人彼此呼唤应答，在黑森林里形成了巨大的回响。这不仅是壮胆，也是人气的聚积，老人们说过，“人身上散发的是阳气，鬼魂代表的是一团阴气，人抱了团，阳气就聚在一起，就是一股很大的力，鬼就把你莫得法，它那团阴气就会散掉”。

肖晓川说，其实，去掉那些的迷信色彩的说法，这场阳气和阴气的斗法，也能给我们很多启示的。

除了山路难行，除了恐惧，另一个最大的敌人就是饥饿。

出发时，学校领导把头一天发剩的食品和水都交给了肖晓川，一共是两袋夹心饼干，几瓶水。

昨天晚上还能每人发一块饼干，现在根本不可能，只能由老师掌握着，给每个人掐一小块，然后让喝一口水，肖晓川说，前面娃儿在吃那一口饼干时，后面娃儿咽口水的响声老师们都听得见，很大很大的响声啊，老师都流泪了，其实所有的老师从“5·12”那天下午开始已经是没吃一口东西，没喝一口水，每个人的胃都像火烧火燎一样难受，嗓子都干得冒烟，实在受不了了，也只能仰起头张开口，接几滴雨水，润润喉咙……

为了保持娃儿们的斗志，老师们就变着法子给他们搞精神会餐，一路上，老师们不断喊：“快走哇！加油哇！绵阳有好多糖等你们哇！还有冰激凌，还有面包，还有可乐！”

饿极了的娃儿们仿佛真的看到了五颜六色的糖、面包和冰激凌，流着口水跟着跑，拼命地往山下跑……

经过两天一夜，5月14日下午，翻山越岭的71个娃儿和8个老师终于到了北川任家坪收费站，在县里的指挥部帐篷，肖晓川见到了县长经大忠，这个在几天的灾难中变得又黑又瘦胡子拉碴的羌族父母官，拉着肖晓川的手问：“就剩这些娃儿了？”肖晓川回答说：“没事，483个娃儿，一个都不少”，县长惊呆了，转瞬间涕泪泗流：“你们了不起！我以为你们全都不在了啊！”

从重庆过来救灾的武警们把像泥猴一样的71个娃儿们和9位老师接上了大巴车。

车一开，吃了面包，喝了水的娃儿们呼呼地睡去，摇都摇不醒。

肖晓川和几个老师没敢睡，看着娃们那张张疲惫的小脸，心说：“睡吧，睡吧！睁开眼睛你们就到绵阳了，就到了天堂了！”

肖晓川说，对于这些从来没有走出大山的孩子，对于刚刚逃出死亡绝谷的娃儿们，有糖、有面包、有冰激凌和可乐的绵阳，就是他们心目中的天堂啊！

刘应琼找到“失踪了”的那批学生时，刚吃饱了蛋炒饭的娃儿们围上来说“老师，我们好久没吃这么香的米饭了啊！”

和北川邓家希望小学惊险的出逃故事一样，这也是一曲凄惋感人的《出北川记》。

这个故事发生在北川县东北角的陈家坝乡，主角是39岁的陈家坝中学校长刘应琼。

5月13日中午，接到乡临时救灾指挥部关于带领师生徹出陈家坝的命令时，刘应琼实际上已经是个重伤员。

头一天下午，地震来临后，刘应琼第一时间赶到教室救学生，当时房屋剧烈摇晃，巨大的汽浪冲击着人无法站立，突然，她发现二楼的走道上还有两个学生，被气浪冲得东倒西歪，极有可能被甩到楼下，或是撞到走廊的立柱上，她不顾一切地冲上去，抓住两个学生往地下按，学生得救了，她自己则被撞到立柱上……

脑震荡，头剧烈地痛，呕吐不止，左半身从上至下瘀紫；刚做过手术的左眼乌青，肿得像一只桃子……

然而，她的位置注定了她即使是重伤员，也不能下火线，从教学楼爬下来后，她又带领男老师到初二（4）班所在的乡政府旧楼施救，组织学生转移，接待安抚家长，帮助救护伤员，在12号“黑雨”之夜她和全体教师一起，陪护着学生在泥泞的菜地里坚守了一夜……

接到转移的命令后，刘应琼强撑着伤病的身体从泥地上爬起来，让人把老师们找到一起开会。

刘应琼知道，情况非常危急，陈家坝乡就在九台山和另一座山相峙的峡谷里，一条小河——陈家坝河穿镇而过。现在两侧的山都在向中间垮塌，附近的一些村子已经被垮山和泥石流整体掩埋，陈家坝河的水位也在急剧上涨，余震不断，大地还在不停地抖动……

“陈家坝很快会变成海子！”

死亡的信息满天飞，整个陈家坝都像被死神扼住了咽喉，一个关于“沧海桑田”的故事即将上演，如果她们不走，就将是这个悲剧的主角。

刘应琼对老师们说：“这些没有人来领的娃儿，好些家庭父母可能已经遭殃了，他们每个人都是一个家庭的种子，也是我们陈家坝的种子，如果我们不把他们带出这片绝地，好多的家庭就绝了，陈家坝的明天就不存在了啊！”

刘应琼说：“我们也知道，这条逃亡的路，也是一条生死不明的路，会遇到很多困难，甚至会有牺牲，但是，再大的困难，再大的牺牲，也比束手待毙，比等死要强得多……”

目送着老师们去动员、组织学生，刘应琼悄悄地把另外几个老师留下来。

刘应琼看到这些老师的眼里都噙着泪，有的肩膀在不停地抽动，她们一直在努力压抑着自己不让哭出声来。

她知道，这都是些有亲人在昨天下午的地震中遇难的老师——

付红梅，一年级一班的班主任，那个最疼她的父亲没了；

陈定培，一年级二班班主任，家里被震后的泥石流埋了，父母、儿子、以及除妻子之外的全部亲人都被埋在地下……

焦明芳，一年级三班班主任，妹妹、侄子遇难；

王文翠，二年级一班班主任，这个为了抢救学生身负重伤，现在正躺在担架上的女老师刚刚知道，她在北川县城上小学的儿子也没了；

朱显俊，二年级二班的班主任，同一天痛失两个亲人——丈夫和儿子，从昨天下午到现在，刘应琼看见她一直在为学生跑前跑后，坚毅的脸上，甚至看不到一滴泪水，现在她扑在校长怀里耸动着肩膀，整个身子都颤抖着，颤抖着，却坚决不让自己哭出声来——

张玉梅，三年级二班班主任，像父亲一样拉扯自己长大的哥哥还有嫂子双双遇难。

……

面对着这些悲伤到了极点的老师，刘应琼眼里含着泪，尽量压低声音说：“老师们，我知道你们此时此刻的心情，我们都是人生父母养的普通人，也都是为人父母的凡人，失去亲人的痛楚，我和你们一样感同身受啊！”

扑在刘应琼身上的朱显俊抬起头来说，“校长，我们听说了，你的母亲也……”

刘应琼含着泪水，点点头，“也是垮山，我们家在半山腰的房子都被埋了，埋得连树都看不到尖尖了，我父亲因为在外头地里作活，侥幸捡了条命……”

刘应琼听到周围一片哭声，连忙说：“老师们，大家不能哭了，现在是非常时期，我们没有时间悲伤，在学生们心目中，我们就是靠山和顶梁柱啊！如果让娃儿们听到我们的哭声，她们的精神就会垮掉，那这支队伍，我们就更带不出去了啊！”

哭声小了一点。

刘应琼抹干自己脸上的泪，仰起脸说："老师们，听我的，抬起头，抹掉泪水，回到学生中去，等到了绵阳，等孩子们安全了，我们再放开嗓子哭！我们是女人，我们是为逝世的亲人而哭，哭不丢人，但是我们现在不能哭！"

刘应琼看到，所有的人都抬起头，挥手抹去眼角的泪水，站起来，向自己的学生走去……

这是一次悲壮的大迁徙，一次感天动地的大逃亡。

下午一点，陈家坝乡镇上全部娃儿（被家长接走的除外）1000多人，按照幼儿园、小学、中学的次序，排成一条长龙，离开笼罩着死亡气息的故土，徒步翻山越岭，去寻找生的希望。

在这支队伍里，最大的学生不到16岁，最小的娃儿，也就3—4岁，带领他们远征的就是这三个学校的校长、老师。在中学的队列里，书记走在最前面，班主任走在每个班的最前面，科任老师穿插在队伍中间或后面，刘应琼拄着一根树棍做的拐杖，紧跟在队伍最后面。

按照事先设计的路线，队伍从陈家坝出发，经过红岩、太洪、金鼓、桠上到桂溪，再去受灾稍微轻微一些的江油市（这是本校老师郑金成昨晚带回来的信息）然后去往北川县的上级市——绵阳市，那里公认是比较安全的地方。

这是一条有100多公里长的迁徙路线。

这是一条四处显露着杀机的迁徙路线。

路，已经不成其为路，到处是塌陷和裂缝，山在昨天的震动中散了架，又在一天一夜的暴雨中泡成了酥软的稀泥，没有余震也会随时有飞石顺山而下，即使不下雨，也会有泡软的山"轰隆隆"地垮下来，刚才看着前面还是路，走近时却又变成了山——寸草没有的新的"山"。

刘应琼拐着树棍，艰难地跟在队伍后面，一颗心提到了嗓子眼，这个有十多年党龄的共产党员，现在也宁可相信有老天，有菩萨，有上帝，她一路上都在祈祷，诸路神灵啊，开开眼吧，放娃们一条生路吧，给陈家坝留些种子吧！

刘应琼说，在那种情况下，她感觉到人的力量的脆弱，因为队伍太长，娃儿们太小，只能像长蛇阵一样，全都暴露在山路上，逶迤而行，真要遇到险情，想快速通过，都是不可能的啊！

中间还要经过一条河，这条平时经常干涸见底的河，居然成了一条水流湍急的“大河”，横亘在这支脆弱的逃生队伍前。

三个学校的男老师中识水性的人，已经站出来，捲起裤管下河去探路。

所幸水还不太深，为了确保学生安全，男老师们站在河水中，两人一对相向而立，先把幼儿园的娃们一个一个抱着传到对岸去，再护着大一点的学生，淌过河去。

历尽千辛万苦，队伍终于走到了桂溪乡公路上的加油站，此时，已经是下午6点，从出发到现在，他们徒步走了5个小时，路程是22公里。

所有的孩子都一屁股坐在加油站边的地上，拉都拉不起来。

刘应琼也坐在地上，累成了一摊泥。

她让老师们给孩子发点吃的，喝的，所剩的饼干开始是计划一人一块，发到后来，眼看不够了，改成一人半块，10个学生喝一瓶水，为了防止前面学生喝得太猛，由老师控制着，用瓶盖作量器，每人每次限喝一瓶盖……

40个老师一共只有一瓶水。也是每人一瓶盖，刘应琼看到书记邓忠全、主任张鹏、工会主席蒋科，还有一些老师只是做了个仰头喝水的样子，滴水未沾，饼干更没有老师们的份。

雨，还在不停地下，天渐渐暗下来，他们离江油还有几十公里，离最终的目的地——绵阳则更加遥远。

刘应琼对书记和主任说：“不能再这样走下去了，娃儿们已经坚持不住了，老师们也不行了，从昨天下午到今天傍晚，老师们已经快三十个小时没吃没喝，再拖下去，会出人命的。刘应琼说，现在唯一的办法，是在公路上去拦车，无论什么车，汽车，拖拉机，手扶拖拉机——只要是往江油、绵阳方向的车就拦，多送一个是一个”

刘应琼后来在电话里接受我们采访时说：“那天，公路上确实有很多车经过，但大多是逃命心切的车，本来就开得快，看见前面这么多大人娃儿，更是踩了油门，跑得飞快”刘应琼说，“也不能怪人家啊，大难临头，逃生也是人的本能啊！”

好在总有好心人，陆续地有一些过路的车停下来，有装货的卡车，拖拉机、手扶拖拉机，也有小型面包车，甚至还有小轿车，听说是从北川灾区逃出来的，这些人二话没说，紧着空间装，能装多少是多少……

到了晚上七点钟，刘应琼他们把最后一个学生塞进一辆小面包车时，发现车上已经没有她们的座位，她和中学的书记邓忠全，小学校长以及主任（刘的丈夫）四个人被扔在了路上。

之后好长时间，再没有一辆车在他们身边停下来。

邓忠全书记提议徒步往前走。

刘应琼却再也走不动了，她说，你们自己走吧，打死我也走不动了，反正我们把几百个娃儿毫发未损地带出来了，我完成任务了，至于我自己是死是活，听天由命了。

三个男人看刘应琼不走，也只好停下来陪着她。

没有了需要保护的学生，没有了需要她鼓励的老师，刘应琼现在还原成了一个女人，一个脆弱的，需要人呵护，甚至有点任性的女人。她靠在丈夫的肩膀上，喃喃地说："昨天早晨，妈还下山给我们送胡豆啊！怎么下午，人就没了呢？"

刘应琼清楚地记得，昨天（5月12号）早晨六点多钟，她们夫妻俩刚起床，母亲就来敲她们的门，说是来给她们送新鲜的胡豆（蚕豆），接过母亲递过来的还冒着热气的熟胡豆，刘应琼嗔怪地说："你又是剥胡豆，又是煮胡豆，又要走上十里路送过来，莫不是一夜没睡吧？"母亲说"老年人瞌睡少，胡豆是从自家田里摘的，比你们在街上买的新鲜，不是怕你们上班了吗？所以我天不亮就下山了。"

因为要赶着上班，刘应琼没有挽留母亲，她和母亲一起下了楼，看着老人家步履蹒跚地往回走的背影，刘应琼感动得想流泪。

但她做梦也没想到这会是她和母亲的最后一次见面。

晚上七、八点钟，满身是泥的父亲跌跌撞撞地找到了中学转移的那片菜地，告诉了刘应琼一个惊天噩耗，在下午的地震中，她们家建在半山腰的房子，被垮下的山体埋了个严严实实，父亲哭着说："你妈没了，房子没了，连棵树也看不到了啊！"

父亲告诉她，他自己是因为在地里干活，虽然也险些被摔到山崖下去，但总算逃出来了，捡了一条命。

听说母亲死得这样惨，刘应琼说，当时，跟着母亲一起去死的心都有啊！

那一天晚上，在他们四个人都打算听天由命的时候，一辆面包车停在了他们身边。

听到有人喊"刘老师"时，刘应琼才认出面前这个年轻人是她多少年前的学生，他的母亲也在学校里工作，这个孝子是准备冒死回陈家坝寻母的，当听说他的母亲已经在前面跟着学生去了江油时，这位昔日的学生把四个"天涯沦落人"

拉到了江油。

一到江油预定的集合地，一个可怕的消息让刘应琼胆战心惊，陈家坝中学有两个班的学生不见了！

刘应琼急得团团转，她四处打听，有人告诉她，好像是拦了辆车去绵阳了。

刘应琼丢下那根做拐杖的树棍，要了一辆出租车，告诉司机“去绵阳，越快越好！”

进入绵阳地界，刘应琼的手机开始有用了，她拨通了那两个班的班主任之一的云碧琼老师的电话。

晚上九点，在绵阳一中英才学校，刘应琼见到了“失踪了”的那两个班的学生和老师，娃儿们刚换了一身新衣（是英才学校捐赠的），吃饱了鸡蛋炒饭，看见校长，一个男娃儿说，“老师，绵阳的鸡蛋饭好香啊！我们好久没有吃这么香的米饭了啊！”

刘应琼望了一眼云碧琼老师，两个女人强忍着泪水，半天说不出一句话来……

钟期勇：高山密林中“两人学校”校长，下山的路为什么这样难？

今年43岁的山村教师钟期勇，是什邡市红白镇属下的“少华学校”的校长，这所学校，连他在内总共只有2名教师，16名学生，三间教室，一间办公室。学校门口的院坝（操场）有半个篮球场，半副篮球架子是山民们帮着用木板钉的，因为多年的风吹雨打，已经不能用了；还有一副乒乓球台，是用两块水泥板子搭在砖头上，是孩子们课间休息时蜂拥而至，抢得热热闹闹的地方。让钟期勇很得意的是，学校还有一个阅览室，里面的图书杂志是山下的巴蜀电站赠送的，少数是自己和另一位郑老师掏自己的工资钱买的；学校还有一笔重要的财产——一台老式的脚踏风琴，这是钟期勇给娃儿们上音乐课时用的，六一儿童节，学校搞少先队活动，钟期勇也用这台脚踏风琴，给娃儿们表演的节目伴奏。

当然，院坝上还有一根旗杆，顶端飘扬着鲜艳的五星红旗。

虽然全校连老师在内一共只有18个人，但每个星期一，他们照样要举行升旗仪式，这也是附近村民很熟悉，百看不厌的节目。

这里是四川省什邡市最边远的红白镇下属的最边远的学校，座落在龙门山脉深处。

钟期勇，1965年生人，在这所“两人学校”任教已经25年，刚踏进校门时，他还是个18岁的毛头小伙子。

他的另一位同事——女教师郑邦蓉与他同岁，1980年投身教育，28年来一直在高山教学点任教，2006年从另一所高山学校并入“少华学校”，成为钟期勇唯一的拍挡。

2008年5月12日中午以前，他们的生活平静，平淡，充实，踏实，甘苦自知。

这天下午，第一节课钟期勇要给班上的8个学生上音乐课，脚踏风琴已经抬进了教室，听到钟老师在给风琴调音，娃儿们兴奋莫名。

课还没开始上，地震发生了，先是上下震动，接着是左右晃动，钟期勇用最快的速度组织学生彻离，他左手拖开前面的桌子，形成一个通道，右手顶住教室门，指挥学生快跑，待娃儿们跑到操场的院坝时，钟期勇一脚跨到门外的阶沿上，“轰隆”一声，学校的屋塌了，瓦片像雨点一样飞落下来，屋上的檩子、梁横七竖八地落下来，砸在了娃儿们的课桌上，椅子上……

在滚滚烟尘中，钟期勇看到另一位女老师郑邦蓉也跑到了操场，被她像羊子一样驱赶着跑在她前面的是一个个子矮小的女孩，全校年龄最小的女生（5岁），钟期勇一颗提到嗓子眼的心稍稍往下落了一点。

和所有人对地震时间的记忆不一样，钟期勇说，他们在山上感觉到最剧烈的地震持续了快30分钟，然后才是间隔一分钟或者三分钟一次的余震。

当震动稍微平息一下之后，钟期勇清点了一下人数，全校1—3年级共16个学生全部脱险，而且毫发无损，两个老师也安然无恙。

学校的教室办公室完全垮塌，操场上半个蓝球架子倒了，乒乓球台子塌了……

让钟期勇惊讶和感动的是，只有那根旗杆依然耸立着，鲜艳的五星红旗还在风中猎猎飘扬。

这之后，钟期勇和郑邦蓉开始带领学生撤出学校操场，在四面轰鸣的垮山声中寻找临时身栖身之所。

在校外的一块缓坡上，他们自己动手为学生搭了个棚棚，一户正在修房子的农民（房刚建成也垮了）送来了一块遮雨的油布。

然后是把没被家长接走的学生背回到一公里外的自己的家里。

钟期勇家的房也在地震中遭到破坏，但因为是木结构房，所以只有屋顶的瓦被掀翻了，用油布遮住其中一间，尚可避难。

从5月12日晚至14日，他们在连天的大雨中，守着学生，靠废墟里挖出的米熬粥，每人一小碗，钟期勇说，这两天，过得还不算太苦，毕竟没有断炊哦！

14日晚上，雨住天晴，山顶的天空，居然出现了久违了的月亮。

钟期勇他们商议，明天一定要下山，把娃娃们带出去。

具体说到如何出去，又是一筹莫展了，从派出去探路的人带回来的情况看，所有可以下山的路都被几天来不间断的垮山和泥石流埋断了，山破了，矮了，曾经的路变成了新的山——寸草不生的新山，还有河流上的桥梁也断了，指望沿着以往熟悉的路走出去，只会是死路一条。

有从山外九死一生逃回来的人给他们指了一条路：这是一条过去猎人们走过的路，先爬上这一片山上的最高峰——黑龙池，经黑龙池到八卦岭，然后下山往木瓜坪，到金河煤矿，再沿着铁路走到红白镇。

钟期勇听了，倒吸了一口气，他年轻时随父亲上山砍柴背炭走过这条路，那根本就没有路啊，是一路拿着柴刀砍出的一条路！那还是风和日丽的平常日子，这回可是大地震期间，是四处垮山、飞石的灾难日子啊！

但是，既然只有这条路，龙潭虎穴，也只能闯啊！

大逃亡是从15日凌晨五点开始的，头天晚上，钟期勇的爱人和郑老师就一直在忙碌着，收集那些空的矿泉水瓶子，把家里储水窖里水舀出来（山里雨少，每户人家都有水泥的水窖，把雨水接了存下来备用）烧开，摊凉，再灌在瓶子里，明天发给娃们，就是自制的矿泉水，解渴，喝了也不会闹肚子，备好水，再把一切可以填肚子的食物找出来，聚集在一起……

钟期勇和几个山民在准备砍刀，绳索。

爱人悄悄走过来，拉了拉钟期勇的袖子，小声说："我看见郑老师一个人在那边哭啊！"

钟期勇叹了口气，他知道郑老师是在惦记她的家人，她的丈夫在山下的洞子挖煤，地上还闹的这样凶，地下的洞子岂不是更危险啊？她的小女儿在红白镇上读书，听逃出来的人说，镇上的小学和中学楼都垮了，几百个娃儿埋在里面，没跑脱哦。还有她的家就在八卦岭下的水磨沟村，听说那个村被垮山埋了个严严实实，那里有她22岁的女儿，大学刚毕业，刚参加工作，还有她的母亲、嫂子一大家人啊……

而现在是一点消息也没有。

钟期勇走到郑老师身边，看郑老师手里在忙里，眼里却含着泪水，还没待他开口，郑老师先说话了，“钟老师，你忙，我没得事的，我就是没得到他们的信，心里不安……”

钟期勇嘴唇动了两下，不知说什么好，最后出口的话，连自己也觉得言不由衷“郑老师，没得事的，心放宽些，早点歇着，明天的路上还不晓得几艰难呢！”

尽管钟期勇他们对下山路途的艰难，作了最充分的想象，但第二天的所遭遇的困难还是让他们心惊胆战，不寒而栗。

听说钟老师他们要带学生娃们下山，困在山里的外地施工人员和在山上开“农家乐”的老板们，也决定跟他们一起走，本来很小的一支队伍，现在变成了浩浩荡荡的500多人。

钟期勇因为是土生土长的本地人，又曾走过这条路，所以成了在最前面的探路人，郑老师还有部分家长，（主要是女性）带着16个娃娃，紧随其后，然后才是那支由山外人临时组成的大部队……

去往黑龙池的路是一直向上攀升，原来印象有路的地方，有的垮塌得面目全非，有的裂开了1至2米宽的裂口，队伍走走停停，因为要等钟期勇他们去砍树，在断裂处架“桥”，在陡坡处搭梯，还要扶着娃儿、妇女们，颤颤巍巍地从“桥”上跑过，从“梯”上攀上去，或者干脆是托着娃们的屁股推上去……

前面是一架更陡的山，再高的树做的“梯”子也爬不到山顶。

队伍只能又停下来。

一个姓肖的家长满脸戚然地告诉钟期勇，他们一家人，除了他和在学校读书的娃儿，其它人全都被埋在泥石流里，男人说：“娃儿就是我们家唯一的指望了，钟老师，你无论如何，一定要把他带出去啊！”

钟期勇说：“你放心，只要我在，就不会让一个娃儿落下，我们会把他们送出去的！”

爬上黑龙池的那段最陡峭的悬崖，钟期勇说，我们靠的山林中的古藤，那些长了几十年、上百年的藤子比任何绳索都结实，把它砍下来，一头拴牢在山顶的树上，一头系在人的腰里，人再从“树梯”上往上爬时，等于系了一根保险的绳子，不会爬到半途时突然掉下去，实在爬不动时，先到山顶的人就帮着往上拉。

就这样把16个学生，还有家长，还有那些跟着的山外人弄上黑龙池时，已经是中午十二点了。

队伍在稍微平缓些的黑龙池小憩片刻，让娃儿们喝几口水，吃两块饼干，又接着往八卦岭。

从黑龙池往八卦岭的路，也非常险，山在向两面垮，有的地方山梁只有2—3米宽，钟期勇带着学生，一个牵着一个快速通过，然后，再做下危险记号，提醒后面的人，小心通过……

到了八卦岭，郑邦蓉老师在知道了她的丈夫从煤矿洞子逃生，正在上山寻找她的喜讯的同时，又亲眼证实了一个更大的噩耗，因为站在八卦岭，就可以望见山脚下的水磨村——那里是郑老师的家，那个曾经“绿树林边合”的生机勃勃的山村，现在已经荡然无存，变成了一座新的黄褐色的山，一座吞噬了无数生命的死气沉沉的坟墓。

郑老师的一家，包括她22岁的女儿，年迈的母亲、嫂子、小姑子等全家20来口人全被埋在黄土之下。

郑邦蓉望着山下，目瞪口呆，她张大着嘴，欲哭无声，突然，双脚一软，跪倒在地上……

安慰了一下郑老师，队伍又接着往前进，这一回是下山。

上山不易，下山更难，依然是靠砍树，架桥，搭梯，砍古藤作成吊绳，帮助一个个娃儿滑到山下去。

在下山途中，所有的人又亲眼目睹了一幕人间悲剧，在一处垮山严重的路上，跟着他们下山的一位外山人——后来查明是开发“欢乐谷”的职工——被正好垮下的山石埋了，每个人都只能眼睁睁地看着悲剧发生，任何救援的企图都是徒劳无益的，甚至会付出更多人被埋的惨重代价。

这个悲剧发生的时间，距离钟期勇和他的学生经过这段路的时间，只相差五分钟。

下午2：00，一直在深山老林里攀爬的钟期勇终于嗅到了人间烟火——他们到了地势相对平缓的木瓜坪，这里是一个自然村落，地震后虽然也屋倒房塌，但能听到鸡犬人声，钟期勇悬了一天的心开始往下落。

下午3：00，到达下一个目标——金沙煤矿，然后是沿着铁路向红白镇徒步前进。

下午5：00，衣衫滥缕的钟期勇带着浩浩荡荡疲惫不堪的逃难大军，进入也是满目疮痍的红白镇，在救助站的帐蓬里，他见到了什邡市教育局的高局长。

高局长握着钟期勇的手问：“都带出来了？”

钟期勇说“都出来了！”

高局长问“一个都不少吗？”

钟期勇点点头“是的，一个都不少，包括一个5岁的女娃！”

高局长使劲拍着钟期勇的肩膀说：“感天动地！感天动地啊！”

7月26日上午，正在北京写作本书的我们接通了钟期勇的电话，他给我们补充了几件事：

第一件事是：郑邦蓉老师的小女儿后来被证实已经脱险。钟期勇说，老天无情，老天也还有眼啊，红白中心学校，中学小学几百人遭殃，郑老师的女儿居然脱险了，郑老师到了红白那天，听到这个消息，执意要徒步去什邡找女儿，后来是一个好心人开车把她送过去的，到了什邡，又说在高坪，晚上十点在高坪救助站，郑老师找到了她的小女儿，母女俩据说是抱头痛哭……

第二件事是：什邡市教育局已经作了决定，钟期勇坚守了25年的高山学校——少华学校停办，学生和老师都安排到红白镇中心小学，就是张德强负责的那个学校，虽然小学的楼也垮了，但板房学校快要竣工了。钟期勇说，刚才接我们电话时，他就在板房屋顶上绑铁丝，加固房顶。

听我们恭喜他终于可以下山时，钟期勇有些伤感地叹了口气，他说，他是真舍不得山上的学校啊！毕竟，他在那里坚守了25年，一草一木都有感情啊。钟期勇说，这25年里，他只有一次动摇过，那是1993年，当时，他还是个民办老师，一个月的工资只有100来块钱，不够一家人买米买油的钱，还不一定能按时发。有朋友帮他在成都找了份月薪500元的工作，还管吃管住，钟期勇下决心走，接他的朋友还专程上了山。可是没想到那天早晨他和朋友背起行囊，准备步行到山下的水磨沟搭车时，他教过的娃儿们都到他家来了，娃儿们拉着他的衣袖哭着，求他，不让他走，先是娃儿们哭，后来他也哭，再后来他爱人也哭，钟期勇心一软，放下行囊对来接他的朋友说：“对不起啊，让你操心了，我还是不去了，我还是舍不下这些娃儿们啊！”钟期勇说，打那之后，他就再没有动摇过，原本是打算在山上干到退休，在山上养老，没想到，地震了，一切都变了……

第三件事是关于他的家，我们问：“你们山上的家，还能回去吗？”钟期勇说，怕是也不行了，他说前不久，北京来了几个专家，执意要上山考察，我爱人给他们带的路，结果上去了被困了4天，险些送了命，他们还亲眼目睹了洪水把一个村寨的房子呀，鸡呀，猪呀，牛呀冲走的惨状，破坏太大了，不是三年两载能够恢复的。

最后，钟期勇还给我们透露了一点私人的小秘密，他说这二十多年当老师，无论是民办还是公办老师，无论是每个月60块，90块，120块还是转公办后300块，总是缺钱，每个月都要向人借，到了下个月发了工资把别人的钱一还，买米买油又要借钱，即使是现在可以拿到1000块左右，可是光儿子读中专，一个月的费用就得千把块啊，钟期勇说，前两年，他们动了点心事，在家里搞了个简易的“农家乐”，一年虽然只能做七、八两个月的生意，好歹也能赚个几千万把块钱，终于可以不要每个月向别人借钱了啊，可是，这一地震，都砸光了，啥子也做不成了啊！

放下电话，我们久久说不出一句话来。

黄承敏：我看见温总理了，总理来了！飞机来了！我们真的有了飞过绝望的翅膀

今年52岁，做了30多年校医的黄承敏说，今年5月12日—13日是她职业生涯中最黑暗，最无助的两天。

校医在整个国家的医疗保健体系中，从来都是一个最边缘，最末梢的环节，做了30多年“医生”，实际上也就是处理一些头疼脑热、拉肚子的小病小灾，以及需要涂抹红汞、碘酒的皮外伤，真有严重的病例，也只是作些应急处理后，转移到校外的正规医疗机构去，所以学校的医务室里也就预备一些红汞、碘酒，扑尔敏，安定，生理盐水和少量的止血棉、绷带等。

按照上级关于校医配制的规定，像她所在的漩口中学这样有1500多名学生（而且大部分为住读生）、100多名教师的学校，至少应该配备2名校医，但自从另一名校医退休后，黄承敏就成了漩口中学唯一的校医。

黄承敏是个像男人一样豪爽，干活不知道叫苦叫累的人，对于一个人干两个人的活，她没有任何怨言。

她从来没有想到的是，有一天她会被推到一个“战地医生”的位置上去，直接面对那么多流血，那么多的死亡。

最恐怖的是，她像一个在前线的战士，面对着迎面冲上来的乌压压的敌人，

突然发现自己基本是赤手空拳。

“5·12”大地震那天下午，最让人揪心的不仅仅是天崩地裂、房倒屋塌，而是那些被老师学生们冒着生命危险救出来的伤员，得不到及时有效的救治。

映秀是个一万多人口的小镇，镇上唯一的一家医院，在地震中遭受重创，即便如此，医院的倒塌的废墟前也挤满了抬着伤员的各种奇形怪状的担架：门板，床架，滑竿，甚至围墙的铁栅栏，从瓦砾堆中爬出来灰头土脸自己头上的血还来不及擦干的医生们，面对着蜂拥而来的伤员，急得像热锅上的蚂蚁——医院的药品和器械，好多也被埋在废墟里了。

许多的伤势过重的重伤员，按照映秀医院正常情况下的处置能力，必须迅速安排病人转院，转到都江堰、成都的大医院去治疗。

可是，映秀实际上已经沦为孤岛，不仅公路运不出去，天上也是大雨倾盆，浓云密布，在山高谷深的映秀，可以毫不夸张地说，即使给每个病人插上翅膀，让他们变成鸟，也休想飞出映秀的上空。

所有的伤员唯一的选择就是“等”

“等”的结果当然是两个：或者“等死”，或者“等活”。

黄承敏说，后来外面流传一些故事，说一个医生判断哪个病人先治还是后治，只能靠问：“你疼得厉害吗？”叫疼的就给他打一针，不叫疼的就让他等着。有位医生的儿子也负了伤，医生问儿子“你疼吗？”儿子摇摇头，医生就去照顾别人了，忙了一圈回来，发现儿子已经死了。

黄承敏说：这并不夸张，“5·12”那天晚上包括她自己在内的映秀所有参与了救援的医生，都曾经直接面对过死亡，看着本来可以治疗的伤员不能治，眼睁睁看他们渐行渐远，那种痛苦对于一个以救死扶伤为天职的医生来说，是痛苦，更是耻辱啊！

黄承敏说她是看着张旭老师走的，从外表上看被气浪从阳台上掀到地面的张旭没有外伤，但凭她多年的经验，肯定是内伤，内伤比外伤更可怕，所以一发现张旭受伤，黄承敏就组织人往镇上的医院送，医生检查了一下，没有发现出血，也没有骨折，说：“这样的病人抬来搞啥子嘛？没看到这里已经乱哄哄了吗？”

张旭又被抬回到漩口中学搭的棚棚里，黄承敏说：“莫得法。”她说她自己也知道，要救张旭，只能是转往大医院，可是，那个时候只能是痴心妄想啊！

即使是留在学校的棚棚里，黄承敏也不能始终陪在张旭身边，那天学校有太多的伤员，缺胳膊断腿的，肋骨骨折，盆骨骨折的，还有王福春老师背上来的一个学生，头皮都撕裂了，头发垂下来遮住了半张脸……

黄承敏说，虽然自己当了30多年医生，在给这个学生缝合时，她的手也在不住地发抖啊！

那天晚上黄承敏一直在忙着救治学生、老师，从废墟里抢出来的酒精用光了，就使白酒，（也是从学校小卖店里挖出来的）替代，绷带用完了，就撕衣袖撕床单代替。

黄承敏说，到了最后，连干净点的床单也没有了，只有张旭盖的一条床单还比较新，黄承敏咬咬牙，去取这条床单时，已在弥留之际的张旭死死抓住这条床单，口里断断续续地说“我冷，我冷……”

黄承敏哭了，她说：“莫得办法呀，还有那么多娃儿们要包扎，要止血……”

那天晚上，黄承敏和张舜华握着张旭渐渐冰凉的手，送这个还没有过40岁生日的女人上路，黄承敏一边哭说，一边说：“张旭，你安心去吧，你娃儿的事我们都会替你管的，不会让他挨冻受饿的……”

送走张旭后，黄承敏对校长张舜华说：“明天一定要下山去搞药！”

张舜华说：“我明天陪你去，就是去偷，去抢，也不能看着老师和学生这样不明不白地走啊！”

13号下午，黄承敏和张舜华冒着大雨和2—3分钟一次的余震，在遍地狼藉的映秀街上找药，找了一上午也一无所获，快到中午时发现一家药店的门开着，药店老板居然是一个熟人，“我晓得你们是为了娃儿，我也有娃儿在漩口中学呢，你们拿吧！捡你们急需的！”

黄承敏说：“我给你开个单子打个条子吧，等以后学校补你钱！”

张舜华也说：“对，过后你拿条子来找我，我是校长。”

老板大度地笑了笑：“说啥子钱啊！昨天要是震死了，不就啥也莫得了，大灾大难的，救娃儿命要紧！”

不过最后，老板又叮嘱了一句：“你们也别全拿完了，给后面的人再留点吧！”

黄承敏说，灾难见人心啊，像药店老板这样把钱财置之度外的人，那段日子，她们也遇到了不少。

14号上午，映秀上空的雨开始变小了，天空虽然依然浓云密布，但能见度已经大了许多，中午从镇上传来好消息，下午温总理要到映秀视察灾情，空军的直升飞机要来运送伤员。

黄承敏喜出望外，连忙组织老师同学把伤员运到山下去。

不需要任何人指点，她们也知道把伤员往哪里送，四面环山的映秀总共只有一块平地，这就是漩口中学门口，紧靠岷江的那片地，“5·12”下午，漩中师生最初转移的那片空地。

黄承敏说：“只要有飞机来，就只能停在这块地上。”

下午两点过后，军队临时划定的警戒线外，（因为找不到石灰，警戒线是用面粉划的）早已摆满了等待转移的伤员和家属。

黄承敏说，那之后，她们一直都在仰着脖子，看着天上，看有没有飞机飞过来，“那是在盼望救星啊！”

下午3：40，人群开始沸腾起来！有人高喊：“来了！来了！”黄承敏看见远处的天空出现了几个黑点，渐渐黑点越来越大，终于看清了，是草绿色的军用直升飞机，一架，两架，三架……

黄承敏像个娃儿一样蹦起来，跟着众人大喊：“总理来了，我们真的有了飞过绝望的翅膀！”

3：50，直升飞机停在了警戒线内的空地上，离黄承敏很近，螺旋桨搅起的风吹散了黄承敏的头发，她看机机舱门打开了，温家宝总理走下飞机，用目光扫视了一下四周，迅速发现了放在警戒线外的伤员担架，总理不顾警卫人群劝阻径直向伤员走来。

黄承敏热泪盈眶，所有的人都在流泪。

温总理走近伤员，俯下身子和离他最近的伤员、伤员家属握手，总理说：“你们受苦了，我们会想一切办法把你们救出去，公路不通就用直升飞机，现在我们正在想方设法增加直升机，总之，一定要把你们都救出去……”

过了一会，总理又走到岷江与渔子溪交汇的那座水泥桥上（震后那座桥已经变成了一座危桥）察看渔子溪对面的灾情，在那座桥上向四周的干部群众发表讲话。

总理说：“你们受苦了！地震发生后，党中央，国务院非常关心汶川的老百姓，时刻惦记着这个地方……看到你们现在的困难，看到死伤的群众，我们心里非常难过，现在我们就是要想方设法救人，把救人摆在抢险救灾的第一位……”

温总理站在危桥上讲话时，余震一直不断，总理背后的山上，不断传出垮山的轰隆声，黄承敏说，看见总理，我们就觉得亲切，温暖，不觉得他是个离我们很远的大领导，倒像是自家里可亲可敬的老人、家长，看总理在那样险恶的环境下讲话，我和我身边的人都在喊：“总理啊，快离开那儿，那儿危险啊！”

总理离开映秀后不久。

第一架执行救援任务的飞机停在了黄承敏身边，一个年长的军人走下飞机，黄承敏立即冲上去，拉住军人的衣袖说：“首长，救救我们学校的学生和老师吧！”

老军人打量了一下黄承敏，问：“你是校长？”

黄承敏说：“我是漩口中学的校医黄承敏。”

老军人又问：“你从医多少年？”

“32 年。”

“好！”老军人说：“看得出来，你很敬业。黄医生，我现在交给你一个任务，你能够完成吗？”

黄承敏想也没想就说：“能！”

“黄医生，”老军人弯下腰对黄承敏说：“你看，场地上有那么多伤员，可是这里场地太窄，每次只能停一架飞机，那么谁应该先走，谁可以后走，这得有一个标准，有一个原则，不然就会乱套，是吧？黄医生，你知道这个原则，你能做到公平合理吗？”

黄承敏现在已经悟到这位老军人要交她什么任务，这个从来没有当过兵的女校医，挺起胸脯，像个军人一样对老军人说：“能！保证完成任务！”

老军人笑了，“好！我要的就是你这句话！”然后，他转身对身后几个军官说：“你们听着，从现在开始运送伤员，先重后轻，先急后缓，谁先走，谁后走，听黄医生一句话，明白吗？”

黄承敏说，她做梦没想到，老军人会一下子交给她这么重的担子，在这种危难关头，早一趟晚一趟走，都意味着生死差别，这么难端的一碗水，她能端得平吗？

但是，既然老军人信任她，既然她答应了老军人，她就一定要不辱使命。

这之后的几天时间里，黄承敏一直在尽职尽责地履行老军人的瞩托，她查看每一个伤员的情况，分出轻重缓急，然后，给那些马上必须走的病人，写一张一指宽的纸条，纸条上就是三个字——“黄承敏”。

黄承敏后来笑着说：这一生从来没想到过有一天自己那三个字会那么管用，那是生命的路条啊！黄承敏回忆说，从飞机上跟过来的第三军医大有位教授也开了张条子，要把某一个伤员先送走，被站在机舱口执勤的军人挡回去了，“对不起！首长有指示，我们只认黄医生的条！”

黄承敏说，那几天她经历了一生中从未经历过的事，有很多人求她，有很多人谢她，也有很多人骂她，甚至还有人威胁她，对这些她都可以一笑了之，毕竟生死关头，想早一分钟逃离死亡，跳出苦海，也是人之常情啊！

那些天，有让她最感动的事，一些老师，比如肖兰老师伤很重，疼得冒汗，而且已经在那块沙滩地上曝晒了两天，黄承敏给她开了条，安排她走时，她还问：“场上还有学生伤员吗？只要有学生伤员没走，我就不能走！好歹我们是老师啊，怎么能和学生抢呢！”

但是，也有让她感到最痛恨的事，同样是漩口中学的同事，有两个男老师，连头发也没掉一根，也要闯关上飞机，黄承敏说，都说灾难是一面镜子，一点不错，同样是人，同样是老师，人和人的差别咋个就这么大呢？

最后一天，应该是 5 月 16 号，当最后一名伤员被送上飞机后，一直在机舱口边上值勤的军人对黄承敏说：“黄医生，你真牛！你认识我们军长吗？”

黄承敏一头雾水：“军长？谁是军长？”

“那天给你下命令的那个啊！你没看见他肩上扛的少将军衔吗？”

黄承敏笑了：“我哪认得啊！我看你们肩上扛的都是一个样。”

“那你怎么一下子就找到了我们军长了呢！”

黄承敏说：“我看他年纪最大，看你们都给他敬礼，想他应该是个说话算数的呗！”

所有在场的军人都放声笑了。

张舜华说：这些学生都是我们的孩子，我们要给每个孩子一双隐形翅膀

映秀镇漩口中学的师生大迁徙，时间定在 5 月 16 日，这是大地震之后的第五天。

到 5 月 15 日下午，留在渔子溪村那片洋芋地里的学生正一天天减少，大部分学生都被冒死闯入映秀的家长接走了，实际上要转移的还有 200 多学生，以及坚守在岗位上的 70 多名老师。

救援部队已经从不同方向进入映秀，映秀的风景除了灰色的废墟外，又增加

了红色（红旗）和绿色（救援部队的军装和帐蓬）。

映秀已不再是“一只鸟也飞不进来，一张纸也送不出去”的绝地。

但是，比地震塌山、泥石流还要恐怖的消息，也在不胫而走，死神黑色的长翼依然在映秀的上空扑腾着——

“疫情！疫情！”

瘟疫爆发和蔓延的可能性，不仅震慑着这座死亡废墟上幸存的百姓，也震慑着已经徒步进入映秀指挥救灾的阿坝州最高官员和救援部队的首长。

因为地下埋的人太多，太深，根本不可能把每一个遇难者从错综复杂的废墟里全部及时地挖出来，而且，大震过后是大雨，大雨过后是持续的高温，映秀的空气中已弥漫着刺鼻的腐臭气味，哪怕戴上厚口罩，也无济于事。

还有堰塞湖，穿过映秀镇的岷江和渔子溪，依然干涸断流，上游的“湖”水，仍然像两把利剑高悬在映秀的头上，不知道它何时会“咣当”一声落下来。

还有物资匮乏，虽然空军的直升飞机每天不断的向映秀空运、空投水、干粮和药品，但随着救援官兵和援建队伍增多，如何分配这些“救命水”“救命粮”成了救灾指挥部指挥长的“焦心事”……

必须让尽可能多的幸存者徹出映秀，到山外去实施安置。

在所有需要徹离的人员中，最急需徹离的就是学生和老师！

但是，映秀去往成都、都江堰的公路依然没有打通，唯一可以参考的路线就是解放军进入映秀时闯出的那条“路”——先徒步翻越几十公里的山路，与滚石和泥石流抢速度，到达阿坝铝厂，上船，穿越紫坪铺水库，从水库大坝上岸，再上前来接应的大巴车，开往成都……

5月15日下午，漩口中学校长张舜华在对参予转移的老师和学生进行动员时，得到了一个利好的消息，四川省登山协会的志愿者，听说漩口中学师生明天要转移出去，自愿前来为孩子们保驾护航，有富有专业经验的登山队员保驾，张舜华一直悬着的心稍稍平息了一下。

下午，冉宏找到张舜华，说明天就要走了，她今天无论如何要去看一眼方杰，夫妻一场，也算是和他作个告别。

张舜华拗不过，派了几个老师和志愿人员陪着，叮嘱他们一定要看好冉宏老师，千万不要让她再出什么事。

冉宏是13号下午知道方杰的死讯的，告诉她这个消息的是校医黄承敏，黄承敏说“看她心里那么苦，那么无助，实在不忍心不告诉她了，长痛不如短痛，再说这也是瞒不住的”。

冉宏没有像她们预料的那样嚎啕大哭，也没有立马昏过去，这个个子矮小瘦弱的女教师，只是一个劲地说：“他们班的娃儿都跑出来了，他那么灵醒个大人，咋就跑不出来呢？”

黄承敏说：“跑出来的娃们说，当时实验楼晃得厉害，方杰怕门变形关上后拉不开，自己用后背顶着门，然后指挥着学生从门口冲出去，等他再跑时，房塌了，他就被砸到了下面。”

冉宏说：“我就知道他会这样，我就知道他会这样的。”

从13号下午，冉宏一直坚持着要去看看方杰，要去告诉他，娃儿也随他去了，要他路上细心照料，但是，所有的人都劝她，那栋楼太危险了，随时都有垮塌的可能，连专业救援队现在都不敢上那栋楼，否则方杰早被挖出来了……

可是今天冉宏一直坚持要去，任怎么劝她，她只是说：“让我去看看他，让我去看看他……”

张舜华的心软了，如果再不让她去看看，这个女人会疯掉的。

冉宏终于爬上了那栋她曾经很熟悉，如今也变形得完全陌生的实验楼，那个留有她丈夫风趣机智的讲课声，最终又埋葬了她一生中最爱的这个男人的实验楼废墟。

几个老师和志愿者帮忙用课桌和长凳塔起一个台子，托着冉宏爬了上去，然后，他们也跟上去，紧紧护卫在冉宏的左右。

冉宏终于看见了自己朝思暮想的丈夫！

但是，她实际上也没有看见丈夫。

方杰的身体被埋在一大堆预制板和圈梁下，只有一截裤管和那双棕色的皮鞋，还露在外面，那双皮鞋是不久前冉宏和他一起到镇上的富贵荣华超买的，那样式和颜色，方杰都很喜欢……

“方杰——”

冉宏大叫着，挣脱了护卫她的老师和志愿者的手，向废墟深处方杰倒地的方向爬去，一边爬一边嚎啕大哭：“方杰！方杰！你们爷俩咋个这样不守信用啊？你们咋个能丢下我一个人，自己都跑了，招呼也不打一个啊？方杰！方杰！我找你们爷儿俩个找得好苦啊！”

负责护卫冉宏的两个老师，连忙抢上前一步，抓住冉宏往后拖。

冉宏哭叫着说：“你们别拉我，我只是想和我老公说说话”

怕她再有闪失，两个人不由分说地把她拉到废墟边，用双手把她托下来，让这两个男人感到惊讶的是，刚才像狮子一样凶猛向前冲的这个女人，身体轻得像一张薄纸。

这天下午，冉宏一直在喃喃自语，她告诉方杰：你们班上的43个学生，那天都跑出来了，你一条命换了43条命，我知道你会说值得。儿子是你的命根子，他跟你亲，这我也晓得，他平时就好跟你的路，这回真的跟你去了，你路上一定要细心招呼娃儿，要是娃儿找我告状，说是你对他不好，我不会依你的。

冉宏说：方杰啊，明天我们就要走了啊！要去成都啊，陪着学生娃出去，以后还要去哪里，还不晓得，但是不管走多远。我都会回映秀来看你和娃儿的。

冉宏说：方杰啊，你到了那边还要画画啊！还要教娃儿画画啊！你不是说娃儿有天赋会成为大画家吗？下回回来，我要把你没画完的画寄给你。从此以后，你可以无牵无挂去圆你的画家梦了啊！

这天下午，感伤的离别氛围笼罩着漩口中学，也影响着一直自以为刚强的张舜华。

在高地两边的包谷地里，她看到高攀利和王福春，两个坚毅的男人守在自己亲人的坟头边，默不作声，没有香火，没有纸钱，只有两块饼干，一块泡面是两个男人祭奠他们亲人的祭品。

张舜华没有惊扰他们，让他们再陪妻子和娃儿一阵吧。

折转身，她到了山下的学校废墟，这个曾经让他们引为自豪的花园式学校，这个曾经寄托过她，她的老师，她的学生们多少梦想的舞台，如今成了他们不得不挥手离去的伤心之地。

在学校门口，解放军和专业救援队伍还在废墟上紧张地忙碌着，她看到一群学生低着头在倒塌的教学楼前静静地肃立。张舜华知道，这些一夜间长大了的孩子是在祭奠他们逝去的同学，也是在和这个给过他们荣耀和悲伤的母校告别。

在办公室背后的宿舍楼前，张舜华驻足而立，她想起这座废墟下还长眠着一个漂亮的“准妈妈“——怀孕5个月的年轻的英语老师孟阳，还有她的也同样怀孕的妹妹，还有姊妹俩的妈妈……

张舜华突然想到她应该为这些逝世的灵魂做点什么，她看到校园废墟的花坛上，栀子花开得正盛。她想走过去，采几朵，献给孟阳和她家人……

在花坛边，张舜华看到了正弯腰采花的林夕蔚老师，，林老师看见她时，凄然一笑，说：“我儿子最喜欢白色的栀子花了”。

张舜华听了，心尖子一阵抖动，她知道，这个刚 30 岁的女教师，六岁的儿子也遇难了，和冉宏家的方哲正一样，压在映秀小学的废墟下，至今没有找到……

当 5 月 16 日的晨曦再一次照亮渔子溪村前那片高地时，漩口中学师生的大迁徙开始了。

这之前，为他们遮蔽了四个昼夜风雨的临时的“家”——那些形态各异的棚棚已经拆除了，木料、油布、门板，还有用得上的锅碗都还给了渔子溪村那些善良大度的村民们，在带够了一顿的干粮和水之后，余下的一切可用的物品全部转交给了映秀镇的救灾指挥部，从 5 月 15 日开始，进入映秀救援和帮助搭建帐篷的人越来越多，物资总是匮乏的。

整队集合，清点完人数，张舜华带领全体师生向在“5·12”大地震中遇难的老师、同学以及亲人默哀，向映秀镇上的全体遇难者默哀。

默哀完毕，抬起头时，张舜华看到每一个人都不约而同把目光投向山下，每一个人的眼里都含着泪水，张舜华明白，这是他们在向自己的学校，向映秀行告别礼，尽管这个学校，这个小镇留给了他们太深的创伤和痛苦，但一旦要挥手告别，每一个的心里涌起还是难言的不舍和感伤……

张舜华大声说：“同学们，老师们，我们走！我们今天的走，是为了我们明天的回来！我们还会回来的，回来建设我们的新漩中，建设一个更美的映秀！”

一个多小时的徒步跋涉，虽然也经历了道路塌方，山上飞石，因为有四川登山协会志愿者的领路和护航，比张舜华预料的要顺利得多，当队伍到达阿坝铝厂边的临时码头，看到解放军的大排船时，张舜华甚至从学生们脸上捕捉到了久违的兴奋与喜悦的表情。

张舜华也从来没见过这样的“船”，这大约是用若干个搭建舟桥的“船”拼成的一条大船，上面铺上了木板，没有船舱，四周也没有护栏，大排船自己没有动力，靠前面一条小船带动。

为了确保学生安全，穿着桔黄色救生衣的解放军战士组成了一个圆圈把全体师生围在排船中央，而老师又在里面围成一个圈，护住学生，而圆圈的核心就是漩中参与转移的全体女生。

排船离岸几分钟后，张舜华才明白，这段逃亡之旅，最惊险的不是在陆地，而是在这水面上。

通往紫坪铺水库的这条河河道狭窄，水流湍急，两岸都有飞石和垮山，坐在排船上能清楚看到垮山处腾起的白烟，听到山石像下雨一样顺山而下的轰鸣声，偶尔还有几十吨、几百吨的大石头，像坠崖的汽车一样，径直往河里滚，砸在河水中，击起几丈高的水花。

这情景让张舜华想起了国歌里的一句歌词“冒着敌人的炮火，前进！”

这就是敌人的炮火啊！只是这个“敌人”是大自然——制造了无数人间悲剧，我们都无法仇恨，还必须与之“和谐相处”的特殊“敌人”。

为了躲避垮山、滚石和泥石流，排船在水中走走停停，让张舜华惊讶和感动的是，无论是“滚石穿空”，还是“惊涛拍岸”，排船上都鲜有惊恐的尖叫和哭喊，冉宏，林夕蔚等女老师，用自己的双臂拢住身边的女学生，像母鸡护着自己翼下的雏鸡，男生们手牵着手，围着一个圈，护住圈内的女生，王福春和高攀利等男老师，则挽着手把所有的学生护在圈内。

当然，最贴近水边的还是那些神情自若的军人……

突然，张舜华听到有人在唱歌，是一个女生的声音：

每一次
都在徘徊孤独中坚强
每一次
就算很受伤
也不闪泪光……

然后是众多女生的声音
我知道
我一直有双隐形的翅膀
带我飞
飞过绝望

接下来有了男生的应和
不去想
他们拥有美丽的太阳

我看见

每天的夕阳

也会有变化

我知道

我一直有双隐形的翅膀

带我飞

给我希望……

张舜华觉得这曲子好熟好让人感动哦。但是，她不知道这是一首什么歌。

坐在她身边的林夕蔚说：“这是张韶函的《隐形的翅膀》，我儿子很喜欢这首歌。”

冉宏接过话说：“我娃儿也喜欢，我说，你这么小懂个啥子嘛，你知道啥子叫绝望嘛，我娃儿说，我晓得，绝望就是没得办法了！”

林夕蔚说：“我们俩个娃儿的翅膀都折断了啊！”

张舜华摸着两个女老师的头说：“不要悲伤，你们看，这么多娃儿都在啊！我们要给她们每个人一双飞过绝望的翅膀。”

三个女人不再说话，她们听到满船人的大合唱，包括那些穿着绿军装和红色救生衣的“大娃娃”们……

我终于

看到

所有梦想都开花

追逐的年轻

歌声多嘹亮

我终于

翱翔

用心凝望不害怕

哪里会有风
就飞多远吧
隐形的翅膀
让梦恒久比天长
留一个
愿望
让自己想象。

第六章　烛泪如歌

在青城山脚下的天国公墓，送别英雄教师何智霞

■ 英雄教师谭千秋

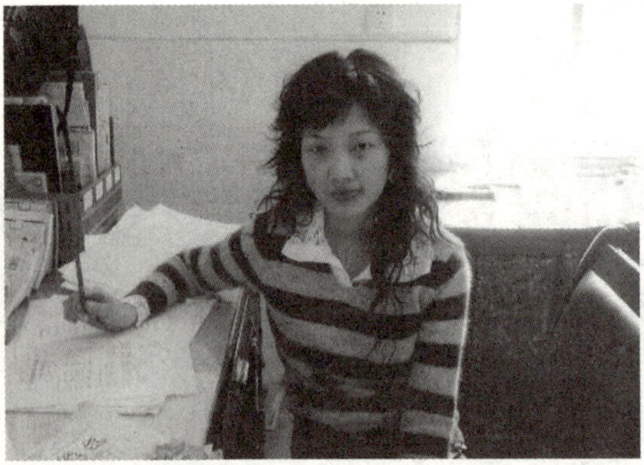

■ 英雄教师袁文婷

■ 英雄教师方杰

谭千秋：你从来没想过当英雄，但生死一瞬间，你做了该做的

5 月 13 日以后，随着大批的救援队伍进入地震灾区，随着现场救援和挖掘的进一步展开，随着那些掩埋在黑暗的废墟深处的故事在生还者的描述中浮出地面，一批陌生、平凡而又崇高、伟大的名字开始进入人们的视野——

谭千秋，向倩，张米亚，王超军，方杰，袁文婷，罗秀芳，王周明，汤鸿，何智霞，张辉兵，蒲斌，杨继，刘林秀，苟晓超……

谭千秋的名字开始引起公众关注，是起缘于新华社在抗震一线采访的记者孙闻、田雨发自德阳汉旺的一篇电讯稿：

新华社德阳汉旺（四川）5月 14 日电（记者孙闻 田雨）深夜的德阳汉旺镇，冷雨凄厉，悲声四起。呼啸而过的救护车最能给人带来一丝慰藉，那意味着又一生命在奔向希望。

5 月 13 日 23 时 50 分，救护车的鸣笛声响彻汉旺镇——中国地震应急搜救中心的搜救人员在德阳市东汽中学坍塌的教学楼里连续救出了 4 名学生。

“我侄女是高二（1）班的，要不是他们老师在上面护着，这四个娃儿一个也活不了”被救学生刘红丽的舅舅对记者说。

“那个老师呢？”

“唉，……他可是个大好人，大英雄噢！”说着刘红丽舅舅的眼圈红了，他告诉记者，那是一位男老师，快 50 岁了。

14日一早，设在学校操场的临时停尸场上，记者从工作人员手中的遗体登记册里查到这位英雄的名字——谭千秋。他的遗体是13日22时12分从废墟里扒出来的。

我们发现他时，他双臂张开着趴在课桌上，身下死死护着四个学生，四个学生都活了，一位救援人员向记者描述着当时的场景……

……

5月14日，在山区中学工作了27年的四川绵竹汉旺镇上东汽中学的教师谭千秋的名字，开始进入中国的千家万户。

通过电视、电台、报纸、互联网，人们了解到这个在地震来临时刻用血肉之躯护住学生身体并壮烈牺牲的老师，今年51岁，湖南省祁东县人，毕业于湖南大学，自动申请到山区一线工作，在龙门山区的汉旺小镇的学校工作了27年，生前他是四川东汽中学的政治特级教师，教导主任，中共党员……

谭千秋老师舍生忘死保护学生的英雄壮举让每一个中国人都深深为之感动，为之震撼！

国家教育部追认谭千秋为“抗震救灾英雄教师”；

四川省人民政府追认谭千秋为革命烈士；

在绵竹汉旺，在谭千秋服务了27年并最终为之献身的小镇上，刚刚逝去亲人，失去了家园的百姓，用当地最古老的风俗，为这位伟大的老师送行。

在湖南长沙，在谭千秋当年求学的母校——湖南大学，全校师生自发聚会，为他们的“英雄师哥”秉烛祈祷，几千人发出同一声呼喊：“千秋学长，我们的骄傲，英雄千秋，我们的榜样！”。湖南大学党委迅速作出决定，号召全校师生向英雄校友谭千秋学习；

在湖南祁东，谭千秋的故乡，上百辆出租车自发到车站迎接运送谭千秋遗物回乡的谭千秋的妻子张关蓉，并一路鸣笛，迎接自己英雄的儿子魂归故里；

国内一些企业家自发组织起来，向谭千秋生前所在的学校——四川东汽中学捐款、捐物，支援东汽中学重建，并希望把未来的东汽中学更名为“千秋中学”……

2008年6月中旬，我们来到英雄故里，寻访英雄的足迹。

谭千秋为之献身的东汽中学现在依然是一片废墟，在高高的瓦砾堆中，只有一面残墙，突兀地伫立着，直指苍天，让人能够联想到一个多月前那场生死劫难的悲惨、壮烈。

废墟依然有重兵把守，因为那里还长眠着“5·12”大劫难后的蒙难者——那些曾经鲜活年轻的生命。

东汽中学的幸存者——包括被谭千秋用身体护住而死里逃生的那四个高二的学生——整体转移到了德阳市旌阳开发区的板房学校。

这里是东汽中学的延续。

这里是浴火重生的新东汽中学。

在这里，我们再也看不到谭千秋的身影，但却处处能感受到谭千秋的存在。

在这里，英雄的谭千秋开始还原。

还原成一个教师的谭千秋，一个同事的谭千秋，一个丈夫的谭千秋，一个父亲的谭千秋。

东汽中学主持工作的副校长周德祥与谭千秋共事二十几年，其中有七年是在同一个办公室里度过。

周德祥说，到现在我也不相信老谭死了，我还想着，说不定什么时候，他会笑咪咪地走过来，向我借个火抽颗烟呢。

周德祥说，老谭是个非常优秀教师，他的知识面宽，讲课幽默风趣，能把枯燥的政治课讲得学生像过节一样高兴，这是我女儿的原话，因为老谭也是我女儿文超的科任老师，但是，学生们不知道老谭的秘密啊！有一次，我在他办公桌上发现了一本《幽默漫画集》，我很奇怪，问“老谭，你还看这种娃们看的书啊？”老谭说，“呃，老周，你还别小看这本书，这是我女儿君子给我推荐的，君子说，老爸，你讲课是严谨有余，活泼不足，你应该多点幽默感，我就真的下力气看这本书，嘿嘿，还真管用，这里面的一些画，不仅画得好，还富的哲理，有些和政治课可以直接联系起来，把很抽象难懂、难记的政治概念，用一幅画表达出来，学生在开怀大笑中就接受了知识，这多好！即便是有些东西与课堂联系不紧密，但在枯燥乏味的课堂上，偶尔给学生抖一点轻松、诙谐的包袱，课堂气氛马上就活跃起来喽……”

周德祥说：“这就是老谭，敬业敬到骨子里去了，其实那个时候，老谭已经是四川省的特级教师了，他的课讲得好，在圈子里那是公认的，可是，他还是那么注重学习，那么注重与学生的沟通……”

“现在媒体宣传老谭爱学生时，用得最多的一个细节是，即使看到操场上有一小块石子，他也会弯腰捡起来，怕伤着学生”周德祥说，这个细节不假，但这只是老谭爱学生的一面，细心的一面，柔情的一面。但老谭爱学生更多是表现为“严厉，严格”。这跟老谭是湖南人有关，也跟他从小受到严厉管教并最终成才的经历有关。老谭说，伢子们就像小树苗，要让他长得直，就必须有约束，就不能放任自流。但不是每一个学生都能习惯和接受老谭的教育方式，有一次，一个受到老谭严厉批评的学生不服气，居然捡起石块，把老谭家的窗户玻璃打破了。老谭当时很生气，嘴里一个劲儿说："这些个伢子！（湖南话，类似于四川话"娃儿"）这些个伢子！"但听说学校要追查处分这个学生，老谭急了，吵着说："这是万万不行的！伢子还小，以后就晓得自己错了，玻璃破了我自己补上就行，毁了伢子的前程那就罪莫大焉！"

周德祥说，"这就是老谭，冷面热心，刀子嘴豆腐心，所以这回在大难临头时，老谭用身体去护娃儿们，我觉得太自然了，老谭就么一个人！"

工会主席唐祖贵，给我们讲了谭老师生活中的一些事。学校的一些年轻老师认为谭老师这个人不合群，有点抠，老师们平时生活单调、清苦，有时候想出去凑凑热闹改善一下伙食，差不多的方式都是凑份子。一顿饭，花了多少钱，最后一算帐，大家平摊，有点像西方的AA制，图的是个热闹，但这种时候，谭老师十有八、九会拒绝参加，有时候，实在推脱不了，也一定要在上桌前讲清楚，今天的消费每人最多多少元，超过了，他就不干，弄得气氛很尴尬，有人觉得很扫兴，很没面子。

唐祖贵说，其实是有人不了解谭老师，一是不了解他的性格，他是个认真的人，做人做事都很认真，毫不含糊，不和稀泥；二是不了解谭老师的处境，谭老师在女儿谭君子才4岁时，他和前妻就离了婚，虽然家庭的是非，外人判不明白，但也和谭老师的性格有关，他太认真，太不含糊。从女儿4岁，一直到上高中前，这十多年时间谭老师都是一个人带着女儿过，又当爹，又当妈，每天放学他要急急忙忙赶回家，给娃儿准备饭，他要是跟着老师们到外面去快活了，娃儿就只能开水泡冷饭，让娃儿受委屈的事，谭老师不会干；第三是不了解谭老师的经济状况，虽然谭老师是东汽中学工资收入最高的老师，但他的经济拮据依然是事实，先是十多年一个人带女儿过，直到把女儿送上北京大学，后来与张关蓉老师结婚，又有了个小女儿谭非子，才一岁半，也是处处要钱花啊！而且谭老师老家在湖南乡下，是那种很贫困的山乡，父母年迈多病，他要行孝，兄弟姊妹们有难处时，作长兄的谭老师还要出手相帮……

唐祖贵说，想想谭老师这些年也不容易啊，肩上的担子太重了，所以他就只能苦自己，吃饭，吃最便宜的伙食，抽烟，抽最劣等的烟，穿衣，谭老师一年四季都是穿的在东汽时发的工作服。

但是在有些事情上，谭老师从来不"抠"，唐祖贵说，比喻工会组织发起给困难老师、学生捐款，还有给灾区捐款，谭老师不仅不"抠"，而且会很大方。

面对社会给予谭千秋的荣誉，既是妻子，也是同事的张关蓉说：“千秋是个很低调的人。他活着的时候，从来没想过要当英雄，但在生死关头，他做了他该做的”。

张关蓉说：“千秋今年51岁，除了读书，他这一生就只做了一件事——教书，他教了27年书，他喜欢学生，虽然他对学生很严厉，很严格，但在他的思维里学生就是他的命根子，这我太了解，无论是以前做他的同事还是后来做他的妻子，我都是看在眼里，记在心里。所以，大难来临时候，他拿自己的生命去护学生，这是再自然不过的事。”

张关蓉说：“5月13号晚上，周校长告诉我，千秋被埋的地方找到了，晚上应该会挖出来了，我就一直在那里守啊！守啊！不晓得为什么，在夜里10点多的时候，人突然犯迷糊，眼睛都睁不开，我坐在一块摩托车垫子上居然睡着了，偏偏在这个时候，千秋被抬出来了，我觉得这是千秋刻意安排的，他这人心细，凡事先想着别人，宁可委屈自己，他是怕我看见他最后的模样，害怕，伤心……

张关蓉说：“千秋走后，我最难面对的是女儿，女儿谭非子才一岁多啊！原来每天早晨起床给娃儿穿衣穿鞋都是千秋的事，反过来，我给娃儿穿，娃儿还不高兴，千秋对娃儿的细心，是出了名的，以前对大女儿君子是那样，后来对小女儿非子也是那样……现在女儿每天指着千秋的照片喊“爸爸”……我在送千秋走时，在心里是发过誓的，无论千难万苦，我都不哭的。可是听到女儿的喊声，我还是管不住我自己啊！”

回到北京后，我们从人民文学出版社出版的一本诗集中看到了诗人谷禾写的一首关于谭千秋的诗——《擦拭》，是从张关蓉的角度写的，我们不知道谷禾是否见过张关蓉，但觉得这首诗，还是真实地表达了张关蓉当时的心情：

亲爱的，你走了。刚刚在我的怀里
你已经停止呼吸
你用瘦弱的身躯生生扛住了死亡
而把生留给了孩子们
你从没想过做英雄（这我是知道的）
生死一瞬间
你做了该做的（这我也知道的）我不再想哭

但我依然泪眼婆娑
但我依然悲伤成河
当灾难复归于平静——比你身上的蓝被单还平静
比你身下的青草还平静
泪水啊，它选择坚强还是脆弱？
亲爱的
跪在天空之下
大地之上
我只是你一样平凡的妻子
现在，我一点一点擦着你身上的血迹
一点一点擦着你指缝间的泥土
我要用此生的爱
把你擦得比处子纯净
送你干干净净上路
多少年以后，当我也老了
在夕阳中
抬头看见远山如歌，青草生生不息
你干干净净地
微笑着
接我回归永恒之乡

王超军：你像超人一样在楼上楼下飞奔，你说：“我是超人老师，我不怕”

“5·12”下午。绵竹市贝贝佳双语幼稚园的男老师王超军没有值班任务。这个27岁的大男孩正在幼稚园教学楼背后的小屋里休息。

因为名字里有一个“超”字，小朋友们爱喊他“超人老师”。

王超军也以“超人老师”自居，他的口头禅是“我是超人老师，我不怕”。

幼稚园是女儿国，男老师是“稀有动物”，只要有重活、脏活，王超军总是一马当先，捋起袖子就干，一边干，还一边念叨“没有借口，马上行动，做出结果。”

园长心疼他太累了，说：“看你累的！谁让你闯到女儿国里来呢？”

每到这时，王超军就会摆出“超人”架式，张牙舞爪似地对园长说“我是超人，我不怕！”

这天下午，轮到王超军休息。

本来女友约他去超市逛逛，王超军说不行，他怕园长到时候有事找他，“有些活，女老师做不动的。”

女友不高兴了，“你以为你是谁啊？是头牛还有喘口气的时候，没有你，贝贝佳的地球就不转了吗？”

王超军“嘿嘿”地笑了一下，不言语。

女友说：“你呀！个瓜娃子（傻瓜），你就不晓得累呀？”

王超军又拿出了他招牌动作，张牙舞爪地说“我是超人，我不怕！”

女友被他逗笑了，“还超人呢？我看你像只张牙舞爪的大螃蟹！”

临分手的时候，王超军说，昨天是母亲节，他给妈妈买了份礼物，因为园里有事，还没来得及送回去，他约女友晚上一起回去看妈妈，给妈妈一个迟到的祝福……

下午园长并没有事叫他，他躺在宿舍小床上小憩。

突然，他被巨大的震动惊醒，迷糊中看到宿舍的房屋剧烈的摇晃，他意识到“不好！地震了！”然后一跃而起，蹬上鞋子往外跑。

从宿舍到教学楼正面的楼梯，有很长一段路程，王超军怕来不及，他操近路，几步蹿到教学楼一楼，从后窗跳进一楼教室，又穿过教室，急速冲上二楼，那里有 30 个 3 岁左右的娃儿，王超军冲进门时，看见教室里乱作一团，值班老师急得手忙脚忙，一些娃儿吓得“哇哇”大哭，一些娃儿刚从睡梦中惊醒，迷迷瞪瞪地不知道到底发生了什么事，坐在原地一动不动，还有瞌睡大的娃儿甚至根本没有醒过来……

王超军大声喊：“我是超人老师，地震来了！小朋友们，快跟着超人老师，下楼去！”然后，他叫醒还在做梦的孩子，抱着两个哇哇大哭的女娃，吆喝着其它孩子往楼下跑……

这其间，教学楼一直在不住地抖动，好多的娃儿们又哭起来。

王超军站在楼梯口，赶羊子一样，让娃们依次下楼，一边还大声说，“超人老师在此，小朋友别怕！”

下到操场，集合点名，30 个娃儿，一个也不少，王超军松了口气。

突然，他听到了教学楼上面还有哭喊声，抬头一看，原来三楼上还有些孩子惊慌失措地乱窜，这时砖头水泥块正簌簌地往下落，砸在地面发出巨大的声响，有老师喊：“超军！别上去，危险！”

此时的王超军已经窜到了二楼，正往三楼跑，他还是说：“我是超人老师！我不怕！”

在王超军的影响下，又有几个家长和老师冲了上去，大家抱的抱，拖的拖，又有几十个 2 岁多的娃儿被抢到了安全地带……

园长感激地递过一张纸，让王超军擦擦汗，却意外发现他的头负了伤，殷红的血迹从额头上渗出来，流到脸颊上。

园长说：“超军，你负伤了，快到医务室里包扎一下！”

看王超军又打算亮出他的招牌动作，园长大声说：“你不是超人，你和大家一样，有血有肉，石头砸到了，也会流血，也会疼，快去包扎……

谁也没想到，王超军在这个时候会说：“园长，我不放心，我怕楼上还有娃娃，让我再上去看看……”

还没等园长反应过来，王超军真的像超人一样，向着摇摇欲坠的教学楼飞奔而去……

“轰隆”一声巨响，教学楼的楼梯坍塌了。

所有在场的人，顿时惊得目瞪口呆。

整个地震过程中，王超军一直像个“超人”一样，在楼上楼下飞奔，从一楼跑到二楼，再跑到三楼，但是这一次，他真的像超人一样飞走了，永远也不会飞回来了！在坍塌的楼梯拐角处，同事们找到了他，王超军满身是灰，头上被砸了一个大洞，鲜血顺着脸颊流淌在地上……

即至最后时刻，他还是保持了一个向上跳跃的姿势……

在“5·12 下午的这场惊心动魄的救援中，绵竹贝贝佳双语幼稚园，在园的幼儿全部脱险，而孩子们喜爱的这位”超人老师“却为他自己 27 岁的生命画上了一个句号。

在地震的余波中赶到幼稚园的家长，一路哭着，喊着，奔向幼稚园，每一个人的心里都在经历绝望之火的煎熬，及至发现他们的孩子全部安然无恙时，他们甚至不敢相信自己的耳朵，当听说那位叫“超人”的老师为救他们娃儿搭上了年轻生命时，个个都大放悲声……

一个女娃的家长说：“王老师是个好人啊，隔三差五会到家里来做家访，没有时间来就打电话给我们介绍娃儿的情况，那么人高马大个男人，说话细声细气，对娃儿心细得像头发丝啊！”

“王老师对我儿子影响很大。”绵竹市一位机关干部的儿子就在王超军班上，“老听娃儿回家唠叨‘超人’‘超人’，我还有些纳闷，怎么超人跑到你们班上去了，娃儿说‘超人’就是我们老师啊！有一次，开家长会，我对王老师说：‘超人’老师，你在我们娃儿心目中是个英雄，现在娃儿说话都是模仿你的口气，说‘我是超人，我不怕！’王老师当时还脸红了，笑着说‘我是跟娃们弄着玩呢！’”

5月23号，家长们自发组织起来，去为王超军送行。

位于绵竹三星街的中国人民银行营业大厅在地震中坍塌了，王超军班上的一个男娃的父亲也埋在了其中，一家人都沉浸在痛失亲人的巨大悲痛之中，但听说要去为王超军老师送行，娃儿的奶奶却执意要去，老人说：王老师是为救我们娃儿死的，那么年轻，还没成家啊，就为娃儿们搭上了命，我说什么也要去送他一阵，给他烧柱香，磕个头……

没有了“超人”的绵竹贝贝佳双语幼稚园，同事们都沉浸在恍恍惚惚的气氛中，好多老师说，她们都不相信超军走了，那么年轻，那么活蹦乱跳的生命，怎么能说走就走了呢？

幼稚园园长说，我最近常常犯迷糊，碰到什么难事，我张口就喊“超军！超军！”等回过神来时，才想起这个一直以“超人”自居的大男孩已经走了，真的走了，永远走了……

出了绵竹，出了贝贝佳幼稚园，我们突然发现王超军是个寂寞的英雄。

他像谭千秋一样，为保护孩子，献出了自己年仅27岁的生命；

他像周汝兰一样，明知楼房有垮塌的危险，连续三次冲上危楼，抢救出了几十个孩子的生命……

但是，他的死却是如此寂寞。

没有一家媒体——报纸、电视台、知名网站报道过王超军的事迹；也没有哪一个政府机构对王超军的牺牲有任何形式的表彰和褒奖。

这个乐于助人的“超人”，把自己27岁短暂的生命变成了一支蜡烛，用灿烂燃烧的光照亮了身边的人，尔后便悄然熄灭。

没留任何的“身后名。”

也不在乎有所谓的“身后名。”

下面是我们从“百度”上搜到唯一一篇关于王超军的文字，作者杨先勇，好像是“超人”的同事，摘取一段，聊表我们对这位寂寞英雄的敬意——

你就这样无声地睡着，像完成了重大使命之后需要彻底休息，你就这样走了，悄无声息，却给你的同事和孩子们留下无尽的悲伤和思念。

你才27岁，这是人生之中的黄金般的岁月啊！你本可以让27岁的生命得到延续，本可以与热恋中的女友共结连理，善奉双亲，同享天伦之乐；你本可以在自己的事业中施展拳脚，展现宏伟抱负……

然而，在5月12日那一天，你给这一切画上了一个句号。

伫立在你的坟前，我们忍受着白发人送黑发人的悲痛，这是一种彻骨的痛，一种欲哭无泪的伤。

“超人老师”，天堂的路可能有些黑，你要走好！

向倩：也许你本来就是个下派的天使，你只是回到了你该去的地方

向倩，女，1987年3月9日出生，四川省什邡市南泉镇人，2007年9月参加工作，生前为什邡市湔氐镇龙居中心小学英语老师。2008年5月12日在汶川大地震中为保护学生壮烈牺牲，2008年7月，四川省人民政府追认向倩为革命烈士。

向倩，是这次大地震中牺牲的教师队伍里最年轻的一位，走时刚满21岁，参加工作不满一年时间。

龙居中心小学的校长谢洪安至今还记得向倩第一次到学校报到的情景：

像个中学生一样清纯的女娃，斜背着书包，轻轻地敲门，再小心翼翼地推开门，“校长您好！我是向倩。我是来报到的，我可以进来吗？”

谢洪安说，“你就是向倩啊！我看你还像个中学生嘛！”

向倩说：“我都已经20岁了。”

谢洪安笑了，他可不敢小看这个小丫头。他知道，向倩是南泉中心学校副校长向忠海的独生女儿，2006年从孝南师范毕业后没找到工作，常在一起开会的谢洪安对向忠海说“你去局里说一下，你是什邡教育界的老人了，让他们照顾一下嘛。”向忠福说，“我们家向倩不领我的情啊！她说她要凭自己的本事闯！”

连谢洪安也没料到，向倩真的在2007年什邡市人事局、教育局组织的教师公开招考中，以总分第一的成绩脱颖而出，获得国家教师资格，一听到这个消息，谢洪安就给向忠海打电话：“让向倩到我这儿来吧！这娃儿我要定了！”

龙居中心小学那些有幸当过向倩学生的娃儿们至今都不能接受“姐姐老师”离开他们的现实，他们喜欢她的笑声，喜欢她的英语课，喜欢听她唱英语歌，甚至也喜欢她那头时髦的卷发——记得第一堂课下来，大家就围着这个小老师，不想让她走，有个女生大胆地说：“老师！我们以后可不可以不喊你老师？”

向倩歪着头问：“为什么？你们看我不像老师吗？”

那个女生说：“不是，不是，我们都想喊你小向姐姐”

向倩笑了“好哇好哇！那你们就叫我姐姐老师吧！”

学校财务室的会计至今还记得，向倩到学校后第一次发工资的情景，当时所有人的工资都领了，唯独不见向倩，会计派人把向倩喊来，问她“你怎么不来领工资呢？”

向倩说：“我刚参加工作，我以为没有我呢！”

会计说：“看你这丫头说的，怎么能没有你呢！”

“5·12”下午，灾难从天而降，龙居中心小学的“天”塌了。

学校教学楼在顷刻间变成一堆瓦砾，一座废墟，100多名师生被深埋在废墟中。

人们在清点人数时发现，那个到学校任教还不到一年的活泼爱笑的女老师向倩没有出来。

5月13日晚9点，天空一片漆黑，大雨倾盆而下。

龙居中心小学的救援工作已经持续了20多个小时，施救吊车发出巨大的轰鸣声。

龙居中心学校的校长、老师，向倩的父母，以及远在20公里以外的向倩的乡亲们都在凄风苦雨中等待着，期盼着……

在现场的什邡市公安局的干警凭着车灯和手电光坚持在黑夜雨中施救。

当一具具学生的遗体被挖出后，一具被砸成三截的女性遗体出现在干警们面前——她的下半身已经被砸断掉，上半身被砸变形，腹部被水泥条击穿，头已经和身体分开，被深深嵌进水泥墙里，只有从脚上那双高跟鞋，干警们能够判断这是一个老师……

让救援干警感到惊讶和震动的是，当他们搬开女教师残缺不全的遗体时，却发现她身下还死死护着三个学生……

这位老师是为了保护学生而死的……

泪水模糊了所有救援者的眼睛，大家不约而同停止挖掘，举起手向这个英雄的老师行了一个军礼。

之后，在现场指挥救援的指导员，命令所有人摘下手套，用手，用最轻微的动作，把这位老师的遗体，托到担架上，不能让她再受到一丝伤害。

抬起遗体时，指导员再命令大家，必须以军人的最高礼节，用肩膀高举起这位英雄老师的遗体……

当干警们再一次向这位老师的遗体集体行礼之后，等候在一旁的人都一拥而上，她们认出来了，这个为了学生粉身碎骨的伟大的老师，正是向倩。

向倩的同事青泽兰老师说：干警们行完军礼后，我们在场的老师都围过去看，向倩老师确实用自己的身体护住了前面三个学生。当时我们所有的老师都哭了，不管是在场的老师还是在场的军人、百姓，每一个人都泪流满面，向倩的妈妈都哭晕了，向倩的老爸一边捶胸顿足，一边还说："娃儿啊！作为一个老师你是应该的，可是你把我们的心都掏走了哇！"

向倩的另一位同事杨继军说："地震来时，正在三楼的六（3）班上课的向老师还是非常镇静，她组织学生打开前门，然后依次出门，顺着楼梯往下跑，正是因为向老师临危不乱和有序组织，没有发生教室门被堵的后果，所以向老师当时所在的六（3）班47名学生，有37名冲出险境，而地震留给向老师和她的学生逃出的时间只有十几秒钟啊！"

向倩"5·12"下午上课的六（3）班三个幸存的学生的回忆，拼凑出大难来临时向倩的最后影像——

古云强说：“向老师是离门最近的，要跑的话，她是可以跑得最快的，也是可以最快到达安全地方的，可是她却没有跑，她一直在教室里指挥我们往外跑，还大声提醒我们，不要挤，不要乱……”

向晴：“有几个同学跑得比较慢，向老师就冲过去，拉他们。”

肖雪：“是三个同学，他们跑得太慢，向老师就拉着他们跑，后来，房子就倒塌了。”

21 岁的独生女儿向倩离去后，向忠海一家的“天”塌了，向忠海的妻子每天以泪洗脸，从头到尾始终只有一句话：“娃儿死得太惨了！娃儿死得太惨了……”

向忠海的母亲突然间变得迷迷登登，80 多岁，白发苍苍的老人，清醒时就说：“咋个不让我去替倩儿死啊！”迷登时就说：“倩儿，你回来了？想吃什么？奶奶给你做……”

向忠海常常望着房子阶沿（走廊）下那辆旧摩托车发呆。

那辆摩托车曾经承载过他对女儿太多太多的爱。

从女儿记事开始，每年正月初一，他用这辆摩托搭载女儿去逛县城；

女儿上德阳孝泉师范读书，离家 50 公里，每个周末，他都要骑摩托车接送，风雨无阻；

女儿工作了，每周回家一次，为了让女儿多在家呆一个晚上，向忠海总是周一早晨六点钟起床，开 20 公里摩托，送女儿上班，然后赶回来，参加学校的升旗仪式……

女儿其实很独立自主，从小到大品学兼优，在师范读书就入了党，而且是优秀的学生干部，毕业了找工作，她也要自己闯……

向忠海从 17 岁开始当民办老师，后来，又以数学考试 99 分的成绩轰动德阳教育界，直接转为公办老师，当了快一辈子老师的他明白，在生死关头，女儿的选择没有错……

可是这样冷峻的是非评判，还是无法弥补一个鬓发斑白的父亲的失女之痛啊……

那天晚上，老母亲突然闯进了向忠海房间，兴高采烈地对他们夫妻俩说：“我看见倩儿了，我看见倩儿了，在天上，哎呀！好大好大的房子啊！好多好多鲜花啊！我看见倩儿了，她一直在笑，笑得比花还好看呢！”

母亲手舞足蹈地比划着，然后，认真地对他们夫妇二人说：“从现在开始，你们不要再哭，娃儿到了她该去的地方，是好事。”

向忠海知道母亲又犯迷糊了。

但是，他现在宁可相信母亲没有迷糊，也许她说的是真的。向倩，这个21岁的花一样的女孩，本来就是一个下派的天使，如今，她只是回去了，回到了她本该去的地方。

袁文婷：我们应该为你塑一尊铜像，但绝不仅是因为你美丽的容颜

“5·12”那天早晨七点半，袁文婷的同事熊艳在什邡市车站等到了袁文婷，她们每天会在这个时候一起乘车去10公里外的师古镇民主小学上班。

这天早晨，熊艳发现袁文婷手里还握着一只熟鸡蛋。袁文婷笑着说，这是继父在她出门时硬塞给她的。

这是个和往常一样的平静的日子。

天大的变故却发生在这天下午。

14点27分，刚走进教室里的熊艳感到教室的地板摇了两下，人险些被摔倒，熊艳本能地对着学生大叫：“有危险！快走！”

等她们站在操场上，按校长夏绍明的要求点名集合时，熊艳发现场上没有她的好友袁文婷，她所带的一年级（1）班也只有十几个学生稀稀拉拉地站在操场上……

熊艳回头看教学楼时，发现教学楼已经垮塌，垮塌最厉害的是左边，那里正是袁文婷上课的一（1）班教室。

20分钟后，驻守什邡的武警官兵赶到了现场。

一个小时后，袁文婷的遗体在废墟下被找到，救援战士告诉校长夏绍明，9个孩子围绕在袁文婷身边。袁文婷头朝下，双臂张开，搭在孩子们肩上，像在和孩子们做“母鸡护小鸡”的游戏……

夏绍明说，一开始连他也想不明白，连三楼的孩子都徹下来了，为什么在一楼的袁文婷会跑不出来？后来听逃出来的孩子讲，当时一（1）班不少同学都吓傻了，本来走得就不快，甚至还有同学因为水壶没拿，折返回去拿水壶，袁文婷把第一批同学带出去后，看还有人没出来，又冲进教室去找剩余的孩子，在房子垮塌的那一瞬间，她把还没来得及跑脱的9个娃儿护在她身下……

最后一个被袁文婷救出来的孩子叫吴佳辉，地震后好多天，他每天都在哭，他说：当时，我们在教室复习功课，袁老师正给我们检查作业，我们只感到地开始晃动，以为又是哪个同学在晃动桌子呢！一个同学喊“别晃了”，可是，地晃得越来越厉害，只听见袁老师大声吼叫，“地震了！快跑……”可是我们当时都吓瓜了，腿子打颤，站在原地不晓得该往哪里跑，只见袁老师左手抱住最前面的一个女娃儿，右手拉着身边的一个男孩，口里喊着，快跟我跑，十多个同学跟着袁老师跑出教室。

第一批随着袁文婷跑出来就有吴佳辉……

吴佳辉说，太晃了，太晃了，大家都跑不快，袁老师也跑不快，她穿着高跟鞋，身子一晃一晃的到了走廊边上，我摔了一跤，袁老师连忙赶过去，抱起我，把我扔到了走廊外的操场上。然后又转身冲进教室去救其它同学，这时候“嘭”地一声，楼板就掉下来了……

袁文婷的突然离去，给好友熊艳的打击非常大，她不相信人的生命怎么像水晶瓶一样，如此脆弱，不堪一击。早晨，她们还在来学校的公汽上说说笑笑，两个人分食了她继父给她的那只熟鸡蛋。文婷吃蛋白，她说她不喜欢蛋黄，“接受不了那种干干巴巴的感觉”。熊艳说：“你瓜哇！鸡蛋的营养全在蛋黄里。我吃蛋只吃蛋黄。”文婷说“这就叫互补，所以我们天生是好朋友”。

可是仅仅几个小时后，这一对天生的好友却被隔在了两个世界！

当救援的官兵们用门板把文婷抬到操场上后，熊艳开始为她的好友擦拭身体。

熊艳说：袁文婷的美丽不仅让所有见过她的男孩心动，即使是女孩，也会被她的美丽所震撼，甚至忌妒造物主的偏心。文婷平时也很注重仪表，每天还要画淡妆，所以，熊艳说一定要让她的朋友干干净净的上路……

找来毛巾，细心擦去文婷脸上和身上的泥土、血迹，连指甲缝也不放过。

遗体运到殡仪馆后，袁文婷的鼻孔和嘴开始流血，熊艳又拿出毛巾，帮着把血迹擦拭干净。

……

晚上7点，熊艳才联系上袁文婷的妈妈和丈夫。

拉开扑在女儿遗体上哭得死去活来的袁妈妈，熊艳与文婷的丈夫一起把文婷的遗体推进焚化炉。

他们无声地伫立着，目睹26岁天使般美丽的文婷在烈焰中涅槃成一只翩飞的凤凰。

袁文婷为救学生英勇献身的消息在媒体发布后，在她的母校——位于自贡的四川理工学院师生和原来的同学中引起了巨大的震撼。

她的一位大学的同班同学，毕业后去了广东。他说，袁文婷给了他太多的没想到：

一是没想到文婷毕业后居然会选择去当乡村教师，

他说："文婷的条件优越，她漂亮，气质好，是四川理工学院公认的"校花"，她能歌善舞，多才多艺，我们认为有很多职业适合她，比如，到电视台当节目主持人，到娱乐圈、影视圈发展，或者到政府机关、教育局当公务员，最不济也可以和她男友（毕业之前，我们知道她有了男友，男友在商界发展）一起去做生意，我们认为最不适合文婷的职业是老师，尤其是小学老师，因为我们觉得她有点"冷"。她虽然漂亮，但不是那种像太阳一样温暖的漂亮，倒有点像"月亮"。她多数时候是沉默不语的，不太和人交流。那时候，社会上很多人对"80后"都有许多诟病，认为80后都是计划生育政策下出生的独生子女，都是"很自私"的"小皇帝""小皇后"，因为听得太多了，连我们自己也慢慢相信了。所以，有一次在开会时听文婷说她毕业后要去山村小学当老师时，我们都不相信，我甚至还当着她的面说："像你这么冷，这么自私的女孩，怎么可能去当山村教师呢？"

可是，袁文婷毕业后，真的践行了她的诺言，去当了一个小学教师，一个山村的小学教师。

文婷让我们第二个没想到，是她居然为了救护孩子献出了生命。

在我们的印象里文婷不是那种天生有英雄气质的女孩，她爱美，爱打扮，也是那种看见老鼠、蟑螂也会尖叫，怕血甚至晕血的普通女孩，但是，就是这个曾经和我们朝夕相处了四年的漂亮女孩，就是这个我们曾经认为很"冷""自私"的女孩，却在生死关头做出了让我们七尺男儿感到震撼和惭愧的选择，把生的希望留给孩子，把死的危险留给了自己。

"我们虽然同窗四载，但我们并没有真正认识袁文婷，我们认识的只是她如花的外表，没有看懂她冷漠下深藏的炽热的心。"这位同学说：

"现在文婷走了，我们除了悼念，更多的是惭愧……

另一位不愿透露姓名的男生，承认他在大学时曾经暗恋过袁文婷四年，但一直没有勇气开口说出来，原因之一，也是惧怕文婷的“冷”——

今天听到她班上的同学给我说这个消息，我不敢相信，在网上搜索出新闻，再看到朋友们发的悼词，我已经麻木，生命就真的这么像个水晶瓶，这么就粉碎了。

一个美丽的女孩，一个沉默的女孩，天使回到了天堂，一路走好，我曾经那么悄悄喜欢过的女孩，你就这么去了，我真的不敢相信，我这几天看到新闻就哭，看到你牺牲的消息反而哭不出来，我知道我的眼泪已经没有了用处。我只恨我当初没有勇气和你说上一句话，你在我心目中一直是个冰冷的美人……

这位单恋、暗恋了袁文婷四年的男同学，直到袁文婷牺牲后，看到网上的许多关于文婷身世的介绍，才知道文婷“冷”和“寡言”的原因，这个10岁就失去了亲生父亲，此后10余年一直与母亲相依为命的女孩，她的童年是无花的，少年是寂寞的，虽然上天给了她天使般的美丽的容貌，但却用残酷的悲剧，剥夺了她应该得到的亲情和爱抚……

这位男同学说，虽然悄悄“喜欢”了她四年，因为没读懂她，所以，无法走进她的世界。

还是好友及同事熊艳说，她能够理解文婷，这个外表冷漠的同事，其实内心里一直充满着炽热的爱，她喜欢她的职业，文婷曾经说过，“每一个学生都是我的孩子，他们都才六、七岁，好像一张白纸，他们的未来都在我手中，我是他们的启蒙老师，他们的人格在这个阶段形成，世界观、人生观、价值观都是在我的教育下树立起来，所以，我要把我的心血，都用到学生身上。”

熊艳说：文婷爱学生爱到了骨子里去了，不管在生活中遇到多少烦心的事，哪怕刚才还当着她的面哭了鼻子，但只要铃声一响，一走进教室，文婷就立马会变了一个人，一个阳光的、朝气蓬勃的、笑声郎朗的女教师，一个说话像唱歌一样动人的天使……

熊艳说：文婷走后，有很多网友为她写诗，写歌，也有网友提议，民主小学应该在校园里为文婷竖一尊雕像，我觉得这个建议很好。为文婷塑像，当然不仅因为她有天使般的容颜，更因为她是我们山村教师的代表，也是我们80后新一代人杰出的代表。

熊艳说，文婷的母校——四川理工学院正在传唱一首歌，是这个学院音乐系的学生邓彪专门为文婷写的，据说很不错的，歌名好像是《让我为你点燃一盏烛光》，网上可以查到的……

以下是我们从“百度”上搜到的这首歌的部分歌词：

让我为你点燃一盏烛光
为你把通往天堂的路照亮
让我为你点燃一盏烛光
为你写下殷红的篇章
勇敢不是简单的一个词汇
勇敢是人生价值最美丽的闪光
就在危难来临的一瞬间
你用你的身体护住了希望
你用你温柔的双手捧起了太阳
你用你单薄的肩膀扛起了
——祖国的脊梁
……

张米亚：你可以松开手歇歇了，你最心疼的娃儿们真的没事了

张米亚，这个和台湾新生代女钢琴家同姓同名的山乡教师，2008 年 5 月成为感动中国千万家庭的英雄。

“5·12”地震发生后不久，救援人员在位于震中的汶川县映秀镇，在遭受地震毁灭性打击的映秀中心小学垮塌的教学楼的废墟下看到了令人震惊的一幕——

一名年轻的男性老师跪仆在废墟上，双臂紧紧搂着两个孩子，孩子们还活着，这位老师已经气绝身亡。

因为老师抱学生的胳膊已经僵硬，救援人员只能含泪将其锯掉，才能救出两个孩子。

为保护学生而壮烈献身的这位男性教师就是张米亚。这一年，他 29 岁，是

映秀中心小学二年级的数学老师。

在同一天，同一学校，张米亚的妻子邓霞老师，也在疏散学生时不幸遇难。

还是在同一天，在小学附近的幼儿园，张米亚和邓霞的儿子，未满3岁的张欣延也被幼儿园倒塌的废墟深埋。

在举国哀悼日，张米亚的故事，通过电波、报纸和互联网，走入千家万户，让无数善良的中国人为之伤心落泪……

5月22日，汶川大地震过后第10天，新华社“新华视点”的名记者李柯勇、蔡国兆冒着余震、滚石、塌方、断桥、泥石流等危险，深入映秀采访，在一顶简陋的帐蓬里，记者找到了一个8岁的小女孩，这个叫杨茜睿的女孩，正好就是张米亚班上的学生。

记者写道——

这个从废墟下挖出来的小姑娘健康无损。正是张老师的保护，让她依旧天真活泼地站在我们面前。

“我们怕极了！都想往教室外面跑。”讲起地震时的情形，小茜睿仍惊魂未定，可是张老师大声喊：不要慌，都趴在课桌下面。我们就钻在课桌底下。前排有人趴得不够低，张老师还去按他们的头，几个同学想往外跑，张老师就一手抱住一个，拼命压在讲台下面。这个时候，房子就垮了……”

“后来的事实证明了米亚那天的处置是最明智的选择”。

6月27日，在成都西南财大的草坪上，张米亚的同学兼同事苏成刚接受我们采访时说：“因为那天的地震来得太猛、太快，映秀小学的三栋主建筑都是在12秒钟之内就垮塌了。12秒啊！再快的速度也难得跑脱，所以当天大部分学生都只跑到了走廊上，像张春梅她们那批反应最敏捷，跑得最快的学生，也只能跑到了楼梯间，房子就整体垮塌了，因为没有任何防护措施，血肉之躯都暴露在砖石和水泥块之下，好多人当场就砸死了……”

苏成刚说：“而张米亚班上的30名学生因为按米亚的要求躲在了桌子底下，虽然也被垮房埋住了，但最后却有一半以上的学生获救。包括被他按住护在他身下的那两个孩子。”

“找到米亚的那天，我们都在场，每一个人都被他护住学生的姿势震撼了，他的手死死抓着学生，怎么都掰不开，但当救援人员商议要用锯子锯掉米亚的双臂时，两个被救的学生的家长，哭喊着扑上去，护住张老师，一个家长说：“张老师是为救我们的娃儿死的，怎么也得给他留个全尸啊。”另一个家长哭着喊“张老师，你可以松手歇歇了，你最心疼的娃儿们真的没事了。”

在场的所有的人都痛哭失声……

苏成刚抹了一下眼睛，说：“米亚是个能歌善舞、多才多艺的人，他的歌唱得好，音域像雪域高原一样辽阔，无论是在汶川的威州民族师范学校读书，还是后来到映秀小学教书，只要学校有演出活动就会有米亚唱歌，只要米亚一出场就会满堂喝彩，米亚最爱唱那首‘折下我的翅膀，送给你飞翔’，命运就真有这样巧合，为了孩子们能继续飞翔，米亚真的折下了自己的‘翅膀’”。

苏成刚介绍说，他和张米亚不是一般意义上的同学，因为自己和程晓庆，米亚和邓霞夫妇都是同学，后来又辗转到了一个学校教书，所以他们之间的交往比一般的同事要亲密一些，有空时，两家人会聚在一起耍（四川话“玩”）在一起摆（摆龙门阵），赶上哪一家不想吃食堂或者懒得下厨弄饭，一家提议，两家出动，会在外面街上的馆子去‘撮’一顿，校门口的‘好再来’，街上的‘安德蹄花’，213 酒家，家人饭店，都是他们偶尔光顾的地方。

苏成刚说：米亚给人的印象，就是一个阳光大男孩，从 10 年前在汶川相遇，那时候，他们都是十八、九岁的青春少年，到后来，重逢在映秀，苏成刚发现，米亚还是那个米亚，一点都没长大。还是那么热情，直爽，阳光，透明，没有任何心机。

苏成刚说：这可能与米亚出生的环境有关，米亚的家在阿坝州理县境内的著名的红叶景区——米亚罗，这也是米亚这个很洋气的名字的来历，‘米亚罗’是藏语，翻译过来就是“好玩的坝子”，米亚罗有 3800 平方公里红叶区，每年深秋（10—11 月）季节，漫山的树叶从高山到中山到低山到河谷依次变红，景色非常壮观，米亚罗的天空也是一碧如洗，蓝得耀眼……

“这方水土养育大的张米亚的心和他的故乡的天空一样宽广、纯洁，和米亚罗的红叶一样热情似火”，苏成刚说：“米亚待人不分男女老幼，一律像对待朋友，他在映秀小学教二年级，学生才是些八、九岁的娃儿，因为喜欢张老师，下课了、午休时甚至放学后，也会着迷一样往米亚家里跑，不管多少孩子来了，米亚都会给每个人倒一杯柠檬水，然后放下手里的活，陪娃儿们摆——所以下班后我们经常能够听到米亚的宿舍里会传出娃儿们的欢快的笑声……”

也有老师担心米亚是不是太溺爱学生了，苏成刚说“其实不是，米亚确实喜欢孩子，他自己就是一个长不大的大男孩，所以，命运安排了他一个最适合的角色——当孩子王！”

“从这个意义上讲，米亚在危险降临时，用自己的身体去保护学生，是再自然不过的事情了。”

说到这儿苏成刚叹了口气。

在对张米亚事迹的进一步追访中，我们了解到，张米亚是上个爱好和兴趣非常广泛的人，除了唱歌，还有打篮球。

老师们回忆说，张老师的篮球打得好，关键是他敢打敢冲，舍得下力气，所以他也经常摔跤，被撞，甚至会被“球友”误伤，有一次不知道是谁在抢球中误打了他一拳，米亚的一只眼睛立刻变成了“熊猫眼”，正赶上他第二天要去镇上参加歌曲大赛，张米亚灵机一动，戴了副浅色墨镜上场，没想到还产生了意想不到的轰动效应，满场都是惊呼“哇！好酷哇！”

张米亚的另一个业余爱好，在老师中是有争议的，那就是打网络游戏。

张米亚和他妻子邓霞，还有他3岁的儿子张欣延都是正式注册了的网络游戏《征途》的玩家，因为儿子小名叫“欣欣儿”，所以他们一家的注册的网名也叫“欣欣儿”，张米亚是“欣欣儿龙骑士”，邓霞是“欣欣儿6192”，儿子是“小欣欣儿”

在许多老师眼里，网络游戏是个祸国殃民的东西，多少孩子因为沉湎于网络游戏（上了网瘾）荒废了学业，多少家长提起网络游戏，会恨之入骨、咬牙切齿啊！

学校里很多老师无法理解，为什么这么可爱的张米亚老师会打网游？不仅自己打而且还带着爱人和孩子一起打？

校长谭国强就这事和张米亚有过一次沟通，谭国强还记得张米亚说的话：“我们现在已经生活在网络时代，网络不仅给我们办公、备课提供了便利，网络也派生出了网络游戏，有那么多的孩子沉迷于网游，甚至荒废学业，我们当老师的不能只是痛心疾首，不能只是一味地防和堵，那是无济于事的，我们也应该了解网游，了解网游为什么有那么大的魔力，我们应该怎么对学生进行疏导、引导。虚拟世界里也有真善美，也有正义和责任，我们了解了，才能有话语权，与学生沟通时，才有共同语言……”

那天，谭国强本来是打算说服张米亚放弃网游的，到后来反而是张米亚说服了他，谭校长因此感叹：“张米亚老师又走到我们前面了，当教师也要与时俱进啊！”

映秀小学的老师们可能没想到的是，张米亚老师的牺牲，在那个神秘的网络世界也引起了巨大的震动，虚拟空间里其实也处处涌动着人间真情。

“5·12”之后，“欣欣儿”的QQ空间是一片肃静的黑色背景，背景音乐是女声版的《相遇是魔咒》：

相遇一定是一种魔咒
让你在我们中驻守
记得当初你的一举一动
记得你阳光般的温柔

每当你掉下眼泪的时候
每当你生气不语皱着眉头
心里的感觉我说不出口
其实我最怕你飘流远走……

所有《征途》游戏的玩家，在网上自发组织起来，以他们特有的方式，向虚拟空间的玩友、现实生活中的英雄欣欣儿（张米亚）全家致哀。

一位网友留言说：为雄鹰一样守护学生的勇敢的张老师（欣欣儿龙骑士），为温柔美丽浪漫的邓老师（欣欣儿6192），为才3岁还没有开始生活的张欣延（小欣欣儿）小朋友，我们点亮蜡烛，照亮你们前往天堂的路……

一位叫光头奥德修的玩家专门为张米亚写了一篇很长的祭文：

……

记忆里，欣欣儿总是对我说，小光头啊，要多注意学习啊，不能为了游戏荒废了学业。小光头啊，有时间要多陪陪女朋友，不然女朋友要吃游戏的醋了……

记忆里，欣欣儿的声音就像大哥哥拍着我的脑袋嘱咐自己的弟弟一样温暖；

记忆里，欣欣儿在游戏里明明不是什么大英雄，但在现实里，他却是个不折不扣的英雄；

记忆里，英雄是不会死的，英雄们都是受伤。最后小宇宙爆发，然后，维护正义与希望，保护地球和平；

记忆里……

玩家中的一位诗人为张米亚写了一首诗：《其实我们一直和天使一起在游戏》

我原以为

他只是千万用户中普通的一位
而现在知道了
其实我们一直和天使
一起在游戏

张米亚"欣欣小帅哥"
29 岁　117 级
汶川县映秀小学教师，龙骑士
爱唱歌，喜欢篮球
还有就是和妻子一起玩冒险岛
米亚生前最爱唱"折下我的翅膀，送给你飞翔"
当他张开双臂
护佑住两个学生的生命的时候
他，带着妻子"欣欣 6192"
和未满 3 岁的孩子"小欣欣"
又回到了天堂
我们祝福他，可又止不住地
想他……
那就让我们
从网络
望向天堂
看我们送出的羽毛
是否已帮他重新自由飞翔

苟晓超：你给我们的结婚喜糖还来不及吃啊，你怎么能够不辞而别呢？

2008 年 5 月 12 日早晨，苟晓超起床后，突然对妻子何梅说：“你给我把带给老师的喜糖准备一下，还有给班上娃儿们的，多拿一点……

何梅很惊讶地说：“你要去学校吗？你的假期还没到啊？”

苟晓超说：“我不放心班上那 58 个娃儿，我必须回去！”

何梅不言语了。

她和面前这个男人结婚才 10 天，屋里墙上的红对联、大红喜字还像是刚刚贴上去一样鲜艳，原来打算去结婚旅游的，但男人说，他不放心学生，去旅游少说也要十天半月啊，他说他心里不踏实，看妻子有些不悦，苟晓超就说：“还有两个月就放暑假了，到时候，我们可以无忧无虑地玩，你想走多远，我们就走多远”

妻子被他哄笑了。

她和他才认识 7 个多月，晓超是个很木讷的人，平常话不多，更不会像现在的很多男人，哄女孩的话一套一套的，说得瓜甜子蜜，记得刚认识不久，晓超就说：“像你这么漂亮的女孩，嫁一个老师是很不划算的哦！”

何梅问：“为什么呢？”

晓超说：“老师是很清贫的，一个月就那几百上千块钱，又没得别的外水。”

何梅问：“还有呢？”

晓超说：“老师也很辛苦的，一天到晚，一年四季，心都在学生娃们身上，我怕你会受不了的。”

何梅问：“那你咋个要当老师呢？还要跑到乡下小学来当老师？”

晓超说：“我是因为喜欢嘛！因为喜欢而去吃苦，那不算苦。”

何梅笑了，他就喜欢这个看起来有点“瓜”的男人的那种“瓜”样，也喜欢他的实在，他知道这个男人大学毕业后，是以全县第一名的成绩考上公招的老师的，他本来可以留到城里工作，却自愿申请要到乡下小学来教书，女人觉得像这样的男人，都是心里有数的人。

何梅说：“你说因为喜欢而吃苦，那不算苦，那我告诉你，我也是因为喜欢……”

晓超惊讶地说："哦！原来你也喜欢当老师啊？"

何梅点了一下男人的额头："你个瓜娃子，人家是因为喜欢你，才不怕跟你吃苦吵！"

晓超望着自己喜欢的女人，傻傻地笑了。

苟晓超的新家就安在学校附近，离学校只有几十分钟的路程。

在8点钟升旗仪式开始前，他回到了他任教的学校——通江县洪口镇永安坝村小学。

苟老师的突然返校，带给永安坝村小学同事们意料之外的惊喜。

校长王家义说："你的假期还没到啊！咋个就回来了呢？"

苟晓超递给校长一包喜糖，说："我放心不下娃们，再说呆在屋里也没得意思。"

校长拍拍苟老师的肩膀："新娘子没得意见啊？"

苟晓超"呵呵"地笑了两声，不言语。

在办公室，同事们围着"新郎官"起哄，又是抢烟，又是抢糖，还要闹着让苟晓超放了晚学一定要请客，一定要好好请大家"撮"一顿。

苟晓超笑着说："好好！到时候你们一定敞开肚皮喝酒啊！"

最高兴的还是班上的娃儿们，才10天没有看到苟老师，他们觉得像过了一个学期似的，男生围着他蹦啊跳啊，女生腼腆地站在远处，冲他笑。大胆一点的男孩涎着脸说："苟老师当了新郎官了，给我们发喜糖哦！"

苟晓超赶快把大包的糖拿出来，放在桌上，一群男娃疯跑上去，大喊小叫地抢着，苟晓超笑着喊道："给女生分一点，给女生分一点，看你们这群馋猫！"

……

整个上午，苟晓超一直沉浸在回到学校的喜悦中。

不知道为什么？他就是喜欢学校，还在上小学的时候，他就喜欢学校，别的孩子都盼着周末，盼着放暑假，放寒假，唯独他不，他害怕放假时的那份寂寞，喜欢开学后学校的那份喧闹。

也许，在那个时候，他就觉得他以后的职业，会选择做一个永远不离开学校的老师。

没想到，他真的如愿了。

其实从重庆西南大学毕业后，他是有很多选择的，他的很多同学也不明白他为什么去选择当村小老师，“钱那么少，又那么苦”。

只有他自己明白，“因为喜欢而吃苦，那是不算苦的。”

下午 2：30 之前，还是永安坝村小学的午眠时间。

苟晓超坐不住，他轻手轻脚地走到三楼自己班教室的窗外，看 58 个娃儿头枕在桌上，正甜甜地酣睡。

他正要转身，突然，“嘡嘡”，楼板重重地震了两下，紧接着整栋教学楼剧烈地颤抖摇晃，门窗被摇的噼里拍啦响……

“不好！地震！”

苟晓超的脑海里出一个可怕的字眼，他站在走道路上，冲着所有教室大声喊叫“地震了！快跑！快跑下教学楼！”

看各个教室都动了起来，苟晓超冲进自己的教室，那些在酣睡中被突然惊醒的孩子，还坐在座位上，迷迷瞪瞪地四处打望，“快跑！危险！快……”苟晓超一边吼，一边迅速抱起两个孩子直往楼下冲，十几个已经反应过来的孩子跟着苟老师往楼下跑……

到了一楼，苟晓超放下两个孩子，让其它孩子继续往操场中间跑，他又一次冲向三楼。

这时候，楼道里已经满是惊慌失措往下冲的娃儿们。

他奋力爬上三楼，又抱起两个娃儿往下冲……

当他第三次冲到三楼，抱起落在后面的两个娃儿，并冲到一楼的最后一级楼梯时，教学楼轰然垮塌，砖块，楼板，玻璃窗劈头盖脑向他们砸来……

苟晓超突然觉得，他的双腿遭到了重重一击，在扑倒在地之前，他本能地收缩手臂，弯下腰，将两个孩子“藏”在怀中，任雨点般落下的砖石、预制板砸在自己的血肉之躯上……

从操场上冲过来的老师们从倒在地上的苟晓超手里接过那两个还活着的孩子——王佳红和莘跃，又拼命去扒压在苟晓超身上的砖块和混凝土，他们听到苟晓超断断续续的声音：“我——恐怕——不行了，快——快，救——上面——孩子”他的手一直吃力地指着顶楼。

按照苟晓超的提醒，在场的老师和闻讯赶来的村民，路过的司机和村乡干部，搭起木梯，爬上塌陷的三楼废墟，刨开砖碴水泥块，从死神的魔掌中解救出 43 名被困被埋的学生。

5 月 12 下午 16 时 20 分，在转往县人民医院的车上，苟晓超因伤势过重，永远停止了呼吸，在最后一次从昏迷中醒来时，苟晓超还说：“快！楼上还有学生……”

5月12日，距离5月2日举行婚礼才10天，这个本该在家中陪着新娘子度蜜月的24岁的男人，却因为放心不下班上那58个娃儿，而踏上了返校的归途。

殊不知，那竟然是一条不归之路啊……

5月2日那天参加过苟晓超婚礼的一位驻校民警说：我在成都出差，听说永安坝村小有老师为救学生牺牲了，怎么也没有想到是晓超啊，那天我们兄弟3人去他家，他的婚礼虽然简朴，却充满了喜气，让我们羡慕不已，新娘子也好漂亮，他和她都是一脸的幸福……

那一天，送完晓超回到永安坝村小的老师们回到办公室，看到每个老师的桌上都放有一包喜糖——这才记起这是苟晓超带回来的喜糖啊！女老师顿时放声大哭，男老师也悄悄抹泪：

晓超啊晓超，你带的喜糖我们还来不及吃，你怎么能够就这样不辞而别呢？

只做了苟晓超10天新娘的何梅，甚至还来不及脱下结婚期间穿在身上的那件红色套裙，她一直捧着她和晓超的结婚照，喃喃自语：

“我晓得你心里只有你那58个娃儿！我不怪你，你做得没错，5月11号那天晚上，你睡得不踏实，老在床上翻来覆去，我问你是不是哪里不舒服，你说，没有，就是心里慌慌的，老担心出事。第二天一早，你就提出要回学校，我才明白你是想那些娃儿了。现在再想想，你怕是有心灵感应啊！你知道娃儿们要遭罪，所以，你一定要赶回去救他们，陪他们……”

永安坝村村支书说：“晓超是个好老师啊，村小的条件艰苦，娃儿们的课外活动单调，晓超老师就自己动手给娃们做教具，做玩具，那次他来找我，让我同意他砍一根竹子，说是要给娃儿们做接力棒，还问村里有没有红油漆，我说砍吧，砍吧，难为你为娃们想了这么多办法……”

……

和什邡市湔氐龙居中心小学的向倩老师一样，苟晓超也是在汶川大地震中为保护学生英勇献身的教师中教龄最短的一位。他的教师生涯只有短短的8个多月。

但是，就在这短短的8个多月内，苟晓超完成了从平凡到崇高到永恒的升华。

四川省巴中市团市委授予他“优秀共青团员”称号；

中共四川省委组织部追认他为中国共产党党员；

四川省人民政府追认他为革命烈士。

烛泪成河，一条缓缓流动的哀伤的河，烛泪如歌，一首悲壮的激励我们前进的歌

在汶川地震灾区采访的那些日子，在追寻那些英雄足迹的日子，我们的心一直很难平静。

在学校采访和与教师对话，对于我们而言，应该是一件驾轻就熟的事情。

因为我们曾经也是他们中的一员。

采访老师就像和我们的昨天对话。

我们没见过谭千秋老师，但我们熟悉他手指上燃烧的劣质烟草的气味，读得懂他拒绝同事们“打平伙”的邀请时难堪的表情；

我们不认识向倩，但我们能体会她领第一个月工资时的那份羞怯和激动；

我们没见过张米亚，但是，我们能猜到他像招待客人一样给每个8岁的娃娃倒一杯柠檬水时的那份真诚和喜悦；

我们不认识王军超，但我们能明白这个想象着自己是“超人”的大男孩，在干完那些脏活重活听到一句夸赞后的满足；

我们不认识何智霞，但当我们赶到都江堰市两河乡的天国公墓去参加她的葬礼时，我们觉得，我们为之哭泣，为之流泪的这个陌生女人，就是我们第一次以教师身份跨上讲台时，看到的第一张笑脸，她坐在教室的最后一排，用眼神告诉我们：“别紧张，你一定很棒的……

我们很庆幸，我们能够在阔别多年后，重返校园去为我们曾经的同行造像。

汶川大地震，像一场空前壮烈的战争，他在毁灭的同时，也在创造；

它让许许多多怯弱的人在刹那间变得勇敢；

它让千千万万平凡的人在一瞬间升华为崇高；

它在毁灭很多人肉体的同时，也铸造了一批又一批英雄……

让我们信手拈来一些例子吧：

北川陈家坝中学的母凯贤老师，地震发生后已经跑到了安全地带，他惦记楼上的学生没跑出来，又站在院坝上指挥，口里不断高喊："快跑！快跑！"突然他背后的院墙倒了，母凯贤老师被当场砸死。

绵竹汉旺学校的教导主任安学源在组织学生疏散时，被砸在废墟中，被老师们救出时，他已经奄奄一息，还在一个劲摆手，口里喃喃地说："救学生！救学生！"

映秀漩口中学的李瑛老师地震时和方杰在一间教室上课，他是方杰的助理，为了协助方杰疏散学生，被垮塌的教室掩埋，连遗体也没挖出来。

绵竹汉旺东汽技校综合办主任、高级教师许念华，在地震发生时，已经救出了两名惊惶失措的学生尹贵生、罗强。但她没有跟着其它人一起跑，而是站在走廊上对还滞留在教室里的学生、老师大声呼喊："地震了！大家赶快跑！"这时楼板垮塌了，一根巨大的屋梁倒下来，重重压在了许念华瘦小的身躯上。

在汉旺镇东汽中学牺牲的14位教师，几乎每个人都是在抢救学生的岗位上，其中有两位罗姓老师都是大家公认的英雄。

女教师罗秀芳，39岁，地震时，正在初二(1)班上政治课，在灾难来临的时刻，她守在门口指挥学生依次冲出教室，28个学生在她的护卫下，逃离死神的魔爪，而她就一直站在门口，只要跨出一步，她就安全了，垮塌的楼板直接砸到了罗老师的头上，鲜血流了满满一地，当救援人员找到她时，发现她还护着2个没有逃脱的学生……

男教师罗晓明，地震时正在多媒体教室给高三学生上化学课，在最初的混乱中，他护着4个学生已经冲到了教学楼外面，因为发现班上还有学生没跑出来，他又冒死冲上教学楼，阶梯教室的门很小，惊恐万分的同学都挤在那儿，罗晓明守在门口，一边一个个往外拽，一边还叮嘱还在里面的学生蹲下来，就地避震，又有一批学生逃出来了……

这时，楼在晃，墙在裂，"轰隆"一声，教学楼垮塌了……

在德阳市旌阳开发区的东汽中学板房学校，周德祥一口气给我们报出了14个英雄教师的名字——

谭千秋（政治特级教师），罗秀芳（女，政治老师），薛运财（语文老师），刘思源（历史老师），罗晓明（化学老师兼教导主任），唐三喜（化学老师），王樱（女，语文老师），王伟光（数学老师），王定生（历史老师），林正平（语文老师），王科（物理老师），杨立清（数学老师），湛小红（女，政治老师），彭玉明（政治老师）。

周德祥特别强调，其中王伟光和王樱老师是一对夫妻。

在都江堰聚源中学，有六位老师为保护学生英勇牺牲，其中36岁的何智霞不仅是学校的学科带头人，也是四川省的骨干教师，她那天下午本来没有课，因为关心班上的教学质量，她坐在教室最后一排听科任老师的课，被砸下的横梁砸死，遗体被挖出时，发现她身下护着好几位孩子，其中有的还活着。

蒲兵是调到学校才一年的老师，今年3月刚结婚，他是在指挥学生向外冲时被迎面而来的打击物砸死的，遗体找到时救援人员发现这个老师满口都是泥沙，手一直指着门外。

周培顺在聚源中学身兼四职：办公室主任、总务主任、党支部副书记、初三化学老师，人称“周官”，他的遗体被抬出来时，手里还死死抓着两个学生的书包……

还有默默无言的物理老师杨继，刚参加工作的大学生刘林秀，和44岁的外语老师周慧。

与聚源中学相距仅8公里的都江堰新建小学，这是一所承担了特殊教育任务的学校，学校有一批弱智儿童和聋哑儿童，因为老们的英勇施救，这些完全没有自救能力的孩子居然平安脱险。

新建小学有3个老师在地震中壮烈牺牲。

德育办主任方明飞，几次冲进危楼，把一批批孩子往外带，往外推，自已却最终没有逃出死神的魔掌。

29岁的信息技术老师梁爱迪为保护学生遇难，她的小孩今年不满3岁。

四（2）班班主任刘仪君（语文老师）地震发生时离楼梯口只有十几米，最有逃生便利，但她却一直坚持着组织学生疏散，徹离……她的遗体被挖出时，发现她身下还护着3个孩子。

3个孩子也遇难了，家长悲痛欲绝，但是在都江堰殡仪馆火化遗体时，3个家长却向学校提了个意想不到的要求——让3个孩子与刘仪君老师一起火化，家长们说，她们知道刘老师爱孩子，孩子们也会舍不得她，就让她们一起上路吧，把孩子交给刘老师她们家长放心。

……

还有很多媒体上多次报道，大家耳熟能详的英雄：

杜正香、连容、瞿万容、吴忠洪、严容、刘继军、张辉斌……

还有许多我们没来及罗列的英雄；

更有许许多多已经永远埋进了黑暗废墟深处的惊心动魄、感天动地的故事，因为当事人遇难失踪，因为其它我们不清楚的原因，可能永远被沉封而不能和我们见面……

在四川地震灾区采访的那些日子，在北京闭门不出赶写这部书稿的日子，我们每天都是泪眼婆娑，我们的灵魂也一直在接受拷问：

我们曾经是这些英雄们的同行，但是我们最终没有选择坚守。

而他们却一直坚守着——

在清贫中坚守着；

在平凡中坚守着；

在寂寞中坚守着；

在风和日丽的日子坚守着；

在大难来临的时刻依然坚守着；

……

“春蚕到死丝方尽，蜡炬成灰泪始干。”

原以为不过是一个凄美的比喻，一个有些感伤的象征。

而这一次我们却看到了无数“炬泪成灰”的悲壮故事。

烛泪成河，一条缓缓流动的殷红色的河；

烛泪如歌，一首悲壮的激励我们前行的歌……

第七章　身后事

震中映秀一角——遇难者的长眠之地

遇难教师何智霞 8 岁的女儿捧着母亲的遗像

祭奠遇难者

杜正香：我知道你一直释怀不下的遗憾，你在天堂一定能收到正式老师的聘书

在“5·12”汶川大地震，究竟有多少老师为保护学生而英勇献身？至今没有一个权威、规范的统计数据。

在众多“英雄教师”中有一个特例。

她叫杜正香，48岁，从教19年，是平武县南坝镇中心学的“代课教师”。

在“教师”这个头衔之前，还要冠以“代课”二字，这是因为这个在山乡学校的讲台上坚守了19年的“教师”，这个最终用自己的血肉之躯护住身下5个孩子并壮烈捐躯的“教师”，还是一个没有正式名份的“教师”。

杜正香牺牲后，全国的媒体在报道她的事迹时都称其为“代课教师”，这是媒体从业人员出于对逝者的尊重，选择的一个人性化的表达方式。

其实，教育行政主管部门对杜正香和她所代表的群体有一个另外的统一称谓——“代课人员”。

这个群体最大时，人教多达81.9万人（1999年底），即使到2007年底，也还有37.9万人。

他们共同的命运是将在最短的时间被“清退”出教师队伍。

让我们还是先回到“5·12”这个黑色的下午，回到平武县南坝镇中心小学。

48岁的代课教师杜正香现在的岗位是中心小学学前班中班的老师。

她带的学生都是些4—5岁的细娃儿。

下午2点28分，班上的娃儿们刚结束午眠，正是睡眼惺松，呵欠连天的时刻。

灾难却在这个时候突然降临。

照例是剧烈的震动，教学楼像醉鬼一样摇晃，意识到大事不好的杜正香大声地招呼娃儿们“地震了！娃儿们快往外跑！”

可是，并没有娃儿跟着她跑，有的吓得哇哇大哭，有的高声尖叫，有的就呆坐在位置上，一动也不动了。

娃们太小，他们还不知道“地震”是个什么“游戏”……

杜正香一手挟住一个娃儿，大声吼着“屋子要塌了，都跟着老师跑！”

有十几个孩子听懂了老师的话，跟着杜老师往教室外面跑。

杜正香把这十多个娃儿带到一楼操场，转身再往教室里冲，她第二次抱着两个孩子冲到一楼走廊时，却与一个人撞了个满怀，杜正香抬头一看，正是村里的严明君老太太，老人手里还牵着孙子，迷迷瞪瞪地还在往摇摇晃晃的教学楼里走……

杜正香急忙把两个娃儿扔到操场上，冲上去就把严老太太和他孙子往外推，一边推，一边大吼，“咋还往里闯啊？送死啊！”

严老太太被推倒在操场上，她看见杜正香转身又往教室里跑……

这个70多岁的老人事后逢人就说：“我是老糊涂了哇，让我送孙娃儿上学，我咋个就不晓得那是地震呢？差点把娃儿往阎王手里送啊，亏得杜老师那一推，我当时摔在地上，心里还埋怨，这个杜老师平日里善得像个菩萨，今日咋个像个凶神啊……只看到杜老师往里跑，哪晓得屋就塌了……”

“5·12”给整个南坝镇造成了毁灭性的打击，全镇大部分房屋倒塌，全校870名学生，有300多人被埋，（事后查明142人死亡，131人失踪）6名教师在岗位上遇难，这其中包括代课教师杜正香。

杜正香是在送出两批孩子，第三次冲进教室后，被倒塌的大墙砸倒的。

5月14日下午3时，在南坝镇中心小学施救的解放军战士，掀开那堵倒塌的墙时，看到了惊心动魄的一幕：

杜正香伏在地上，她的衣服已经烂成了一条一缕，她的双手张开着，一手拉着一个女孩，一手抓着另一个男孩。

救援人员把杜正香的遗体抬开后，发现她的身体下面还护着三个孩子——

救援人员说：“这个老师在大难临头的时候，想到的还是用自己身体去护着孩子，虽然孩子们也遇难了，但是老师仍然是一个了不起的英雄。”

“代课教师”杜正香为救学生英勇献身的事迹，还有那张“最后姿势”的照片通过电波、报纸和互联网传遍全国后，无数观众读者和网民无不为之感动，为之落泪，为之感叹唏嘘……

但是这一切，杜正香不会知道，杜家的亲人也不知道，整个南坝镇的人也不知道，因为这个时候的平武县南坝镇，已是满目疮痍，几乎每个家庭都有房倒屋塌，都有亲人遇难和受伤，每一个家庭都沉浸在自己的悲痛里。

他们无暇顾及外面的世界。

他们也无法顾及外面的世界，因为从“5·12”下午灾难降临的那一刻起，他们就与“外界”完全断绝了联系。

他们不知道别人怎么评价杜正香。

他们也不在乎别人怎么评价这个被他们称为“杜老师”“杜阿姨”“杜婆婆”（“婆婆”在四川是“祖母”“奶奶”的别称）的48岁的女人。

他们有他们自己的价值观和评价体系，他们要以他们认为的最高礼节，为这个他们心目中最好的老师送行。

杜正香的丈夫严正明说，他做梦也没想到，正香的葬礼会办得那么隆重，当时是非常时期，几乎家家都有人死，有人伤，还有好多人在废墟上救人，挖尸体，全镇上的遇难的人都只能草草掩埋，亲戚朋友都拢不了堆，那是没得办法啊，家家都遭了难嘛！

可是杜正香的葬礼举行的那一天，全镇上的人都把手里的事放下了，要来送杜老师一程。

严正明说，77岁的严明君老太太一定要把她的寿材（棺木）捐出来，我们晓得，在都时兴火葬的年头，一个老太太守住自己的棺木那是件多不容易的事啊！我们坚辞不受，说正香承受不起啊，没想到老太太发了火，说：“我和孙娃的命都是杜老师给的，她为了救娃儿们，命都搭上了，有么事承受不起啊！”

严正明说，因为南坝街到外面的路和桥都断了，南坝街上在地震时遇难的人的遗体都送不出去火化，全部改为土葬。但所有人都不可能有棺木，有些是找两块木板垫一下，有些就是用被子，塑料布一包，就地埋了，只有杜正香睡了棺材，而且是木料很好的棺材……

送葬的人群排着长队逶迤着从镇上废墟间缓缓穿过，这其中有杜正香现在的学生、同事、家长，但更多是她曾经的学生，还有些是这次在地震是遇难了的娃儿们的家长，人们举着花圈，鸣着火炮，用他们认为最隆重的方式寄托他们对杜老师的哀思。

这些家长说：“虽然娃儿也走了，我们很伤心，但我们不怪杜老师，我们晓得一直对娃们好，她已经尽力了。”

一些她过去的学生说：“我们不晓得上头评价老师的标准是什么？但在我们心里，杜老师是个好老师，那个时候每到周末，她家里都有好多娃儿，那是些家长不在镇上的娃儿，杜老师薪水低家境也不富裕，还会变着法子给这些娃儿做点好吃的……”

杜正香的妹妹杜正淑说，姐姐今年48岁，教了19年书，镇上有的家庭两代人都是她的学生，每次她陪姐姐上街，沿路上都是跟姐姐打招呼的人，有的喊她“杜老师”，有的喊她“杜阿姨”，有的喊她“杜婆婆”，往往是一公里左右的路，她们要走半个多小时。

杜正淑说，姐姐这个“代课教师”当得不易，从开始只有几块钱，十几块钱，到后来拿了很多年的40块钱，一直到姐姐去世，她的最高工资只有450块钱，和她做同样工作的公办老师，有些才从学校毕业，也是八、九百，上千块，我们就劝她算了，不当这个老师了，可她不听。

杜正淑说：姐姐说她喜欢孩子，喜欢学校，不管生活几多艰难，不管遇到啥子烦心事，只要一脚跨进教室，一看到那些粉嘟嘟的笑脸迎上来，喊她“杜老师”，她就啥子烦恼也抛到九霄云外去了，姐姐说，教书本来就不是个发财的事，所以，拿多少钱她不去跟人家比，只要饿不死，她就愿意守着娃儿们，一直到老。

前些年，姐姐年轻些的时候，为了能转为正式老师，她也没少折腾过，为了到外面去学习，为了买复习资料，她甚至把家里准备喂了过年的一头还未长大的猪也卖了……但是，那时候，家里的负担太重，两个娃儿要上学，星期六、星期天还要回屋头做农活，哪有好多时间和财力让她去学习、考试啊？有些机会，错过了就错过了，不会再来了……

杜正淑说：我们晓得姐姐的心事，这几年上头一直在清退“代课老师”，有些时候是做到很绝情啊！有些代课老师在学校都呆了20年、30年了，有些是绝对的教学骨干，有些还是学校的校长，但上头一句话，说走就得立马走人。有些老师正在教室里上课，被人叫出来，说“××老师，你出来哈。”出来了就通知你走，连进去把备课本子拿出来，跟学生告别一下的机会也不给，简直是扫地出门啊！每每看到或者听到这种事情，姐姐的心情就特别坏，一整天一整天的黑着脸，不说一句话……

杜正淑叹了口气，我们晓得，姐姐也晓得，她迟早有一天也会被“清退”，被扫地出门。这种等待着被“清退”的感觉，和一个得了绝症的病人躺在床上等死的那种感觉，没有啥子两样。我们明白，姐姐不是舍不得那一个月450块钱的薪水，她是舍不下娃儿们啊！她是无法面对没有学校，没有教室、黑板，没有娃儿们欢声笑语的生活啊！

“现在好了。”杜正淑说，姐姐再也不必担心自己哪一天被“清退”了，她在“老师”这个位置上走到头了。

杜正淑说，姐姐死后，她偶尔也到她坟上去坐坐，给她装两柱香，烧点纸钱，陪她说几句话，但毕竟是一奶同胞，她晓得这些都不是姐姐最看重的，姐姐一生贫寒，但她也能视钱财如粪土。姐姐一直不能释怀的遗憾是什么，一家人都清楚。

杜正淑说，自己有时候痴想，像姐姐这样为救学生而牺牲的人应该是“英雄”啊！以前国家对这样牺牲的人都兴个什么追认啊！比方说，追认党员，追认“烈士”，这些姐姐都可以不要，为啥子不可以追认姐姐一个“国家老师”的名份呢？杜正淑说：其实这事儿并不复杂嘛，也不占编制，也不花国家一份钱，可是对死去的人这会是一个多大的安慰啊！

杜正淑苦笑了一下，说，当然国家的心不是我们百姓操得了的，我有时候就安慰我姐，我说姐啊，你心放宽些吧，你看看，这次地震，带走了多少娃儿，多少老师啊！恐怕到了天上，也还兴办学校吧，到那边，你肯定能收到一份正式老师的聘书的。

陈思说，我从来没想到王周明会跑不脱，他那么利索的人。我只想有份工作，把他的娃儿养大

陈思说，地震过了好些天，她在红白镇街上的帐蓬里遇到了小学一位老师的妈，大家都喊她廖阿姨的，廖阿姨说：“那天中午，在学校门口的那座吊桥上，我还遇见了你们家王周明，在他后面不远是汤鸿，两个人都慌慌张张地往学校跑，给我打招呼时还上气不接下气的，我说：“离上课时间还早呢，跑个啥子哟！哪晓得下午就听到讯说他们‘遭了’。”

陈思说，其实王周明“5.12”那天下午是没得课的。

中午回来吃过饭，陈思在洗衣裳，王周明在房间哄他们的女儿王韵雯曦睡觉，到后来，一向脾气很好的王周明突然生气了，对陈思说：“你别洗了，快来照看孩子吧，我要走了，时间来不及了！”

陈思说，王周明走了之后大约十分钟，就发地震了，她和婆婆抱着孩子在逃地震时都被摔在地上，自己的后脑勺起了个大包，一岁半的娃儿脑门子磕破了，鲜血沽沽地往外冒，她和婆婆从地上爬起来，抱着娃儿往路边的包谷地里跑，一边跑一边回头，看见自家在街上的房子像女儿玩的积木一样，轰然垮塌，顿时惊得目瞪口呆……

晃得最厉害的那一阵过了之后，他们抱着娃儿找到附近的一家诊所，诊所也塌了，所幸医生还机灵，腿快，捡了一条命，看到她们时，脸还煞白，喘着气。一个劲儿说："妈呀！吓瓜了！吓瓜了！"

给孩子做完包扎，陈思说，她好像这个时候才想起王周明，想起应该告诉他一声，家里屋塌了，但大人娃儿都安全，让他放心，她掏出手机，给王周明打电话，电话不通，陈思把娃儿交给婆婆带着，决定自己一个人去学校看看。

去学校的路上，不断有人告诉她，小学遭惨了，屋塌了，埋了好多人。

陈思想，王周明现在应该忙着救学生吧？

到了校门外横跨在铁路上的那座吊桥时，陈思望见了小学里的惨状，王周明他们平常办公的屋子屋顶被掀翻了，他们上课的教学楼也全垮塌了，一间教室也没得了，只有堆得像山一样的烂砖头。

陈思心想，王周明班上的娃儿们恐怕也遭惨了，王周明怕是该急死了吧？

到了学校门口，校门还没垮，陈思看见了刘华芳老师，刘老师两眼发直，一看就是吓瓜了的样子，陈思问："刘老师，看见我们家的王周明了吗？"

刘老师想也没想就说："王周明被砸了，命都没得啰！"

陈思说，即使到了这个份上，她还是以为刘老师在跟她说着"耍"，是吓唬她。她说，好多人说，亲人之间有心灵感应，亲人遭难了，活着的人事先会有感觉，她很奇怪不仅一点"感应"没有，她还一直坚信王周明不得死，不可能跑不脱，他是那么精明个人啊！

一直到遇到肖泽艳老师，按肖老师的指点，看到了倒在地上的王周明时，陈思才"哇"地一声哭出来……

王周明确实死了。

他是被倒下的房屋的横梁击中了后脑勺，整个后脑几乎全部削走了，脑浆迸了一地，陈思看到自己的丈夫时，他的脸已经肿胀，发黑，鼻梁上的眼镜也不翼而飞……

肖泽艳老师告诉陈思，王周明下午第一节确实没得课，三（2）班的那堂课原来是肖老师自己的美术课，快要上课的时候，王周明气喘吁吁地跑过来，说：“肖老师，把你第一节课调给我。”就走了，肖泽艳后来知道，王周明要这堂课是要排“六一”的节目。地震发生时，他和汤鸿老师都在多媒体教室，给孩子们排舞蹈。

肖泽艳抱着陈思哭：“你们家王老师实际上是替了我！如果他不找我换这堂课，现在砸在里面的就是我啊！”

几个头上脸上身上全是灰尘的女娃守在王周明身边嚎啕大哭：“王老师！你是为了救我们才死的啊！”

从那些娃儿们东一嘴西一嘴的介绍中，陈思知道了自己丈夫死前的大致情况，在楼房剧烈摇晃的那十几秒钟内，王周明是带着这些娃儿们一路从三楼跑下来的，到了一楼楼梯口，房子塌了，这几个娃儿是被王周明使劲推出来，推到操场上来了。

娃儿们说：王老师如果不管她们，自己是完全跑得出来的，他倒下的时候，离操场只有两三步路……

陈思说，虽然亲眼看见了丈夫的死，虽然知道丈夫死得很惨，但陈思说她不是一个悲悲戚戚的人，这除了跟她的像男孩的性格有关，也跟她认得王周明这六年，从王周明那里学了很多东西有关。

陈思认得王周明是02年7月份，是通过红白镇小学张文斌老师和他夫人介绍认识的，那个时候王周明在峡马口村小教书，后来又转到陈思家所在的五桂坪村小，再后来，因为山里生源越来越少，学校不断合并，他又到了柿子坪小学，07年秋季，才被调到镇上的中心小学（红白镇学校小学部）。

陈思说，王周明是一个话语不多，但心里很有数的人，他是家里唯一的儿子，（有一个妹妹在乐山上大学）父母年迈体弱，他经常要利用休息日去帮父母在包谷地、洋芋地里做活，上山去砍柴、背柴。

陈思说，他们认识后，她自己在镇上开了个小理发店，星期六、星期日，如果不给学生补课，或者没有晚自习，王周明就会来店里帮忙，而且还无师自通地学会了染发、烫发……

但是王周明的书也教得好，村小的条件那么差，他所教的班级经常还是什邡市的第一名、第二名。这关键是因为王周明专心，舍得在娃儿们身上下力气，花时间。有时候都晚上六七点了，陈思找到学校去，看到王周明还在给娃儿们补课。

陈思说，和王周明从恋爱到结婚六年时间，想不起有一点风花雪月、浪漫抒情的故事，因为他要么守在山上陪娃儿们，要么回到镇上就在理发店里帮忙……

和王周明认识六年，陈思说，王周明最关心的就是两件事，一是怎么把娃儿们的成绩提高一点，再提高一点；二是，怎么能想办法再赚点钱。提高娃儿的成绩，那是王周明的本职工作，也是他最看重的；关心怎么再赚点钱，是因为每个月钱都不够花，尤其是有了娃儿之后。

陈思记得，他刚认识王周明时，他的工资是700块钱，去年调到900块钱，今年过年后才涨到1080元。原来没有女儿前，自己开个小理发店，好歹还有点贴补，有了娃儿后，理发店也停了，王周明的收入就成了全家人的唯一来源，所以，俩口子常常在家里算帐，怎么算都不够用：

每个月给女儿买奶粉要200多元；

因为买不起房，只能和公公婆婆住在一起，在一起吃饭，要交400元伙食费；

偶尔还要往家里买点肉菜或者鸡蛋，大约也得百十元；

还有两个人的手机费，再怎么省也要100元吧？

有时候孩子会有个头疼脑热，跑一趟医院、诊所就是几十、上百元。

如果赶上这个月有同事、同学、亲戚结婚，孩子做满月，一张请柬发过来，俩口子就要愁得几夜睡不着觉……

5月9号晚上，王周明从学校回来后，面有喜色，陈思问：“看你这么高兴的，路上捡了钱包哇？”

王周明不说话，像变戏法似的从包里掏出一叠钱来递给陈思。

陈思惊讶地说：“唉呀！还真捡了钱包哦！”

王周明说：“哪来的钱包捡啊？就是捡了钱包，也不能交给你吵！”看陈思一脸怀疑，王周明说：“这是补发的工资。”

陈思数了数，整整2000元，这是她们这个家庭好长时间以来见到的最大一笔钱了！陈思说：“女儿的奶粉没有了，明天我们去什邡吧，我还要给你买双皮鞋，然后我们一起上馆子撮一顿水煮鱼！”

5月10日，星期六，俩口子把娃儿交给婆婆，高高兴兴下了一趟什邡（因为红白镇在山上，什邡市在山下，所以红白人去什邡就叫“下什邡”）。

首先是给娃儿买奶粉，过去手边钱紧，都是一包一包地买，牌子也不敢拣好的，今天财大气粗，王周明说“给娃儿买好点的，要买就买一件！”

陈思拉了拉丈夫的衣角说：“要七百多呢！”

王周明说：“七百多也买，反正是吃到自家娃儿的肚子里了。”

买完奶粉，他们去逛商场，陈思替丈夫看上了一款棕色的皮鞋，王周明一看要168块，说什么也不买。

陈思说：“你脚下那双都烂了，再说，你现在是回镇上来教书了，不能让人家看不起。”

王周明说：“那就回红白去买，那里才几十块钱一双，什邡的东西太贵了！”

在商场的另一侧，王周明作主给妻子买了一只包，花了88元，陈思出手去拦，王周明已经把一张百元的票子递到了售货员手里。

轮到去吃水煮鱼时，两个人去几家餐馆转了半天，都没落座，最后，陈思说：“好久没吃豆花饭了，我们去尝尝吧！”

于是，两个人在一家小餐馆点了一碗豆花，一盘呛炒凤尾（莴笋叶子）外加两碗米饭，结帐的时候，花了10元钱。

临走时，陈思说，给爸妈买点啥子吧。最后商量着给公公买了一条纸烟（公公平时舍不得抽纸烟，只抽自已种的叶子烟）给婆婆买了一包水冰糖。

回到红白镇时，陈思的包里还有1000多元，

陈思说，王周明留给她的这笔钱，成了地震后她和全家最大的一笔财富。公公家的房倒了，她和王周明结婚时买的彩电、冰箱、音响和家具，全都没了，就剩下从什邡回来省下来的那1000多块钱，还在她包里背着，还有王周明执意要给女儿买的那件奶粉，因为埋得不深，也被抢出来了……

陈思告诉我们，王周明遇难后就埋在中学对面的山上，刚开始只有孤零零的几座坟，后来整个红白镇遇难的人包括他的学生，都埋到一起来了，后埋的人是一个人一个小土包，一个土包面前一块砖头，一块砖头上写一个编号，王周明因为埋得早，所以地势最高，坟包包也比别人大一些，虽然没有立碑，但好找。陈思说，她有时候也一个人爬上去，陪着王周明坐一下，跟他说会儿话。

陈思说：每次上山就哭一场，不是一上去就哭，而是说着说着，就忍不住想放声大哭，那时，她就对自已说，想哭就哭吧，在自己男人面前哭，不算丢人……

陈思说：下了山，她坚决不哭，回了家，更不哭，没有了王周明，自己就是这个家的顶梁柱啊！

“我现在只有两个愿望”。陈思说：“第一个愿望是能有一份工作，有份稳定点的收入，好让我把我和王周明的娃儿带大，让她也能读大学，像她爸一样当老师；第二个愿望就是能够梦见王周明一次，我要亲自对他说些话。”

陈思说：王周明都去了两个月了，她一直没有梦到他，有时候，她会在女儿睡着了之后，抱着丈夫的照片在那里坐着，想他，甚至在心里求他，无论如何托个梦给她。可是奇怪得很，这个愿望竟然一直都没实现。

“有一天他的小姨来了。”陈思说，“小姨说她昨天梦见王周明了，王周明交待她，让她帮他把娃儿带好。”

陈思为这件事还生了几天闷气，觉得王周明咋个这样不仗义呢？咋个托付小姨带娃儿，也不托付她呢？后来，陈思说她终于明白了王周明的良苦用心，他是觉得她还这么年轻，不想连累她啊！

陈思说：“王周明的心太细了，死了都这样啊！可是，我咋个会抛下娃儿不管呢？我只想有份工作，有份稳定的收入，能够把我和王周明的娃儿带大。”

汤鸿，汤鸿，你听见了吗？你的莲儿在叫你妈啊！

谭瑛说，“5.12”那天晚上，是她一生中最黑暗，最无助的一个晚上。

把汤鸿的遗体从红白镇医院抬出来后，他们就一片茫然，不知道该把娃儿的遗体安放在哪里。

自家的小楼虽然没有垮，但一直在旁边那栋六层的危楼的威胁之中，根本不敢进去住。

他们只好在屋后头的自认为相对安全些的包谷地里搭棚棚。要搭棚棚的家庭太多了，红白镇上现在也就这块包谷地平整一些，安全一些，还有搭棚棚的材料也不好找，所以一家搭一个棚棚是不可能的，他们就约了两个街坊邻居一起搭一个棚棚……

小小的一个棚棚里住了12个人，都是些老人、妇女、儿童、还有受伤的人。

汤鸿的遗体就只能放在棚棚的外边，下雨后，汤鸿的爸爸汤少军不知从哪个废墟上刨出一把伞，撑开试试，还能用，就用这把捡来的伞遮在女儿遗体上，伞太小，只能遮住头和上半截身子，腿和脚就暴露在大雨中……

最难面对的是一屋的老人啊！谭瑛说，汤鸿的外公、外婆，还有祖父，都是80多岁的高寿老人，我和她爸，也是快六十的人了，莲儿还小，四代人里面，最活泼亮丽，能给这个家庭能带来欢声笑语的就是汤鸿这一代！用她外公的话说，是承上启下的一代啊！

可是偏偏是汤鸿没了。

汤鸿的外婆哭得死去活来，一边哭一边说：“老天咋个不长眼啊！咋个不把我砸死啊！我已经活够了，娃儿的好日子才刚开始啊！”

汤鸿的祖父每天捶胸顿足“咋不让我替鸿儿死啊！咋个让白发人送黑发人啊！”

“满棚棚的人都陪着我们哭”。谭瑛说，“只有汤鸿的外公一直没有哭，但黑着脸，一句话也不说。我们都很害怕，因为我们知道，父亲一直最喜欢汤鸿，说汤鸿好多地方像他，我们怕老人悲伤过度，憋在心里会出事，就劝他说，您要难过，就哭出来吧，哭出来心里会好受一些……”

可是外公一直没有哭，但也一直不开口说话。

谭瑛叹了一口气，说：“5月12号那天晚上，好大好大的雨啊！”

整个红白镇上一团漆黑，满镇子的人都蹚缩在大大小小的临时棚棚里，听风声、雨声、雷声还有四面的垮山声响成一片，地上的余震不断，隔几分钟，地就像打摆子一样发抖，支撑棚棚的木头“吱嘎”作响，刚开始时棚棚里的人还吓得往雨中跑，后来就不跑了，跑也没处跑，听天由命吧！没有人晓得这雨要下多长时间才能停，也没有人晓得脚下的地会不会裂开一条缝，把上面的人都装进去，也没有人晓得这四周的山要垮到哪个时候为止……

几个老人在那里小声议论，说“这是老天要来收人了啊！”

谭瑛说，从12号晚上到13号一整天，到14号早晨，大雨就没有停过，那不是常见的“下雨”，是有人在天上满盆满桶地往下倒水啊！这三天两夜她们一家人连眼皮也不敢眨一下，他们要轮流着照看放在棚棚外边的汤鸿的遗体，因为红白镇上各家各户养的狗——大狗小狗甚至还有高大威猛的藏獒，地震过后都成“丧家”的“野狗”，它们成群结队地在成为废墟的红白镇的大街小巷窜来窜去，而且专往有死人的地方窜，那几夜，红白镇的狗叫声，也成了风声，雨声，垮山声和残墙断壁的垮塌声之外的，另一种叫人恐怖和颤栗的声音……

为了防止“野狗”伤害汤鸿的身体，一家人举着火把，围着汤鸿的遗体打转转……

谭瑛说，如果说从5月12日晚到13日，他们一家人都沉浸在痛失亲人的悲痛之中的话，那么到了14号天放晴之后，另一个更紧迫的更焦心的问题开始让他们这一屋老小心神不宁，寝食难安，甚至心惊胆颤，不寒而栗……

那就是，该怎么处置汤鸿的遗体？

按照惯例，当然是选择火葬。

可是到了5月14日，红白镇连通什邡、德阳的路还没有打通，红白镇上成千上万的在地震中受伤的伤员，还在穿心店的桥上苦守着，希望着能够有车把他们接送到山外治疗，那些逃难的人也成群结队地往红白集结，嗷嗷叫着，争先恐后的要逃出这片死亡绝地……

想把汤鸿的遗体运到什邡去火化，已经完全没有可能。

何况，红白镇上还有那么多人在地震中成了蒙难者。

那就只有选择土葬。

可是能葬在哪里呢？汤家人知道，如今红白镇的每一个山旮旯都是有主的，没有一片土是他汤家的啊！

实在想不出办法，谭瑛对汤少军说："你和继星去问问学校吧，看看应该咋个办？"谭瑛说，虽然也晓得学校的校长老师都在废墟里挖人，在穿心店等着送伤员，但这事也只好问他们了。

过了一会儿，丈夫和女婿回来说，见到钟思平副校长了，钟校长说，这是非常时期，就不能按常规处理，建议他们把汤鸿老师埋在中学对面的山上，估计镇上其它遇难者的遗体也都会埋在这片山上，土地问题学校和镇上以后会和农民们交涉的。

钟校长说，他下午一定会抽空来送汤鸿老师一程。

可是接下来的一个问题，同样让谭瑛一家人犯愁，怎么把汤鸿的遗体抬上山，顺利地安葬？

自己一家可以指望的劳力只有女婿李继星，还有快60岁的丈夫汤少军。

棚棚里和他们住在一起的邻居街坊，都是些伤员和老人、妇女；

学校的领导、老师都在废墟上救人或者在转运伤员；

亲戚朋友或者自家遭了难，或者隔在山外面，根本进不来……

谭瑛绕到棚棚后面，看见女儿的遗体已经开始变形，腹部有些微微隆起。"天哪！这咋个办啊！"她突然蹲在地上，放声大哭起来。

"谭瑛！你不要再哭了！"

突然，她听到了自己的父亲，汤鸿外公的声音，回头看时，父亲、公公、丈夫、女婿一家人都站在她身后。

这是父亲在汤鸿遇难后第一次说话，这个80多岁的老校长、老教师一脸严肃地说："从现在开始，谭瑛你，你们所有的人都不要哭了，汤鸿是为了保护学生死的，她做了一个老师应该做的事，这是我们这个教育世家的骄傲！既然老天让我们还活着，我们就要坚强地活着，还要把汤鸿没做完的事帮着做完，我们不能让汤鸿在天上看不起我们这些长辈！”

谭瑛被老父亲的话镇住了，她下意识地抹了一下流到脸上的眼泪。

这时候，他听到老父亲说：“少军，去，想办法给我和你爸都找一把铁锹来！”

汤少军和谭瑛说：“爸，怎么能让您……”

老人不容置疑地挥了挥手。

下午两点，给汤鸿送葬的队伍上了山。起身之前，谭英从地上掬了一捧雨水，给汤鸿洗了一把脸，谭英说，女儿生前特别爱整洁，她必须让她干干净净上路。

汤鸿的丈夫李继星和父亲汤少军用那块门板抬着汤鸿的遗体走在前面。

两个80多岁的老人——汤鸿的外公和祖父扛着铁锹跟在后面；谭瑛抱着莲儿，搀扶着母亲（汤鸿的外婆）向中学对面的山上走去。

没有花圈，没有哀乐，没有送葬的队伍……

在半山腰上一处平坡上，他们停下来。

汤鸿的外公问：“就是这里吗？”

汤少军点点头。

老人说：“好，这里好！从这里汤鸿每天可以看到学校，可以听到学生们的读书声。”

停了一下，老人说：“我们开始吧！”

于是，四把铁锹开始舞动。

两个80多岁的白发老人，一个近60岁的老人，还有一个黑发后生，一起为他们的至爱亲人挖一方小小的墓穴……

过了一会儿，钟思平副校长带着一个老师上来了，钟思平一把从汤鸿外公手里夺过铁锹，那位老师从汤鸿的祖父手里接过铁锹，钟思平说：“老校长，对不住啊！我们来晚了，怎么能让您二老……”

汤鸿的外公说：“我们都知道你们不容易，遭了这么大的难，倒了这么多房子，死了这么多人，该有多少事情要处理啊！”

钟思平说：“难为您老人家这么理解我们啊，汤鸿是个很优秀的老师，她还这么年轻，太可惜了！”

老人说：“汤鸿做了她该做的，一个老师在大难来临的时候，保护学生是她的本分啊！我们一家三代都是教师，唯有汤鸿真正做到了鞠躬尽瘁，死而后已。她比我和他妈做得好，我们都为她骄傲！”

谭瑛抱着莲儿，一直站在老父亲的身边，眼泪一直在她的眼眶里打转，但她没哭，因为老父亲说过：“不要哭！”

按照红白镇的乡俗，在汤鸿的遗体下葬前，他们为她点燃了一挂火炮（鞭炮），为她祛邪，送她平安上路……

谭瑛怕鞭炮声吓着了怀里的莲儿，试着用手去捂莲儿的耳朵，却发现这个才9个月的小精灵并没有被吓着，她睁大着一双乌溜溜的黑眼睛，还在四处打望。

鞭炮声停息后，几个人小心翼翼地抬起安放汤鸿遗体的门板，放进墓穴。

当第一锹土扔到汤鸿的遗体上时，谭瑛突然听到怀里的莲儿高声尖叫起来：“妈妈！妈妈——”

谭瑛再也控制不住自己，“哇”地一声哭出来，一边哭，一边喊“汤鸿！汤鸿！你听见了吗？你莲儿在叫你妈啊！”

何智霞啊，我现在宁愿相信女儿的话，“妈妈会变成一片云朵，永远跟着我”

2008年6月25日，星期三，晴天。

住在成都内双栏“我家宾馆”的我们，早晨6：20就起了床，草草洗漱完毕，我们就出发了。

穿过成都市区，上成灌高速，绕过都江堰城区和青城山脚下的青城镇，一路向西。

我们到了位于都江堰两河乡的天国公墓。

我们此行的目的是来参加一个在地震中遇难的女教师的葬礼。

这个老师的名字叫何智霞。

何智霞，1972年生，都江堰聚源中学语文老师，班主任，学科带头人，成都市教育系统优秀教师，四川省骨干教师。

从捧在她8岁女儿手中的她的遗像上，我们看到这个已经远行天国的老师，生前还是一位美女，白晰、文静的脸上洋溢着笑意，鼻梁上还架着一副眼镜……

这是我们在地震灾区采访期间见到的最具规模的一次遇难教师的葬礼，参加葬礼的人除了何老师的家人，还有聚源中学的校长、教师、学生，其中还有一位拄着双拐的女生——她是何老师班上的学生，在地震中受伤后被救出。

当然，这其中也包括我们，本来与何老师生前的圈子不搭界的三个外乡人。

葬礼其实很简朴。

在墓园外的公路上，有一个简短的追悼仪式，在向何老师遗像默哀和三鞠躬后，聚源中学校长致悼词，这个曾有“帅哥校长”之称的男人，这天嗓音嘶哑，情绪失控，一边念悼词，一边痛哭，人群中也是哭声一片，所以，虽然我们站在人群中，离他不远，但他的悼词说了些什么，我们竟然一句也没听清。

追悼会后，是按当地风俗的安葬仪式。

尽管仪式非常简单，但因为有了映秀、红白镇对遇难老师们“身后事”的刻骨铭心的记忆，我们还是从这个葬礼上感到一些温馨和宽慰。

随着骨灰盒落入小小的墓穴，随着一块冰冷的水泥块盖在骨灰盒上，何智霞，这个36岁的女教师与我们还生活着的这个纷繁的世界的最后一点联系也切断了。

但是与此同时，一个精神的何智霞，一个英雄的何智霞的形象却在我们头脑中越来越清晰，越来越鲜明……

在何智霞的葬礼上，刘婷婷哭成了一个泪人。

这个大学毕业才一年多的女教师，是何智霞老师生前的徒弟，这种师徒相传的“教师培养模式”是聚源中学的独创。

刘婷婷说：“何老师是个非常敬业，非常有爱心的老师，不仅对她的学生是这样，对我们这些新老师也是这样，总是手把手地教，不厌其烦地指导，恨不得把她这些年积累的教学心得、体会、经验，一股脑儿都倒给我们。记得初上讲台时，我们都吓得身体发抖，舌头打颤，何老师为了鼓励我们，就坐在教室后面，用眼神，用手势悄悄给我们鼓励，为了让我们快速成长，何老师把本该属于她的外出学习、观摩、比赛，获奖的机会都让给我们年轻老师，我们心里都过意不去，何老师却笑着说，看到你们年青人快速成长起来，我心里好安逸！”

刘婷婷说：“何老师和我是签订了师徒培养目标计划的，何老师说她要用三年时间，把我培养成优秀语文教师，可是，才过了一年多啊，何老师就走了……”

张林主任是何智霞多年的同事，他自己也是在地震中被埋，负伤，被救出后送往医院，又从医院逃回学校参加救援的，我们见到他时，他的手臂上还吊着绷带。

张林说：“5.12是周一，整个下午，何老师都没有课，因为学校的办公楼并没有垮，何老师本来是可以躲过一劫的。但是，她的责任心太强了，她教的初三（五）班，马上要参加中考，为了了解学生复习进度，下午第一节课她要去听政治老师讲课，校领导在上课前到各个教室巡查时看到何老师就坐在初三（5）班的最后一排，当时的时间是下午 2：25 分，3 分钟之后，地震就发生了……”

张林说，“何老师爱生如命，和学生的关系非常好，因为她经常到学生家里去走家访，与家长交流学生的教育成长情况，家长也很喜欢这个和蔼可亲的女老师。”

张林说：“我在医院住院时，遇见何老师班上的学生家长，她的女儿也在地震中伤了伤。家长见面第一句就问，何老师出来了没有？听我告诉她‘何老师没了’时，这位家长竟然立马昏过去，喊医生过来，掐人中，救治了半天才苏醒过来。醒过来后，这位家长嘱咐我，一会儿见了她娃儿千万要封锁何老师遇难的消息，她说，她娃儿在医院这些天，天天念叨‘何老师不晓得跑脱了没有？’还非逼着我去打听何老师的消息。”

那位拄着双拐的女生正是何老师班上的学生，她说：“地震来时，何老师是最容易跑脱的，她和朱勇坐在最后一排座位上，紧挨着后门，门也是开的，她只要一抬腿就出去了。可是她没有跑，她让政治老师带领我们往外跑，大多数学生都跑出去，有几个都吓瓜了，围着老师哭，说，老师，我们害怕，老师就吼她们，老师平时说话细声细气，斯斯文文的，可是那天嗓门特别大，让我们‘快跑’，可是后来，楼就塌了……”

谷胜聪校长说，“何老师的遗体是 5 月 13 号下午挖出来的，是被教学楼的一根断裂的横梁砸死的，救援人员施救时发现，因为横梁和楼板之间形成了一个小空间，何老师的身体向前匍匐着，手张开着撑在地上，抬开何老师遗体后，救援人员惊呆了，她身体下原来还护着 5 个学生，其中有 4 个活着，一个遇难，从救出来的学生那里我们才知道，房子垮塌后，何老师并没有死，还在嘱咐在她身下的孩子，一定要坚持，等待救援……”

谷胜聪抹了一下眼泪，说：“何智霞老师是一个难得的德艺双馨的优秀教师，不仅是学校和都江堰市的学科带头人，也是成都市的优秀教师，四川省的骨干教师。2003 年，她是可以调进市区中学的，那所学校是都江堰的名校，学校条件好，老师待遇也高，何老师已经拿到了调令，只等着交接完毕就去报到了，可是因为家长挽留，学生哭，不让她走，最后，又留下来了，而且是永远留下来了……”

谷胜聪说：“有一件事说出来很多人恐怕不信，但这确实是真的，地震过后，何老师班上有 3 个遇难学生家长，自己在承受丧子丧女之痛，还相约着到学校给何老师送锦旗，说要感谢何老师对他们子女的教育之恩，听我们介绍说，何老师也遇难了，3 个家长嚎啕大哭，哭得死去活来。”

谷胜聪叹了一口气：“地震过后，何老师娘家的房子塌了，她自己小家的房子也塌了，她爱人下岗多年，女儿刚 8 岁，才上小学二年级，何老生前的工资是 1200 元，加上课时费一共约有 1800 元，就这点钱，何老师还把家里安排得很温馨，女儿还在学钢琴，现在这一切都彻底改变了啊！”

何智霞的丈夫，这是一个个子高挑的男人，他最后一个从妻子的墓穴边站起来，回头再望一眼那片冰冷的墓地，沉默着往山下走。这时，他看见他和何智霞 8 岁的女儿正抱着她妈妈的遗像，在众人的簇拥下，一蹦一跳地往山下跑……

他叹了一口气，眼神除了悲伤，还有迷茫……

他说：“智霞不仅是一个好老师，也是一个好妻子，好妈妈。她很忙，每天回来得很晚，每个星期都要到学校加班，给学生补课，家务活管得少，每次回来她都一脸歉意，看她包一扔，靠在沙发上累成一摊泥的样子，除了心疼，我还能说什么呢？只有给她泡一杯热茶，然后劝她悠着点儿，别玩命。她也不解释，只苦苦一笑，对娃儿她很关心，尤其是对娃儿的培养，她都有周密的计划，每天晚上再忙再累，也要教娃儿背唐诗，给娃儿讲童话故事，家里经济条件拮据，就她那点钱，要管娃儿读书，还有一家老小的生活，但智霞一定要坚持着给娃儿买钢琴，还请了钢琴老师。她说，大人再苦点没事，娃儿的教育不能马虎，一定要把娃儿培养成最优秀的人才。让她将来有最优雅的人生……”

男人沉默了一会儿，说：“智霞走后，我们最不好交待的是女儿，不知道怎么跟一个 8 岁的孩子讲生死。面对女儿关于‘妈妈去哪里了？她不爱我了吗？不要我了吗？’这样的问题，我只能委婉地告诉她‘妈妈可能以后再也不会回来了，’可是女儿却一个劲儿摇头，说‘不会的，妈妈已经变成了一片云朵，她会每天跟着我的’”

男人说：“智霞走后，我们一家人都沉浸在悲痛中，每天泡在泪水里，让我们奇怪地是，只有女儿不哭，像个没事人一样，蹦蹦跳跳，看见大人哭，她还说：‘你们别哭了，你们哭什么啊？烦不烦啊？’这个孩子才 8 岁，她还不明白生死的概念啊！她还不明白，没有母爱对她的成长意味着什么？还有家庭遭遇这番变故，对她未来的学习和生活会发生哪些改变？”

男人最后说：“每天晚上，坐在帐蓬外边，望着天上的星星，我会对智霞说，‘智霞啊，智霞，我现在是宁愿相信女儿的话，相信你会变成一朵云，永远跟随着她，问题是娃儿她也会一天天长大的呀！”

送葬的人马上就要回转了，我们看到，每一张成人的脸上都写满了悲伤和痛苦，只有何智霞8岁的女儿还是一脸平静，她抱着母亲的遗像，一蹦一跳地，像一只展翅欲飞的小喜鹊……

刘林秀啊刘林秀，你一个人要承受那么大的重负，为什么不跟我们说呢？

正像刘林秀来聚源中学时的悄无声息，她的死也同样悄无声息。

这个25岁的平凡的女孩，07年9月刚从西华大学化学系毕业，分到都江堰市聚源中学，只教了8个月书，还差两个月才能转正，在5月12日的大地震中也被砸死了。

活着的时候，她给人的印象很平淡，腼腆，见人就笑，看见年长的老师就点头，工作很敬业，经常课间的时候，还在教室里帮学生辅导功课。

如果还有什么特别的印象，老师们也只能拼凑出一些支离破碎的片断——

她好像没住老师宿舍，是和学生一起住，睡的高低铺；

她几乎很少在食堂买菜，到食堂打饭都是最后一个，只打二两米饭就走，这是食堂师傅的回忆，他们当时并不在意，以为这个像大学生一样的老师大约是喜欢自己下厨炒菜吧？

哦！对了，刘林秀没有男朋友，在学校这8个月，从来也没有看见男孩来找她……

除此之外，再也没法回忆起什么。

“5.12”下午，灾难过后开始清点人数，先点学生，后点老师，和学生被埋压的数量相比，老师的伤亡要小一些，有六个老师遇难或者失踪：

何智霞，36岁，语文老师；

周培训，40岁，办公室主任兼总务主任，人称“周官”；

蒲斌，27岁，地理老师，3月份刚结婚；

杨继，39岁，物理老师，人称“继哥”；

周慧，44岁，外语老师；

刘林秀，25岁，化学老师（准确地说，还是“见习老师”）。

和那些为救护学生，即使死也惊天地，泣鬼神的老师比，刘林秀的死也非常低调。

据刘林秀班上逃出来的学生回忆，地震发生后，刘老师指挥他们“赶快跑”，学生在前面跑，刘老师在最后面跑，他们都顺利地到了教学校的楼梯间，因为人太多，楼梯间出现了拥堵，刘老师一面叫大家不要挤，一面自己往后退，退到最里面的墙边上站住，把本该属于自己的空间，让给了学生……后来，楼塌了，墙倒了……

刘老师被挖出来时，手上也没抓着孩子，身下也没护着孩子……

刘林秀就这么悄悄地来，又悄悄地走了。

如果不是因为后来学校组织干部、老师到遇难老师的家庭去走访、慰问，刘林秀身后的故事就不会引起那么多人的关注，也不会震撼那么多人，让好多的同事为之伤心落泪……

按照刘林秀留在人事部门的联系地址，仰燕和学校的几个主任、老师找到了刘林秀的家——新都乡大丰村的一间不足 12 ㎡的小平房。

这间平房里住了祖孙三代四口人，刘林秀的父母，妹妹和妹妹的小孩。

仰燕说，她因为当班主任，经常要到山区的学生家里去走访，见过很多贫困的家庭。但是，没有一个家庭的贫穷超过她的同事——刘林秀的家庭，除了一口饭锅，几只饭碗、菜碗和两张简易木床上的两床打了补丁的旧棉絮，这个家庭唯一的电器是高悬在空中的一盏 15 瓦的灯泡。

他们一行人走进去之后，发现这个家里连个可以落座的板凳也没有。

就是这间房，也不是他们自己的，是刘林秀给他们租的，他们原来的家在都江堰西边的深山里，是两间木头房子，房顶上盖着树皮。

刘林秀的爸爸说：“老屋里的房子这回地震中全倒了，反正也没什么东西，有点用的东西都搬出来了。”

仰燕问：“那些东西都搁哪儿啦？”

刘林秀的父亲说：“这不都在这儿了。”

仰燕环视四周一遍，眼泪差点出来了。

挤坐在这个 12 ㎡的出租屋里，仰燕和同事们知道了那个已经走了的同事刘林秀曾经的故事。

刘父说：我们那地方穷，只能在坡地上种点包谷，洋芋，不来钱。可是有两个娃儿读书，根本供不起，林秀是姐，这一个是她妹，本该把林秀拉出来干点农活，但又不忍心，这娃儿自小爱读书，把书看到像命根子样金贵，成绩又好，老师又喜欢。只要一说把她拉回来做活，娃儿就哭，哭得我们都没得法啊！后来，她妹就说，姐别哭了，我不上学了，我出去打工，供你上学，好歹我们家总要出一个大学生，不然一点指望也没有了！这样她妹就出来，那一年她妹才 15 岁，林秀 17 岁，刚上高中……

林秀的妹妹在一旁插话：“爸，别说了。”

刘林秀的爸爸没有停住话：“这之后，就靠她妹打工支持她，林秀这娃儿也很争气，高中毕业，真的考上了西华大学。在大学四年，她只回来过一个寒假。一是为了省车费，二是她说要利用假期打工——千辛万苦，总算熬到头了，去年她一毕业就非要把我们从山里接出来。林秀毕业的前一年，妹妹找了男朋友，是湖南郴州人，结了婚，有了娃儿，就在郴州安了家。哪晓得，大过年的，闹雪灾，房子冻垮了，走投无路了就来投奔她姐……”

老人说不下去了。

仰燕问：“你们的经济来源呢？靠啥子过生活嘛？”

刘林秀的妈妈说：“她妹来得不久，还没找到工作，一家人就靠林秀的那点工资，林秀一个月给我们六百块钱，她说她一千二百块，她自己留一半，我们都心疼她，这么大个女娃了，哪能不花钱啊！”

仰燕说，她听了之后，心尖子都痛得颤抖，她知道，刘林秀是新毕业的大学生，还处在见习阶段，她实际上可以拿到手里的钱也就 800 多一点啊！如果给家里 600 元，那就意味着，刘林秀每个月可以支配的钱，只有 200 多元。

她突然明白了刘林秀生前为什么住在学生宿舍，与住读的学生一起挤高低铺，（因为学校当时没有单身教师宿舍，新来的老师都是自己去合伙租民房居住）

她也终于明白了，刘林秀为什么总是最后一个到食堂去打饭，而且只打饭不打菜。

与刘林秀住在一起的高二年级的女同学回忆说，她们也经常在宿舍看见刘老师吃饭，只有饭，没有菜，有时候，会有一点豆腐乳，有时候什么也没有。刘老师总是一边吃饭一边看书，同学们说，她们问过刘老师一次，她说她喜欢豆腐乳，很香的，还把她装豆腐乳的瓶子递给同学们，说：“你们尝尝，真的很香的。”

聚源中学校长谷胜聪说，听到刘林秀老师的情况后，他一直控制不住自己想放声大哭的欲望，他说，这是他当校长的失职啊！他说，刘林秀刘林秀，你一个人要承受那么大的重负，你为什么不跟我们说呢？

谷胜聪说，像刘林秀这样的家境困难的老师，聚源中学还很多，这次聚源中学的六个老师除了蒲斌的父母是干部，新婚妻子是彭州市的中学老师外，其余的几个都是困难户。

何智霞的丈夫下岗多年，留下一个才8岁的女儿；

周培顺老师，妻子下岗，女儿读高三，还有一个年迈的老父亲，独自住在乡下；

周慧老师，爱人下岗，孩子还在上学。

还有杨继老师，也是困难户，谷胜聪说："这是一个很优秀的物理老师，爱学生，敬业，他教的班级的物理成绩不仅是聚源中学的第一，在整个都江堰市也经常排第一，但他也是一个处世很低调的老师，他不争名，不争利，乐于助人，和同事的关系都非常好。"

谷胜聪说，"杨继老师平时生活很节俭，在好多同事手机都换了几茬的时候，他一直没有手机，也没有小灵通，他们家住在离聚源镇十几公里的乡下，不管刮风下雨他都是骑他那辆破自行车到学校上班，从来不迟到，晚上下了晚自习，又打着手电筒，骑那辆破自行车回家……"

谷胜聪说："我们知道，杨老师家里有困难，上面有老人，下面有一个读一年级的儿子，而他的妻子身体也不好，杨继老师是他家的顶梁柱啊！"

"5.12"那天，谷胜聪说，杨继老师离逃生的路很近，但他坚持疏散学生，守在教室门口，一个一个把学生往外推，后来，学生大部分都跑出来了，杨老师却被埋在了教学楼的废墟下。

"大地震过后一个星期，学校的张林主任告诉我，杨继老师的父亲到学校来了，我们认为老人可能会跟我们谈谈他儿子的事情，我把几个主任找来商量，我说不管老人提什么条件，只要我们做得到的，我们都想办法答应，帮这些牺牲了的同事解决一点实际困难，让死者走得安心，这是我们活着的人的责任啊！"

谷胜聪说，老人是由他的孙子（杨继老师的儿子）陪着来的，刚经历丧子之痛的老人头发花白，面容黧黑，胡子拉碴，腰有些弯曲，他只站在帐蓬门口，死活不肯进来。他说，他来学校，只有两件事，一是他儿子杨继在学校给各位领导，同事添麻烦了，继儿脾气不好，不爱和人说话，他来代表儿子给校长老师们说声谢谢，说一声对不起！第二件事是继儿还有一辆旧自行车放在学校，不知还能不能找到，如果能找到，他想推回去，家里房倒屋塌，啥子也没得了，推回去，还可以用一下……

送走杨继的老父亲，谷胜聪仰天长叹，半天说不出一句话来。

谷胜聪说：这些老师活着的时候，都是他们各自家庭的经济支柱和精神支柱，虽然他们的工资不高，多的一千多元，少的几百元，但至少这些家庭每个月还有一个相对稳定的来源，现在这根柱子被抽走了，这些家庭的天就塌了啊！

聚源中学曾经在老师中为这些家庭困难的遇难老师组织过几次募捐，同样也遭了灾，同样也收入微薄的老师们都慷慨解囊，场面也非常感人，谷胜聪说：“问题是这些做法都是杯水车薪，不解决根本问题啊！”

沉默了一会儿，谷胜聪说：“像这种情况，恐怕不止是聚源中学有，对于那些已经远行的人，褒奖是一回事，了却他（她）们的牵挂又是一回事。”

第八章　悲壮一跪

都江堰聚源中学校长谷胜聪（左）在帐篷里接受采访

遇难教师王周明的妻子和女儿

遇难教师汤鸿的父母和九个月大的女儿莲儿

杨勇的衣服被扯得稀烂，多少人酿的这杯苦酒啊，轮到你，就得把它喝下去

这是一个很多当事人不愿触及的话题。

这也是很多媒体都宁可绕开的话题。

“5·12”特大地震导致川西地区数十所学校，数千间校舍（未计算北川和汶川）垮塌，数千名花季儿童少年生命殒灭，悲愤的家长情绪失控，在第一时间里他们的矛头就对准了学校、老师……

同样在大地震中经历了牺牲生命，丧失亲人，流血流泪之痛的教师群体，还必须抬起头，去对面像脱缰野马一样失控的悲愤狂潮……

从“5·12”那天下午开始，都江堰新建小学的校长杨勇和他的同事们，已经几天几夜没有合眼了。

大地震导致建新小学一栋建于1993年的四层教学楼在十几秒钟之内垮塌，除了一年级、学前班、特教学校（聋哑，智残儿童）在未倒塌的平房上课，一个班在操场上上体育课，一个班在室外上音乐课（跳舞）外，教学楼上的10个班，近500人中有330人压在倒塌的废墟中，虽然经过救援官兵、学校老师和志愿者几天几夜的紧急搜救，最后仍有230名学生和4名老师被确认遇难。

在突如其来的灾难面前，杨勇和他的伙伴们并没有退却，一直坚守在救援一线，以下是新建小学从5月12日—16日，抗震救灾的原始记录——

5月12日，疏散，营救，报警，清点学生。

杨勇（校长），杜丽，周晓容，李琼，罗琼，高永红，廖强，杨晔，谢罡，邓友谊现场搜救，寻找搜救工具，机械，照顾伤员，照顾学生，直至家长领学生。轮岗记录，统计伤亡人数，拆门板，寻找棉被，对受伤学生进行简易包扎，处理。

邓校长借来两台发电机，杨校长自己掏钱买彩条布给伤员遮雨。

深夜，协助救护人员转送伤员，分发食品。

5月13日，协助解放军和武警官兵继续营救学生，统计学生伤亡人数。

和教育局人员一起为救援官兵组织食品。

安抚遇难学生的家长，联系民政局、殡仪馆，落实学生遗体处置事宜。

在没有帐蓬和其它物资的情况下，照顾伤员及无人领走的学生。

5月14日，继续协助特警清理现场，早晨8：00贴告示，10：00组织车辆送学生家长到殡仪馆辨认尸体，老师协助家长办理火化手续，做安抚工作，其间校长和其他校领导，各班班主任都在殡仪馆做家长安抚工作，至15日上午9：00火化完毕。

协助疾控中心对学校现场消毒。

5月15日，奉命封锁现场，谢罡，李晔到指挥中心联系失踪遗体事宜，陈显源老师驾车去周边殡仪馆寻找；

高科抄录14日告示（告家长书）送教育局王局长审批，再送指挥部新闻中心高部长审批，经反复修改后，再次将告示贴于校门口；

校长、教师安抚家长，接待家长来访，学校办公地址转移至北街外实校（外国语实验学校）

5月16日，全体教师分组寻找受伤学生。

李晔、高科、江蓉、郑平，王琳到郫县所有城区医院及成都西区医院，金牛区医院，省医院寻找和慰问受伤学生及家长；

罗琼、李群、陈显源等到龙泉驿医院，温江五医院及大邑、邛崃、郫县部分医院寻找安抚慰问受伤学生家长；

继续搜寻学生遗体，协助家长火化遗体并作善后工作，收集信息并及时上报；

江艳、李海艳、王义敏等老师代表学校慰问，安抚遇难教师家属。

……

杨勇说，老师们在做这些工作的时候，正是遇难学生家长情绪最失控，最不理智的时候，可以毫不夸张地说，所有在那段日子和遇难学生家长打过交道的人

（包括我们学校领导）没有人没挨过骂，甚至有些老师还挨过打。

“我们完全理解学长的心情”，杨勇说，“现在每个家庭都是一个孩子，含辛茹苦把一个孩子养大太不容易了！尤其是新建小学的家长，他们大都是在社会底层谋生的人，有的人在菜场卖菜，有的家里开了个小餐馆，小商店，有的就是下岗工人或者进城打工的农民……每个孩子都是一个家庭的太阳、月亮，都是一家几代人的指望。突然间，孩子没有了，这种打击，没有人不痛苦，不疯狂的。一些家长精神几近崩溃，几分钟前还抱着老师痛哭流涕，一转眼就翻了脸，指着老师们的鼻子骂：为什么是我家的娃儿死了？为什么你们老师不死？为什么你们的娃儿没死？有些家长骂得更刻毒，你们老师为什么只死那几个？你们全都死光了，也不解我们的心头之恨啊！少数家长甚至还动手，推我们的老师，打我们的老师……”

杨勇叹了口气：“那些日子，我们老师脸上的泪就没有干过，这里有伤心的泪，是为孩子们流的；有委屈的泪，是为自己流的。但没有一个人和家长发生顶撞，每一个老师都在挨过骂之后，顾不上擦去脸上的泪水，又去安抚家长，跑前跑后帮助家长办理手续……”

杨勇说：“在殡仪馆也发生过许多感人的事，有一位遇难学生的遗体停放了两天，手和脚还是软绵绵的，按照都江堰的风俗，这个娃儿是因为还有亲人没有到，所以不愿“收尸”上路。但是她家的所有亲人都到了场，家长很纳闷，也很着急，这时候，她的班主任走过来，抚摸着她的脸和手轻声地对她说：‘孩子，你就安心走吧，我们都爱你，到那边也要好好读书，也会有好老师教你们的……’家长再去摸孩子时，发现其手脚已经冰冷僵硬……，家长抱着班主任放声大哭：‘娃儿活着的时候就总念叨老师的好，她是舍不得你啊！’”

杨勇说：“刘仪君老师是学校四（2）班的班主任兼语文老师，她是为保护学生英勇献身的老师中的一个，她的遗体被挖出来时，发现她的身下还护着三个学生，虽然三个学生最后也遇难了，但刘老师为保护学生而献身的壮举还是感动了学生家长，在火化遗体时，三个遇难孩子的家长，执意要让孩子的遗体与刘老师一起火化，说是把孩子交给老师，他们放心……”

杨勇沉默了一会儿说：尽管我们的老师们用真诚的心感动了家长，在最容易激化矛盾，引发不良事端的震后最初的几天里，缓和了矛盾，但家长的心结并没有解开，一场更大的风波一直在悄悄地酝酿着，发酵着……

这个突破口就是今年的“六一”儿童节。

“六一”，这是全世界孩子的节日，这应该是一个由鲜花歌声和笑脸组合而成的节日啊！

每年“六一”儿童节来临前，新建小学都要精心准备文艺汇演，表彰优秀儿童少年，还要给一批新入队的孩子戴上红领巾，领着他们在鲜艳的队旗下宣誓……孩子们也在热切的期盼着，每个孩子的家庭，也在悄悄准备着，有的给孩子们添了新衣服，买了新玩具，新礼物，有的家长还准备了给孩子们照相的数码相机，准备录制孩子节目的摄像机……

但是今年的“六一”，也有好多家长在悄悄准备着，准备的却是孩子放大了的遗像，还有花圈、祭品、横幅、统一的T恤衫和满腔的悲愤。

这一天，距离“5·12”汶川大地震刚刚19天，这些痛失儿女的家长早早就齐聚在新建小学倒塌的废墟前，他们要为“5·12”大地震中新建小学遇难的学生举行公祭活动。

杨勇说：“和以前一波一波自发的祭奠活动不一样，这次活动显然是有“高人”在背后策划，近千名家长（230个遇难孩子的双亲以及其他亲属）每个人都穿着统一的白色T恤衫，戴着黑纱，T恤衫的前面都是血红的大字，‘都江堰市新建小学，誓为死难儿童讨回公道’每个遇难学生的照片都被放大成同一格式，连照片和相框的颜色式样也都一样。”

当时的情势非常紧张，除了悲伤的家长，还有很多媒体记者穿梭其间，录音，拍照，摄像。其中还包括很多境外的媒体。

杨勇介绍说：”家长们要求讨回公道的问题，主要集中在两点，一是都江堰市区为什么别的学校的楼没有垮，学校周边的建筑也没有垮，唯独新建小学楼垮人亡？二是为什么学校周边有这么多高层建筑，为什么学校没有消防通道，灾难发生后，因为校门前的通道宽度高度不够，大型救援没备甚至要等把地面铲除10公分后才能开进来？”

杨勇说：这些问题他也很困惑啊！今年39岁的杨勇，是两年前参加都江堰市公立学校校长公推公选考试被录取后，被市教育局派到这所学校的，来之前对这所学校知之甚少，到学校报到后，他马上意识到了这个被四边高层建筑包围得像铁桶一样的学校，存在着安全隐患，唯一一个校门太矮，太窄，而且是经过一个长长的巷子才能到达大街上，关键是没有消防通道，碰到紧急情况发生时救援和逃生都非常困难。

杨勇为这事找过市教育局，局里的人告诉他，新建学校周边原来是很开阔的，因为这几年市政建设发展很快，学校所处的建设路成了都江堰市的黄金地段，寸土寸金，所以好多投资商和开发商都看好这片地，就这样十几年下来，新建小学就成了“围城”中的一个‘孤岛’。问题是这种批地盖房的事，都是教育局的手伸不到的地方啊！所以都江堰教育局对新建小学“解围”的方案只能是放弃这块“孤岛”，搬出去和城区的另一所紫东街小学合并，合并后的学校就在紫东街小学原址。

这个计划是准备08年开始启动的，但是，谁也没有想到，地震和死神的脚步抢在了人的前面。

至于另一个敏感的话题——为什么这栋建于1992年的楼会垮塌，是不是家长痛斥的豆腐渣工程？这同样也是令杨勇十分困惑的问题，因为倒退回去16年，那个时候的杨勇还只是一个在读的大学生，他不可能预测到他的命运会和这栋四层的教学楼发生联系，如果知道有一栋夺命的“危楼”在等着他，打死他也不会来当这个“校长”啊！

……

学校的废墟上人声鼎沸，哭声、喊声一浪高过一浪。

杨勇站起来对身边的同事说：“我要去见家长！”

几个老师一把抓住他，“你疯了？现在学生家长都在火头上，你敢出场，他们能把你生生地撕碎，打死！”

杨勇说：“撕碎也好，打死也罢，我必须去，这么多家长聚在一起，如果我们都不出场，如果有别有用心的人煽动，会出大事的。”

杨勇在赶往学校废墟的途中，遇到了都江堰市教育局长张庆，虽然是上下级关系，因为地震后张庆一直守在新建小学的废墟上指挥救人，两夜三天两个男人都并肩在一起，没有合过眼，现在的关系，用张庆的话说，已经“很哥们”了。

看到张庆，杨勇说：“张局，你也要去见家长啊！你最好别去，家长都在火头上啊！”

张庆苦笑了一声：“我们是人民官，怎么能躲着人民？”

杨勇说：“我是怕家长伤害你！”

张庆说：“地震都没塌死，还怕家长把我们打死啊？”

关于废墟上后来发生的事，杨勇不想细谈，他只是说，后来不仅张局长来了，都江堰的市领导也来了，风波总算化解了，没有酿成更大的事端，至于说他自己受了哪些委屈。杨勇说，不说了，都过去了！反正人没有被撕碎。只是衣服被撕成了碎片……

杨勇说，让他感动的是在冲突最激烈的时候，同样是其中的一些家长，冲上来，手挽着手，把他护在中间……“他们的手里也拿着遇难学生的遗像啊……”

沉默了好半天，杨勇说：“如果说新建小学是一杯苦酒，这是多少人酿成的啊！可既然轮到了你头上，也只能一仰脖子喝下去。”

谷胜聪跪在倒塌的教学大楼前，“如果我跪着能够挽回260多个生命，我愿长跪不起，如果不能，就让我起来工作”

与位于市区的新建小学相距仅8公里的聚源镇上，都江堰聚源中学也在发生着同样的故事。

在“5·12”大地震中，聚源中学的两栋教学楼垮塌。造成260多名学生遇难或失踪，6名教师遇难。这两栋楼，一栋建于1986年，另一栋建于1992年。

2006年从邻乡一所学校调入聚源中学校长位置的谷胜聪和杨勇一样也赶上了这杯多少人酿成的“苦酒”。

直到地震发生后，谷胜聪因为陪着《南方周末》等媒体的记者追踪采访，才支离破碎地知道了这两栋楼建设的经过。

1986年这栋楼建设时，聚源中学的校长是易成安。

现在退休赋闲在家的易成安说，1986年之前，聚源中学的教室是用泥土和石灰夯起来的老房子，教室面积不够而且又年久失修，易成安向当时的聚源乡党委书记提出申请，希望乡里能拔一笔钱，给中学盖一栋教学楼，当时乡里只有1万多元教育经费，本来已经答应了给小学盖楼，因为书记看了易成安的报告，觉得中学盖楼比小学盖楼重要，就把这1万多元给了中学，而且还找了一个施工队，让他们盖……

易成安说，这就是当时的体制，哪一级的学校哪一级财政给钱，这种体制一直延续到2002年，国务院下文规定，学校建设以县级财政为主后，才有所改观。当时，聚源乡财政困难，常常连老师的工资都发不起，这1万多块钱还不知道是从哪里挤出来的，为了省钱也没有勘察地形、地貌，甚至也没有专门为聚源中学设计图纸，而是把邻近的崇义中学的图纸借过来，复印之后改了个名字，就交给施工队使用的。

易成安说，一共就那么点钱，承包商还要从中赚钱，这叫“是只蚊子也要榨出点油来”，所以只能是能省则省，而且当时根本没有招标议标一说，也没有监理、验收一说，反正乡政府出钱，盖好楼，交给学校使用，乡政府的任务就完成了。

聚源中学的另一栋楼，建于1992年，这是全国“普九教育”时的产物。

聚源中学在此期间任职的张姓校长说：“普及九年义务教育”是国家发展教育事业的一个重要的战略举措，从一定意义上讲，是一个“里程碑”式的工程。对于聚源中学而言，“普九”的一个重要的硬指标，就是要再建一栋教学楼，而且，按照当时的体制，还是哪一级的学校哪一级筹资，聚源乡财政一直很困难，这栋楼原本是因为缺钱在建设中停下来的，因为要完成“普九”任务，所以还是上马了。

因为预算的经费不能及时到位，乡政府差施工单位的钱，施工单位就欠材料商的款，有时候干脆就是打“白条”赊帐，能把材料赊回来的就是本事，哪里还顾得上材料质量的优劣呢？

这位老校长说，据他了解的情况，当时不仅聚源镇，整个都江堰，甚至成都市，甚至全国这种问题都很普遍，普九校舍建设，成都市背了六十多亿的债，好多年都翻不了身，而且，当时的监理、验收机制都不健全，房子建起来了就用，管理上也有漏洞，现在建得早一些的房连设计图这样的原始资料都找不到了……

面对这样一笔糊涂帐，谷胜聪只能喟然长叹！

尽管这些历史的陈帐记不到他头上，但是这两栋楼却是倒在了他的任期里，这些花朵一样鲜活的生命，也是在他的任期里，凋零飘落的……

谷胜聪说，在地震之后最黑暗的那些日子，因为承受丧子、丧女之痛而绝望的家长们，只能把心里的火发泄到学校领导和老师们的头上。

每天都有老师，尤其是那些女老师，含着眼泪来向谷胜聪诉苦，诉说心中的委屈，谷胜聪只能细心地开导她们，要理解家长的丧子之痛，忍辱负重，渡过这样的非常时期……

5月18日，家长愤怒的火山终于爆发。

那天下午，成百上千的遇难学生家长，涌向聚源中学废墟前的操场上，举着遇难学生的遗像，哭着喊着，要为死去的孩子讨回公道……

谷胜聪说，那天他正在设在小学操场的帐蓬里商量事情，一位老师慌慌张张跑过来，告诉他，好多的家长聚在中学操场上，好像要闹事，还说要把校长找出来，要校长“以死谢罪”。这位老师说：“家长代表马上就过来了，你快躲一躲吧！”谷胜聪说：“我为什么要躲？这件事又怎么能躲？这么多孩子没了，校长一躲了之，那只能是火上浇油哇！我除了面对，别无选择！”

几分钟后，几个家长代表来了，说是要找校长谈谈，谷胜聪请他们到帐蓬里坐下，家长代表说："中学操场上来了很多家长，要请校长去给他们讲几句话，做一点解释和安抚工作，谷胜聪说，好，我跟你们走！"

谷胜聪后来回忆说，那是一个完全失去控制的场面，看见他被几个家长代表簇拥着走过来，好多人嗷嗷叫着向他扑过来，哭声、喊声、叫声、骂声一片，有几个个子很大的家长冲上来，抓住他的胳膊，把他往废墟前面拖，好多人高声吼叫着："跪下！让他跪下！"

身后几个大汉又在推搡他，谷胜聪甩开推搡他的人的钳制，镇静地面对着无数张愤怒得变了形的脸说："这次大地震，那么多的学生和老师遇难了，为了他们我可以跪下，如果我跪着能够换回这260多条生命，我谷胜聪愿意长跪不起。"

说完，谷胜聪面对废墟双膝跪地，双泪长流。

谷胜聪说，他跪，不是因为屈服。在楼房垮塌的问题上，他问心无愧；在组织救援问题上，他问心无愧；在地震之后的所有善后处理上，他同样问心无愧。他是为那些死难的学生，为那些还没有绽放就凋谢的花蕾一样的生命而跪，。

他哭，也不是为自己遭受的屈辱而哭，他是为那些在地震中为救援学生，保护学生而壮烈献身的英雄老师们而哭！和他们相比，他自己经受的这点委屈又算得了什么呢？

谷胜聪说，跪在那片废墟前，他的心灵反而变得异常安静，场上那些喧嚣声，仿佛一下子变得十分模糊，十分遥远……他不怨恨这些家长，他也是做父亲的人，他知道孩子在一个家庭的地位，那是一个家庭的精神支柱和全部的指望，是一个家庭的"天"啊！如今一个个家庭的天都塌了，你让这些人怎么能承受这样的"塌天之痛"？

他知道初三年级有一个女生，家境非常贫寒，每天都不上食堂买饭，只能吃自家带的干粮咸菜，有时候，赶上一个周末补课，不能回去，干粮长霉了，她把外面的霉点刮一刮，照样吃。这个女孩的成绩特别好，很用功，她在自家墙上写了两句话，"天大困难也不怕，目标清华和北大。"可是，就是这个志向远大的女孩，还差十几天就要参加中考了，也在地震中遇难了……

谷胜聪说，想到这些，他就觉得心像刀割一样难受，多么好的一些孩子啊，自己没能保护好他们。他说，他跪下前说的那句话，不是气话，是发自肺腑的真话，如果他的跪能够换回260多个生命，他愿长跪不起，如果他一条命能换回260条生命，他愿意换260次！

让谷胜聪没想到的是，最后出来解救他的，也是一位家长，一位残疾人家长。

他的一条腿瘸着，手里抱着他女儿的遗像。谷胜聪记得，去年5月份，这个残疾人到学校来找他，想把他女儿转到聚源中学来，他说他知道进聚源中学不容易，可是他也找不到关系打招呼，写条子，也没有钱给校长送礼，只好厚着脸皮找上门来了！谷胜聪当时二话没说，把教导处主任喊来了，当面交代把这个残疾人的女儿接受到学校读书。记得，当时这个老实男人一膝跪在谷胜聪面前，说“我谢谢您的大恩大德了，我这一生完了，只有这个娃儿是我全部指望啊！”谷胜聪记得把这个残疾人扶起来时，自己是流了眼泪的……

现在，看到这个男人手里也捧着女儿的遗像，谷胜聪想，“完了，这个家庭最后的指望也没有了啊！”

让他没有想到的，本来挤在人群中的残疾人，突然拼命地排开众人，一瘸一拐地向谷胜聪冲过来，谷胜聪不知道他想干什么。他想，即便这个残疾人冲过来打他一个耳光，他也会坦然接受的，他理解这个男人此刻的心情……

男人冲过来后的举措，不仅让谷胜聪吃惊，也让场上所有的人大吃一惊。

他一瘸一拐地走向谷胜聪，走到他身边时，他弯腰把女儿的遗像放在地上，一双手抓住谷胜聪的胳膊往上拉，他说：“谷校长，你不能在这里跪着，你是一校之长啊！”面对惊愕的众人，他大声说：“我和你们一样，娃儿也在地震中死了，但这怪不得谷校长，谷校长是个好人啊！”

谷胜聪站起来后，抱着这个残疾人痛哭失声：“大哥！对不起！我没有保护好你的孩子啊！”

……

谷胜聪说，地震过后，让他思考了很多以前很少思考的问题，他总结了十六个字，并把自己的感受一次又一次和老师们进行交流：“大灾大难、大恩大德、大慈大悲、大彻大悟。”

从废墟上回来之后，他召开全校老师大会，号召所有的老师，分组深入到所有遇难学生家庭去，慰问家长，安抚家长，了解这些家庭的困难和疾苦。不要怕吃苦，不要怕受气，不要怕挨骂。一次不行去二次，二次不行去三次，一直达到和家长完全沟通为止。

参加过这次特殊家访活动的物理老师仰燕说，没去走访家长之前，老师们内心的委屈和怨气也很大，认为家长太冷酷，太无情，太不讲道理，及至我们去到那些家庭，尤其是了解那些家庭贫穷的现状之后，我们突然达到了谷校长说的那种“大彻大悟”，理解了那些家长含辛茹苦培养孩子的不容易和他们痛失孩子之后的绝望……

谷胜聪说，这次特殊家访，老师们走遍了所有遇难学生的家庭，有些家庭去了六次、七次、八次、九次……

谷胜聪说：阴历五月初五，是中国传统的端午节，也是地震之后的第一个传统节日，中国人有一句老话："每逢佳节倍思亲。"我们想到这些痛失子女的家庭肯定很难过，学校临时决定，给 280 多个遇难学生、老师每个家庭送一份端午节的礼物，其实礼物不多，一家十个粽子、十个盐蛋。受地震影响，都江堰要购齐这些物品还有困难，我们就派人到成都市去买，五月初五那天上午十点，全校老师在帐蓬前集合，分组领礼品，骑自行车，把这份特殊礼物送到因为地震失去了子女的破碎家庭去。因为不少家庭住在都江堰西北边的山区，最后一户送达时，已是晚上八点钟了。

没有一户家长想到我们会在这种时候上门送粽子、盐蛋，好多家长接过礼品后，抱着我们的老师痛哭流涕，包括那些前一段时间情绪非常失控的家长，谷胜聪说，虽然这个端午节，全校老师，连同那些失去了亲人的老师，还有负了轻伤的老师都没有和家人团圆，但是，解开了 260 多个在地震中遇难学生家长的心结，大家的心里都特别高兴。

周德祥说，今年东汽中学准备隆重庆祝 40 年校庆，现在校友回来，只能凭吊危墙和废墟

东汽中学主持工作的副校长周德祥是一个很健谈的人，也是一个乐于与媒体沟通和交流的人。但对地震初期，东汽中学垮塌后家长的过激行为，给学校给老师，给他本人形成的冲击和伤害，他一直不愿深谈，只是不断地说："都过去了！都过去了！我理解家长的失子失女之痛，我自己也是一个家长，我的女儿和妻子也在地震中丧生了，那时，如果有一个明确的可以发泄和报复的对象，我想我会拿刀子冲上去和他拼命的……"

但是我们从其它渠道了解到，东汽中学两栋教学楼的垮塌，200 多名师生遇难，在家长中也曾激起过悲愤的狂潮……

最初的日子，他们把愤怒的情绪发泄到学校校长老师的头上，地震发生后，学校的老师和社会上的救援人员一起在废墟上搜救，好些老师十几个小时没有吃

饭，没有喝水，有好心人给他们送来盒饭，劝他们停下手里的活，吃了饭再干，老师们刚接过饭盒，一些愤怒的家长便冲上去，破口大骂：“我们的娃儿还埋在里面，你们还有心事吃饭，饿死你们也不为过！”伸手夺过饭盒，泼在地上……老师们只能含着泪，空着肚子，再上废墟去挖，去刨，去救活人，背死人……

后来，家长们把愤怒的火又烧向东汽中学曾经的娘家——大型国营企业东风汽轮机厂。因为东汽中学2006年以前，曾经一直是东汽的子弟学校，这次在大地震中倒塌的二栋教学楼都是东汽厂组织修建的，家长们聚集在东汽的大门外，高声呼叫，要东汽的最高负责人出来对话，要给家长一个说法，一个交代。而东汽的选择只能是高挂“免战牌”，东汽高层给内部传话：不介入，不解释，不激怒家长，保护好大门，不能让家长冲进来……

东汽的态度很清楚——东汽中学已经在二年前移交给了绵竹市政府和属下的教育主管部门，“嫁出去的女，泼出去的水”，他们还能说什么呢？

于是，家长又开始去找绵竹市政府和教育局讨说法，甚至仿效其它学校的家长，要组织起来，举着学生的遗像，徒步去绵竹的上级单位德阳市讨回公道，绵竹市委、市政府和教育局的选择只能是百般安抚劝说，并且承诺一定严查到底，甚至信誓旦旦地向家长保证，一个月后一定给家长明确的答复……

“东汽中学垮塌的两栋楼，其中有一栋建于70年代（1975年）”周德祥——这个如今东汽中学的领头人，1963年出生，1983年从涪陵高等师范专科学校（现更名为长江师范学院）毕业后，就一直在东汽中学供职，从语文老师到教导处副主任到主持工作的副校长，他说，他至少是东汽中学二十五年发展历程的参与者和见证人。

周德祥说，东汽中学最辉煌的时候是上个世纪90年代，其中1991年高考甚至五科成绩排名德阳地区第一，1995年被批准成为四川省重点中学。1999年中央下发文件，要求分离企业办社会的职能，要求央企和其它大型国企逐步把所办的医院、学校和其它社会服务机构移交给地方政府统筹管理。从这个文件下发到2005年12月东汽中学正式被移交，中间经历了6年多的时间，这6年内东汽中学开始走下坡路，优秀教师流失，优秀生源减少（其中另一因素是东汽部分厂区和生活区搬迁到德阳，很多东汽子弟已不选择在东汽中学就读）学校上下都在等待着尘埃落定，一些工作都搁置下来了，比如说那栋建于70年代已经服役了30多年的老教学楼的修缮加固等……

2005年12月，东汽中学最终还是从东汽剥离出来，划给所属地的绵竹市政府教育主管部门，按照双方协议精神，包括中学、小学、公安机构一起的1690万资产无偿划转绵竹市政府，之后又签了补充协议，决定东汽中学迁址新建。校址选在汉旺镇迎宾路新邮电街背后，占地120亩，那里是一片平坦的开阔地，建校资金2500万元，由东汽出钱，绵竹市政府负责提供土地，交地时间是2006年3月。

“如果这个计划能够落实，东汽中学最迟在去年就可以搬进新校，一场悲剧或许可以避免”。周德祥说“可是这个计划突然夭折了！打好了的新学校的围墙也废了，原因是新学校所占土地的补偿金标准没能达到当地村民的要求，当地汉新村的农民在这块地上搭棚子，日夜守护，一些老人甚至躺在大型铲车、吊车面前，以死相争，这其中肯定也有孩子在东汽中学的家长，甚至也可能在这一次地震中，他们也有子女在垮楼中丧生，当然，这都是后话。很现实的问题上，东汽中学迁址的计划泡汤了！”

2006年底，东汽与绵竹市政府再次达成协议，这次协议的精神是肢解东汽中学，把东汽中学一分为三，分流到绵竹市其它三所重点中学去，东汽出钱支持其它三所中学改造。作为对东汽的回报，这些中学在录取东汽子弟时，可以考虑降分录取。如果这个计划能落实，东汽中学的学生应该在去年（2007年9月）新学年开始时被分流到这三所学校，这三所学校这次地震中没有倒塌，也没有人员伤亡。也就说，东汽中学的200多个子弟，就可以躲过这场劫难。

但是个方案最后也夭折了！原因很多，其中也有包括东汽中学老师的抵制，抵制的理由有两条，一是觉得东汽中学作为一所省属重点的品牌，不应该被肢解，毕竟建设这个品牌耗费了几代教师的心血；二是利益问题，东汽中学过去作为央企的子弟学校，老师待遇高于地方学校，分流到其它学校后，只能按地方标准执行，老师们想不通。还有一个原因来自东汽方面，东汽虽然签了协议，同意肢解分流，但感情上还是无法割舍曾经的子弟学校……

东汽中学又一次失去了挣脱死神之手的机会。

第三个协议是2007年10月签订的，将东汽中学整体搬迁到城北中学，保留东汽中学名称，原城北中学学生分流到绵竹其它学校去。

这是个没有人反对的方案，应该说是一个皆大欢喜的方案。

按照这个方案，2008年9月，东汽中学学生将在城北中学原址开学，而东汽中学的原址则在经过改造修缮后，成为一所小学的校址。

这也就是说，只要再坚持2个月左右，东汽中学就可以躲过死神的纠缠，全身而退。

这一回，是另一个人不答应，这就是“死神”！

它终于抢在了犹豫再三的人的前面，在2008年5月12日，以一种残暴的手段，把在争执、推诿和等待中被人们忽略、遗忘了的那栋33岁的旧楼化为齑粉，同时还连带着那栋90年代建设的教学楼也被折腾得七零八碎……

周德祥是在这样一个特殊时期“临危受命”的，虽然只给了他一个“副校长”的头衔，却让他主持工作。

这两年，除了繁重的教学任务（要在元气大伤的前提下，不仅坚守，还要振兴东汽中学的昔日雄风）外，他的大部分时间都耗在这种考察、论证方案、谈判、签约、毁约、再考察、再论证、再谈判……的漫长过程之中。

一次一次新的希望升起来，一次一次又从希望的高峰跌落到谷底。

学校是当事一方，而且是关键一方，可是学校却没有决定权。它只是各方谈判和博弈中的一个筹码，它唯一的选择只能是等待，等待，再等待……

周德祥说：“学校垮塌后，家长悲愤难平，家长冲到学校找校长，找老师讨说法，我们真的拿不出什么说法，我们老师唯一的选择就是像谭千秋那样，用血肉之躯去护学生的身体。”

周德祥说，“这到底是谁之错呢？好像谁也没有错，农民们没有错，老师们也没有错，到底谁是这场马拉松谈判的赢家呢？好像谁也不是赢家。”

东汽很委屈：“按照中央规定，企业只需把学校无偿划转给地方就行，我们还倒贴了2500多万，等于嫁了女儿还贴了2500多万元的嫁妆，最后一笔800万元，地震前几天刚刚划过去。”

绵竹市教育局也很委屈：“我们步步后退，退无可退了，整个绵竹市的教育格局因为这所学校要全部打乱，再调整。”

一位不愿意透露姓名的官员说：“绵竹市委领导迫于情势，对抗议的家长说，一定在一个月内给大家答复，其实事情的真相，一天就可以说清楚，但要把责任落实到人，则恐怕十年也说不清楚，这叫做‘有板子没得屁股打’”

周德祥说：地震发生后最初的日子，愤怒的家长把矛头对准学校，对准校长，老师，很多过激的言行，确实让大家很伤心，流血又流泪的感觉是很不好受的，但是，这些我们都没有太往心里去。让我们痛惜的是东汽中学在跋涉了40年之后，终于没有躲过劫难。今年，我们曾经准备隆重庆祝建校40年，把分散在全国各地、世界各地的校友请回母校，共话东汽中学传统，现在校友们再回来，则只能凭吊危墙和废墟啊！

周德祥摘下眼镜，看了一下窗外，又把眼镜戴上，“大地震过后，东汽中学又一次面临何去何从的选择！”

有板子没屁股打，这也是一种悲哀。但不管打谁，也不该打到学校和老师身上。

“5•12”汶川大地震和唐山大地震最大的区别之一，是它的发生时间不一样。唐山大地震发生于凌晨3时42分，而汶川大地震发生于下午2时28分。这一天是星期一，震区几乎所有的中小学、幼儿园都正在或者即将上课。大地震造成川西龙门山脉近200万平方米的校舍垮塌，数以万计的中小学生和幼儿园孩子被埋在废墟中，数千名学生遇难，16000余名学生受伤。在四川灾区，倒塌校舍的面积占在地震中倒塌房屋总面积的1.3%，死亡学生人数占遇难总人数的7%。

尽管是里氏8.0级特大地震，尽管地震波的破坏烈度在震中地区达到11度，在绝大部分重灾区都超过7度，尽管“内行看门道，外行看热闹”，那些缺乏地震基本常识的人，尤其是那些在地震中痛失子女的家长，还是在与周边环境的比较中，看出了一些“门道”或者“破绽”。

他们开始提出自己的质疑：

为什么在都江堰新建小学，周边的建筑都没有倒，只有学校倒了？同样是建于90年代的房子，为什么新建小学的楼倒了，紧隔壁的实验幼儿园的房却没有倒？在同一学校，为什么建于90年代的楼房倒了，而建于80年代的平房却没有倒？

在聚源中学，这样的诘问也是铺天盖地：为什么只有教学楼倒了，而办公楼和老师宿舍楼却不倒？为什么同一建筑商承建的楼——聚源中学和都江堰中医院会在同一天垮塌？

在绵竹富新二小，这里几乎不算重灾区，为什么在所有建筑没有垮塌的情况下，这所19年前落成的教学楼会变成172个幼小生命的坟墓？

即使在震中和那些特别严重的重灾区，人们依然会有疑问：

同样是房屋倒塌，为什么有的建筑在地震中坚持了几分钟，甚至是十几分钟，给逃难者留出了宝贵的逃生时间，而有的学校的楼房会在几秒或者十几秒内粉碎性垮塌，不给逃生者哪怕一点点喘息的机会？

在北川，为什么仅仅一墙之隔，一所中学会成为惨绝人寰的人间地狱，而另一所学校却在地震波中岿然不动，甚至连玻璃幕墙也没有被震碎？

为什么有的学校倒塌的预制板里甚至见不到一根钢丝？为什么有的横梁上的水泥用手就能够掰下来，用指头一捻，就会成为粉末？

……

太多太多的为什么；

太多太多的悲哀和愤怒！

悲愤的家长不知道该去诘问谁？该去向谁讨回公道？

他们只能想到学校，想到校长和老师。

他们的孩子是送到学校了，早晨出门时还活蹦乱跳，可是下午就躺在黑暗的废墟中与他们天人相隔。

所以，他们在最初的瞬间，把愤怒，把谩骂，把口水，把一切认为能发泄悲愤的手段，都砸向学校和老师，砸向他们昨天还对其毕恭毕敬，视为恩人的那个群体……

四川建设系统一位不愿透露姓名的专家说，造成震后学校校舍垮塌，师生死亡的原因很多。主要的原因有三种：一是学校校舍设防标准偏低，二是地震烈度太大，三是部分建筑结构设计不合理施工质量控制不严。但是，不管是哪种原因造成的房屋垮塌现象，“板子”都不应该打到学校和老师身上。

这位专家说，1998 年，国家正式颁布了建筑工程抗震设防标准，按照这个标准，四川川西地区的房屋，包括学校校舍的抗震设防标准普遍为 7 度，而这次汶川地震震中烈度（如映秀、北川等地）为 11 度，其他重灾区普遍超过了 7 度，这是校舍大面积垮塌的主要原因之一。

而在 1988 年以前，在国家颁布这个标准以前，好多地方设计房屋是没有抗震防震意识的。这次在大地震中倒塌的校舍 95%建于 1995 年以前，这其中又有 50%是建于 1988 年以前。

和普通民宅比，和办公楼、宿舍楼相比，学校教学楼有它的特殊性。因为走廊很长，跨度很大，而且窗户多，从专业的角度讲，这样的建筑确实比一般房屋的抗震性能差，容易垮塌。这也就是家长质疑的，为什么教学楼垮的多，垮的快，而办公楼、宿舍楼遭遇破坏要小一些的原因之一。

当然还有一些学校的垮塌确实与房屋结构和工程质量有关。但造成这种劣质建筑的原因并不一定是家长和社会上很多人想象的，纯粹是官商勾结，贪污腐化形成的豆腐渣工程。个中原因说复杂也很复杂，说简单也简单明了——这是体制弊端引发的后果。

这位专家说，我国从1985年开始至2003年，长达18年时间，在乡镇学校的建设和管理上一直实施的是“县乡共管，以乡（镇）为主”的管理方式，县以下的学校全部划给乡镇政府自管，即自己筹资，自己规划，自己建设，自己管理。

这种管理体制带来了两大积弊：一是经费严重不足，二是管理长期缺位。

我国的乡级财政是1985年开始建立的。像四川这样的西部省份，几乎没有有规模的乡镇企业，乡政府敛财的主要对象是农民。农民的主要收入来源于土地。所以几乎所有乡财政都是“吃饭财政”，能保证发干部和老师的工资就不错了。加上国家对农村义务教育投资的缺口很大，乡级财政要用钱的地方太多，根本不可能有多少钱来投入搞农村中小学校舍建设。这就是都江堰聚源中学建一栋教学楼乡政府只能给一万多块钱的来历。也是一些学校（包括聚源中学和绵竹富新小学）为了省设计费，借别的学校图纸复印后用于施工的原因之一。因为3000多元的设计费在当时的乡镇干部眼里，是可以盖半间教室的钱呢！交给设计院被认为是很大的一笔浪费。

这种没有钱要办事，花少钱办多事的思维方式，到了90年代“普九”时就达到了登峰造极的地步。1995年，国家推广《义务教育法》，这当然是一个促进中国教育发展，提高国民文化素质的战略举措。“普九”最大的一个硬指标是乡、村、镇都要有达到标准的校舍。但这笔钱主要也是由乡财政自筹。乡里没钱，就采取“政府筹一点，农民捐（摊派）一点，建筑商垫一点，银行欠一点”的方式，总之，是必须把这个饼子搓圆。这就是当时叫得很响亮的“人民教育人民办，办好教育为人民”“再穷不能穷教育，再苦不能苦孩子”的口号诞生的大背景……

乡镇政府沿袭的还是以往“花少钱办大事”的思路，能省就省，能改就改。上报的方案可能是框架结构，但开始施工时又改回砖混结构，因为二者的成本根本不可比；原来的图纸是一楼一底的两层楼，做了一半，又一拍脑袋改成了三层、四层；因为预算资金不能到位，就让建筑商垫着，比如绵竹这次倒塌的富新二小那栋楼，总造价16万元，却让建筑商垫了12万元，建筑商为了把这个饼子搓圆，只有两个办法，一是转嫁矛盾，向材料商拖欠，因为是赊来的东西，就顾不得考量质量了；二是想办法省钱，螺丝壳里做道场，蚊子身上榨油，因为追逐利益在商家是天经地义的事……

这样的“三无校舍”（无规范设计、无规范施工监理、无规范竣工验收）90年代四川有一大批，全国各地都有。这次汶川大地震中倒塌的校舍相当一批就是建于这个时期。比如都江堰聚源中学、新建小学、向峨中学、北川中学、洛水镇中学、绵竹富新二小、什邡红白镇中学等。

按照当时那种“县乡共管，以乡（镇）为主”的管理体制，县级的教育局、建设局只对县城的学校和建筑负责。而更广阔的农村、乡镇的学校，这些本来应该由专业部门来规划、管理和监控的事权完全下放给了没有专业管理人员和能力的乡镇政府，使得这些学校完全屏蔽在专业部门的监管视线之外……

也许，那时候我们都不会想到有一天会发大地震。

现在，是老天爷的惩罚逼着我们去反思我们的过往。

在大地震后，当愤怒的家长逼着我们去问责那些倒塌的楼房是怎么建成的原因时，追问的结果常常是啼笑皆非。

以绵竹市富新二小为例，因为教学楼倒塌，172名少年儿童丧生，愤怒的家长举着孩子的遗像列队徒步往德阳市讨说法，绵竹市最高领导当众跪求无果，下令在一个月内查明真相，给广大家长一个说法和答复。

真相很快查明，但没有一个当事人（方）觉得他们应该承担责任。

施工方：学校的设计图是借用旁边一所中学教学楼的图纸，施工时又被要求由2层改为3层，屋顶也由小青瓦顶改为空心砖平顶。乡政府欠了他们12万建房款，直到前几年才还请。

乡领导（原乡党委书记）：施工方案是经过县（后改为市）教育局批准的，乡里的主要工作是负责协调和找钱，当时乡财政的资金非常困难。

市教育局：按规定，我们无权管理乡镇学校的施工，方案报上来也只是备案。建设中我们没有监控权，事后也不由我们参与验收。

原图纸作者：复印的图纸怎么能拿去施工啊？事隔19年，我才知道自己的设计图被人盗用了。我当然不承认我是这所学校的设计人。

……

现在，绵竹市的最高领导人确实举着一块“板子”，但是，谁能告诉他，“板子”应该打到谁的屁股上？

但是，不管打到谁的屁股上，唯独不能打到学校 + 和老师的屁股上。

在这次的地震中，学校老师实际上也成了这些“三无校舍”的牺牲品。他们在房屋倒塌的瞬间，选择了用血肉之躯躯保护自己的学生，他们是真正的英雄。

我们不能让英雄既流血，又流泪。

第九章 浴火凤凰

灾后重建行动迅速开展

安县桑枣中学学生震后在学校的大食堂里复课

灾后重建并投入使用的第一所中学

北川中学图书捐赠活动

刘亚春说，是孩子们的坚强告诉了我，就算折断了双翼，北川中学也要重新飞起来

2008年5月18日晚上，刘亚春是在位于绵阳市郊外的长虹职工活动中心的帐篷里渡过的。

明天，对于震后的北川中学来说，是一个重要的日子，或者说，是一个重生的日子。

5月19日上午9：30分，北川中学部分年级的学生将在长虹培训中心异地复课。

选在全国哀悼日首日复课，这个意义是不言而喻的。

哀悼是一种祭奠，祭奠是一种告别，告别是为了新生。

他希望北川中学和北川中学的师生都能以“5·19”为一个转折点，走出灾难的阴影，擦干眼泪，挺起脊梁，走向新的生活。

在和长虹集团的董事长赵勇就明天上午的复课仪式进行了进一步的磋商之后，刘亚春又把学校的干部老师们召集起来，就明天复课的细节问题再作了详细的布署和交代，回到临时办公兼住宿的帐篷时，刘亚春已经累成了一滩泥……

看到铺在地上的那床草席时，刘亚春真想倒头就睡，从“5·12”那个噩梦般的下午开始到现在，刘亚春已经连续五、六天没有睡过一次真正意义上的觉了。

但是，他现在还不能睡觉。

他还有一件事情没有做——对一天的工作作一次“回头望”。这是刘亚春多少年来，尤其是当上学校领导以来形成的习惯，在临睡前，对一天的工作梳一梳辫子，看看有什么事情被疏忽，被遗漏……

可是这个晚上，大脑好像完全不听他使唤，上眼皮与下眼皮不住地打架，他

的意念稍微放松了一下，人就完全进入了浑沌状态。待刘亚春惊醒过来时，一缕晨光已经透过帐篷的小窗口照进来，看了看表，才五点十分，刘亚春闭上眼睛，想回到刚才的梦里去，因为他在梦里梦见了自己的妻子和儿子……

梦中，北川中学好像正在集会，满操场的学生、老师……背景是震前的北川中学校区，张灯结彩，喜气洋洋，他首先看见的是儿子，儿子穿着校服，正和一群同学在嬉闹，但始终没有回头看他……然后看见的是妻子，妻子微笑着向他走来，和他面对面站着，口里在向他叙说着什么，表情是愉快的，（他没有听清楚妻子说话的内容）突然，妻子的脸开始变形，流泪，流血，并进而变得狰狞可怖……

刘亚春“啊”的惊叫一声，醒过来后，发现自己依然坐在帐篷里的那张简易办公桌前的椅子上。

这是他在震后第一次在梦中同时梦见遇难的儿子和妻子。

他睡意顿失。

他一直在不断地想，“为什么儿子连看也不看一眼我呢？”

他一直在努力回忆，“妻子在梦中到底告诉了我一些什么呢？”

……

连脑瓜子也想痛了，仍是一无所获，刘亚春决定不再想下去，他拧亮桌上的台灯，发现桌上放了一叠大小不一的写了字的纸。

放在最上面的一张写着：

我一定会回来，家乡是我的根

王光蓉　　高二（5）班

已经4天了，我看到好多生命在我眼前逝去，我不敢说一切都过去了，我也不能说一切都过去了，因为“5·12”那天改变了一切，导致了今天……

我们失去了家，失去了学校，甚至失去了最亲的人……

从来没想过地震，也想象不到地震的情景。

北川等我，我会回来，我会在你之前重新站起来，我要在你身上重新插上那一面曾经倒下的“旗”……

我一定会回来，因为你是我的家乡，我的根……

……

看到这儿，刘亚春才想起，这就是自己给老师们布置的题目：组织所有幸存学生写出自己记忆中的“5·12”地震。

对于这个举措，是有同事提出质疑的，说学生们刚刚逃出这场劫难，现在搞这种征文，无异是让孩子们又去揭一次伤疤，又去感受一次灾难的痛苦，恐怕不太妥当……

刘亚春的意见恰好相反，孩子们经历了这样一场惨绝人寰的伤痛，现在这些悲伤、恐怖，甚至绝望都淤积在他们心里，还要让他们带着这样沉重的包袱走向明天，肯定不妥。与其捂着，不如让他们一吐为快，把所有的伤痛都写出来，说出来，哭出来，这样才能轻装走向明天，走向未来。

刘亚春翻开了下一篇征文稿：

李老师用身体挡住门

初二（4）班全体幸存者

……

当地震发生时，我们正在上李佳萍老师的政治课，伴随着“轰隆隆”的声音，教室剧烈摇晃，同学们吓得不知道该怎么办，李老师大吼一声“快跑！”同时飞快地为我们打开门，拉着推着我们快往外逃，当时整栋楼房已经摇摇欲坠，给我的感觉是房子就要垮了，为了让更多的同学逃出去，李老师用身体抵住已经摇变形了的门框。可一个人的血肉之躯怎么能够承受住五层楼的重量？李老师被垮塌下来的楼房压在下面，房屋倒塌的那一刻，李老师还拼尽全力将一个学生推了出来，学生们安全出来了，而李老师，我们伟大的老师却倒在了垮塌的房屋下，献出了她宝贵的生命，永远地离开了我们

……

刘亚春泪眼迷离，仿佛看到身材纤细的李老师正微笑着向自己走来……

我亲眼看到一位女孩生命的消殒

胡晓霞　高三（2）班

悲伤和死亡的阴影像那漫天的灰尘一样笼罩在每一个人心上。废墟的缝隙处有同学年轻稚嫩的胳膊和腿，如花的年龄也如花开般短暂。有同学绝望而悲伤地叫着："哥哥，姐姐，救救我，哥哥，姐姐，救救我……"可是我们没有办法，在灾难面前我无法用文字描绘那满目疮痍的景象，泪水是那么廉价地挂在每个人脸上，人的力量显得那么渺小而脆弱，操场上都是躺着的伤员和尸体，心开始麻木起来。是梦吧？只有在梦里才会这么无助，是梦吧？只有在梦里才会这么无力，可是那一声声撕心的哭泣，那一团团鲜红的血液，为什么那么惊心？

我亲眼看到身边一位女孩子生命逐渐消殒的过程，她双腿齐膝盖而断，身无外伤，但嘴里一直在流血，她双眼无力而空洞地望着天空，眼角的泪水不断地涌了出来，她一定喃喃地想说什么，但只有血气上下翻涌，是对亲人的牵挂？是对自身的惋惜？没有人知晓，刹那间芳华消逝的如此令人心痛。

我们班主任陈钰老师在指导大家逃出去之后，最后才爬出来，坐在墙角抹泪。他的妻儿都在最危险的地方……

还有一个我不知晓名字的老师，在听说他母亲被困在家里的时候，依然在组织抢救被埋的学生，眼里的泪花一层层往上涌，却终于一咬牙，在地上磕了三个响头，大声说了声"儿不孝！"

……

刘亚春鼻子一酸，险些哭出声来，这个叫胡晓霞的同学的回忆，又让他回到了"5·12"那个黑色的下午。

他抹了一下眼角的泪水，继续往下看。

看到却是一张剪报，是解放军在北川中学废墟上抢救学生的新闻照片，翻过来一看，报纸的另一面，用钢笔写着51个学生的名字：

"杨正彪（镖师），黄琴，金铃，杨欣，田桂林，刘俊，甘涛……"

落款是：北川中学高二（8）班　张壤

旁边还有一行字，"没有了学校，没有了同学，活着就像犯罪啊！"

刘亚春心里一惊，他明白了，这份特殊征文的作者就是高二（8）班唯一的两名幸存者中的张壤（另一人为马武虎，重伤员，双手已被截肢）

震后刘亚春才弄明白，本应该在新教学楼上课的高二（8）班，"5·12"下午第一节课是化学课，而化学实验室正好在旧教学楼楼上，因为实验室里有贵重仪器和有剧毒或有腐蚀作用的化学试剂，所以，窗户上还特地安装了防护铁栅栏，和普通教室还有一处不一样的是，实验室只有一扇门，旧教学楼在地震发生后十几秒内瞬间垮塌，在这间教室上课的高二（8）班52人只有1人之后被救出，但已身负重伤。

张壤的幸存仅仅因为他之前患了眼结膜炎（红眼病）。为了不传染同学，老师同意他请假半天去绵阳看病，凑巧的是他在医院看病时挂错了号，等重新挂号看完病已是下午两点，在绵阳等候回北川的汽车时，赶上了大地震。侥幸生还。

刘亚春还听说，张壤在得知高二（8）班就剩下他一个时，非常痛苦，地震发生后，他一直在绵阳火车站和九州体育馆当志愿者，是最后一个到达长虹培训中心报到的幸存学生。

刘亚春再看了一眼剪报背后的留言“活着就像犯罪啊”心里“咯噔”了一下，昨晚的校务会上，已经决定取消“高二（8）班”的番号，把张壤编入高二（1）班，凭经验，刘亚春知道张壤还没有走出地震灾难的阴影，他要在复课仪式之后，亲自找这个男生谈谈……

他的目光又锁定了下一篇文章：

就算蝴蝶失去双翼

安成斌　高三（7）班

欢城和废墟的距离到底有多远？沧海桑田，曾经只是在电视上看到的场景……现实真的太残酷了，我试着想去逃避，可是，事实就是摆在我们面前，又让我如何逃得掉？如何摆脱这不堪回首的痛楚？

但是，在灾难面前我们真的屈服了吗？不，没有！灾难可以摧毁我们的生命，却摧毁不了我们不灭的意志。

——我们没有流落街头，我们没有挨饿，我们在黑暗中看到了希望，我们完全有理由相信，就算蝴蝶失去了双翼，飞翔的心也不会死去，一个民族，历经灾难，它会变得更加坚强！

刘亚春会心地一笑，这个叫安成斌的孩子说出了他的心里话。

他从椅子上站起来，很痛快地伸展了一下胳膊，走到了帐篷外。

天，已经大亮了，长虹职工活动中心广场上的帐篷城已经醒过来！晨曦中，老师和同学们端着整齐划一的脸盆从他身边跑过……

5 月 19 日，北川中学重生的日子到了！

刘亚春自言自语地说：“感谢同学们教会了我坚强，就算折断了双翼，北川中学也会重新飞起来的！”

周德祥说，我把自己变成了一个陀螺，一鞭子接一鞭子地抽打，如果我停下来，我自己垮了，这个学校也就没有明天了

我们第一次见到东汽中学主持工作的副校长周德祥是 2008 年 6 月 16 日。星期一，父亲节后的第二天。这是 18 年来，第一个没有人叫他“爸爸”的父亲节。而且以后也不会有了。他的女儿周文超的笑脸已经永远定格在了 5 月 12 下午 2 点 28 分的那个瞬间……

这一天，距离汶川大地震已经 35 天。

距离这座位于德阳的板房学校复课已经 4 天。

很遗憾，我们没有赶上东汽中学 6 月 12 日在小雨中举行的复课仪式。但是，我们看到了立在德阳旌阳开发区一条水泥路尽头的两排白色的板房教室。看到了课间休息时两排板房间的空地上那些活泼可爱的学生。如果不是这种强烈的背景一直在提醒我们，我们不太容易想到这些孩子是刚刚在一场劫难中走过来。一个多月前的那场空前惨烈的大地震，使他们失去了好多朝夕相处的同学、老师和亲人。

周校长陪着我们一个教室一个教室地看，每个板房的门口都挂着牌子：

高一（1）班、高一（2）班……

高二（1）班、高二（2）班……

初三（1）班、初三（2）班……

“但是，现在的这些班已经不是原来意义上的班了。“周德祥说，”有的是两个班合成一个班，有的是三个班合成一个班。有的班损失太大了，番号撤了，幸存的学生就打散编到其他班去。这是东汽中学第二批复课的学生，包括初三、高一、高二三个年级共计 300 多人。第一批复课的是高三学生，了为确保毕业班

学生顺利参加高考，震后一周就在德阳另一所中学的操场的帐篷里复课了。第三批是初一、初二的学生，因为板房教室还没有建完，所以要再等几天。”

周德祥陪同我们回到他那间小办公室，办公室的门上挂了4块牌子：“校长办公室”、“教导处”、“教师活动室”、“会议室”。只有一张桌子，几把椅子，还有一架高低床。这也是周德祥的寝室，他晚上就在这张床上和衣而眠。

周德祥说：“如果讲复课条件，这个板房学校还有几个问题没解决好：水是昨天下午才通的，前几天，老师、学生连洗手洗脸的水都没得，更不谈洗澡、洗衣服了。现在有水了，总算可以洗衣服了，但洗澡还是奢望，这么热的天啊！”

“食堂建设还没有开工。所以一天三餐都是联系外卖。早晨送点馒头、稀饭，还有一个鸡蛋，中午、晚上是盒饭，吃的问题马马虎虎解决了。这是非常时期，老师和同学们都没有怨言。最大的问题是上厕所。正式的公厕还没建好，援建单位临时送来了几套免水冲的厕所。但300多人，使用时又集中在课间10分钟，一下课，那里就排成长龙。还没等每个同学都轮到，上课的铃声又响了。还有一个问题，是免冲厕所技术不过关，气味很大，时间长一点，人很容易窒息。”

周德祥苦笑着，摇摇头，“这3个年级复课，还有一个棘手的问题是没有课本。学生的书包都砸进废墟里去了。新华书店买不到新课本，老师备考的课本和参考资料还是我们组织人回原校址，从危楼里抢出来的。所以现在上课，只能是老师在上面讲，学生在下面听，老师在黑板上板书，学生在下面记笔记……这使我们常常想起延安时候的抗大，但我们比他们要强一些，不用坐在背包上做笔记。”

“虽然有这样多困难，我们还是选择了异地复课。一方面，这是家长和学生的愿望，另一方面，也是我们的考虑。让学生们早一天回到课堂，这表明生活还在继续。东汽中学还在延续。”

周德祥是一个很健谈的人。但我们的交谈并不像我们现在所写的这样连贯。常常是只说几句话，他手边的电话就响了，或者有人找上来了。找周德祥很容易，甚至连门也不用敲，把头从窗口探进来就是。因为周德祥就坐在板房的窗户边上。处理完那些事，周德祥会接着刚才的话题往下谈，他的记忆力好，不需要我们提醒他“刚才讲的哪里了”。

周德祥说，东汽中学有个特殊情况，上面只任命了他一个校级领导——副校长，主持工作。中间本来也配备了一些主任，比如谭千秋老师生前就是学校的教导主任，过去教学上的事大都是谭老师扛了，谭老师牺牲后，这些工作也汇报到他这里来了。东汽中学在地震中牺牲了14位老师，其中也有的老师兼任了学校的中层干部。现在，这么多岗位缺失，活着的人只能一个人干几个人的事。

震后的东汽中学实际上分成了3块。第一块是原校址，虽然已经垮塌成了废墟，但还有学校的很多设备、设施、档案、资料、图书等需要挖掘、清理、保护，或者运出来；第二块是位于德阳实验中学的帐篷学校，那里是高三学生在备考；第三块就是这个板房学校。这是东汽中学生命的延续。虽说这里不会是学校永久的校舍，但全校师生在这里至少也会渡过三年的过渡期，一直到新的东汽中学落成，投入使用。

周德祥说，地震之后，我每天的24小时就在这3个点上跑来跑去。在三个地方，人的心情会不一样。回到汉旺东汽中学原址，就如同回到过去，想到已经离去的妻子女儿，容易伤感落泪；到了帐篷学校，看到高三（1）班的牌子，看到女儿班上的那些同学，心里也会产生酸痛感；唯有呆在板房学校，可以给自己制造一些错觉：我暗示我自己是在德阳出差，还会回到汉旺的家里去的。我想象着，如果我出差回家，敲门之后，会是谁来为我开门呢？是系着围裙从厨房里跑出来的妻子，还是像蝴蝶一样从书房里飞出来的女儿呢？

周德祥说，很多朋友夸我坚强，其实他们并不了解我。我是学中文出身的。归根结底还是那种“感时花溅泪，恨别鸟惊心”的性情中人。只是我的身份，我肩上的担子都使得我不能沉湎于悲痛之中而不能自拔。

“东汽中学40年的积累，现在完全归零。”周德祥说：“百废待兴啊，有太多太多的事等着我们去处理。除了学校的日常工作，新东汽中学的归宿问题更让人揪心。自从2006年从东汽集团被剥离出来后，东汽中学一直处在一个夹缝中无所适从。新校建校方案三定三改，蹉跎三个年头的结果是赶上了一场大劫难……

周德祥说，这次大地震把东汽中学推向了绝境，但能不能让它绝地重生呢？

周德祥透露说，大地震后，在汉旺坚守了几十年的东汽集团决定整体搬迁到德阳市区。因为东汽中学与东汽集团那种渊源关系，他一直在运筹让东汽中学跟着东汽集团一起搬到德阳来。如果可以搬到德阳重建，不仅可以避开龙门山地震断裂带，让子孙后代不再受地震的威胁，而且，东汽中学缺失的教师队伍可以迅速得到补充。加上德阳地区的生源条件，四川省重点中学——东汽中学，才能如龙回深海，找到自己伸展和跳跃的空间……

“这是东汽中学最后一次机会了。”周德祥说，“而且是200多名师生用鲜血和生命换来的一个机会”尽管困难重重，要挑战现有体制，要超越很多制约，要说服很多很多人，但是，周德祥说，他已经豁出去了！为了新的东汽中学最终能够浴火重生，他和东汽中学幸存的干部老师都有一种庄严的使命感。他认为，老天把他们留下来，没有让他们在那场大劫难中魂归龙门山，大约就是要他们来完成这个使命的。

他岂敢懈怠？

周德祥说，“我现在常常处在一种亢奋状态，每天工作近20个小时还不知疲倦。我想把自己变成一只旋转的陀螺，一鞭子接一鞭子地抽打自己。为的是不让自己倒下去。我知道，如果我倒下去了，不仅我自己完了，这所学校也就没有明天了……”

好像是为了应验周德祥的话，我们在中青网上看到了中国青年报记者李益众、张晨发自成都的一篇稿子。发稿日期是6月16日，正是我们采访周德祥的那一天，记录的是周德祥前一天（6月15日）的故事——

祥子，一定要坚强

——东汽中学副校长周德祥的一天

6月15日，星期天，汶川地震过去了34天。

7:00，德阳市黄河大桥边，戴着一副眼镜，夹着一个黑色皮包的周德祥向20路公交车站走去。

周德祥是德阳绵竹市东汽中学副校长，唯一的校级干部。地震中，东汽中学的教学楼瞬间倾覆，200多名师生遇难，其中有周德祥的夫人和女儿。（周德祥的夫人王蜀妮系隔壁东汽技校老师，在技校遇难——引者注）

7:24，周德祥到达德阳体育馆，东汽中学30名教师和家属被安置在这里。从体育馆出来后，周德祥前往设在绵竹中学的“东汽中学接待处”。

在绵竹中学，见到满脸络腮胡子的绵竹市教育局副局长彭波，周德祥握着他的手说：“你辛苦了，多保重。”

地震中彭波的数位家人遇难。他对周说，“你更辛苦，更要保重”两个男人互相拍着对方的肩膀，沉默了。

9:25，周德祥从绵竹中学出发，赶往位于汉旺镇的东汽中学原址。

几天前，上游的堰塞湖爆破成功，滚滚洪水经过东汽中学门前的小溪，周德祥一直很牵挂，水淹后，学校怎么样了？图书是否受损？还有多少急需抢救的设备？

……

“多拿一点，就可以少买一点”“我想找一份教师的名册，你帮我留意一点”“这是学校校庆30周年的文集，一定用带回去，里面有谭千秋老师的文章”。

离开总务处，来到图书馆，这里一共有10余万册图书，书架被地震摇倒了，但是没有进水，“这下放心了，下次再来搬运。”周德祥说。

11：33，在汉旺街道边，突发较强烈余震……

到达德阳市体育馆后，周德祥将16盒盒饭搬到车上，送给板房学校的值班老师。

送完饭，语文老师高文君搭校长的顺风车回家。

“你穿的衣服都感觉不到是你自己的了。”高文君对周德祥说。

“是人瘦了。以前我140斤，现在估计只有120斤了”

沉默了几秒钟，高文君说，“祥子，一定要坚强。”

14：21分，周德祥离开板房学校，前往德阳市某招待所，接受北京某作家采访；

18:13，采访结束，周德祥来到德阳市体育馆，领盒饭，为板房学校教师送饭。

19:00，周德祥吃完晚饭，板房边的空地上，孩子们在打篮球，奔跑着，跳跃着，喧闹着……

今晚，周德祥在这里值班。

肖兰：漩口中学这是第四次大迁徙了，就是柱着双拐，我也得跟他们去山西啊！

位于汶川大地震震中地区的映秀漩口中学的复课是分两个阶段进行的。

从5月16日，在四川登山协会志愿者保护下，徒步迁徙逃出震中后，整个学校一分为二，被安置在成都的两所大学里——成都中医药大学和西南财经大学，并迅速举行了复课仪式。

但是，每个人都知道，这里只能是他们暂时栖身的地方。

漩口中学的明天在哪里呢？

也就是说，今年9月份，当新的学年开始时，孩子们该上哪里去读书？老师该去哪里教书呢？

大家都一片茫然。

但是，不幸的漩口中学这一次却是幸运的。

有一道关注的目光投向了这所刚从龙门山脉的死亡绝地逃出来的学校。

这目光来自于遥远的太行山上。

这个人的名字叫韩长安，一个古道热肠的北方汉子，一个以天下为已任的民营企业家。

韩长安，山西长治人，全国人大代表，总部位于山西长治的潞宝集团的董事长，“5·12”之前，韩长安和他的潞宝集团已经在全国捐建了75所希望小学（他的目标是100所）汶川地震发生后，韩长安放下手里的工作，奔赴四川地震灾区，在12天马不停蹄的奔走考察后，韩长安作出了两项决定：一是向地震灾区捐建10所希望小学，二是重点援助位于震中映秀的漩口中学。

韩长安的援助，是雪中送炭式的援助。他要把这所有1000多人的完全中学，整建制“搬”到太行山上“暂居”。这个“暂居”可能是三年，也可能是四年、五年，直到新的漩口中学完全落成，投入使用，在此期间，所有学生的学习和生活费用全部由潞宝集团承担。

张舜华校长算过一笔账，按照时下的标准，一个学生一年的各项费用，最少需要一万元，即使漩口中学只在长治呆三年，潞宝集团花在学生身上的钱也要4000万，甚至5000万元……

肖兰老师知道这个信息时，已是六月下旬，她刚从济南军区总医院“回”到成都，说回到成都，其实很勉强，在成都，并没有肖兰的一片瓦，一寸地，她只是寄居在一个朋友家里。

她的伤还远远没有好，但肖兰执意要出院，她说，她厌倦那种躺在病床上，两眼望着天花板，靠志愿者服侍的日子，她更恐惧那种远离团队，看不见学生的生活。虽然回到成都，她仍然不能到安置点去给学生上课，但毕竟离大家近了，心里也踏实许多啊！

这期间，也有一些人会找到天府广场附近这个社区来看她。

比如张舜华校长，校医黄承敏，还有同在一个历史教研组的冉宏老师……

当然，还有她以前教过的一些学生。

每一次见面，除了关心她的伤势外，剩下的一个话题就是“山西”“长治”“太行山”……

肖兰发现，虽然每一个人谈起这个话题时的情绪都不一样，但从所有人的眼里，都能读得出兴奋和向往——毕竟，对于长期生活在龙门山腹地的川西人而言，北方莽莽的太行山过去只在电影、电视和教科书里听到过、看到过啊！

7月4日是第一批师生抵达山西的日子。

7月14日是第二批抵达的日子。

到了六月底，到肖兰这里的人已经越来越少，人们大都不约而同地去了一个方向——回映秀！

从成都开往映秀的班车还没有开通，路上依然不时有余震、塌方、滚石和泥石流，但这些都无法阻挡人们回乡的脚步，他们或单独出击，或者三个五个结伴，从成都的茶店子车站坐最便宜的车到都江堰市，再从都江堰打“黑的”冒死往映秀闯。

肖兰理解这些同事的感情，尽管这个万山之中的小镇留给他们的是那么惨痛的记忆，但那里毕竟是他们曾经的家园啊！那里不仅埋葬了他们的亲人，也埋葬了他们昔日平静和谐的生活，以及他们的梦想与希冀。

肖兰也想回去看看，去看看自己曾经的家，自己挥洒过汗水的学校，还有去凭吊一下自己的“死党”、好友张旭……

但是，肖兰明白，以她目前的状况，这一切只能是幻想。

在朋友空旷的客厅里，肖兰听到了自己沉沉地叹了一口气。

又是一次大迁徙啊！

这已经是漩口中学的第四次大迁徙了。

肖兰记得她从位于汶川的阿坝师专美术系毕业，分到漩口中学是1993年。当时的漩口中学并不在映秀，而是在漩口镇，那里是阿坝州的门户，离都江堰和成都很近。

肖兰记得，从分到漩口中学的第一天起，老教师们就告诉她，漩口中学要搬迁，整个漩口都要搬迁，因为这里要修紫坪埔水库，但是，具体说到哪一天搬迁，谁也说不清，老教师们说，光他们听到这个消息都已经好几年了。

在这种对搬迁的期待和恐惧中，又等候了多少年。

肖兰回忆说，对于漩口中学的老师而言，那是一段没有明天的日子。一个人不知道自己明天在哪里，一个学校也不知道明天在哪里，一切都处在“将就”的状态。学校的房子年久失修了，外面下大雨，室内下小雨，教室里上课的时候，这儿撑一把伞，那儿撑一把伞；寝室里漏雨了，就用大盆小碗去接，老师们还要穷开心，说这才叫“大珠小珠落玉盘”呢！窗户玻璃破了，几年不补，只是找块塑料布钉上，前面钉的发黄了，破了，就再找一块钉上……

山区学校本来就穷，即使有钱，谁会拿着钱往一所迟早要沉入水底的学校扔呢？

这场马拉松等待终于到了头。2004 年，漩口中学的第一次大迁徙开始了。

因为新校区还刚刚开始建设，漩口中学奉命搬到汶川县城郊的农业学校过渡。

这是一次浩浩荡荡的搬迁，过惯了苦日子的老师们把一切能够用得上，用不上的家什全部堆上了车，让老师们自己都不敢相信，再清贫的家庭，破破烂烂堆起来，也会装上满满一卡车……

在汶川，因为是临时过渡，各种环境都不如人意，又是客居他乡，借地栖身。肖兰说，那两年的记忆，也是不堪回首，而且，中间又搬了一次家，因为农业学校要另作他用，他们只能再搬到另一所学校。

终于等到了 2006 年岁末，新的漩口中学在映秀落成，漩口中学的师生员工迎来了他们第二次大迁徙。

和上一次的凄凉和怆惶相比，这是一次充满喜悦的搬迁，在正式动迁之前，几乎所有的老师都从汶川辗转跑到映秀来探营，他们看到的是一座崭新的、阔气的花园式的学校，高大的教学楼、实验楼与两侧的办公楼、多媒体教室等连成了一个四合院，宽敞的食堂和窗明几净的学生公寓，都与他们期待中的学校高度一致，甚至超出了他们的预想。

当然，最让他们满意的是，学校一口气建了五栋教工宿舍楼，按照人数算下来，即使是年轻的工作不久的老师，也可以分到满意的住所。

2006 年岁末，是漩口中学全体教师的集体节日。

他们终于可以结束漂泊不定的日子，终于有了一个温馨的稳定的家园。

那段日子，几乎所有的老师都掏出了多少年的积蓄，装房子，买家具，买家电，人们见面就会问“家里装好吗？”或者今天你到我家来，明天我到你家去，参观彼此装修的式样，颜色……

即至从汶川搬迁至映秀时，学校后勤发现他们犯了一个错误，他们还是按照从漩口搬至汶川时的需求量组织的车辆，最后却发现根本就用不了那么多，很多人家只是拎了几只箱子下山，那些他们曾经敝帚自珍的旧家具、旧电器都被贱卖，或者送人，或者遗弃。

肖兰说，那个时候，每个人都以为映秀就是他们永久的家，大家做梦也没想到，漩口中学一直没有逃脱大迁徙的宿命。仅仅在一年多后，一场亘古未见的大地震就在他们脚下制造了一幕惨绝人寰的悲剧，在毁灭了他们的校园和家园，杀戮了他们的同学、老师和兄弟姐妹之后，又逼着他们开始第三次迁徙！

这一次是从映秀逃往成都，除了身上穿的，他们甚至连一只包也没有带出来……

肖兰说，即将开始的这次迁徙是漩口中学的第四次也是最大跨度的迁徙，从四川迁到山西，从龙门山迁到太行山！

肖兰记得那次校医黄承敏来看她，说到搬迁，今年52岁的黄承敏说："我这一辈子都是在等待搬迁和搬迁中度过的，等到漩口中学再从山西搬回四川，我就该退休了啊！"

离7月4日大迁徙的日子越来越近，肖兰的心也越来越不安，越来越烦躁，她想起"5·12"那天下午，虽然大家都在忙着救援，忙着抬伤员，安置幸存学生，但是，躺在担架上的肖兰，能够从很多人的脸上读出悲观，甚至绝望——漩口中学的翅膀折了，漩口中学再也飞不起来了。

但是，时隔一个多月后，漩口中学又要起飞了，肖兰说，毕竟我们生活在一个充满了爱的时代了，龙门山让我们折断了翅膀，而太行山人又给我们安上了双翼！

肖兰终于明白自己为什么烦躁，知道自己一直在期待着什么，虽然自己的翅膀也受了伤，但她飞翔的心却没有死，她必跟着大部队一齐飞翔。

晚上，当下班后回家的朋友听说肖兰决定要走时，大吃一惊："你疯了？你的伤还没有好啊！"

肖兰笑了笑说："这是漩口中学第四次大迁徙，就是拄着双拐，我也要跟着他们去山西啊！"

7月下旬，已经从四川回到北京的我们，在新华网上看到了这样一条消息：

映秀镇漩口中学首批600名师生

抵达山西长治过渡复学

新华网山西长治7月6日电，今天上午，地震重灾区阿坝藏族羌族自治州汶川县映秀镇漩口中学的600多名师生，转移到长治，在长安慈善学校过渡复学。

经过近37个小时的长途跋涉，从四川成都到山西长治的灾区学生专列今天上午八点40分抵达长治火车站，漩口中学转移过来的首批615名师生将被安置到长安慈善学校过渡复学，这也是阿坝州灾后转移学生异地复学规模最大，路程最远的一次。

孩子们一下火车就受到长治市群众的热情欢迎，身着藏族、羌族特色民族服装的漩口中学的同学们，手捧洁白的哈达和鲜艳的羌红对给予他们帮助的好心人送上诚挚的感谢。

……

漩口中学的新校址位于长治郊区的慈善学校，今后3—5年时间里，这所由全国人大代表、山西潞宝新能源集团总裁韩长安斥资1000多万元修建的慈善学校将无偿为漩口中学千余名师生的学习生活提供各方面的帮助和服务……

我们随即拔打肖兰留给我们的成都的手机号，听到的却是语音提示：“对不起，您拔打的号码已经停机。”

谷胜聪说：若干年后，当伤痛淡去，灾难沉淀给我们的就是一笔巨大的财富

聚源中学的复课也是从5月19日开始的。

谷胜聪说，按照都江堰教育局的统一部署，全市高三学生统一安排到成都农业大学校园内复课，其它年级的学生是就地复课。

聚源中学在19日前后还有解放军和救援人员在清理现场，挖掘遇难者的遗体，所以学校把复课的地点选在与中学相邻的小学操场上。

在操场上搭建帐篷和板房。搭好一间，进去一个班。

最先复课的是初中一年级的学生，因为在聚源中学倒塌的教学楼里遇难较多的是初二、初三的学生，初一年级学生损失相对较小，考虑到可以进驻的帐篷和板房教室还不多，老师第一批只通知了六十人，没想到同学们互相奔走相告，一

下子来了100多人，只好在操场上先开始上课。

谷胜聪说，对于我们坚持在地震后一周内复课，很多人有质疑，说孩子们还沉浸在悲痛和恐惧中，现在组织复课，有意义吗？我们的一位年级主任罗成老师回答的很好，“要想田地不荒芜，就要种上庄稼，要让孩子们忘记悲痛和恐惧，就要在他们脑海里填充知识。”

学校当时提出了一个口号，就用彩色粉笔写在从废墟里刨出来的一块黑板上，“放下沉重的心，重拾希望的梦”。

第一堂课的主题是：把恐惧撕成碎片。

学校的老师和志愿者中的心理咨询师，发给每个学生一张白纸，说这张白纸就是恐惧，大家可以像撕碎这张白纸一样，把恐惧撕成碎片，老师引导的话还没说完，不少同学已经奋力将这张白纸撕成了碎片，一个叫王世浩的男生，一面撕，一面咬着嘴唇说：“出去，出去！”……

谷胜聪说，其实，灾后复课的另一个困难就是我们教师自己，一些教师痛失了亲人，或者亲人失踪，下落不明，还沉浸在巨大的悲痛之中；一些老师刚刚经历地震的劫难，心理上还有很大障碍，有的老师只要一躺下就会出现幻觉，听见一点响动就往外冲，以为又地震了；有的老师说，看见校服就害怕，腿子就发软，因为救援时，往外背的遇难的孩子，穿的都是校服；有的老师说，他现在有楼房恐惧症，只要一进楼房，就心跳加快，血压升高，下意识地想往外跑，因为担心楼房又会垮下来……

即使是这样，老师们还是战胜了自己，回到了教室，回到了自己的岗位上，一些失去亲人的老师都是刚刚在下面还在痛哭流泪，上课铃响了，马上抹掉眼泪，换一副笑脸，走到学生中间去……

谷胜聪说，聚源中学在经历了这么大的劫难后，能够迅速站起来，这里面有太多太多人的贡献，也有太多太多让人感动的人和事。

谷胜聪了一口气举了很多例子。

比如说，张林老师，他是学校的政治老师兼食品管理办公室的主任，“5·12”那天下午第一节课，他在二楼教室上课，楼房垮塌后，正在指挥学生撤离的他被埋进废墟，被老师们救出来后，发现他的手臂两块肌肉负伤，腰也负了伤。被送到郫县医院作了初步处理后，医生为他开了入院手续，但张林坚决不住院，又随着送他的车子回到现场参加救援，回到学校后，大家发现他的手一直在流血，腰痛得直不起来。谷胜聪吼他，派人把他押回医院，在成都市金牛区医院给他办了入院手续，但他每天打完针，又偷着从医院跑回学校。先是在废墟上帮忙，后又参与组织复课。到了后来，成都地区的医院要疏散一批病员去外地治疗，张林转移的地方是杭州，张林坚决要求出院，主治医生很惊讶："你是不是有点傻啊？我们是对你的健康负责啊！"同病房一位病友说"你这样做是不是有点假啊？"张林急了，说："你们没当过教师，你们也不在灾区，你们当然不明白我的感受！我们学校遭了大难，那么多老师为保护学生连命都丢了，那么多事情要等着人做，我躺在医院，就有犯罪感，像是一个逃兵！"医生拗不过他，同意他出院，但要他在一张承诺书上签字，承认是他自己要求出院的，将来有什么后果，必须自负……张林说"那当然，我自己作的选择，当然我自己负责。"

又比方说，杨雪梅老师，她丈夫在厦门做生意，女儿也在厦门读书，为了照顾他们父女俩，她办了停薪留职手续去了厦门。在电视上看到四川遭遇地震和聚源中学教学楼垮塌的消息，天天在家抱头痛哭，吵着要回学校，她丈夫拦不住她，只好给她买机票，嘱咐她回去看一下，马上再回厦门。

杨雪梅回到学校后，每天和老师们一起上班、下班、值班，过了六、七天了，还没有要走的意思。谷胜聪便说，"你回来都好几天了，也该返回厦门了，别让你老公和孩子惦记！"杨雪梅的回答让谷胜聪和同事们都很意外：

"我已经想好了，我不回厦门了，过去学校顺利的时候，多一个我少一个我并不重要，现在学校里遭了大难，我要和你们一起站在废墟上，看着我们学校重新站起来。"

谷胜聪说，杨雪梅的举措让他和同事们都很感动，他亲自向正在学校指导救灾的市教育局刘副局长报告此事，刘副局长说："现在好多人都往外跑，杨老师是第一个往回跑的人，我批准了，欢迎她回来。"

还比方说，余月明和高华群这一对夫妻都是学校食堂的零时工，他们唯一的儿子，在学校上初三，在这次地震中遇难了，高华群因为生病，前两年刚做了子宫切除手术，再也不可能生儿育女了。痛失儿子后，俩口子哭得死去活来……考虑到这种状况，学校打算给这夫妻俩放几天假，一方面料理儿子的后事，一方面让他们能够调整了一下心情。可是，这对夫妻一共只向学校请了半天假，把儿子的遗体火化后，把骨灰盒寄放到殡仪馆（按当地风俗，遗体火化后，必须将骨灰入土安葬，丧事才算办完）又回到学校，学校的食堂也成了废墟，他们就在操场上垒灶架锅，钻进食堂的废墟去挖埋在下面的米、面，余月明说："现在老师学生的压力这么大，不能总让他们啃方便面，得让他们吃上热饭菜，孩子走了，我们心里肯定很苦，但这也是没得办法的事啊……"

再比方说，湖南有一家企业的老总，在了解到聚源中学的情况后，决定参与援建聚源中学，还以个人的名义给6个遇难的老师各捐了5000元钱，又给所有幸存的老师每人捐了1000元钱，聚源中学的老师绝大部分家庭都在地震中受了灾，有的房倒屋得塌，有的已经一贫如洗，1000元虽然不多，但也能解一些人的燃眉之急，但没有一个老师领这1000元，大家都同意把这笔钱凑起来，捐给那些遇难老师的家属和有子女遇难的老师……

谷胜聪说，聚源中学的教师团队在地震前就是一个有自己的理念，有自己的风格和凝聚力的团队，聚源中学的校训是八个字——“人情、人性、人格、人才”。具体的解释是：用充满人情的教育把每一个人性格中向善的一面启迪出来，激发出来，教育学生形成互相关爱、尊重理解的完美人格，这样培养出来的才叫“人才”。

聚源中学团队的风格是，目标面前，永不言退缩，找理由也是找成功的理由。对于新老师调入和新分来的大学生入职，学校都要对他们进行“主流价值取向”的教育，强调你要想在学校工作，就必须接受这些价值观，必须能够尽快地融入到这个群体。

谷胜聪说：从一个方面看，地震给了聚源中学毁灭性的打击，让我们这样一所几代人为之奋斗而建立起来的城郊中学非常悲剧的定格，让我们一夜间变得一无所有；但是，换一个角度看，灾难也锻炼了我们的意志，增强了我们团队的战斗力和凝聚力，让我们的精神得以升华，如果我们能够觉悟到这一点，那么，若干年后，当伤痛渐渐淡去，灾难沉淀给我们的就是一笔巨大的财富。

谷胜聪说：我们很庆幸，我们生活在一个充满着和谐大爱的盛世，一方有难，八方支援，现在已经确定了的参与援建聚源中学的单位已经很多，我们完全有理由相信，重建后的聚源中学的硬件设施，一定比原来漂亮得多，现代得多。但是，我们现在最关心的是那个漂亮外壳下的灵魂——一所学校的神韵、传统、精神能够顺利地传承下去，并且能够发扬光大吗？

谷胜聪沉默了片刻，说，所以我们现在在组织复课的同时，也在做另外一件事：收集地震遗物，包括一张残缺的报纸，废墟上挖出来的书包，一块残破的校训，一张震前某班同学的合影……我们准备在震后重建的新的聚源中学竖立6位牺牲老师的雕像，建一个特殊的陈列室，让一代一代的学生永远铭记这一段历史。

谷胜聪说，他很喜欢中国的一个神话经典——“凤凰涅槃”。凤凰之所以是让中国人崇拜的神鸟，甚至成为中国精神的图腾，就是因为它能够“浴火重生”。

谷胜聪说：他相信聚源中学会成为一只“浴火重生”的凤凰，他也相信整个汶川地震灾区的学校都会成为一只“浴火重生”的凤凰。

第十章 “蜡烛成灰”的古义新释

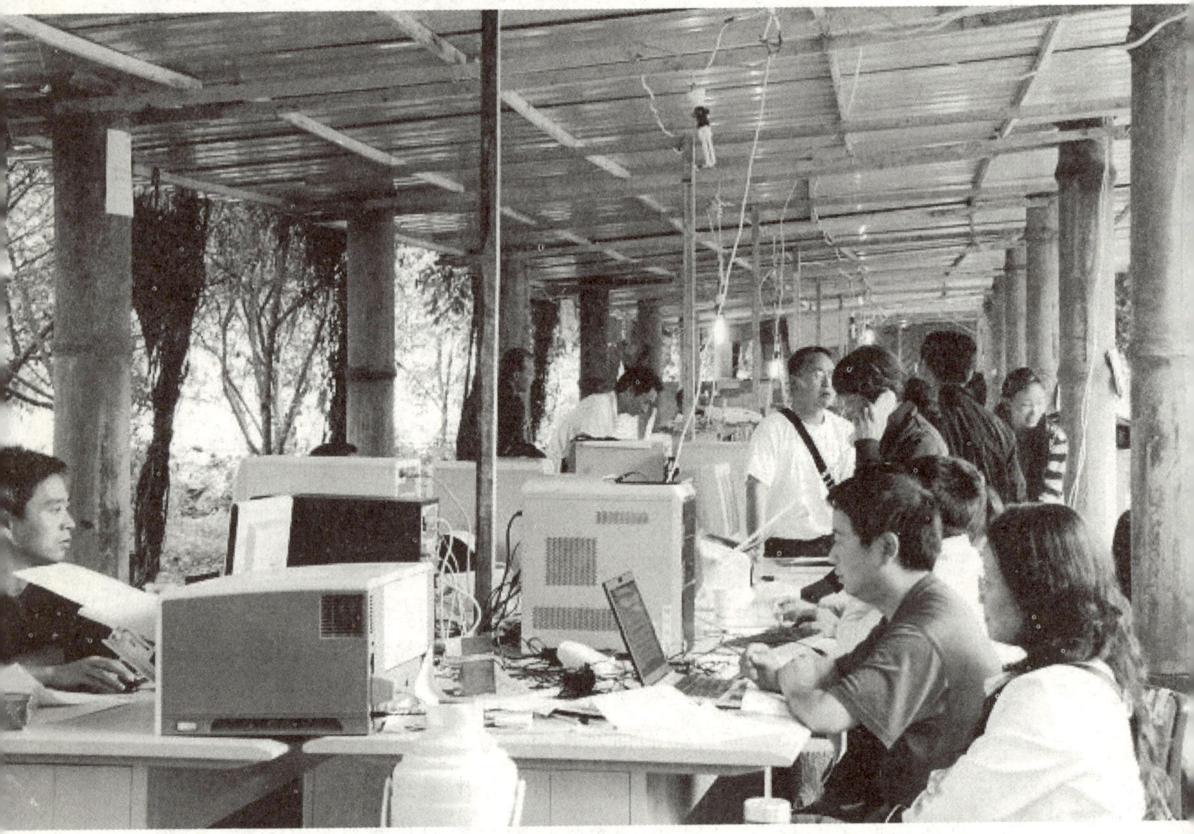

绵竹市教育机关最后整体搬到了中心的小公园里办公

红白镇学校老师接受采访

绵竹汉旺镇钟楼的时钟永远定格在 2 点 28 分

唐朝诗人李商隐的这首《无题》据说有36种解释，可是多少年来人们总习惯把“春蚕”“蜡烛”用来比喻老师。

相见时难别亦难，东风无力百花残。
春蚕到死丝方尽，蜡炬成灰泪始干。
晓镜但愁云鬓改，夜吟应觉月光寒。
蓬山此去无多路，青鸟殷勤为探看。

这是一首在中国流传了一千多年的诗。

这也是一个发生在公元800多年间的缠绵悱恻的爱情故事。

一个十五六岁的少年，正在青春萌动的时期，却被家人送到玉阳山学道，在这里他与同在玉阳山上灵都观的小道姑宋华阳邂逅。由相识，到相慕，到相恋，两个少男少女的心燃起了爱情的火花。但是，在那个年代，一对道童和道姑的儿女私情是绝不能为世人所理解所接受的。而道童的内心又奔涌着无法控制的爱情狂澜，因此他只能以诗记情，以诗寄情，并隐其题……

这个小道童，就是日后成为晚唐杰出诗人的李商隐。

这首记述了两个少年情人在暮春的一次短暂相见后又别后相思的诗，因为“无题”，因为深情绵邈，含蓄隐涩，且富于象征和暗示色彩，被一代接一代的崇拜、痴迷李商隐的“粉丝”们演绎出多种解释版本，据好事者统计，最高记录达到了36种之多……

而中国当代很多哪怕不读唐诗，不认识李商隐的诗盲也会吟诵其中的两句——

“春蚕到死丝方尽，蜡炬成灰泪始干。”

因为多少年来，人们习惯用“春蚕”和“蜡烛”来比喻一个职业，比喻一个人群——这就是“教师”。

用“春蚕”和“蜡烛”来比喻教师始于何年何人，已无可考，但是开始盛行肯定是在新中国成立以后。

北京市某中学一位特级教师田忆林对我们说，新中国成立后，社会的主流价值观是集体主义，英雄主义，对公民的教育强调的是无私，忘我，奉献和牺牲。

这种教育应该是指向全社会各行业的所有人群的，为什么到了后来，“蜡烛”和“春蚕”成了对教师这个职业的特指呢？

田忆林说：这是因为教师是一个平凡而又特殊的职业。一方面被誉为“人类灵魂的工程师”，承担着传承文化，教书育人的特殊使命。从精神层面上讲，社会把教师这个职业推到了高高的神坛上；但另一方面，教师也是一个平凡的职业，而且是一个清贫的职业，每一个具体的教师，也是平凡琐碎的现实生活中的一员，也需要干活拿钱，养家糊口……

教师职业的“两袖清风”的待遇和它肩负的神圣使命，和为了完成这个使命所付出的劳动，严重地不成比例。这就需要倡导一种精神，一种奉献精神，一种牺牲精神，而且这种精神也需要某种看得见的具体形象来作为载体。

而李商隐笔下的“春蚕”和“蜡烛”形象，那种“到死丝方尽”，“成灰泪始干”的意象正好暗合了社会需要的“奉献”与“牺牲”。尽管有些伤感，但却很诗意，很浪漫，正好可以为“教师”这样怀有“理想主义”情怀的人群所接受。

田忆林说，从上个世纪50年代到整个80年代，这两句诗一直都是教师人群中流传频率最高的语汇，教师们在不同的场合，在留下那个激情年代特有烙印的大会小会上，在心得体会、宣誓词、总结报告中，不约而同，甚至是千篇一律地引用这两句诗：“春蚕到死丝方尽，蜡烛成灰泪始干”。表达的是一种豪迈的浪漫主义情绪……

四川省什邡市最边远山区两人学校的校长钟期勇，从18岁高中毕业上山当乡村教师，在一个最多的时候也只有三个教师的山顶学校坚持了25年之久。他说他是一直把这两句诗作为人生的座右铭的。从翩翩少年到两鬓堆雪，在那些与松涛明月为伴的孤独寂寞的夜晚，在那些掬山泉采野果聊补无米之炊的春日，他常常送走学生后，在空荡荡的校园里吟诵李商隐的这首《无题》。他能彻骨地体会出“晓镜但愁云鬓改，夜吟应觉月光寒”的意境，也真的在用青春和生命兑现那个悲壮的承诺：“春蚕到死丝方尽，蜡烛成灰泪始干。”

钟期勇说，如果不是这次地震，他会一生守在龙门山深处的那所高山学校，干到六十岁退休，然后在松涛明日间颐养天年，直至“丝方尽”，直至“泪始干”。

东汽中学副校长周德祥说，他 1980 年考入涪陵师范专科学校（后改名为长江师范学院），那个时代中国正处在转型期。一方面是思想大解放运动，各种思潮冲破禁锢了几十年的国门，汹涌澎湃。尤其是在年轻人扎堆的大学里，更是如此；另一方面那也是一个燃烧着理想和激情的年代，当时全社会都是“追星族”，但追的不时歌星、影星、球星，而是像张海迪、曲啸那样的理想主义的明星。“奉献”、“牺牲”依然是社会的主流价值观，在那种背景下，他们这些年青的师范生、“未来的人民教师”们也常常在不同场合引用李商隐的这两句名诗。毕业时都是豪情满怀的向学校写申请，向全体同学发倡议书，有人甚至咬破手指写血书，要到最艰苦的农村学校去，到边远的山村学校去……

周德祥说：“当时的我们都是这么做的。我自己要求到位于最基层的绵竹县（后改为市）汉旺镇去当一名普通的中学老师。在汉旺，我遇到了老谭，谭千秋。他是湖南大学的高材生，他毕业时本来可以留在母校，如果那样的话，他现在应该是著名学者、教授和博导了，可是他向学校申请要到山区去，到祖国最需要的地方去，所以，他也到了龙门山脚下的汉旺，而且一干就是 27 年，而且真的兑现了‘到死丝方尽，成灰泪始干’的诺言。”

北京的方其军老师说：尽管李商隐的诗句里，提到了“死”，但在几乎所有的教师在以“春蚕”“蜡烛”自喻时，想到的应该只是奉献青春，牺牲才华，呕心沥血，去培养学生。没有人真正把“教师”这个职业和狭义的肉体牺牲联系在一起。因为教师毕竟不是军人，不是消防队员，也不是缉毒警察或者肩负着特殊使命的卧底……，一切都不过是一个比方，甚至是一种“誓言”性质的比方。好像一对恋人为了表达爱情的坚贞，会用到“海枯石烂”“天崩地裂”这些到极致的词汇来盟誓，之所以敢于这样信誓旦旦，是因为他们不相信会存在“海枯石烂”、“天崩地裂”的可能，同样，对于和平年代的教师而言，用牺牲自己的身体去兑现“丝方尽、泪始干”的承诺，绝对是一件遥不可及的事情……

聚源中学校长谷胜聪查了一下资料，他说，像这样千年万年一遇的地震摊到每一个具体人身上的概率为 35 亿分之一，远远超过任何一次彩票中奖的概率，然而，这样惨绝人寰的悲剧却让我们这一代教师赶上了，冷酷的老天爷，把灾区所有的教师都逼到了看你是否兑现诺言的绝境上……

不少人反感“蜡烛”这个比喻但没有说出来，有一个人说出来了，他因此成为“名人”这个人叫“范跑跑”。

并不是所有教师都认同所谓“蜡烛精神”，这是武汉的一位教师朋友协助我们做了一次小范围的问卷调查后告诉我们的一句话。

2008 年 7 月初，为了配合本书的写作，我们希望在教师这个群体中做一次调查问卷。

调查的话题是：多年来，社会一直习惯把教师比喻成“蜡烛”，希望教师以“蜡烛精神”燃烧自己，照亮别人，你认可这样的“蜡烛精神”吗？

可选择的回答是：

A、认可　B、不认可　C、无所谓（没想过、不知道）

参加问卷的人要求：

1、现任中小学教师，幼儿园教师

2、要求尽量涵盖不同教龄的教师

3、要求包括城市教师、乡村教师、山区教师

答卷人除了回答提问外，还要提供以下资讯：姓名、性别、年龄、学历、教龄、毕业学校类型（可以不填某所具体学校，但要回答是否师范类院校）

现在哪一类地区（省会，地市级城市、县城、乡镇、山村）学校，哪一个

学校（年级班级）任教。

除了必须填写内容外，还有一个空间，答题人自己可以随意写一些自己的感想。

因为我们自己要赶写书稿，加上无法联络太多的老师，所以委托一个做教师的朋友帮忙。

所以选择武汉是基于三个理由。一是武汉有熟悉的人可以委托；二是武汉的中小学教育在全国很发达，据说仅次于北京、上海，是中国三大基础教育基地之一；三是因为武汉远离成都和地震灾区，问卷不会受这个特定背景的影响。

接到这个任务时，朋友笑着问：“有这个必要吗？”看我们很坚决，朋友苦笑着摇摇头，好吧：“我来试试吧！”

二十天后，朋友告诉我们问卷的结果出来了。

以下是问卷的数据：

1、发放调查问卷100份（通过信函和网络两种方式）

2、收回调查问卷87份。

3、其中答A、认可　　为41人

B、不认可　为 32人

C、无所谓　为14人

其中选择A、认可的：教龄在20年以上的为22人，教龄在20年以下10年以上的15人，10年以下的4人。

选择B、不认可的：　教龄在20年以上的3人，教龄在20年以下，10年以上的为9人，教龄10年以下的为20人。

选择C、无所谓的　：　教龄都在10年以下，其中有3个是去年参加工作的新教师，有一个的回答是：“什么是蜡烛精神啊？没听说过！”

当我们正要对这位提供帮助的朋友表示感谢时，朋友告诉我们，“还有第88张问卷没有算进来，不想知道这个人的回答吗？”

我们迟疑了一下，问，“是你自己的？”

朋友笑了“是的，想知道我的答案吗？”

“当然！”

朋友笑着说“告诉你们，会让你们失望的，我也是选择B，不认可。”

朋友谈了她的理由，她说，“我是上个世纪九十年代中期毕业的大学生，那个年代，中国的改革开放已经进行了十多年，国外的各种思想潮都在进入中国青少年的视野，一些传统的价值观开始受到冲击和挑战，甚至引起很多人的反思和批评，其中包括“螺丝钉精神”、“蜡烛精神”、“毫不利己，专门利人“的精神，以及以服从为核心的集体主义精神等。我们接受“人生而平等”的理念，认为既然是“生而平等”，为什么非要一个群体去为另一个群体奉献和牺牲？我们认同张扬个性、自我设计、自我发展的理念，认为人的本能是为自己的，只有每一个个性都得到了充分的张扬和发展，这个社会就自然进步了，发展了……”

朋友说：“不过这次汶川大地震，那么多的老师舍身保护学生的事迹，也让我们感动和震动，也许，我们需要认真再思考很多问题。如果以后我们遇到类似的情况，我们会像谭千秋、何智霞他们那样义无反顾吗？”

六月二十七日，在成都采访漩口中学老师肖兰时，我们也和她讨论过这个话题，没想到这个在灾难来临时镇定组织学生撤离，自己负了重伤的老师的回答，也让我们很惊讶：“我也不喜欢人们把老师比喻成‘春蚕’、‘蜡烛’！”

肖兰说，在漩口中学的办公室里，他们和同事们偶尔也会讨论这个话题，很多老师认为这个“形象”有太多的伤感和无奈，方杰说，他也有同感，为什么只能是燃烧自己，照亮别人？

肖兰说她能够理解方杰的感受，方杰自小爱好美术，画画的天分很高，他们师姐弟曾经在一起合办过画室，她知道方杰的人生选择不是当老师，而是当画家，即使分到了中学教书，他也一直在挑战命运，想改变命运对他安排，他每逢寒暑假就背着画夹出去采风作画，他几次三番地考研，每次都是文化课、专业课大大超分，而英语成绩偏低，又使他一次一次回到现实之中……

他不认同“蜡烛精神”，从来没有打算过在“教师”这个岗位上熬到“丝方尽”“泪始干”，但在地震灾难到来的那一瞬间，他还是毫不犹豫地选择了用身体顶住变形的门，为了给学生开辟生命通道，他倒在了废墟下，最终还是选择了“蜡烛成灰”的归宿。

肖兰说，就说她自己，虽然也不认同所谓的“蜡烛精神”，但是在关键时刻，她作了和师弟方杰同样的选择，所不同的是，她的运气比方杰好，居然在学生的帮助下，能够死里逃生……

聚源中学校长谷胜聪说，不管你嘴里是否认同，只要你一脚踏进学校，踏上三尺讲台，你其实已经完成了一个选择，已经作了一个认同。在“5.12”汶川大地震之前，从《教师条例》到各级教育主管部门的规章、制度、文件、材料，没有哪一个地方在倡导和要求教师在什么场合要付出生命的代价来保护学生的生命。但是当灾难到来的瞬间，这是真正意义上的瞬间，长则几分钟，短则上十秒——中国99%以上的老师都作了一个同样的选择——为了学生，宁可自己“蜡烛成灰”，从光明的世界陷入永恒的黑暗之中。让人感叹的是，在牺牲的这些教师中，既有像谭千秋这样有27年教龄的“老”教师，也有像何智霞这样工作了十几年的中年教师，还有像向倩、苟晓超、刘林秀这样走上教师岗位才八个月的“见习老师”。

这足以证明“蜡烛精神”在中国教师队伍中已经深入人心甚至接近于人的本能。

谷胜聪是一个思维活跃、慎密、表达十分准确的校长，在这一段话中他用了一个百分比，99%，而不是100%，那就是说也有例外。

确实有例外。

而且这个例外就在他的隔壁——距离聚源中学8公里的都江堰市区的一所私立学校——光亚外国语实验学校。

光亚学校是一所很幸运的学校，在“5.12”下午，尽管也感受了地动山摇的惊魂时刻，但房未倒，屋未塌，全校师生没有一个人遇难和受伤。

当光亚学校校长卿光亚跌跌撞撞的从办公楼跑到了操场上得到了这个报告后，一块石头落地的心情是不言而喻的，让他始料未及的是，他身边的一个教师的行为却把本来平静的光亚学校一下子推到了全国舆论的漩涡中。

这个人叫范美忠，是学校高中部特聘的国际中文班语文老师，北京大学历史系毕业的高材生。

范美忠当天成为班上学生哄笑的对象，因为在地震到来时，他只是喊了一声“地震了”，然后扔下学生拔腿就跑，成为班上最先跑到操场上的人。

如果事情到此打住也就罢了，人生来就有胆大胆小之分，勇敢与懦弱之分，范老师大不了因为胆小跑的快些而已，没有人会拿他说事，因为光亚学校毕竟躲过了劫难，没有任何伤亡。

但是范美忠老师的下一个举措又出来了，5月22日他在博客上发表了一篇题为：《那一刻地动山摇》的文章。

“……这时我注意看，上我课的学生还没有出来，又过了一会儿才见他们陆续来到操场里，我奇怪地问他们：你们怎么不出来？学生回答说：我们一开始没反应过来，只看你一溜烟就跑得没影了，等反应过来我们都吓得躲到桌子下面去了！等剧烈地震平息的时候我们才出来！老师，你怎么不把我们带出来才走啊？……我从来不是一个勇于献身的人，只关心自己的生命，你们不知道吗？上次半夜火灾的时候我也逃得很快！后来我告诉对我感到一定失望的学生说：我是一个追求自由和公正的人，却不是先人后己勇于牺牲自我的人！在这种生死抉择的瞬间，只有为了我的女儿我才可能考虑牺牲自我，其他的人，哪怕是我的母亲，在这种情况下我也不会管的。间不容发之际逃出一个是一个，如果过于危险，我跟你们一起死亡没有意义；如果没有危险，我不管你们你们也没有危险，这或许是我的自我开脱，但我没有丝毫的道德负疚感，我还告诉学生：我也决不会是勇斗持刀歹徒的人！”

在随后的一篇《我为什么写那一刻地动山摇》中，范美忠继续写道：

“……回去上课之后我还会跟学生说也会跟其他人说。告诉学生，也告诉其他人，你自己的生命也很重要！你有救助别人的义务，但你没有冒着极大生命危险救助别人的义务，如果别人这么做了，是他的自愿选择，无所谓高尚！如果你没有这么做，也是你的自由，你没有错！先人后己和牺牲是一种选择，但不是美德！从利害权衡来看，跑出去一个是一个！”

范美忠的逃跑行为和文章中的言论，引起网民热议，并送其绰号“范跑跑”。

在电视、报纸和网络联手推波助澜的年代，“范美忠现象”迅速演变成街谈巷议的“范跑跑事件”。范美忠或者说“范跑跑”正在窜红成一个“名人”。

都江堰光亚外国语实验学校，也因此备受关注，成为“名校”，尽管这是卿光亚做梦也不想要的恶名。

“范跑跑”的临危逃跑，“范跑跑”的大难来临时连母亲也可以不救的惊世骇俗的言论，“范跑跑”对象谭千秋、向倩、何智霞、袁文婷等遇难教师舍己救人义举的蔑视，都在网民、观众和读者中激起巨大的义愤，一时间，许多人开始卷入其中，口诛笔伐。

但“范跑跑”并不孤单，有人说他能直面内心，难能可贵，甚至有人说“范跑跑”是安徒生童话《皇帝的新装》里那个指出皇帝没穿任何衣服的小孩，敢于说真话是另一种勇敢。

我们在都江堰采访时，正是“范跑跑”事件甚嚣尘上的时候，网络上光是恶搞“范跑跑”的歌曲就有好几个版本，令人啼笑皆非的是“拥范”一族也针锋相对的搞出了一首《2008 谁最红》，夸奖“范跑跑”的所谓坦诚和勇敢……

然而细心的分析一下，就会发现，这一切的喧嚣，都几乎是在远离地震灾区的其它城市。

在范美忠的家乡，在与地震有切肤之痛联系的四川省，我们接触到的所有人对“范跑跑”的态度都是冷眼和不齿。

一位向我们提供范美忠手机号的朋友说，虽然他和范美忠曾经是同学，但他羞于有这样的同学。

我们前往都江堰教育局开取到各学校的采访的介绍信，填写介绍信的人听说我们要去光亚学校采访，甚至差点拒绝为我们盖章，“你们又去找那个什么‘范跑跑’啊？我们都江堰学校有那么多英雄老师，你们咋个不去采访嘛？怎么偏要去叮那块丢人现眼的臭肉？”

光亚学校的校长卿光亚面对媒体不断地向他采访“范跑跑”，不胜其烦，他说，“我只想说他有病，他后来的一切行为都是一个病人的行为”。

都江堰教育局另一位工作人员说：“所幸的是光亚学校没有学生伤亡，如果有，范美忠还敢这样说，学生家长会把他撕成碎片。”

为救学生身负重伤的漩口中学老师肖兰是从济南回到成都后才从电视上知道都江堰出了个‘范跑跑’，肖兰说“我和范老师基本上是同代人，但我不能苟同范老师的观点。一个老师在灾难来临时，扔下学生自己逃跑，肯定是无耻行为，这与追求自由完全不搭界。怯弱并不可耻，在地震来临时，我们身边也有做得不好的老师，但这些人事后一直在内疚，在自责，而且想千方百计去补救。像范老师这样逃跑之后还要洋洋自得炫耀自己跑得有伟大意义，这与直面内心更无关系。人确实有高尚和渺小之分，勇敢和猥琐之别，自己不高尚，还要诋毁一切的高尚，这叫什么呢？肖兰苦笑了一下说：像这种同行，我都找不到词语来形容他了。也许‘范跑跑’确实够得上勇敢，因为无知者无畏，无耻者更无畏。”

和光亚学校邻近的一所中学的校长说，我不认识这位自视甚高的同行，但我认为范美忠老师实际上是挑战了我们所坚持的“蜡烛精神”，他不承认教师这个职业在特定条件下是需要奉献和牺牲的，他自称是中国最优秀的文科老师，却不明白，在中国，优秀教师是有一个公认的标准的，这就是“学高为师，身正为范”，也许他的书读得很多，课也讲得不错，即使如此，按照一个优秀教师的标准，他只能打50分，“身正为范”他肯定不行，如果他教出来的学生都以他的道德规范为标准，如果范美忠的价值取向像少数人追捧的那样，可以成为我们社会主流的价值取向，这个社会就会乱套。比方说这次大地震，可能就不止是死几万人，而是几十万人，上百万人，因为每一个人都认为“逃跑”是天经地义，认为“连母亲也不救”还可以理直气壮，认为舍己救人的英雄只是他自愿的选择，与逃跑者一样谈不上高尚，又有谁还愿意冒着生命危险，去救助那些深陷在废墟里的人呢？

这位校长最后说，幸好，中国只出了一个“范跑跑”。

著名的儿童教育专家，被几代少年儿童誉为“知心姐姐”的卢勤在地震灾区做志愿者时，有记者问她对“范跑跑”怎么看？卢勤快人快语地说：“这是道德问题，他的价值观真正有问题，他把老师的天职忘了，在那种时刻，普通人可以有自己的选择，但老师没有，有那么多家长把孩子交到你手中，‘范跑跑’忘记了自己是一个老师，他不配当老师。”

2008年6月底，“范跑跑”被光亚学校解聘。

有人说，这是主流价值观的胜利。

北京的一位社会学家说，“范跑跑现象”本来应该是构不成一个事件，因为这是一个哪怕处在小学阶段的儿童都能明辩的是非：一个在灾难面前丢下自己的学生不管，自顾逃命的老师，肯定是一个不称职的老师；一个宣称在危险时刻，哪怕自己的母亲也不救的儿子，肯定不是一个孝顺的儿子；一个敢于面对公众舆论，洋洋自得地炫耀自己的“逃跑主义”的公民，实际上已经把公民的道德底线踩在了自己脚下；一个自己不高尚，还要蔑视所有高尚，甚至要鼓动更多的人都不必高尚的人，如果，我们公众还没有是非感，我们的媒体还为之推波助澜的话，那就是在助纣为虐，鼓励他毒化社会空气，颠覆社会的主流价值观……

6月25日，教育部发言人王旭明就“范跑跑”事件作出正面回应：“这些言行虽然是少量的个别的，但是足以提醒我们思德教育还有很长的路要走……我们可以不崇高，但是不能允许无耻……弘扬人民教师的师德是永恒主题，也是人性永远的美丽光辉。”

“蜡烛精神”既是一种职业精神，也是我们的民族精神，更是一种闪耀着人性光芒的普世价值观

北京的一位教育专家说，每一个社会都有自己的主流价值观，这是一种潜移默化地渗入到公民言论行为甚至是思维方式中的准则，是社会机器良性运行的“道”，具体到教育领域而言，就是多少年来被我们形象化了的“蜡烛精神”。

“蜡烛精神”其实就是一种忠于职守的爱岗敬业精神，一种淡泊名利，不计得失的“奉献精神”，一种在关键时刻敢于挺身而出，舍生忘死保护学生的“牺牲精神”。

这些年，有人反感和质疑“蜡烛精神”是基于两点：一是把张扬个性，实现自我价值观与“蜡烛精神”放在对立面，其实不然，我们现在所处的时代和上个世纪中期的最大区别在于，这个时代已经扬弃了原来的那种以“个体绝对服从”为核心价值观的“集体主义”，并且鼓励每一个人充分张扬个性，尊重每个个体实现自我价值，入职前，每个人都有充分的选择权，即使入职后，你也可以有充分的“跳槽权”，但是，同时也会要求只要你选择了某个行业，你就必须认可和坚守这个行业的行为准则，比方说，你选择了当教师，你就必须认可教师这个行业的“蜡烛精神”，像范美忠老师，他不认可这种精神，所以他就只能选择出局……

第二个对“蜡烛精神”的质疑，是不赞成“一个群体为其他群体牺牲”，其实这是没有弄明白，“蜡烛精神”并不是“教师”这一个行业的职业精神，每一个行业都有自己的“蜡烛精神”，都要履行“燃烧自己，照亮他人”的义务，差别只是表达方式不同，在其它行业，也许没有“蜡烛精神”这个提法而已。

比如说“军人”。军人其实也是一个职业，虽然法律规定，每个公民都有服兵役的义务，但实际上，依照我国的国情，并不是每个适龄青年都必须去当兵，当兵也是一种选择，这次在汶川地震抗灾前线，有一个军人的话很精辟，他说，“自从你选择了穿上这身军装，你就不再是你妈的儿子，不再是你妻子的丈夫，不再是你孩子的父亲，你是国家的人！”选择军人这个职业，你就是在选择奉献、牺牲，当战争爆发时，当灾难降临时，军人必须冲锋在前，吃苦在前，牺牲在前——就像这次大地震的救援中，其它人都可以有选择，但军人没有选择。如果我们也用“蜡烛精神”去比照，军人的行为就是在“燃烧自己，照亮别人”。

和军人可以类比的职业还有警察、消防官兵、专业救助队伍等……

也许有人说，这都是特殊职业，与教师这个平凡的职业没有可比性，那么我们来看一些与教师一样平凡的职业。

医生，是一个救死扶伤的职业，在平常，也是一个远离危险的职业，医生的职责是救治病人，不太可能要求医生去为了病人而牺牲自己。可是2003年春天，“非典”疫情在全国蔓延，举国上下谈“非”色变，人们即使在家里睡觉也恨不得戴上口罩……这个时候，差不多所有的人（包括教师）都可以选择逃避，唯有一个职业的从业人员必须“明知山有虎，偏向虎山行”，置自己的生死于不顾，去解救病人，这个职业就是医生。如果我们用“蜡烛精神”去比照，医生在“非典”期间的行为，也是“燃烧自己，照亮别人”。

导游，这是一个让很多人羡慕的职业，也是一个远离风险的职业，可是在某年某月，一辆满载游客的旅游车在旅途中翻车，旅客的生命危在旦夕，一个叫文花枝的美丽女导游自己负伤了，却让救援人员先去救助别的游客……后来游客得救了，文花枝却因为双腿被挤压时间过长，只能选择截肢，如果我们也用“蜡烛精神”去比照，导游文花枝此刻的行为就是“燃烧自己，照亮别人”。

“这样的例子还可以举很多。”这位专家说，“比方说银行职员，这是一个体面的、收入稳定、也远离风险的职业，但是在上世纪90年代，湖北枝江的农业银行，却出现了著名的‘两兰英雄’，两个银行女职员为了保护国家财产，与入室行窃的歹徒搏斗，一个壮烈牺牲，一个身负重伤……如果我们用‘蜡烛精神’去比照，‘两兰’的行为也是‘燃烧自己，照亮了别人’。”

……

只要我们细心观察，“蜡烛精神”其实也是每个行业的精神，正是每个个体（群体）都在“燃烧自己，照亮别人”，我们的社会才会变得如此明亮、温馨。

成都电视界一位朋友岳湛说：

推而广之地说，“蜡烛精神”还不止是一种职业精神，它也是我们民族的精神，这种精神源远流长，中国五千年灿烂文明的历史长河，也是一条闪耀着温暖烛光的长河，我们耳熟能详的“大禹治水精神”、“岳飞精神”、“杨家将精神”、“戚继光精神”，还有“红军精神”，“八路军精神”、“董存瑞精神”……一直延续到如今的抗震救灾精神，其实都是一种乐于奉献、勇于献身的“蜡烛精神”。正是这种精神一代接一代的薪火相传，我们这个民族才能从遥远的远古一步一步走向今天，进而走向明天。

广东一位叫“神采飞扬”的网友说，我们注意到范美忠先生在解释他“逃跑”的动机时说“我是一个追求自由和公正的人”，也有网友评价说，“范美忠可能不适合生活在中国。”这种言下之意，好像只有中国是一个把“奉献”、“牺牲”作为主流价值观的国家，其实这是一种误读。西方社会，虽然没有“蜡烛精神”这种提法，他们在主张个性解放、个人价值观实现的同时，同样也提倡我们所说的“忠于职守”的精神，“奉献精神”和在灾难来临时刻，为了他人“牺牲自我”的精神。比方说，美国电影大片《泰坦尼克号》曾经感动过中国很多观众，但这部大片最感人的不全是那个凄美的爱情故事，震撼我们心灵的是这个大片传达出来的美国公众认可的主流价值观：最后一个跳海的船长、在倾斜的甲板上坚持演奏的乐队成员，还有牧师，以及那些为了女人和儿童得救，宁可牺牲自己也要让出逃生机会的所有男性乘客——这中间包括商界首富，资深记者，还有其它普通乘客……

“神采飞扬”说：如果用我们所说的“蜡烛精神”去比照，这些人的行为，也是在“燃烧自己，照亮别人”。

北京一位资深媒体人士李亮说：以“敬业守职，奉献牺牲”为核心价值观的“蜡烛精神”不仅是教师这个行业应当遵循的职业精神，也是几乎所有行业都可以效仿的职业精神，不仅是中华民族坚持和传承了5000多年的民族精神，也是一种闪耀着人性光芒的普世价值观，“蜡烛精神”不仅没有过时，它的人性光芒还将继续穿透黑暗，照亮所有人的心灵。

尾声　天佑“烛光”

在 5.12 地震中岿然屹立的安县桑枣庄中学那栋著名的危楼

周汝兰老师工作的学校 -- 彭州红岩中心小学，对面右为校长陈显斌，左为彭州市教育局干部

震后重建研讨会

陈家坝中学老师在临时住处接受采访

桑枣中学现象：一个“化缘校长”给我们的感动和震动

我们到达安县桑枣中学时，这所学校和它的校长叶志平名声已经很大。

新华社记者朱玉、万一、刘红灿合写的那篇题为《一个灾区农村中学校长的避险意识》的通稿，被各家报纸、网站转载了无数次，好像所有的人都知道了四川地震灾区有一个“史上最牛的校长”，因为他的努力，他所在的桑枣中学一栋始建于上世纪80年代的危楼居然没有垮塌，全校2300多名学生（求证后准确的数字是2323人）无一伤亡。

听说我们要去四川地震灾区采访学校，北京的朋友们都说：“你们一定要去看看那个‘史上最牛的校长’，代我们向他致敬。”

2008年6月26日中午，我们驱车到了安县桑枣中学。在学校门口我们泊好车，但并没有进校门。我们决定先到镇上去走一走，去感受一下大地震对这个小镇的破坏程度。

桑枣镇震后的景象和新华社记者描述的基本一致：到处是房倒屋塌，随处可见一堆堆瓦砾，一些远看还巍峨耸立的建筑，近看时已是千疮百孔，有的墙壁出现了巨大的裂缝，有的因为半截下沉，整个建筑都向一头倾斜，有些则是门窗严重变形---

但是，让我们感到不解的是，人们的情绪非常平和、安定。小镇的街道上，没有我们在其他灾区常见的冷清、荒凉和沉寂，既有背着背篓的山民行色匆匆地从我们身边走过，也有闲适的老人踱着方步迎面向我们走来。危房是不能住了，一根绳子在门前拉起一条警戒线，但紧挨着绳子，有人摆起桌子在那里搓麻将，在一旁看和耍的人比打牌的人还多，还兴奋，一条街上甚至有两家餐馆还在正常营业，而且生意还很热闹……

转了一圈，回到学校后，我们也没有急于去见校长，而是小心地在学校兜圈子，这里瞧瞧，那里看看……

桑枣中学给我们的感觉不像一所普通的乡镇中学。它的面积很大，像模像样的楼房就有8栋，和镇上那些没有垮塌的建筑一样，从远处看，仿佛“巍峨耸立，屋舍俨然”，细看时却发现每一栋都成了危楼，包括那栋建筑时花了16万元，加固时花了40万元的著名的“豆腐渣楼房”。

在那栋始建于1983年的教学楼前，我们看到了叶志平改造楼房时留下的痕迹：替代砖结构走廊栏杆的钢结构栏杆、加粗了的水泥立柱、上了螺栓的贴墙的大理石板，还有密度很大的与砖体立柱并列的钢体立柱---

在这栋楼附近，是学校的一块展示牌，正面和反面分别展示的是2007年和2006年桑枣中学中考中达到600分以上的学生名单和分数，每一年600分以上的人数都是200多人，最高分达到了667分。

这让我们想到了新华社记者的那篇文章的介绍：

“他所在的中学，是四川省安县桑枣中学，是一所初级中学。在绵阳周边非常有名。学校因为教学质量高，连续13年都是全县中考第一名，周围家长都拼命把孩子往里送，学生最多的班，有80多名学生，最前排的学生几乎坐在老师的下巴前……”

果然名不虚传。

结束暗访后，我们开始联系叶志平校长。但是非常遗憾，叶校长在我们到达前一天去了北京。接待我们的是学校的副校长林强。地震那天，叶校长也不在，指挥学生撤离的正是这位林副校长。

采访地点就在那栋“著名楼房”的脚下，那里有一个绿色的帐篷。

林强向我们介绍了学校的基本情况：全校三个年级，31个教学班，2323名学生，平均每个班77人，有100多学生来自桑枣镇，其余的都是来自外地，除了安县各乡镇的学生外，有不少学生是从邻县北川来的。教师是98人，其中88人在岗。

话题自然还是从身边这栋楼谈起。

林强说，这栋楼是1983年下半年开始盖的。共计1700平方米，造价16万元，不到100元一平方米。当时学校没得钱，是一边找钱，一边盖楼。因为想省钱，所以没有找正规的设计单位设计，也请不起专业的建筑公司，而是找了个施工队来做，因为人家答应可以先垫付一些经费。一栋楼盖了两年半，最后楼房建成了，没得人肯来验收，也没得人敢带头使用-……这些情况，记者们都写过的。

“叶校长开始改造这栋楼是在1996年。”林强说，“为什么这么晚？因为他1995年才当上校长啊。这之前，他还是个普通的老师，一个没有权力的老师想去张罗这么大的事情，肯定不现实嘛。虽然到了1996年，这栋楼已经使用了10多年了，但是，叶校长清楚这栋楼的底细，晓得隐患到底有多大，所以，上任第二年，他就提出，要改造和加固这栋楼。当然，最大的问题还是没得钱，叶校长说，那就只有由他去当‘化缘和尚’，”

林强说，在90年代的体制下，所有乡镇中小学归口于所属乡镇，花钱只能找乡财政解决，如果是那样，别说一年要5万，要5千元也困难。好在桑枣中学教学质量好，名声大，虽然在乡镇，但却是县里直属的学校，所以，叶校长才能越过桑枣镇去找安县教育局、财政局要钱。

“一些网友在网上质疑，说为什么明知是危楼，还不一次性维修、改造？为什么每次只能批5万块钱？”林强苦笑着说“这些网友肯定是生活在大城市的，不了解山区教育的现状。县里也不容易啊。要用钱的地方太多，90年代中期，正是国家搞‘普九’的时候，村、乡、镇都要求校舍达标，县财政、乡财政是唐僧肉，都要吃一块的，哪能只顾你一个学校？”

林强说，那段时间，叶校长就真的把自己变成了一个“化缘和尚”。用他自己的话说，既是“化缘”，就要掌握好几个原则，一是不能太贪，不能狮子大张口。被人回绝了，小钱也没得了。钱多更好，钱少也要，“出得你的手，进得我的门”积少成多，聚沙成塔；二是腿子要勤快，要经常跑。“化缘和尚”不能等别人送上门；三是脸皮不能太薄，要笑口常开。叶校长经常开玩笑说，有人说我爱笑，和善，像个弥勒佛，这有一半是经常去“化缘”练出来的，如果想化缘还要怒目金刚，那是“打劫”；四是要广结善缘，不能总找某一个“施主”，天天上门，人家就烦了……

“叶校长的话虽然是玩笑，但说的也是事实，求人办事，没这点心胸不行。”林强说，叶校长所说的广结善缘，其实就是去找那些老板，他们有娃儿要送到桑枣中学来读书，是慕名而来哦！叶校长说，娃儿我们收下，没得问题，但我们也有事找老总帮帮忙。那些人以为是叶校长个人有什么要求，连声说，好好好，能帮叶校长办事是我们的荣耀。叶校长说，我个人没得事求你们，就把这危楼的来龙去脉，危险所在，他改造加固这栋房子的想法一五一十地说出来。那些老板听了都很感动，说，你这是为我们娃儿好啊，你这样有责任心的校长我们佩服，这个忙应该帮……

林强说，安县有3个水泥厂，效益都不错，老板都有娃儿在学校读书，三个厂叶校长都去化过缘，坚持的还是那个原则，“不要狮子大张口”三年三个厂一共给学校赞助了500包水泥。改造楼房用了一部分，剩下一部分，管后勤的主任问校长咋个处理？校长说，卖掉，变了现金，正好付工钱。不卖，未必还退回去不成？

有一次，叶校长在党员生活会上跟大家谈心，他说，我有时候心里也不踏实，这是不是也是以权谋私，搞不正之风啊？转过身来一想，我是为学校，为娃儿们的安全，并不是为自己，也就可以睡安心瞌睡了。后来在网上看到很多外国学校的经验，原来包括哈佛大学在内的学校都接受社会和校友的捐赠，和那些高僧比，我这个“化缘和尚”是小巫见大巫了。

林强告诉我们，“光这栋楼的改造就花了3年时间，从96年开始，到98年结束，为了不影响上课，都是安排在暑假施工。修的时候花了16万元，改造加固花了40万元。当然，这里也有一个物价上涨的因素，83年的16万块钱还是很值钱的，现在用这点钱，盖个像样的厕所也难啊！”

林强说，叶校长平常嘻嘻哈哈，老师们见了他，都可以找他要烟抽，有些甚至敢抱住他，从他的荷包里搜烟，搜出来后，拿着烟就跑。但这只是他性格的一面。他的性格的另一面是严谨、严格、严厉，认定了的目标决不动摇。改造这栋旧楼是一个例子，建新楼也有一个例子。

那是在建校门口那栋教学楼时，施工单位的人和叶校长打过几天交道后，以为碰到了一个“笑面菩萨”，想着糊弄他一下，可是被叶校长抓了“现行”——他发现砌墙的灰浆里泥巴的比重太大，让施工方马上派人来解决，他自己则在太阳底下等了两个小时，对方还是没有来人。叶校长把学校的电工喊来，让他“拉闸断电”逼施工方停止施工。停电后几分钟，对方的负责人就跑来了，叶校长大吼，让他们“滚！滚！滚！”

事后，施工方的那位负责人见到林强还说，“一直以为你们叶校长是个弥勒佛呢，咋个一眨眼就变成凶神恶煞了呢？”

林强回答说，“在工程质量上，你别指望跟他打马虎眼。”

最能够体现叶校长性格另一面的事，就是组织学生搞疏散演习。这件事不是叶校长的发明，上面也有要求。但有的学校只是敷衍一下，然后给上面打个报告，交差了事。但叶校长搞得很认真。不仅教室要搞，寝室也要搞。因为搞的次数多，要求又高，每次搞完了还要总结、评比，有些做得不好的班级，老师还要挨批评。

老师们的情绪很大。有些人认为，光教学任务都忙得透不过气来，还要耍这些把戏……班子开会的时候，也有人建议，以后是不是可以少搞一点？平常很愿意接受大家意见的叶校长，在这个问题上很坚决，很倔。他说，这种活动不是搞多了，而是搞少了，不是要放松，而是要加强。我唯愿永远不出事。但真的出事了，你们就会晓得练和不练是绝对不一样的。

在大地震发生前不久，学校还专门针对女生胆小，在突发变故面前反应迟缓，在女生宿舍楼做了好几次疏散演练。这是叶校长的倡议，说女生宿舍楼最容易出事，夜深人静时，只要哪个娃儿恶作剧，喊一声“鬼来了”就会有好多人吓得满楼跑，如果不加强训练，出事时，挤压、拥堵、摔跤，都会酿成大祸……

因为叶校长坚持，其他老师也只好执行，时间长了，也就形成了习惯。而且也见了效果。最初的一次全校大疏散是耗时 8—9 分钟，到地震发生前，可以达到 3 分多钟。女生宿舍 1000 多人疏散，第一次耗时 5 分多钟，到后来达到 1 分多钟，最快的一次达到 46 秒。

“5。12”那天下午，叶校长不在学校，他和总务主任到绵阳去给学校食堂买面粉。地震发生时是林强担任的疏散撤离总指挥。全校 2323 人，从几栋楼上往大操场疏散，依据的就是平常演练时规定的方式和路线——

在教室：前 4 排走前门，后 4 排走后门；

在楼梯口：2 楼 3 楼快跑；4 楼 5 楼慢跑；

列队：经过楼道时双队变单队，靠右边依次而下；

老师的位置：站在楼梯拐角处，指挥学生，控制节奏，及时发现和救起那些可能摔跤的学生；

在操场：各班到达指定位置，班主任站在每班后面，其他老师围成圆圈，拱卫学生……

这次大疏散，因为有地震这个因素，速度创历次耗时最短记录：1 分 36 秒。

全校 2323 学生，毫发无损，甚至也没有人跑丢一只鞋子。

所有的老师都按规定跑在最后。只有一个例外：这是一名怀孕的老师，她是被几个学生簇拥着到了操场，不是最后，而是与学生同时到达。

林强说，叶校长是地震过后 40 多分钟赶回学校的。当我们向他报告 2323 名学生和全体在岗教师安全撤离时，叶校长捧着脸，蹲在地上放声大哭。好多老师都哭了……

下午，一些家在桑枣镇上的家长，冒着余震，心急火燎地跑到学校，听说全校 2323 个娃儿完好无损时，好多家长也抱着我们老师哭……

林强说，后来我们了解到，桑枣镇上 5 月 12 号那天下午有 300 多人死于地震。

我们很遗憾，我们最终没有见到“史上最牛”的叶志平校长；

但是，我们也不遗憾，因为我们知道，一个真实的叶校长已经走进我们心里。

离开时，林强告诉我们，这里离北川县城很近，只有 28 公里。

我们临时决定，驱车去闯北川县城。

再一次经过其实很热闹的桑枣镇街道时，我们突然明白，为什么在经历了房倒屋塌和 300 多人死亡的桑枣镇，我们看不到灾难留在人们脸上的伤痛的阴影？

因为他们的孩子全都安然无恙。

那是他们可以期待的未来。

周汝兰是最幸运的抗震英雄。与其说是周汝兰让彭州感动了中国，不如说是“彭州模式”成全了平凡的周汝兰

彭州，是成都市下属的县级市。位于成都市西北方向 36 公里外，人口 77 万。其中，中、小学生、幼儿园在册幼儿合计超过 11 万。

网上资料介绍：彭州是古蜀国的发祥地，素有“天府金盆”、“蜀汉名区”的美誉。唐朝著名诗人王勃曾宦游彭州多年，称赞彭州是“天帝会昌之国，英灵秀出之乡”。

彭州地处龙门山脉南段与成都平原的交接处，北部是群山争拱，风光秀丽的山区，最高海拔 4812 米，南部是一马平川，沃野千里的成都平原，最低海拔 489 米。

正是由于彭州地理位置上与龙门山脉的这种联系，在“5。12”汶川大地震中，彭州也因此成为受灾最严重的 14 个县市中的一个。

彭州在震后引起全国关注，却是因为一个人。这个人的名字叫周汝兰。

在“5。12”之前名不见经传的周汝兰原本是彭州市红岩镇中心小学的一名

教师。在抽调到学校幼儿园上课期间，遭遇大地震。她在面临房倒屋塌的危险时刻，连续4次冲进教室，将班上的55个孩子悉数救出，因而被评为全国“抗震救灾英雄”，受到中央领导人接见、教育部表彰，并作为“英模报告团”成员到全国各地巡讲。

周汝兰让全中国认识了彭州。

2008年6月25日下午，我们到达周汝兰工作的学校采访。周汝兰还在英模报告团没有回来。接待我们的是彭州市教育局政工人事科的科长陈萍女士和红岩镇中心小学校长陈显斌。

几个小时的采访让我们了解到了周汝兰故事之后的故事，背景之后的背景。

周汝兰是抗震救灾英雄教师中最幸运的一个，这是一个不争的事实：她既没有像谭千秋、向倩、袁文婷、张米亚、何智霞、杜正香、汤鸿一样付出生命的代价，也没有像刘亚春、董学峰那样付出痛失亲人的代价，也没有像陕西的英雄教师王敏那样付出身体伤残的代价。周汝兰本人毫发无损，她所带的55个孩子毫发无损，她的女儿及其家人同样毫发无损……

导致这一喜剧结局的原因是：周汝兰上课的那间教室最终没有垮塌。而且，她所在的学校也没有一间房屋垮塌，全校没有一个师生伤亡。

所以，有人事后指出，周汝兰实在是太幸运了，如果是在映秀或者北川，周汝兰可能连第一遍也跑不出来，就会与学生同归于尽；如果在绵竹、什邡或者通江县，可能第二次冲进去就当了烈士……

而她却有幸生在了彭州。

这样说，不是说彭州相比其他灾区灾情会轻一些。

从中心小学出来后，我们曾经在红岩镇上作过细致的考察，这个位于龙门山与成都平原交接处的小镇，至少有80%的房屋垮塌，其中包括一些建于90年代后期、本世纪初期的成色很新的楼房。镇上的人告诉我们，“5。12”那天，街上到处是遇难者的尸体和埋在废墟里需要救援的人。“只有小学里没死人，娃儿们头发汗毛都没少一根。”

这和我们在其他地方听到的情况正好相反。

陈萍女士的介绍让我们知道了更全面的信息：彭州作为这次大地震中的重灾区之一，社会上的房屋垮塌严重，人员伤亡也较大，而中小学幼儿园的房子垮塌很少，主要是一些地处高山深处的教学点。全市11万多中小幼学生，只有15人在地震中遇难，100多人受伤；5868名在岗教师、2304名退休教师实现“零死亡”（但有两名临时工死亡，4名教师为保护学生受伤。）这在所有灾区都是一个奇迹。

陈萍女士说，这不是因为老天特别眷顾彭州，而是因为彭州教育界这几年扎扎实实做了三件事：

第一件事是学校危房排查改造和校舍标准化建设。

这不是彭州的独创和发明，是教育部的统一部署，成都市财政和彭州市财政给的钱。彭州市只是不折不扣地执行了上级的指示，从 06 年到 07 年，用了两年时间，对全市城市、乡镇、农村的校舍进行了全面排查，按 ABCD 四个等级打分。A 级是完全没有问题的，就接着使用；B 级是有微小问题的，就针对问题予以改进；C 级是需要维修加固后才能使用的，就请专业建筑公司进行加固维修；D 级就是危房，那就刻不容缓地拆除、重建。一些高山学校，随着这几年出生人口下降，生员减少，就酌情撤销、合并，把钱花在合并后的学校，确保校舍合格达标。

这个工作做了两年。因为没有做表面文章，因为把两级财政拨下的钱全部专款专用到了这个改造项目上，去年底经过了上级验收，今年 5 月又经过了一次验收。不过，这次验收的不是某个机构，某些人，而是老天爷。老天爷是最残酷无情的。一就是一，二就是二。行就是行，不行就是不行。所幸的是彭州通过了老天爷的检验。

第二件事是抓了全市教师的师风师德教育。

其实这也不是什么新经验，这是每个地方教育主管部门最日常的工作。彭州的特点还是真抓实干。每个暑假组织老师进行师德师风教育，要求老师明白肩上的责任和使命，爱学生要如同爱自己的生命。还层层评比师德标兵，给那些热爱学生、师德高尚的老师披红戴花，用我们局长的话说，我们也要造“星”、追“星”，让全体老师都来追师德标兵这个“星”，我们的工作就会见成效了。

陈萍说，榜样的力量是无穷的。这句话任何时候都不过时。老师虽然是教育人的人，但老师同样也需要教育。有些老生常谈的“经”还是要做到天天念，念和不念，是否能够坚持“天天念”，效果是完全不一样的。

这次地震，也检验了我们师德教育的效果。全市 5868 名教师在地震灾难来临之时，个个都坚守在岗位上，保护学生，疏散学生，救护伤员，一直到后来组织复课。我们可以自豪地说，彭州的教师队伍在“5。12”地震灾难面前，整体经受住了最严峻的考验。

第三件事就是把安全教育落实到学校的日常工作中去。

坚持安全教育也是各级教育行政主管部门对所有学校的要求。大部分学校是一年搞一次，或者一个学期搞一次，彭州的做法是把这种教育和演练贯穿到学校日常的教学和生活管理过程中去。

陈萍说，其实这样做并不复杂，也不会加重老师们的工作负担。因为每天学校都要上课、下课，都要集合做操，集合放学，每周一还要举行升旗仪式。关键是要把安全教育的理念和具体的可操作的制度落实到这些环节中去，把每一次的集合都变成一次疏散演习，时间长了，就形成了每一个老师的自觉和每一个学生的习惯……

陈萍让陈显斌校长给我们具体讲解红岩中心小学“集合、疏散”的要领——

集合疏散包括：升旗、做操、、放学、全校开会或其他大型户外活动。

1、铃声一响，护导老师按值班表所列要求到达指定位置，垂手立正，待命；

2、教室内，正在上课的老师指导学生把凳子放在桌子底下，起立，站在过道上，在老师带领下成两列纵队出门，通过走廊，在楼梯处自觉变一路纵队，靠楼梯右侧，快步到达目的地；

3、划黄线：走道、楼梯、集合地都用黄油漆划出醒目的指示线；

4、挂牌：在一些重要位置（如楼梯口、操场边缘、水沟边、障碍物附近等）都挂了牌子，牌子上标明了这个位置上的具体责任人（学校领导、老师）

5、检查：每天检查、记载（专人负责）

6、评分：每天评分，每周小结，每月中评，每学期有一次系统的总结评比，表彰；

7、安全月报：填写月报，上报上级主管部门。

陈显斌校长说，这都是些很琐碎的工作。做一次并不难，难的是天天坚持。但正因为天天坚持了，就会在老师和同学中形成一种习惯。“习惯成自然”这是中国的一句老话。但是一句很有道理的老话。

陈显斌说，这次遭遇大地震，全校师生（不包括幼儿园）冲到操场上集合只用了1分多钟，而且没有一个环节出现拥堵，也没有人摔跤，受伤。

“这也是彭州市各个学校的效果。”陈萍说，地震发生时，她在市内的一个单位办事，楼晃得人天旋地转，站都站不稳。她当时也担心下面的学校会出事，因为这毕竟不是平常的疏散演习啊，学生老师们也从来没见过这么大的地震……

但后来对各个学校的检查让他们长舒了一口气，全市11万多学生在紧急疏散中没有出现一个因拥堵、踩踏导致的死伤案例。

陈萍说，这证明我们平常那些老生常谈的“经”念得还是“值”啊！

我们也因此对彭州教育界的朋友们的工作肃然起敬。

在之前在其他地震灾区的采访中，我们注意到不少学校的学生伤亡的主要原因不外乎两条，一是楼房垮塌的速度太快，没有给学生和老师留下起码的逃生时间，二是无序疏散，大量的逃生者拥堵在狭小的楼道，结果楼道垮塌，很少有人能够跑出来。甚至还有一些学校，房屋根本没有垮塌，也出现了伤亡现象，无序疏散就是致命伤。

“彭州模式”的价值就在于他们的未雨绸缪，在于他们的认真和坚持，无论是对危楼的排查与改造，还是对全体教师的师德教育，还是安全教育与疏散演练，他们都没有满足于“做了”，而是要求自己“做好”“做到底”，“制度化”，并最终达到“习惯成自然”的最高境界。

“彭州模式”应该给我们很多人以震撼和启发。

在彭州的一个下午，是我们采访全程中最轻松，最愉快的一个下午。

我们忽然明白了一个道理：周汝兰确实是最幸运的“抗震救灾英雄”，与其说是她让彭州感动了中国，不如说，是无数后台英雄创造的这个“彭州模式”成全了平凡的周汝兰。

保护“烛光”就是保护孩子，就是保护我们的明天，就是保护我们五千年灿烂文明赖以薪火相传的种子，愿天佑“烛光”

2008 年 8 月 20 日，是“5。12”汶川特大地震的百天忌日。

其间，中华民族的百年盛会——奥运会正在北京隆重举行，这让我们很自然想起红白镇中心小学的老师汤鸿和王周明，想起他们在生命最后一刻的歌声和心愿，想起他们带领孩子们翩翩起舞——《喝彩，北京》，如今，当北京的盛会带给全世界无与伦比的惊喜时，他们只能在天国眺望神州方向，为北京喝彩，为中国祈福……

奥运会开幕式上，来自映秀渔子溪小学的 9 岁的小学生林浩与篮球巨人同为旗手，引领中国军团出场的感人一幕，让我们看到，我们的政府，我们的人民不会忘记 2008 年那个滴血的五月带给我们民族的伤痛。

而这伤痛中的伤痛来源于我们民族最柔软、最脆弱的地方——小学、中学、幼儿园，来源于我们的孩子，来源于我们的老师。

65所学校垮塌，6400多间教室（尚不包括汶川、北川等震中地区倒塌的校舍）——那些窗明几净、书声琅琅的教室，顷刻间成了数千名天真烂漫的儿童少年的坟墓，16000名儿童少年终身致残，几千个家庭失去了走向明天的信心和希望。

还有我们的老师，那些清贫而又不失理想，平凡而又不弃崇高的教书人，在灾难来临的时刻，用单薄的身躯和只拿得起粉笔的手臂护卫住我们的孩子，用自己的生命作烛，点燃了照亮暗夜的一片烛光……

100天转眼就到了。

逝者已渐行渐远。

在为逝者祈祷和祝福的同时，作为活着的人，我们应该从他们的牺牲中反思一些什么？感悟一些什么？

我们应该为他们，更是为我们自己，为我们的子孙后代做一点什么呢？

是的，我们并不否认，尽管我们人类已经有了“通天”的本事，我们可以有自己的宇宙飞船，我们可以绕月甚至登月，我们可以把我们的触角延伸到多少万光年之外的火星、金星，乃至于更渺茫的银河系……但是，“上天容易入地难”，我们对我们脚下赖以生存的这个蓝色星球却有着太多的困惑与无奈……

它有时候温情脉脉，羞羞答答；

有时候却气急败坏，暴跳如雷；

它有时候慷慨大方，敞开胸怀，任它的子民尽情甚至是贪婪地向它索取财富；

它有时候也翻脸无情，变本加厉，在几秒钟、几分钟内索回它曾经给予人类的馈赠……

几千年来，人类前赴后继，试图探明它的脾气秉性、活动规律，有时候，我们自以为抓住了它的“尾巴”，并为之欣喜若狂，但是，下一次，它却会用全然不同的面目出现，弄得我们除了瞠目结舌，还是瞠目结舌！

像一位资深地震专家所哀叹的那样，人类想要准确地预报地震，尤其要做到科学的“临震预报”，还有很长的路要走。

但这并不等于说，我们在地震灾害面前只能束手无策，坐以待毙。

我们至少可以选择防震、减震，即积极预防地震，尽力减少地震给人类带来危害。

根据我国台湾地区和日本等地震多发地区的经验，也根据我国多少年来积累的抗震救灾经验，首当其冲是要提高建筑物防御地震的级别。尤其是在少年儿童集中，房间跨度大、走廊长、窗户多的学校教学楼，更要采取特别措施，加大校舍的防震抗震力度。

北京一位建筑专家说，也许我们不能保证在未来可能发生的更大烈度的地震中，我们的建筑能够全部不倒、不塌，但至少，我们可以做到让更多的建筑即使是倒塌，也能够在地震造成的剧烈晃动中多坚持哪怕5分钟、10分钟，可以给遇险者提供最基本的逃生时间……

汶川大地震中大量校舍在瞬间垮塌，导致众多中、小学生和幼儿园孩子遇难、受伤，这是我们心头永远的痛。

一位叫“芳草杜鹃”的网友悲愤地说，“当大地震到来之时，我们既不需要范跑跑，也不需要谭千秋，我们只需要一个牢固的不会倒的教学楼。因为伟大的谭千秋，他的胸怀再宽阔，也只能护住4个学生……”

这位网友的观点也许有些愤激，我们当然不需要“范跑跑”，无论是灾难时刻还是和平环境，我们都不需要“范跑跑”；但是，我们任何时候都需要“谭千秋”，正因为有那么多敬业爱生的“谭千秋”燃起生命“烛光”，让我们的孩子，让我们自己，让整个社会在灾难之翼隐天蔽日的黑暗中感受到了人性的温暖和光芒。

为了让我们的孩子不再在灾难突降时无辜蒙难，为了让更多的“谭千秋”无须用血肉之躯去为学生支起一个狭小的生命空间，我们需要很多、很多不仅漂亮而且坚固的校舍。

除此之外，我们还应该重视和呼唤“灾难教育”。

中国是一个幅员辽阔的国家，中国同时也是一个多灾多难的国家。除了地震灾害，还有洪灾、火灾、风灾、雪灾以及许许多多的人为灾害。但我们的文化是一个讲“禁忌”的文化。我们喜欢歌舞升平，喜欢莺歌燕舞，喜欢喜鹊，讨厌乌鸦，习惯于把那些在艳阳高照时提醒别人“天要下雨”“晴带雨伞”的人，在太平盛世提出“盛世危言”的人贬斥为“乌鸦嘴”，是“妖言惑众”……

在这样一种文化背景下提倡“灾难教育”是一件很难的事，但血的教训告诉我们，这一课必须补上，必须及早补上。

我们必须从幼儿园开始，在小学、中学、大学乃至所有社区，面对所有人群，进行系统的“灾难教育”。告诉大家，灾难是不可避免的，在这个问题上，人不一定能胜天，我们的选择只能是，尽可能多地了解灾害发生发展的基本知识，学会和掌握祛灾避祸的本领。

第三，就是像桑枣中学和彭州市的学校那样把安全疏散、撤离的演练日常化、制度化、习惯化，就像过马路不能闯红灯，不能随地吐痰、不乱扔垃圾一样，成为我们习以为常的行为方式，一旦再有灾难来临，我们的学校，我们的孩子，我们大家，我们这个民族，才会临危不乱……

我们十分庆幸，我们生活在一个伟大的时代。

我们的祖国在经历了30年的改革开放之后，综合国力已经大大增强。那种只能把“再穷不能穷教育，再苦不能苦孩子”的豪言壮语写在墙壁上的年代，那种一万元钱建一栋教学楼的年代，那种为了省3000元设计费而去复印别人学校设计图纸的年代，都已经成为了历史。

从2003年起，曾经运行了18年的“县乡合办，以乡为主”的教育投资和管理模式已经被扬弃，代之以县和县以上财政统筹包括乡镇在内的学校校舍建设与管理模式。由“人民（农民）教育人民（农民）办”过渡到了“人民教育国家办”。

在先后取消了农村和城市义务教育阶段的学费后，中央财政又进一步加大了对中小学，尤其是农村中小学投入的力度。

除了国家财政投入办教育外，在改革开放30年历程中成长起来，且逐渐羽翼丰满的民族企业家，海外华人华侨和慈善团体也在以满腔热情资助教育，并以此作为他们报效国家，回馈社会的重要方式。

汶川大地震数以千计的师生的鲜血也在唤醒全体国民：必须像温家宝总理所说的那样“要把学校建设成全社会最坚固的地方。”

如果下一次再有灾难降临（我们当然希望这一天永远不再来），我们应该自豪的说，我们学校的校舍可以成为全中国人民的避难所。

当我们在北京写完这部书稿的最后一个段落时，正好是汶川地震发生后的100天，透过北京碧蓝如洗的天空，我们仿佛又远眺到了祖国西南龙门山脉的崇山峻岭，仿佛看到了在地震废墟上空猎猎飞扬的鲜艳的五星红旗，仿佛看到了一片片温暖明亮的“烛光”……

这是我们民族精神的光芒，也是闪耀着人性光芒的人类文明之光。

让我们小心翼翼地保护这片“烛光”。

保护“烛光”，就是保护我们的孩子，就是保护我们的明天，就是保护我们五千年灿烂文明赖以薪火相传的种子。

愿天佑“烛光”。

2008 年 7 月 11 日—8 月 20 日（汶川大地震百日）初稿，
8 月 25 日—9 月 10 日（中国教师节）修改于北京天通西苑
2018 年 3 月 18 日 -25 日修订于北京中关村生命科学园

初版后记

2008年5月12日，这本该是一个最平常的日子。这一天，我们都在各自的生活轨道上忙碌着，萧斌臣从北京出差到武汉。头天下午，刚刚送走来武汉参加一个集体采访活动的一帮媒体的朋友。袁亮在成都，正在筹备在天府之国的蓉城举办一场以纪念改革开放30年为主题的论坛。谁也不可能想到，就是这个看似平常的日子，一场旷世灾难会突袭位于四川西部的龙门山地区。

“5.12”汶川地震发生后，我们二人中袁亮最先抵达地震灾区一线，作为一家中央主流媒体驻四川记者站的负责人，袁亮在这次地震中是双重身份，既是灾难的亲历者，也是灾难的记录者和报道者。在震后最初的日子里，他也曾带着自己家人跟着满城百姓“跑余震”，甚至连续一周露宿在城市广场、环线公路和私家车里；但同时，他也以一个传媒人最大的勇气和责任心，在山体垮塌，泥石流、塌方不断的危险中，驱车深入到震区一线，亲身感受了大地震给人民生命财产带来的毁灭性打击和灾区人民奋起自救的壮烈情怀。

而身在北京的萧斌臣和他的助理小翟到达地震灾区则是等到终于可以接通成都的电话之后。我们于是相约去地震灾区采访，希望身体力行地为灾区人民做点什么。

这个时候，去往四川灾区还是困难重重，在和袁亮进一步探讨了进入灾区工作的可行性（通行证，交通工具等）并与北京出版界的同行们沟通之后，我们开始进入上阵前的准备。包括妥善处理手头现有的工作，排出可操作的时间表。家人则提着一颗心，为我们采购足够的药品、食品甚至各种可以想到的救生物品……

在确定采访主题和范围时，我们的意见高度一致。因为这次地震的受灾面涉及到全川四个地级市，十四个县，我们又处在一个资讯高度发达的年代，各种关于灾难的报道和抗震救灾事迹的传播几乎到了大爆炸的程度，如果要作全景式的采访和报告，根本不可能在较短的时间里完成，而我们千方百计挤出来属于我们可以支配的时间也非常有限，所以我们只能选定了一个特定的人群采访。之所以选择采写地震中的教师群体，理由也非常直观，一是因为在这次地震灾难中，灾区的教师群体的表现悲惨壮烈，感天动地；二是因为我们两个作者曾经的职业都是教师。萧斌臣做过8年中学语文教师，袁亮做教师的时间的相对较短，但离开学校后，又做过多年的教育记者，

采访教师，仿佛是和我们的昨天对话。就像我们在这本书里写过的：

我们没见过谭千秋，但我们熟悉他手指上燃烧着的劣质烟草的气味，读得懂他拒绝同事们“打平伙”的邀请时难堪的表情；我们不认识向倩，但我们能够体会她领第一份工资时的那份羞怯和喜悦；我们没见过张米亚，但我们能感受到他像招待客人一样给每个8岁的娃娃倒一杯柠檬水时的真诚；我们不认识何智霞，但当我们赶到都江堰两河乡的天国公墓，去参加她的葬礼时，我们觉得，我们为之哭泣，为之流泪的这个陌生的女人，就是我们第一次以教师身份跨上讲台时，看到的那张笑脸，她坐在教室的最后一排，用眼神告诉我们“别紧张，你是最棒的……”

尽管只是采写一个特定的人群，但工作量也是非常之大。而且好多的采访对象已经从他们原来的居住地转移到了全川各地，甚至全国各地，有些标志性的地段还因为种种原因一直是禁区。而我们可以自由支配的时间也是十分有限。这就逼着我们想尽一切办法，去最多的地方，见最多的人。而把睡觉的时间尽量安排在路途的车上。

好在有袁亮以及成都的朋友们周密的安排。我们基本上按计划完成了采访行程。其间吃的苦比我们预想的要少得多。家人很认真地为我们准备的一大堆花花绿绿的药只有“蚊不叮”派上了用场。有两次因为疏忽忘了涂抹（记得一次是在汉旺东汽中学戒备森严的废墟，一次是在都江堰聚源中学的帐篷里），我们被四川的小花蚊子咬得惨不忍睹。其他的药则原封不动地带回了北京。吃饭曾经也是我们觉得很麻烦的事，所以我们特意在成都宾馆楼下的小超市里采购了好多的泡面。好像也只是在什邡红白镇的帐篷中用过一次。其间记得是在被采访单位混过两顿盒饭，在汉旺则是被热情的老师们拉去与他们在废墟间搭建的伙食团（大锅就用三块石头支在露天里）里吃了一顿桌饭，虽然没有肉菜，但是热饭热菜，且还有高桌子，矮板凳，已经很知足了。只是在开饭前，经历了一次不大不小的余震，让我们总惦记着紧挨在我们身后的围墙会不会在我们没来得及咽下某一口饭菜的瞬间垮塌下来？

挨饿的经历只有一次，是去震中映秀。去映秀是颇费了些周折的。即使是在成都，即使是在距离地震有一段日子后，映秀也是一个令人谈虎色变的地方，为

了我们的安全，成都的朋友竭力劝说我们放弃去那里。但我们认为既然要写地震灾区，连震中也不到，内心会永远不安。为了不让朋友为难，我们选择了一个冒险的方式：从成都茶店子车站坐大巴车到都江堰，再在都江堰租“黑的”去映秀。一路上经历了垮山、塌方、断桥的处所，令人提心吊胆，触目惊心！并由此想到，地震最初的那些日子，这条关乎多少人性命的生死线上，人与大自然的搏弈，该是何等的悲壮、惨烈！

映秀的情景比我们预想的更悲惨。这个地处龙门山脉深处的小镇几乎被大地震夷为平地，即使当地的朋友们逐一指给我们看，我们也无法想象出震前街道的样子。在这里，我们曾经和与我们同车回映秀的漩口中学老师们一起上山去凭吊在地震中的遇难者，在那四座埋葬了上千个曾经鲜活生命的黄土堆前，我们与那位痛失爱子的女教师林夕蔚一起哭泣，一起流泪，在感受到生命的脆弱和人生的无常的同时也体会到了生命的坚韧与强大。

整个映秀震后的生气就是到处有穿迷彩装的军人和搭建板房的志愿者。在映秀，饥肠辘辘的我们发现在这里哪怕只是想吃一碗泡面也是奢望，当然，比饥饿更困扰人的是满地找不着厕所。同行的女校医指着山腰上一片包谷地说：“都什么时候了，还讲那些斯文？”

饿着肚子，我们从映秀返回都江堰，在车站边一家简陋的小餐馆里，就着几个小菜，我们每个人扒了三大碗米饭。

从映秀回到成都的当晚，正赶上了一个朋友的生日宴。美景、美酒、美食、美女，我们俨然从地狱升到了天堂。

7月中旬，我们结束采访从灾区回到了北京，因为离奥运会开幕的日子越来越近，北京到处是花团锦簇，到处是莺歌燕舞。而我们的“时差”却倒不过来，坐下就犯困，躺下就入梦，而梦里全是灾区的断墙残垣……

我们明白，我们的人虽然回来了，但我们的心已经遗失在那里。

9月上旬，我们完成了这部近30万字的书稿——《烛泪如歌——“5.12”汶川大地震中的教师群像》，并决定将书稿交给人民出版社出版。这个时间，离汶川地震发生已经100多天。

汶川曾经给我们的震动和悲痛正在从人们的生活中淡出，那场旷世灾难仿佛不过是一曲灾难戏，一部连续剧，虽然曾经让我们跟着剧情痛哭过，感动过，但这曲戏毕竟已经收场了。我们应该该干嘛干嘛了。如果我们不曾有过一趟刻骨铭心的汶川之行，也许我们会和很多人一样，对这场离我们有千里之远的灾难采取超然态度。

问题是我们去了汶川，问题是我们知道，那不是一曲戏，一切的悲情和痛苦并没有因为我们的淡忘而结束。那些老师是去了，或者升入天界，或者还徘徊在去往天界的途中，死后的哀荣与褒贬已经与他们无关。但是，他们的遗属还在，他们的老人、孩子还在这个世界上，在承受着失去亲人和经济来源之后的最真切、最具体的痛苦。我们没有办法忘记，汤鸿老师9个月的女儿对妈妈的呼唤；也忘不了王周明老师的妻子陈思的恳求的目光："我什么也不要，我只想有一份工作，让我把王周明的孩子带大。"我们也一直牵挂着，在失去了母亲以及母亲1800元的月收入后，都江堰聚源中学的何智霞老师8岁的女儿，还能够像以往一样去上钢琴课吗？还有26岁的刘林秀老师，她撒手走了，谁为她年迈多病的双亲支付每个月600元的生活费呢？

所以，即使书稿完成了，我们的心结依然没有解开。我们觉得，还有一件比写书，比记录这段历史更重要的事，我们也必须去做。在经过反复考虑和筹划后，我们决定，向中国红十字基金会提出一个倡议，希望由红基会发起，联合相关机构和媒体，联合策划一项主题慈善活动——向全社会募集资金，救助在汶川地震中牺牲和遇难的教师的遗属。并建议把这个活动定名为"烛光行动"

这个倡议得到了中国红十字基金会秘书长王汝鹏、副秘书长刘选国和红基会所属的"行者基金"管委会负责人刘洪武、尹建新的大力支持。现在，这个活动方案已经在红十字基金会立项，大量的前期准备工作正在紧锣密鼓的准备中。我们期待着这个活动能如期举行。哪怕是扎扎实实救助了一个人，十个人……我们的心灵也会因此而变得安静、坦然。

在2008年岁末，在《烛泪如歌》即将付梓出版之际。让我们对所有为这次采访和这本书的写作出版付出了辛勤劳动的亲人和朋友们说一声谢谢！正是因为有你们的鼎立支持，我们才能克服重重困难，完成这次采访和写作。

感谢中国红十字基金会秘书长王汝鹏先生、副秘书长刘选国先生、行者基金管委会副主任刘洪武先生、办公室主任尹建新先生，因为你们的善心才使我们的一个愿望可望变成现实；

感谢四川电影电视制作中心董事长、著名电视制片人，我们共同的朋友岳湛先生对本书采访工作提供的大力支持；

感谢著名文艺理论家、诗人、学者杨匡汉先生为本书撰写序言；

感谢人民（东方）出版社孙兴民、李椒元老师为这本书的顺利出版所付出的心血；

感谢新华社的著名记者田庄老师对这部书的关心，他以80多岁的高龄，即使在病床上也始终关心着作者的采访和书稿的写作进度；

感谢新华社经济参考报总经理税立先生、中国工会网副总裁刘炳毅先生、中国出版集团何奎先生、中华建筑报人物周刊主编向继贵先生对本书的支持；

感谢四川的陈刚先生在作者采访期间提供的服务，陈先生在非常时期所表现出的无畏精神让我们十分感动；

感谢于洁女士多次陪同采访，感谢郑佳虹女士、萧潇小姐、萧遥小姐为本书的录入所付出的劳动；感谢翟自强先生为这部书提供了摄影作品，书中的绝大部分图片，都是他跟随我们深入到灾区现场拍摄的。

2008 年即将过去，2009 年即将到来。让这部《烛泪如歌》带去我们对各位朋友最真诚的祝福！

是为记。

萧斌臣　袁 亮

2008 年 12 月 19 日于北京

附录：萧斌臣访谈录

本书作者接受记者采访

2017 家长教育中央讲师团讲师交流活动暨全国 23 期讲师选拔

三宽家长教育科学研究院常务院长李虹做调研工作汇报

社区·三宽家长学校走进万科第一站

生命的河流在“5.12”拐了个弯

—— 对话《烛泪如歌》作者、“三宽”家长教育模式创始人萧斌臣

中央人民广播电台记者 于闻

萧斌臣说，如果说人生是一条河流，那么，他的一生可以明确地分为两段。这个生命河流的拐点就是2008年。如果要更具体的说一个精准的日期，那就是：2018年5月12日。

这一年，萧斌臣50岁，正式进入“知天命”的年龄。

在此之前，萧斌臣的人生可谓经历丰富，他曾是重点中学的18岁的小老师；曾是中央媒体的资深记者，深度报道过中国失业内幕、粮食危机、“打假”和民办教育发展等重大社会问题；也曾是著作颇丰的报告文学作家，在图书出版日渐凋敝的环境下，他以单册书数十万的印量成为个中翘楚。他本来可以沿着这些轨道走下去，即便只依靠惯性也足以轻松地延续，从容地收获。

然而，人生的车轮转到第50圈，一场突如其来的旷世灾难却让他的生命河流从此拐了一个弯。

2008年5月12日，汶川大地震爆发。“一个个鲜活的生命幻化为沉默的魂灵，一张张天真的童颜定格在记忆的镜框。山河为之震撼动摇，草木因之动容失色，众生因之长嘶而哭。”山崩撕裂人心，地光即是命令。在灾难发生后不久，作为记者和作家的萧斌臣与四川青年作家袁亮一起，火速自费赶往地震灾区，冒着震颤不止的余震，在历时数十天的辗转跋涉中，走访了众多受灾的学校，采访了不少罹难的教师家属和相关当事人，搜集了许多鲜为人知的新素材和新资料……2008 年 8 月，在奥运会开幕前夕，写就了长篇报告文学《烛泪如歌——“5.12”汶川大地震中的教师群像》，当年岁末，《烛泪如歌》由东方出版社顺利出版。

恐怕连萧斌臣本人也不曾想到，这次汶川灾区之旅会彻底改变他生命河流的走向。书稿出版后不久，萧斌臣做出了一个让家人和同事大跌眼镜的决定：他要辞掉在媒体的工作，转行做教育，而且是教育界比较边缘化的家长教育。

萧斌臣说，汶川灾区的这次采访经历，引发了他对生命意义的深入思考。生命是伟大的，生命也是短暂而脆弱的。我们应该扪心自问：我们为什么要来到这个世界？我们的人生使命是什么？我们应该怎样做才能在上天赋予我们的有限时间里去完成自己的人生使命？

萧斌臣说，从 18 岁当老师开始，他心里就种下了一颗教育的种子，之后看起来走了很远，离开很久，但蓦然回首，才发现这颗种子一直在心底成长。他的媒体生涯和作家生涯兜兜转转，似乎都没有偏离教育的吸力。当记者时他负责跑教育，之后创立某大报纸的《教育周刊》和《中外教育》杂志。成为报告文学作家后，他发现在没有特别策划的情况下，除了两本经济类的著作之外，其他作品内容居然全和教育相关。到汶川地震灾区采访，他很自然选择了采访教师群体，之后出版《中国个性化教育全景报告——寻找失落的钥匙》和反映武汉知名女校长黄敏的报告文学《教育唯真》。一本一本都是对教育本质的思考和对教育真谛的控查。报告文学离不开大量的案例和大量的调研，在长时间的调研过程中，萧斌臣发现、思考着一个问题：社会教育、学校教育、家庭教育，整个教育的三根主链条看起来环环相扣，逻辑严密，实则有一个很大的弱项——薄弱、无序、难以把握的家庭教育动摇着中国教育的根基。如果说学校教育、社会教育是实验田，那么家庭教育就是一块自生自灭、靠天吃饭的荒地，然而这块土地范围大、分布广、责任重要，因此急需开垦。萧斌臣要做的，就是当一位拓荒者，解决家庭教育中的核心问题——家长教育，通过教育家长、改变家长影响孩子的未来，优化孩子的素质，促进民族未来的发展，他想以家长教育这一个点撬动教育的地球。

目标确定，路径就清晰起来，虽然眼前一片蛮荒，杂草丛生，也就不过是需要披荆斩棘而已。此时的他，就像踌躇满志、经纶满腹的春秋诸子，凭借一己之力、三寸不烂之舌，在全国各地宣传他的教育理想，一时间他的讲座邀约竟排到一年之后！然而他很快认识到，精卫鸟的精神感天动地，但从开始就注定了徒劳无功的结局，因为个体的力量实在是太渺小了，即便生出三头六臂，即便一天变成 48 小时，穷尽他个人的一生也只能接触到家长群体中的有限分子。更何况，教育是个综合学科，囊括了社会学、心理学、教育学、生物科学等相关专业的知识和内容，任何一个人的认知和学识都是有限的，以有限去解决无限的问题，根本就是悖论。如果说此前从事家长教育的决定确定了一个目标的话，那么这一次萧斌臣确定的则是他自己的角色定位——不做专家，而做推手。这两者外在形象的区别无疑是巨大的，前者是个人的花开富贵，而后者则是护花的春泥；而对于结果来说，花开一枝终不是春，根植在肥沃泥土上的百花齐放才能带来春色满园。

事实证明了吸引力法则的存在，萧斌臣的教育理想、教育情怀、思想高度和宏观格局很快得到中国最高学府——北京大学的认同。萧斌臣在折服于北京大学兼容并包的精神的同时，也告别了独行侠的身份，找到了组织。北京大学“家长教育与人才成长”课题组的建立让学术资源极大丰富，学术空间极大拓展，“三宽”家长教育的研究和推广如虎添翼。

在北京大学相关院所的支持下，萧斌臣带领他的三宽家长教育团队，进行了一系列的尝试。从理论体系的完善，到全套家长课程教材的推出，再到讲师队伍的选拔；从基础单一的讲座，到网络课程的上线，再到咨询服务项目的开展；从学术委员会的建立，到市场推广模式的初探；从怀揣教育梦想一己拼搏，到将家长教育导入到一些城市的文明建设中，成为当地民生工程的设计师，再到与各行各业建立跨领域联盟，打造双赢多赢的合作模式，一路走来，一个完备的家长教育学科体系已初见雏形。

英雄总是所见略同，北大并非慧眼独具，这之后，中国关心下一代工作委员会、共青团中央网络影视中心、新华社半月谈、中国下一代教育基金会、联合国教科文组织 CISV 中国总部、滨州市委、市政府等也向萧斌臣率领的“三宽”家长教育团队敞开了合作大门，于是，组织千场家长教育公益巡讲、启动全国城乡家庭教育现状问卷调查、发布《中国城乡家庭教育现状白皮书》、推出“蒲公英全国家长教育服务计划”、立足滨州开展“家校社共育示范区”建设、推出基于互联网传播方式的家长学校核心课程——《三宽家长大讲堂》……大幕开启，好戏连台，直到酝酿了多年的“中国家长节”方案得到各方认可，并最终花落滨州。

■ 前排右三 北京大学教育学院副院长 尚俊杰
前排右四 北京大学汇丰商学院助理院长 邢志清

记者：您提出了一个“三宽家长教育”的概念，请问“家长教育”和广泛认可的“家庭教育”有什么区别？“三宽”又指什么？

萧斌臣：大家都在提家庭教育，我们却在强调家长教育。家庭教育分为广义和狭义的概念，我们现在常说的是它狭义的概念，也就是家长针对孩子的教育。一般家长都认为自己生了孩子，就有责任去教育他，当教育不得法时，就去找专家、找机构、找书本学些方法，试图去管理、改变孩子。可实际上，在孩子和家长这对矛盾中，起主导作用的一定是家长，家长怎么教，决定了孩子的走向、成败、得失。正确，皆大欢喜；错误，南辕北辙。所以要从根本上解决问题，就是要教育家长。之前在全国各地讲课时，有位煤老板质疑说，家长难道还需要教育吗？我们的父辈都不用学，为什么我现在要学？我回答他，这是由我们所处的时代决定的。一方面，我们正在经历工业时代到信息时代的变革，现在家长们所遇到的问题都是以前多少辈家长没有遇到过的，像独生子女问题、应试教育的刚性引导、就业竞争白热化、孩子缺乏梦想和动力，这些问题都是新问题，家长无章可循；另一方面，家里少子化、独子化让家长输不起，一旦孩子教育不成功，再没有修改的机会。所以在这种特殊的社会形态下，家长普遍焦虑。

好在这几年通过我们同行的呐喊、传播，在一二线城市中，家长逐渐有了学习的意识，但很多学习都是一鳞半爪，似懂非懂，对于去哪儿学，怎么学，学什么还是相当迷茫，这恰恰是我们要着力解决的问题，让家长的学习系统化、规范化、科学化，通过提升自己的教育理论水平去影响孩子，成就孩子。因此家长教育是家庭教育的核心，找准这个牛鼻子，就能轻轻松松驾驭教育这头牛。

至于“三宽”，是我们倡导的教育思想，即宽厚、宽容、宽松，其根基是中国传统文化和西方先进的教育思想的融汇。2500 年前，孔子就提倡将“宽”作为他的基本思想“仁”中的五大要素之一，强调人存在的价值尊严，我们深刻认同。作为家长，我们需要着眼于孩子的长远未来，要用大格局来规划、指导教育，要有乐观、深厚、博大的胸怀，这就是宽厚。西方有句名谚，“孩子犯错误上帝都会原谅”，我们不妨想一想，造物主只给了人身体，而没有给经验，所有经验都是在成长的磕碰里形成的。从来没有犯过错误的孩子并不一定好，因为他没有改正的经验，很单薄脆弱，一旦犯错就可能面临灭顶之灾。所以要宽容孩子的错误和缺点，这也是家长们的软肋。我们常说希望孩子成才，长成参天大树，但是我们却习惯把孩子关在家里养，这样的孩子能长多高呢？顶多天花板那么高，何来参天可言？因此，我们要给孩子创造一个宽松的成长空间，这是他们安身立命的空间。

记者：我们注意到，“三宽”家长教育在短短几年间赢得了非常高的社会知名度，而且已经显露异军突起之势，是什么让你们发展得如此之快呢？

萧斌臣：这一点很值得庆幸，应该说是我们的高度和格局决定的。首先，作为北大的课题组，我们享有国内最高学府的优质学术支持，从研发到推广，每一步的发展都倾注了众多有识之士的心血。其次就是我们的团队定位很准确。严格来说，家长教育这个领域并不缺乏专家，他们有的毕生研究教育，令我们景仰；有的专业素质极高，名声远播，但大多数的推广模式是一个专家带着一群助理，出书、讲课、卖光盘，也许十年二十年都在重复自己。对中国的家庭教育来说，他们功不可没，但是这个定位局限了他们的发展。我在媒体的经历让我从进入这个领域伊始就在思考一种通天达地的格局，上对国家、民族，下对家庭、个人，这就要求我们超越小团队的思维模式，放弃“短平快”的声名和利益。在此之前，我也有不俗的声誉和不菲的讲课费，但我想，中国之大，多我一个专家不多，少我一个专家不少，但是这个领域目前缺少的是一个推手，

一个能够整合更多资源，设定更远目标，影响更多的人，快速而全面推动中国家长教育事业的推手。北大一位院长一直是三宽课题的支持者和领导者，初识时他的一句话让我动容，他说，从你身上我们看到的不仅是一颗种子，而是看到一棵树，以及一棵树后的一片森林。为了这份共识，为了那片郁郁葱葱的森林，我们相约做中国家长教育事业勃兴的幕后推手。

记者：这真是一个很大的格局，那么您是如何布局的、又如何把握的？

萧斌臣：这个说来话长。简单从几个方面来说说吧。在学术专业研究方面，我们按正规的院校的格局成立了学术委员会，下设七个中心七个研究室和一个研究所；我们架构了完整的学科体系，从幼儿早期、中小学、青少年、大学生到成人教育和隔代教育，形成一个终生可以接受家长教育的闭环；我们拥有多套教材和学习用书的独有知识产权，以及基于上述基础的专业、完备的课程体系。

在商业运营模式上我们进行了很多尝试。我们与河北高碑店、山东郓城、河南睢县、黑龙江哈尔滨、广西柳州、四川自贡、山东滨州等多市县的地方政府、教育主管部门和学校、教育机构多方合作，进行城市推广，建设基地学校；我们通过开展企业内训和提供增值服务等方法促进跨行业合作；因为发展非常迅猛，很快我们将试点建立分支机构，进行区域推广。

在组织结构上，我们从第一天起就强调要建立一个通力协作的团队，现在这个大团队中已经细化出讲师团队、研发团队、咨询服务团队、市场推广团队等多个职责分明又充分协作的群体。这一切都是为了架构“三宽”家长教育工程服务。这是一个树人的系统工程，落脚点在孩子身上，但要影响的却是整个教育环境，包括政府领导、教育主管官员、校长、老师、家长和孩子在内的所有人。为此，我们率先将多地市长、局长、校长这些在有教育方面深具影响力的人动员起来，让他们和我们站到一起，将家长教育作为建设城市文明的基本任务，培训基层老师，把家长教育落到实处。目前，我们正在尝试通过植入方式将适合孩子的课程送到学校，以梦想教育、国学启蒙、学习能力的培养、生命教育等课程来影响和改变孩子。

做这些的目的是改变整体教育生态。这是一条艰难的路，需要大量的公益付出，经济收益却微乎其微。相比社会上很多对于自己的知识比较保守的、仅以专业知识和技能为自己或小团体盈利的专家，我们的作法无疑很傻，我们的研究成果完全开放，恨不能手把手地培训当地老师，生怕他们不懂、不会，只因为我们知道，只有这样，才能让更多人学习、参与、接受进而共同推广，从而以几何倍数去影响更多人的教育观。这件事利国利民，对中国教育发展的意义远远大于其它方式。

记者：那么，目前三宽的发展是否达到了您的预期？您的终极目标是什么？

萧斌臣：我曾在心里立了一个誓：家长教育是我这辈子做的最后一件事情。心有多大，舞台就有多大，而我的心比较大。我希望能把“三宽”做成中国家长教育的领衔品牌，成为中国家长教育的产品集成提供商，我希望在我们和更多同道的共同努力下，让中国家长“持证上岗”不再是一句戏言，而是成为一个现实。

有人质疑和嘲讽说，家长之所以是家长本就是自然而然的，哪里需要持证上岗？此言差矣！其实当家长远远比开车，比烹饪，比所有行业技能掌握起来都难得多，这需要多学科知识的全面掌握和运用的综合能力。我曾经调查过，现在全社会有 7600 个岗位要考证上岗，却独独不包括知识和技术含量要求最高，对人生、家庭、社会、民族影响最大的岗位——家长。当然，家长无证上岗不是家长自己的错，因为没有场所让他们去学习、去接受培训，也没有机构给他们发这个证。事实上，我们在 2011 年已经颁发出第一批家长证书，我认为那是一个新时代的序曲，而后面要做的，是将其常态化。

当然，我不认为仅仅靠我们一个团队就能做到这一点，但我认为我们需要承担历史的使命，做一个领先、推动的团队。我不认为现在家庭教育这个行业已经形成，现在的从业者大多还是散兵游勇，在原生状态下为生存而挣扎，因为不论从行业的规范性来说，还是从业机构的数量、体量上来说，都还不适合行业稳定、健康地发展，没有相对体量较大、有专业体系、能够承担起领跑者责任的领袖团体出现。如果可以，我们愿继续以多种尝试积累运行经验，为整个行业逆风领跑。

■ 2016 年首届中国家长节顺利举行，影响深远

记者：为什么想到创办“中国家长节”？为什么选择滨州作为中国家长节的举办地？

萧斌臣：中国人历来有重视节日的传统，所谓“每逢佳节倍思亲”，只有到节日的时候，我们才会想起回家看看。创办中国家长节，就是想用一种很温馨的、很中国化的方式提醒父母牢记自己的家长角色，明确自己肩头的责任，把陪伴和教育孩子放在前所未有的位置上；就是要唤醒全社会都来关心家庭教育，关心孩子生存、成长环境的改善；就是要打破家庭、学校、社会长期以来形成的壁垒，真正达成“家校社共育，家国梦共圆”的教育理想。

2017 年 9 月 15 日 三宽家长学校开学第一课首播

至于说到为什么会选择滨州作为中国家长节的举办地，这是因为这里有一群和我们心灵密码相同的人。我们与滨州的缘分起始于在这里开展“家校社共育示范区”建设，在近 2 年多的密切合作中，我们发现渤海之滨、黄河之州的这座城市有深厚的文化底蕴，这里的领导官风正、既有高瞻远瞩的战略眼光，也有务实争先的实干精神，只要是符合人民意愿的事，他们都愿意扎扎实实去做。这里的百姓有重视教育的传统，在接受科学的家长教育知识上，三宽像火种，家长像干柴，只要一接触，就能迅速形成燎原之势。当创办中国家长节的创意一经提出，立刻就一拍即合，一蹴而就。

我一直有一个观点，“家校社共育”是一个伟大工程，它需要很多的“推手”，中国关工委和各合作方是一个个大推手、滨州经济技术开发区和滨州市是一个推手，我自己和我们三宽团队也自称是一个小推手，所以，这一次，我们还创设了一个“金推手”奖，就是想唤起更多的人来做这个“推手”，大家一起发力，中国家长教育的春天就会早一天到来，中国的教育生态就会早一天得到改善。